소설 신돌석

평민 출신 의병장

나남
nanam

나남창작선 145

소설 신돌석
평민 출신 의병장

2018년 7월 15일 발행
2018년 7월 15일 1쇄

지은이   백상태
발행자   趙相浩
발행처   (주) 나남
주소   10881 경기도 파주시 회동길 193
전화   (031) 955-4601 (代)
FAX   (031) 955-4555
등록   제 1-71호 (1979. 5. 12)
홈페이지   http://www.nanam.net
전자우편   post@nanam.net

ISBN 978-89-300-0645-3
ISBN 978-89-300-0572-2 (세트)

책값은 뒤표지에 있습니다.

백상태 장편소설

소설 신돌석

평민 출신 의병장

나남
nanam

일러두기

* 소설 속 연월일은 60간지(干支)와 음력이다. 괄호 안에 서기를 표기했다.

* 소설 속 영릉의진 대원들의 생몰년과 대략적인 직위는 다음과 같다.
  · 강업이 (1897?~1954?) 통인
  · 권병로 (1883~?) 행진소모장
  · 권상범 (1876~?) 좌선봉장
  · 김병두 (1879~1952) 참모장
  · 김병문 (1879~?) 도소모장
  · 김성운 (1863?~?) 별장
  · 김종달 (1864~1909) 대원
  · 김치언 (김용욱, 1870~1921) 중군장
  · 문미동 (1872~?) 부장
  · 박병률 (1874~?) 포대장
  · 박수찬 (1867~1922) 참모장, 신돌석의 매형
  · 백남수 (백남훈, 1875~1950) 중군대장
  · 백하운 (1879~?) 분진소모장
  · 서고락 (1877~1909) 대원
  · 신낙선 (1884~?) 대원
  · 신돌석 (신태호, 1878~1908) 의병진대장
  · 신태종 (1881~1973) 포대장
  · 유기길 (1878~?) 부장
  · 이낙현 (1877~?) 출장소모장
  · 이목국 (?~?) 집사
  · 이수목 (1887~1909) 대원
  · 이오촌 (1867~?) 부장
  · 이창영 (1882?~1907?) 대원
  · 이춘양 (?~1908) 소모장
  · 이하현 (이현규, 1874~1917) 분진선봉장
  · 이화진 (1885~1940) 교련장
  · 임한조 (1881~?) 대원
  · 정문칠 (?~1910) 부장
  · 조준용 (1885?~1907?) 대원
  · 한영육 (한참봉, 1878~1935) 도선봉장
  · 한용수 (1875~1906) 도령장, 신돌석의 처남

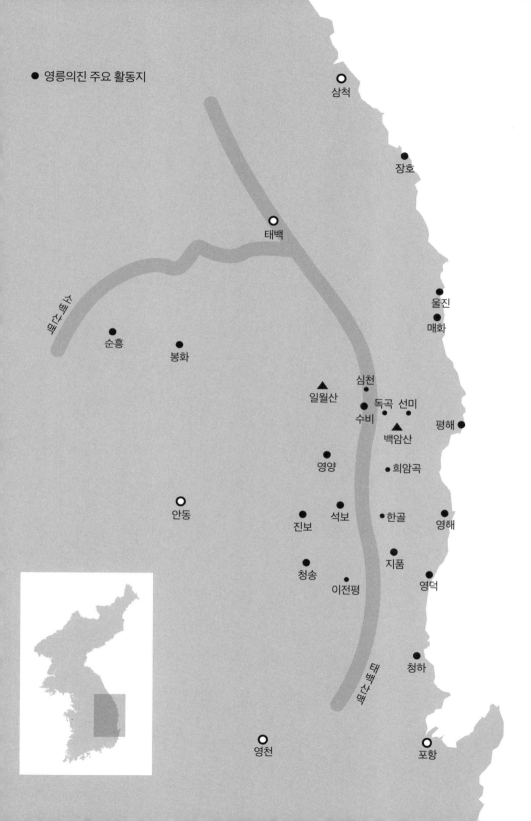

● 영릉의진 주요 활동지

삼척

장호

태백

울진
매화

소백산맥

순흥

봉화

심천

일월산

독곡 선미

수비

백암산

평해

영양

희암곡

안동

진보

석보

한골

영해

청송

지품

이전평

영덕

태백산맥

청하

영천

포항

백상태 장편소설

소설 신돌석
평민 출신 의병장

차 례

기록

　재작년 봄이었다. 황사 머금은 바람이 거세게 불던 날이었는데, 고향인 경북 영덕에 갔다가 중학교 동창생 강승찬으로부터 〈영릉의진유사〉寧陵義陣遺事라는 제목의 필사문서 하나를 우연히 건네받았다. 영릉의진? 영릉의진이라면 구한말 이 고장에서 활동했던 신돌석 의병義兵부대의 이름이다. 거기에 무슨 사연이 있어 이런 기록을 남겼을까? 의문과 함께 급한 관심이 생겨 문서를 이리저리 살펴보았다.

　문서는 가로세로의 길이가 각각 한 뼘 반이나 두 뼘쯤이었고, 두께는 얼추 1백 쪽이 넘어 보였다. 그럼에도 제본이 제대로 되지 않아 오른쪽 위 모서리 부분을 노끈으로 느슨하게 묶어 둔 정도였다. 종이는 모두 한지인데, 장마다 종이 질이 다르고 거칠어서 조악하다는 느낌마저 들었다. 얼마나 오래되었는지는 모르지만 군데군데 좀이 슨 흔적이 있고 약간의 곰팡이 냄새도 났던 것 같다.

그런데 이런 외양과는 달리 몇 장을 넘기다 보니 달필에 가까운 한문 글씨가 세로줄로 빼곡히 씌어 있었다. 그 내용 또한 허투루 다룰 만한 것은 아니라고 여겨졌다. 조악하고 곰팡내 나는 종이에 쓴 글이지만 항일抗日 의병활동의 어느 부분을 증언하는 귀중한 기록일 수도 있겠다는 생각이 들었다.

앉은자리에서 꽤 오랫동안 자료를 훑어보았다. '허허! 이럴 수가?' 읽어갈수록 내용에 빠져들었고, 이처럼 희귀한 자료가 여태껏 세상에 알려지지 않은 까닭을 이해할 수가 없어 강승찬을 매우 나무랐던 기억이 난다.

"자네, 이렇게 귀한 걸 왜 여태 감춰 두었나?"

"내가 감췄다고? 굳이 감추진 않았지만 내놓기도 뭣하더라고."

강승찬은 자신의 할아버지가 소년 의병으로서 의병대장 신돌석의 심부름꾼 노릇을 했다는 사실을 어렴풋이 듣기는 했으나 크게 내세울 만한 일은 아니라고 여겼다는 것이다.

천애의 고아로 자라 언문이나 겨우 깨친 할아버지가 이런 글을 썼다고는 생각지 않았을뿐더러 설령 할아버지가 의병으로서 커다란 공로가 있고, 또 이런 기록을 남겼다고 하더라도 해방 후 의병이나 그 후예들이 이 나라에서 받은 허름한 대접을 생각하니 별로 내놓고 싶지 않더라고도 했다.

"내가 이 나라에서 살고는 있지만 말이야…. 이건 뭐, 나라 같지도 않다는 생각이 들더라고."

"그게 무슨 말인가?"

강승찬은 미간이 접힌 얼굴로 방바닥을 한참이나 쏘아보다가 내뱉듯이 물었다.

"자넨, 신돌석 장군의 유가족이 어떻게 살고 있는지 아는가?"

"… 글쎄? 잘 모르겠는데."

강승찬의 뜬금없는 질문에 솔직히 잘 모른다는 대답을 할 수밖에 없었다.

신돌석 의병장이 주로 활동한 영덕·울진·삼척 등 동해안 지역과 영양·청송·봉화 등 태백산맥 인근 지역 사람들은 지금까지도 그에 관한 전설을 이야기하고 있다. 경주나 울산 같은 곳에도 이런 전설은 남아 있다고 한다. 하루에 몇천 리를 걷는 축지법을 썼고, 호랑이를 맨손으로 잡았으며, 손가락 굵기의 부젓가락을 종이처럼 휘고 폈다는 식의 다소 황당한 내용들이다.

이런 비현실적인 영웅담英雄譚은 아마 갖은 고생을 해가며 의병활동을 하다가 서른한 살 나이에 목숨을 잃은 그가 너무 안타까워 나온 것이라고 이해가 된다. 백성들의 잠재적 희망이 반영되었다는 점에서 이런 허황한 전설조차도 그 의미는 충분히 있다고 생각한다.

그러나 신돌석은 신화 속 인물이 아니라 역사 속 인물이다. 비현실적 영웅이라기보다 몸부림치며 살다 간 이 땅의 민초民草들 가운데서 특이하게 뛰어났던 한 인물이라고 이해할 수 있겠다. 생계를 위해 농사를 짓고, 혼인하여 아이를 낳고, 나라의 운명과 시국을 고민하다가 무기를 들고, 의병조직의 의식주와 안전 문제를 고심하는 그런 인물 말이다.

이렇게 보자면 그에게도 가족이 있었을 것이고 후손도 있을 것이다. 하지만 우리는 한 번도 그의 가족이 어떻게 살았고, 그 후손이 어떻게 살고 있는지에 관심을 가져 본 적이 없다. 이 점은 아마 다른 의병의 후손들에 대해서도 마찬가지일 텐데, 이런 무관심이 답답했던지 강승찬은 한숨을 내쉬며 다시 뜸을 들이다가 천천히 입을 열었다.

"부인 한 씨는 영양의 화매란 곳에서 가난하게 살다가 6·25 후에 죽었고, 양자로 들어온 아들은 생활이 어려워 살길을 찾아 진보 쪽으로 이사를 갔다더군! 물론 공부 같은 건 제대로 해 보지도 못했고, 손자 역시 그럭저럭 산다고 하더라고. 이 나라의 독립운동가 후손이 대개 그렇지만 … ."

" …… ."

강승찬은 상대방의 침묵이 또 마음에 걸리는지 신돌석 또래의 어떤 친일인사 이름까지 들먹이며 자신의 말을 이어 갔다.

"그런데 친일에 미쳐 날뛰던 그 후미아키 기이치로의 후손은 어떤가? 몇 선 국회의원에 장관까지."

" …… ."

나라에 대한 냉소가 잔뜩 묻은, 그리고 듣기 나름으로는 분노까지 배어 있는 강승찬의 말에 아무런 대꾸도 할 수가 없었다. 사실 많은 독립운동가들이 무슨 보상을 바라고 그 일을 한 건 아니었을 테지만 일제강점기에 항일 독립운동을 한 당사자나 그 후손들이 해방 후 이 나라에서 받은 하찮은 대우와 몰이해를 생각하면 강승찬의 분노는 물론, 그가 자기 할아버지의 존재나 그 유품을 굳이 알리지 않으려고 했던 저간의 심정이 이해되기도 했다.

더구나 독립운동을 하면 3대가 어떻고, 친일매국을 하면 3대가 어떻다는 말까지 공공연히 나도는 세상이 아닌가. 하지만 친일매국자의 후손들도 그 나름의 할 말은 있을 법하다. 스스로가 원해서 매국노의 후손으로 태어난 건 아니지 않은가? 그러니 그들이 매국노 조상 덕분에 대대로 잘 먹고 잘산다 해서 비난할 수도 없고, 딱히 어떻게 해 볼 방법이 있는 것도 아니다. 기껏해야 무슨 단체나 기관에서 친일반민족행위자의 명단과 행적을 밝히는 정도인데, 그런다고 해서 그 후손들의 삶에 어떤 변화가 오는 것도 아니다. 이런 쓸쓸한 현실을 생각하며, 안타까운 시선을 강승찬에게 주었을 뿐이다.

어려운 가정 형편 때문에 중학교를 겨우 마치고 일찍부터 농사를 지었다는 강승찬은 영덕군과 영양군의 경계에 있는 산중오지로 들어가 고랭지 채소를 재배하거나 소·염소 같은 가축 기르는 일을 해왔다고 한다. 그러다 보니 집안에 전해 오는 자료를 챙길 여유도 없었거니와 그것을 누구에게 보여서 할아버지의 일을 알아보려는 마음조차 갖지 못했다는 것이다. 더구나 그 무렵에는 자신의 질병(췌장 쪽의 무슨 종양이라고 했다)으로 인해 세상살이에 의욕을 잃고 있었다.

의병이나 근·현대사를 연구하는 학자가 적지 않은 세상에 불과 70년 전에 쓰인 의병 기록이 널리 알려지지 않은 것은 자료 소장자가 강승찬처럼 무심해서 세상에 내놓지 않았기 때문이 일차적 이유일 것이다. 또, 설령 내놓았다고 하더라도 의병에 대한 관심이 크지 않다 보니 기록의 객관성을 담보하기 어렵다는 따위의 핑계로 도외시한 측면도 있었을 것이다. 전문연구자들이 강승찬의 자료를 알지 못한 데에는 아마 이런 점도 크게 작용하지 않았을까 싶다.

약간의 한문 해독능력이 있다고는 하나, 한갓 소설가에 불과한데다 의병을 연구하는 전문연구자가 아닌 만큼 〈영릉의진유사〉의 객관성이나 학술적 가치는 자세히 알 수가 없었다. 다만, 1백 쪽이 넘는 필사문서를 읽다 보니 우리가 몰랐던, 신돌석 등이 영릉의진을 거의擧義하기 전후의 여러 사정과 의진의 구체적인 전략·전술, 그리고 신돌석 피살 당시의 정황이 비교적 자세히 기술되어 있다는 점은 알 수 있었다.

우리가 알다시피 신돌석이 살다 간 19세기 말과 20세기 초는 그 이전의 굳건했던 신분제가 공식적으로는 해체됐다고 하지만 일부에서는 여전히 잔존하던 때였다. 이런 시기의 향촌 사회에서 평민 신분으로 알려진 신돌석이, 행세하는 양반이나 내로라하는 지주 계층의 지지와 지원을 어떻게 끌어냈을까 하는 점에 대해 많은 사람들이 의문을 품어 왔다. 그런데 이 암호처럼 풀리지 않던 의문에 〈영릉의진유사〉는 어느 정도 답을 주었다.

영릉의진은 병오년(1906) 봄 거병에서부터 무신년(1908) 겨울 신돌석 사망 때까지 거의 3년 동안 수백 명, 때로는 수천 명 단위로 운영되었다고 한다. 생산성이 높지 않던 당시에 이만한 인원의 의식주를 해결하는 것은 경제적으로 상당한 부담이었을 것이고, 무장에 필요한 비용까지 감안하면 그 부담은 더욱 가중되었을 것이다. 이를 어떻게 해결했을까 하는 점 또한 큰 의문이었다. 그런데 이 자료는 그 의문에 대해서도 일정 부분 해답을 주었다.

또한 이 자료는 신돌석의 마지막 행보에 대해서도 자세한 정보를 제공하고 있었다. 신돌석의 죽음에 관한 그동안의 전설은 설화적인 요소까지 가미되어 매우 비현실적인 내용으로 전해진다. 가령 술에 취해 잠이 들었는데 도끼로 급소를 맞고도 바로 죽지 않았으며, 벽을 박차고 나가 공중제비를 몇 차례 하다가 마당에 쓰러졌다거나, 도끼가 아니라 떡메이고, 마당이 아니라 수백 미터 떨어진 계곡, 또는 바위 어디에서 죽었다는 식이다.

범인에 관해서도 마찬가지다. 신돌석 할아버지의 외가 쪽 사람이란 설, 신돌석 어머니의 외가 쪽 인물이란 설 등 얘기마다 모두 다르다. 범인의 이름 역시 김상열이니 상근이니, 김도룡이니 도윤이니 해서 누가 진짜 범인인지 헷갈릴 정도다. 죽은 날짜에 대해서도 동짓달 한겨울이란 점은 일치하지만 구체적 날짜는 제각각이다. 그달 보름께, 열이레 무렵, 열아흐레 새벽 또는 저녁때라는 것이다. 그런데 〈영릉의진유사〉는 언제, 어디서, 왜, 어떻게, 누구에게 살해됐는지를 구체적으로 증언하고 있었다.

영릉의진뿐만 아니라 당시 의병들은 한곳에 오래 주둔하지 않고 여건에 따라 수시로 이동하며 유격전을 전개하는 식으로 싸웠다. 이런 특성상 의진 내부구성원이 작성한 구체적 자료가 남아 있기는 어려울 수밖에 없다. 그동안 발굴된 의병 관련 자료란 것도 을미의병(1895)이나 병신의병(1896) 등 주로 유림 주도의 전기 의병에 관한 것들이었다. 영릉의진이 활동했던 중기(1904~1907)나 후기(1907~1909) 의병 자료 가운데 의진 내부구성원이 직접 작성한 기록은 거의 발굴되지 않은 것으로 알고 있다.

이런저런 이유로 불현듯 이 기록을 번역해 볼 마음이 생겨 강승찬으로부터 건네받은 문서를 모두 복사하고, 원본은 그에게 돌려 주었다.

"이걸 번역해서 어쩌자는 건가? 복사비가 적지 않게 들었을 텐데."

원본을 돌려주던 날, 강승찬은 복사비 걱정과 함께 좀 뜨악한 목소리로 말했다.

"귀중한 내용인데 세상에 알려야지!"

"세상에 알린다고? … 세상에 알린들 뭐 달라질 게 있겠나?"

세상을 대하는 강승찬의 인식이 적대감에 가까운 냉소라고 여겨져 가슴이 아렸다. 체질처럼 굳어진 그의 냉소가 어디에서 비롯됐는지 알 것도 같았다. 그럼에도 불구하고 이 자료에 대한 그의 관심이 전혀 없지는 않았다.

"한글로 번역된 책이 나오거든 나에게도 꼭 보내 주게!"

"당연하지! 꼭 보내 주겠네!"

그런 다음 한 해를 고스란히 바쳐 번역에 매달렸다. 번역을 하면서도 이 내용을 소설로 써 보면 어떨까 하는 유혹에 시달렸다. 그래서 초벌 번역을 마친 다음 그것을 다듬어 가며 소설을 쓰기 시작했다. 소설을 쓰는 과정에서 의병을 연구한 전문연구자의 자료는 물론 국가기록원의 일제강점기 판결문 사본이나 《조선폭도토벌지》 같은 관변 내지 일제 측 문건, 그리고 〈신의장전〉申義將傳 같은 《독립운동사 자료집》의 내용도 열람하고 참고했다.

따라서 이 소설은 〈영릉의진유사〉라는 기록을 바탕으로 삼고, 다수의 다른 자료를 참고하여 쓴 것이라고 할 수 있겠다. 이제 기회가 닿는 대로 〈영릉의진유사〉의 번역본도 출간했으면 하는 바람은 있지만 그런 기회가 쉬이 올 것 같지는 않다. 이유는 차차 밝히는 게 순서일 듯하다.

  그런데 더 안타까운 것은 번역본과 소설의 출간을 기다리던 강승찬이 지난겨울 유명幽冥을 달리한 일이다. 변변찮은 이 소설을, 풍찬노숙하며 싸우다 죽어 간 영릉의진 대원들과 강승찬의 영전에 바친다. 소박하지만 비루하지 않았던 그들의 꿈과 삶을 기억하면서.

상놈의 갓

계묘년(1903) 봄이었다. 봄이라고는 하지만 지난겨울의 끝자락은 모질게도 질겨서 산자락을 감은 바람이 매서웠다.

'남수'란 이름의 젊은이가 서울에서 고향인 경상도 영해로 가고 있었다. 영덕에서 영해로 올라가는 고실마을 못 미처 자부터고개 초입에서부터 희미하게 날리던 빗방울이 고개에 올라서기도 전에 시나브로 사나워지더니 샛바람을 타고 얼굴을 할퀴었다. 봄 같지 않은 봄바람에 양 볼이 얼얼했다.

거칠게 내뿜는 말의 입김이 빗줄기 사이로 흩어져 갔다. 비는 말 꽁무니에 얹어 놓은 괴나리봇짐을 사정없이 때리면서 주르륵 미끄러지곤 했다.

서울에서 가는 고향 길은 언제나 턱턱 숨이 막혔다. 오늘처럼 길에서 빗줄기를 만나거나, 땡볕 속에서 먼지를 뒤집어써야 하는 한여름이거나, 눈보라 몰아치는 겨울철이면 더욱 그랬다.

상경 길에 택했던 죽령 길을 버리고 굳이 문경새재 길로 내려온 것은 영천 땅 검단에 사는 정환직 선생을 뵙고자 함이었는데, 그러다 보니 나그네의 여정이 하염없이 길어지고 말았다.

정 선생은 아직 서울에서 내려오지 않았다고 했다. 그 아들 정용기를 만나 저간의 사정을 듣고 보니 종잇장에 글줄이나 써서 수만 장을 위에 올린들 해결될 일은 아무것도 없는 성싶었다.

정환직으로 말하면 이태 전 삼남三南 검찰 겸 토포사란 직책으로 삼남 일대의 민정을 두루 살폈고, 이듬해엔 도찰사에 임명되어 농민들의 원성을 듣던 경주부윤을 파직하려다 오히려 해를 입은 지사였다. 그 아들 정용기 또한 의기남아義氣男兒로 여겨졌다.

"말세라고나 할까요, 세상 돌아가는 꼴이 말씀이 아니지요? 오신 김에 저희 가친을 뵈었더라면 좋았을 텐데 …. 뜻이 있으면 언젠가는 서로 만날 날이 있겠지요!"

이렇게 말하는 정용기의 눈매에는 어떤 결기 같은 것이 서려 있었다. 그의 말대로 무언가 뒤집어질 것만 같은 세상, 세상은 어수선하여 불 위의 가마솥처럼 들끓고 있었다. 왜인倭人들 손에 국모가 피살되고, 상투를 자르라는 단발령이 나온 이래 백성들은 무능한 조정과 간교한 왜인들을 도무지 믿지 않는 분위기였다.

전라도 모악산 근방에서 강일순이란 사람이 후천개벽과 후천선경을 선포했다는 소문도 들은 터이지만, 아무튼 《주역》의 기제괘旣濟卦처럼 이제까지의 모든 가치와 도의와 학문은 바야흐로 거덜이 나거나 새로 다잡지 않으면 안 될 것 같은 세태였다. 기제괘는 물이 불 위에 있는 형세이고, 군자는 환란을 생각하여 미리 방지해야 한다고 했다. 그 괘는 또, 배에 물이 새어드니 걸레를 들고 온종일 경계해야 한다며 주의를 환기하고 있었다.

"허허, 큰일이로다!"

남수는 헛기침처럼 혼잣말을 뱉으며 말의 뱃구레를 걷어찼다. 걷어차인 말이 콧김을 뿜으며 빗발을 뚫고 나아갔다.

오늘 안으로 고향집에 도착하기는 영 그른 노릇이었다. 수일정이나 복디미마을에 있는 문중 재실齋室에서 하룻밤 신세를 지는 수밖에 달리 도리가 없다고 생각했다.

그런데 자부터고개를 거의 다 내려왔을 무렵 빗줄기는 언제 그랬나 싶게 다시 부슬비로 바뀌고 있었다. 길손의 옷만 적셔 놓고 희멀건 하늘이 제 얼굴을 드러내기 시작했다. 젖은 옷을 입고 가다가는 고뿔 걸리기에 십상이다 싶어 남수는 복디미의 인가를 찾아 옷을 말리리라 마음먹었다.

복디미라면 그에게 어릴 적 추억이 깃든 곳이기도 했다. 유난히 몸집이 컸던 한 아이가 생각났다. 그 아이는 그대로 있을까? 비가 잦아들어서인지 마을로 들어서자 제법 사람의 기척이 느껴지고, 어떤 집 굴뚝에서는 때 이른 저녁연기가 솟고 있었다.

무슨 곡두를 본 것인가? 여러 사람이 엉켜 있는 모습이었다. 남수는 자신도 모르게 머리를 흔든 다음 시선을 앞쪽으로 고정했다. 한 무리의 건장한 사내들이 누군가를 땅바닥에 뉘어 놓고 발길질을 해 대고 있었다. 누가 보더라도 여럿이서 한 사람에게 몰매를 가하는 모양새였다. 도포에 갓까지 쓴 양으로 보아 매 맞는 위인은 행세깨나 하는 양반일 터인데 왜 저런 매를 견딜까?

남수는 자신도 모르게 매 맞는 사람을 구해야 한다는 의기가 생겨 발길을 재촉했다. 동네 옆쪽에 있는, 아마 동제洞祭 따위를 지내는 공간인 모양인데 제법 너른 빈터에 둘러선 사내들이 엎어진 사람을 향해 무슨 놀이하듯 발길질을 해대고 있었다.

"멈추시오!"

남수는 일부러 목소리를 꽐꽐하게 하여 사내들을 향해 목청을 돋우었다. 가까이 가서 보니 매 맞는 사람은 온몸이 흙투성이였다. 이미 부수어진 갓은 테두리만 남았고, 도포는 흙밭에 구르느라 싯누런 황톳물이 군데군데 배어 있었다. 장대한 덩치로 보아 매 맞고 살 위인은 아닐 듯싶은데 왜 맞고 있을까?

말에서 훌쩍 내린 남수는 맞춤한 나무에 고삐를 매기 무섭게 싸움판에 뛰어들었다. 대여섯 명의 왈짜들은 '이건 또 뭐지?' 하는 표정으로 발길질을 멈추고, 틈입한 자에게 사나운 시선을 보냈다. 그 중 하나가 눈에 설지 않아 남수는 힘을 얻었다.

"당신, 당신은? … 이성립 씨 아니오?"

남수는 그들 중 연장자인 듯싶은 한 사내에게 시선을 고정하고 성난 목소리를 날렸다. '성립'이라고 불린 사내는 이쪽의 단호한 일갈에 금세 주눅이라도 든 양 사나운 표정을 풀더니 그를 향해 다가섰다.

"아이고! 이게 누구요? 백남수 씨 아니오? 서울 계신 주사 양반이 여긴 어인 일로? … 저자가 제 분수를 모르고 양반티를 내며 다니기에 내가 좀 타이르는 중이었소!"

남수의 띠동갑은 될 법한 성립이라는 사내는 고개까지 굽실거리며 남수에게 손을 내밀었지만 비아냥거리는 투가 역력했다. 성립의 그 한마디로 남수는 돌아가는 사태를 대강 짐작할 수 있었다. 매를 맞은 이는 상민 신분에 도포 입고 갓을 썼다가 변을 당하는 모양이었다.

"갑오개혁으로 반상 구분이 없어진 게 언제인데, 아직까지 양반 상놈 타령이시오?"

남수는 가래를 돋우며 성립을 향해 차갑게 쏘아붙였다.

"허허, 남수 씨가 서울에서 벼슬을 한다더니 반상에 무디어진 듯싶소! 개혁이고 나발이고 아직까지 군신과 부자와 반상의 분별이 뚜렷한데 어찌 상놈이 갓을 쓴단 말이오?"

일찍이 갑오년(1894) 하반에 '갑오개혁'이라 하여 노비는 물론이요, 문벌과 신분이 타파된 바 있었다. 이러한 조치가 있은 후 10년 가까이나 지났지만 왜놈들의 입김으로 이루어진 개혁이라 하여 반대 의견 또한 만만치 않았다. 특히나 이런 향촌에서는 양반과 상놈의 분별이 여전하여 갓 쓰고 도포 입은 상민이 양반으로부터 봉변하는 일이 허다했다.

아무리 그렇기로서니 사람을 저리 모질게 닦달해서야 되겠나 싶어 남수는 건성으로 손을 잡는 체만 하고 뜨악한 표정을 풀지는 않았다. 가해자 이성립이 남수에게 인사를 챙기는 동안 매 맞던 사내는 몸을 털고 일어나려고 했다. 한눈에 봐도 넉넉한 체구에 힘깨나 쓰게 생긴 위인이었다. 남수는 그에게 손을 내밀어 일으켜 세우고, 다친 데는 없는지 살폈다.

"앗, 자넨? 자네는?"

분명 낯익은 얼굴이었으나 이름이 금방 기억나지 않았다. '뭐였

더라, 뭐였더라? … 그렇지, 태호. 아마 신태호가 맞으리라!' 남수
는 어렵게 그 이름을 생각해 냈다.

"신태호 씨 아닌가?"

한 손에 부서진 갓을 들고 어금니를 앙다문 채 옷에 묻은 흙 범벅
을 털어 내던, '태호'라 불린 사내는 그제야 남수를 향해 고개를 힐
끗 돌리며 써늘하게 웃었다. 거기에는 '너 또한 양반이렷다!' 하는
적개심이 배어 있었다. 그는 경계심이 잔뜩 묻은 시선으로 남수의
얼굴을 찬찬히 훑어보았다. 순간적으로 얼굴에 묻어 있던 차가움이
풀어지는 듯했다. 그 역시 이쪽의 얼굴을 기억해 낸 것 같았다.

"혹시, 백남수 형 아니시오?"

"맞네, 태호 씨! 내가 남수라네!"

남수는 태호가 자신을 알아본 것이 반가워 다소 호들갑스럽게 대
답했다. 태호의 얼굴에 비로소 희미한 웃음이 돋아났다.

"허허, 형이 아니었다면 내가 맞아 죽을 뻔했소. 장가간 덕분에
갓 한번 썼더니 저리 패악을 부리지 않겠소?"

태호는 남수를 향해 고개를 꾸벅하더니 저간의 사정을 천천히 주
워섬겼다. 느긋한 그의 표정으로 보건대 맞아 죽다 살아난 것 같지
는 않았다.

"자네같이 용력 있는 인사가 그런 매를 맞고 어찌 참았는가?"

신태호에 대한 사정이라면 백남수는 퍽 오래전부터 알고 있었다.
남수네 조상 산소가 있는 복디미마을의 문중 재실 부근에 태호의
초가집이 있었다. 어른들 따라 늦가을의 시제時祭를 지내러 오면 어
린 남수와 태호는 두세 살 나이나 신분의 차이 따위는 알 바 없이 재

24

실이나 태호의 집 앞에서 며칠씩 어울리곤 했다.

태호는 그 어릴 때부터 기운이 세고 힘이 넘쳐 났다. 아이들이 넘기 버거운 도랑물을 훌쩍 건너뛰어 또래들로부터 박수를 받기도 하고, 냇가의 아름드리 버드나무에 다람쥐처럼 기어올라 그러지 못하는 아이들의 부러움을 사기도 했다. 그동안 바삐 사느라 시제 참석을 게을리하면서 복디미 출입을 몇 년째 걸러 그 후의 자세한 소식은 모르지만 바람 따라 들려오는 이런저런 소문은 가끔 듣곤 했다.

읍내 구실아치의 후예로 탯줄을 끊은 신태호는 기운과 힘이 절륜하여 그 이름이 가근방에 이미 뜨르르하게 소문났다고 했다. 들리는 말에는 열 살 전에 맨손으로 미친개의 꼬리를 잡아 패대기쳤다는 것도 있고, 스무 살 전에 호랑이를 잡았다는 믿기 어려운 소문도 있었다. 공중에서 서너 바퀴를 도는 공중제비는 식은 죽 먹기요, 바윗돌을 공깃돌 다루듯 한다는 것에서부터 심지어는 축지법을 쓴다는 내용마저 있었다.

"내가 참지 않았으면 저런 놈들 대여섯쯤은 살아남지 못했을 거요! 우리 선생님의 동생만 아니었어도 내 가만있지 않지요. 그나저나 남수 형은 여기 웬일이시오? 시사 철도 아닌데."

태호는 옷에 묻은 흙덩이를 다 털어 냈는지 남수의 출현에 새삼스러운 의문을 표했다. 가을철 시제 때 외에는 이 동네에 나타난 일이 없던 남수였으니 태호의 의문은 당연한 것이기도 했다. 그사이 태호를 매질하던 사람들은 뿔뿔이 흩어지고 남수를 알아보던 성립만 남아 남수와 태호의 수작을 가만히 듣고 있었다. 그러나 신태호는 이 성립 따위는 안중에도 없다는 듯 남수를 향해 하던 말을 이어 갔다.

그러고 보니 신태호가 이성립의 형님으로부터 무슨 공부를 배우기는 한 모양이다. 성립의 형님이라면 아마 이중립을 말함일 터이다. 중립은 이퇴계의 방계 후손으로, 그 윗대 조상들이 복디미 부근 윗번계마을에 터 잡고 산 이래 내리 몇 대를 이어 살고 있었다. 육이당六怡堂이란 호를 쓴 그는 같은 이름의 서당을 윗번계마을에 열고 자신의 일가친척 자제들은 물론이요, 이웃 마을인 아랫번계 무안 박씨, 수일정마을 대흥 백씨 학동들을 가르쳐 왔다. 태호 또한 신분은 비록 행세하는 양반이 아니지만 육이당에서 공부한 모양이다. 이로 보면 중립은 문벌과 신분이 타파된 갑오년 이전부터 반상 따위를 가리고 따진 사람은 아니었던 듯싶다.

'배우고 싶은 자는 누구든 다 내게로 오라!' 일테면 이중립은 열린 사람이었다. 그런데 그 동생 성립은 왜 태호가 갓 쓴 일로 그를 타박하고 두들겨 패기까지 했을까? 무슨 까닭이 있겠으나 굳이 물어볼 계제는 아니었다. 남수의 외가도 진성 이씨이니 따지자면 성립은 외가쪽 일가붙이가 되기도 하겠는데, 오늘의 행실로 보자면 그리 질 좋은 인간은 아닌 성싶었다.

"남수 주사! 오늘 미안케 됐소이다. 태호에게도 그렇고 … ."

" …… ."

이성립은 남수와 태호에게 새삼 인사를 챙기면서 손까지 흔들고 멀어져 갔다. '참 싱거운 사람이로군! 혼례까지 치른 사람을 욕보일 때는 언제고 다시 인사까지 챙기다니 … .' 남수는 혼자 생각하며 말고삐를 맨 나무를 향해 걸었다. 그사이 비는 개고 진한 어둠이 내려앉고 있었다. 이 메마른 마을에도 주막은 있을 것이니 남수는 주막을 찾기로 했다. 새 갓이 망가진 게 못내 아쉬운지 태호는 구겨진 갓을 한 손에 들고는 남수를 따르며 말을 붙였다.

"지금 시각에 원두들까지 가시는 건 무리지요!"

"주막이라도 찾아야지 어쩌겠나."

"주막에 드신다고요? 주막이 있긴 합니다만 그건 안 될 말이오! 그러지 말고, 누추하지만 우리 집에 가십시다!"

"그럴 것 없네! 주막에서 요기나 하고, 잠은 우리 문중 재실에서 자야겠네!"

"아직은 군불 때지 않으면 추울 텐데 … ."

"그렇겠군! 하지만 자네 집에는 양친도 계시고 부인도 계실 텐데, 내가 찾으면 불편들 하시지 않겠나. 난 그냥 주막에서 저녁 먹고 재실에서 자겠네."

이런 엇갈리는 대화를 나누다가 둘이서 타협을 보았다. 태호가 문중 재실에 군불을 때놓고 기다리면 남수는 주막에서 저녁밥을 먹고 거기로 가서 자자는 것이었다. 일이 꼬이느라 그랬는지, 아니면 풀리느라 그랬는지 남수와 태호는 그날 밤을 재실에서 함께 지낼 수밖에 없었다. 아직도 신혼인데, 새신랑이 밖에서 자면 되겠느냐고 아무리 말려도 태호는 부득부득 우기며 재실에서 남수와 함께 자겠다고 고집을 부렸다.

"그럼, 나는 요기를 하고 오겠네!"

말고삐를 푼 남수는 주막 쪽으로 말을 몰았다.

오는 봄

비가 그치고 늦게야 달이 떴다. 신태호는 집에서 가져온 불씨로 마른 나뭇가지에 불을 붙였다. 오랫동안 비워 둔 재실이고 보면 꽤 오래 불을 피워야 온기라도 거둘 수 있겠다. 백남수네 몇 대 조상이 지었다는 이 재실은 그 윗대의 선영과 멀지 않았다. 시제 철이 오면 후손들이 여기 모여 먹고 자면서 제사를 지냈다.

다른 성바지이긴 하지만 어린 시절 태호도 여기서 놀았다. 널찍한 누마루와 마당은 뛰기 놀이에 좋았고, 오밀조밀한 방과 담장은 숨바꼭질하기에 맞춤했다. 삭정이에서 시작된 불길은 장작으로, 그리고 통나무로 옮겨붙었다. 아궁이는 범 아가리처럼 시뻘건 불줄기를 토해 내며 넘실거렸다.

돌아보면 남수를 처음 만났을 무렵, 그 철없던 시절이 차라리 행복했던 건지도 모르겠다. 거기에는 빈부도 없고, 반상도 없었다. 아이들 세계에선 오로지 누가 더 팔심이 센지, 더 멀리 뛰는지, 더 빨리 달리는지, 아니면 누가 더 겁이 없는지 따위가 중요했다. 태호는 그런 시합에서 진 적이 없고, 남수 정도는 어림도 없었다. 나이는 남수가 두어 살 위라고 하지만 키나 몸집은 태호보다 손아래로 보였다. 남수도 왜소하다고 할 수는 없으나 태호가 워낙 몸집이 커서 나란히 서면 누가 위인지 가늠되지 않았다.

태호의 이런 우쭐함은 그러나 오래가지 못했다. 남수는 이미 쓰고 읽을 줄 알았으나 태호는 그러지 못했다. 아버지를 졸라서 서당을 찾은 것도 아마 그 무렵이었을 것이다. 언젠가 시제 철이 다시 와 남수네 어른들이 복디미를 찾았을 때, 태호는 키 작은 남수를 다시 만났다. 이제는 누구도 힘겨루기 따위를 하지 않았다. 누가 더 글을 잘 읽을 수 있는지, 누가 더 글을 잘 외우는지를 겨루었다.

육이당 사랑채에서 육이당 선생과 함께 앉은 선비는 남수의 아버지라고 했다. 정확한 기억인지는 모르겠으나 정재 유치명 선생의 제자라는 남수의 부친은 그윽한 눈길로 아들의 친구를 내려다보았다.

"그래, 무슨 책 어디를 배우고 있느냐?"

선비는 조용히 물었다.

"《동몽선습》첫 구절을 어제 배웠습니다!"

그동안 《천자문》을 읽었고, 《계몽편》을 익혔으며, 이제 《동몽선습》까지 온 것이 자랑스러워 신태호는 큰 소리로 말했다. 앞으로 《명심보감》을 떼고, 《십팔사략》이며 《통감절요》, 《소학》 등을 배운 다음, 문리가 트이고 견식이 생기면 '사서오경'을 배우겠다는 욕심까지 생기니 신이 나기도 했다. 선비는 육이당 선생을 바라보며 희미하게 웃더니 태호에게 다시 일렀다.

"어디 한번 외워 보아라."

"네. 천지지간天地之間 만물지중萬物之衆에 유인唯人이 최귀最貴하니, 소귀호인자所貴乎人者는 이기유오륜야以其有五倫也라!"

"물론, 그 뜻도 알고 있겠지?"

"네, 알고 있습니다! 하늘과 땅 사이의 만물 가운데 오직 사람이 가장 귀하니, 사람을 귀히 여기는 까닭은 그에게 오륜이 있기 때문이다."

"그다음은?"

"시고로 맹자왈孟子曰, 부자유친父子有親하며, 군신유의君臣有義하며, 부부유별夫婦有別하며, 장유유서長幼有序하며, 붕우유신朋友有信이라⋯."

"잘했다. 앞으로도 열심히 하여라!"

태호를 시험해 본 선비는 칭찬과 함께 곶감 몇 개를 소매 춤에서 꺼내 태호에게 건넸다. 그리고 아이들을 밖으로 내보내며, 육이당을 향해 말했다.

"반상이 무슨 대수겠소? 아무튼 잘 가르치셨소! 앞으로도 잘 가르쳐 보오!"

그러나 신태호는 《소학》을 다 끝내기도 전에 글공부를 접어야 했다. 육이당 선생이 돌아가셨기 때문이다. 설령 육이당 선생이 더 살았다 한들 태호의 글공부가 이어졌을지는 아무도 모른다. 글공부 따위로 입신은 물론이요, 입에 풀칠하기도 어려운 게 현실이었다. 아버지의 뼈 빠지는 노력과 어머니의 무서운 검약 덕분에 수십 섬지기의 땅을 건사하긴 해도 봄이면 풀뿌리를 캐고, 가을이면 도토리를 주워야 그럭저럭 먹고살 수 있었다.

태호는 걸레를 빨아 오랜 먼지에 찌든 재실의 방바닥을 꼼꼼히 닦아 냈다. 뜨뜻한 기운이 방바닥으로 피어올랐다. 이 무렵 남수는 재실로 돌아왔다. 주막에서부터 아예 술동이를 말안장에 신고서였다. 태호에게 술통을 넘기고, 방문을 열었다. 보름을 며칠 넘긴 달빛이 방으로 쏟아 들었다.

"자넨 보나 마나 말술일 텐데, 이걸로 될까 모르겠네? 더구나 이 좋은 달빛 아래서 … ."

"허허, 경우 따라 다르오! 집에 가서 등잔과 술안주를 챙겨 오리다!"

그날 저녁 술잔을 앞에 둔 태호는 목마른 사람처럼 남수에게 여러 가지를 물었다. 그 역시 이런저런 세상 돌아가는 물정을 전혀 모르는 눈치는 아니었지만 뭔가를 확인하려는 듯 의뭉스럽게 묻고는 했다. 등잔불과 달빛이 두 사람의 표정을 놓치지 않고 비추었다. 남수와 태호가 나눈 대화는 궁금한 것이 많은 태호의 물음에 남수가 답을 하고, 태호와 달이 듣는 모양새로 이어졌다. 때로는 남수가 묻고 태호가 대답하기도 했다.

술잔을 손에 든 태호는 가까운 것부터 물었다.

"아까 말이외다. 남수 형은 왜 내 편을 들었소?"

"허허, 내가 자네 편을 들었다고? 글쎄, 굳이 따지자면 사람이 가장 귀하기 때문이 아닐까? 그러니 사람이 사람에게 까닭 없이 매를 맞아서야 되겠나."

태호는 다시 남수의 대답을 가만히 반추했다. '사람이 가장 귀하다?' 그러나 자신이 조금 아는 유학의 상식으로는 공자와 맹자 이래 정자와 주자, 퇴계와 율곡 할 것 없이 천지만물과 세상의 현상 모두를 둘로 분별한다. 우선 사람과 사물이 그러하고, 이理와 기氣가 그러하며, 양과 음이 그러했다. 다른 한편으로는 앎과 행함이 그렇고, 군주와 신하, 아비와 아들, 남편과 아내, 양반과 상놈, 중화와 오랑캐가 그러했다. 하여 태호는 천지만물 간의 분별에 대한 자신의 생각을 솔직히 물었다.

"사람이 물건이나 짐승에 비해서는 귀하다 하더라도 사람 사이, 가령 임금과 신하, 양반과 상놈의 분별은 어찌 그런 것이오? 신하가 아무리 뛰어나도 임금이 될 수 없고, 상놈이 아무리 날고 기어도 양반이 될 수 없다면 사람이 아무리 귀하다 한들 그게 무슨 소용이겠소?"

남수 같은 이가 그간 익혀 온 유학, 특히 성리학은 이기론理氣論이라는 이원론二元論의 가치를 엄격하게 요구하고, 우주와 인간의 질서를 이기론을 통해 통일적 원리로 파악하려고 했다. 남수는 자신도 의문에 부딪히는 이 문제를 어떻게 설명해야 할지 난감했다. 그래서 다시 한 잔을 더 마시고 천천히 입술을 떼었다.

"배움과 현실의 괴리에 대해서는 나도 의문을 갖고 있는 터, 그 답을 찾아 온갖 사람을 만나고 있다네! 성리학에 선지후행, 즉 먼저 알고 뒤에 행한다는 말이 있지만 또 다른 학문에는 지행합일, 즉 참된 지식과 행동은 반드시 서로 맞아야 한다는 말도 있다네. 그게 무언가? 앎과 행동에 선후가 없다면 이와 기, 양과 음, 임금과 신하, 아비와 아들, 남편과 아내, 양반과 상민이 어찌 선후가 있겠는가?"

"그렇다면 이제까지 왜 이런 분별이 그리도 엄연했던 것이오? 형의 말대로라면 이제부터 상놈도 양반이 될 수 있고, 신하도 임금이 될 수 있다는 뜻이오?"

"허허, 그건 지나친 비약일세! 상민도 양반이 될 수 있고, 신하도 임금이 될 수 있다기보다는 상민과 양반, 신하와 임금 따위의 차별이 없어야 한다는 것이겠지. 개개의 능력 나름으로 양반도 상민도 될 수 있다는 말 아니겠나? 듣기에 따라서는 사문난적斯文亂賊에 역적으로 몰릴 수도 있으니 그만하세. 허허!"

그랬다. 오랑캐 청나라에 임금이 항복한 병자호란 이래, 유독 성리학은 도학道學이란 이름으로 교조화했다. 그리하여 도학과 조금만 다른 이치조차도 사문난적으로 몰아붙였다.

성리학은 이치로 말하면, 우주 질서와 인간 질서를 이기론을 통해 하나의 원리로 파악하려는 철학적 유학이지만 정치적으로는 왜곡된 중화사상이 아닐까?

'오랑캐의 침입에 시달리던 송나라는 마침내 중원을 여진족 금나라에 내주고 양자강 이남으로 도망쳐 남송을 세웠다. 남송 사람 주희朱熹는 성리학을 집대성했다. 비록 중원을 오랑캐 금나라에 빼앗겼지만 정통과 명분은 남송에 있다는 점을 강조하기 위한 중화족의 논리가 바로 성리학이 아닌가. 성리학이 화이론華夷論과 명분론 따위에 그토록 집착한 이유가 여기에 있을 것이다. 그런데 왜 동이東夷의 후예인 조선이 이런 화이론에 젖고 명분론에 빠져 임금과 신하,

양반과 상놈, 중화와 오랑캐의 분별을 그토록 고집했을까?'

백남수는 이런저런 생각에 잠겨 멍하니 앉아 있었다. 나라가 거덜 날 요소는 복병처럼 곳곳에 잠복해 있는데, 교조화한 성리학은 이제 어디로 갈 것인가? 궁내부주사라는 미관말직으로 며칠 근무하지도 못하고 쫓겨난 처지이지만 그까짓 궁내부주사 자리에 미련이 남아서는 아니었다. 기존의 가치나 도덕이나 관념이 이제 쓸모없는 세상이 오고야 말리라는 막연한 불안감은 술을 찾는 식의 자학自虐으로 나타나곤 했다. 아득한 상념에 젖은 남수에게 신태호의 말이 환청처럼 쏟아졌다.

"그나저나 그동안 어떻게 지냈소? 아까 이성립의 얘기를 듣자 하니 무슨 벼슬을 한 것 같던데?"

남수는 손사래를 쳐가며 태호의 입을 막듯이 대꾸했다.

"말도 말게, 부끄럽네! 궁내부주사라는 건데, 하찮은 말직일세. 그나마 얼마 하지도 못하고 쫓겨났네. 그런 자리마저 노리는 자가 어찌나 많은지 며칠 사이로 몇 놈을 갈아 치운다네. 소문으로는 벼슬을 돈 받고 판다는 말도 있고 …."

말끝을 흐린 남수는 태호의 빈 잔에 술을 따랐다. 펄럭이는 소맷자락에 등잔불이 춤을 추며 타올랐다. 한 잔을 들이켠 남수는 태호를 보고 물었다.

"대관절 태호 씨는 그동안 어찌 지냈나? 육이당 선생한테서는 언제까지 배웠나?"

씩씩하게만 느껴지는 신태호의 얼굴에, 어울리지 않게도 약간의 우수가 내려앉았다. 그는 무언가 생각하더니 가라앉은 목소리로 대답했다.

"그게 말입니다, 참 안타깝게 됐소이다. 선생님이 임진년에 작고했는데, 그때 내 나이가 열다섯이었소. 《소학》을 거의 끝낼 무렵이었지요. 그다음부터는 어디 가르쳐 주겠다는 이도 없고 해서 혼자서 공부하다가 이젠 작파하다시피 했소!"

임진년(1892)이라면 벌써 10여 년 전이다. 그사이 백남수는 학문에 대한 기본을 이미 갖추었다. 경전을 읽는 틈틈이 병서兵書를 접하고 검술을 익힌 것은 딱히 무슨 소용이 있어서라기보다 난세에 제 한 몸 간수하기 위해서라도 필요할 듯싶어 그랬을 뿐이다. 스스로 생각하기에 글 읽기보다 칼 쓰는 일이 더 버거웠다. 그러고 보면 신태호의 타고난 힘이 오히려 부러웠다.

"그랬었군! 참 안타깝네그려. 하지만 어쩌겠나?"

"그래도 그 덕분에 까막눈을 면하고 내 이름 석 자는 물론이요, 관청에 내는 소장도 쓸 수 있고, 싯줄도 끼적일 줄 알게 되었으니 고마운 일이지요. 그 후론 농사일 틈틈이 못다 한 《소학》 공부도 더 하고, 무술도 좀 연마하고, 호랑이도 잡고, 허허허 …. 그러다가 혼인 전 병신년엔 영덕의 신운석 장군을 따라 김하락의진義陣에 나서기도 했었소. 의진이 패산한 뒤에는 집으로 올 수가 없어 팔도를 떠돌았고."

"호랑이를 잡았다고?"

"그랬지요!"

신태호가 호랑이를 잡았다는 것은 빈말이 아니었다. 그게 을미년(1895)이니 태호의 나이 열여덟일 때라고 한다. 이씨 성을 가진 곱단이란 이웃 마을 처녀가 호랑이에게 물려 간 사고가 있었다. 이 소식을 들은 태호는 벼린 검 하나만 든 채 호랑이를 쫓아 나섰다. 그러다가 기어이 호랑이를 찾아내고는 죽기 살기로 싸워 놈을 처치했단다. 곱단은 겨우겨우 목숨을 건졌고, 태호 역시 실신했다가 몇 달 동안 병치레를 했다는 것이다.

"그럼, 자네가 구해 준 곱단이란 처녀는 어떻게 되었는가?"

남수는 그 곱단이가 혹시 신태호의 부인이 된 게 아닌가 싶어 물었다. 태호는 남수의 속내를 안다는 듯 싱긋 웃더니 이내 씁쓰레한 목소리로 말을 받았다.

"그게! … 곱단이는 자기를 구해 준 신 아무개가 아니면 혼인하지 않겠노라 버티었다고 하더군요. 그런데 나는 의진으로 갔다가 떠돌이로 지냈으니 혼인할 처지가 아니었고 … . 그러다가 어머님의 강권으로 강씨 성 가진 사람에게 시집을 갔다는데, 지난해 괴질이 창궐할 때 아들 하나 남겨 놓고 내외가 모두 죽었다고 합디다. 참 아까운 사람이었는데."

"허허, 그것참! 어째 그런 일이 … ."

탄식 끝에 잠깐의 침묵이 이어졌다. 태호는 쓸쓸한 시선을 남수에게 주었다. 호랑이를 잡았다는 것도, 태호가 의진에 나섰다는 것도 남수에게는 그저 놀라운 소식이었다. 남수가 다시 물었다.

"김하락의진에 들었다고?"

"그랬지요!"

신태호가 따랐다는 김하락의진은 병신년(1896) 여름 영덕의 남천변 전투에서 김하락이 부상을 입고 강물에 투신 자결하면서 장렬하게 끝났다. 신태호 또한 관군의 추적을 피해 몸을 감추었다고 한다. 몇 년을 떠돌다가 고향으로 돌아오자 아버지는 아들을 불러 세워 혼인하라고 닦달했다는 것이다.

"그럼, 그게 호랑이를 잡았다는 그 사건 후인가?"

"그렇지요! 고래산에서 호랑이 잡은 건 을미년 초겨울이고, 의진에 가담한 건 다음 해인 병신년이라오."

"자넨 역시 남다른 데가 있었구먼! 병신년이라면 이수악 선생과 우리 아버지께서 영해의진을 꾸렸을 때인데, 그때 나는 거기서 잔심부름이나 하고 있었다네."

"무슨 겸양의 말씀을 그리하시오! 나라고 뭐 대단한 게 있었겠소? 용력이 좀 있다 해서 앞장서서 싸운 것뿐이지. 그런데 말이오. 나는 의진에 들었을 때 상놈도 양반과 함께 나라를 위해 할 일이 있다는 게 참 신통했었소!"

"이 친구야, 이제 그 상놈, 양반 소리 좀 그만하세나! 우린 불알친구 아닌가? 자네도 《십팔사략》이며 《통감절요》를 읽지 않았나? 거기에 진승, 오광이란 사람과 한고조나 회음후 애기가 있지 않던가? 진나라 말기에 품팔이꾼에서 몸을 일으킨 진승과 오광이 뭐라고 했던가? '왕후장상이 어찌 씨가 있겠는가'라고 하지 않았나? … 허허허! 어디 내 말이 틀렸는가?"

말을 자르고 너털웃음을 곁들인 남수의 열변에 태호의 눈길이 번쩍 빛났다. 현실의 고단함 때문에 책 속의 사실은 그저 책 속의 일로 치부하고만 있었다. 생각해 보니 진승과 오광은 날품팔이꾼이었고, 한고조 유방이나 한신 같은 사람도 젊은 시절 부랑배로 살았다고 했다. 하지만 태호는 다시 한번 어깃장 놓듯 남수를 향해 물었다.

"하하하! 그렇다면 형이나 나도 왕후장상이 되고 천자도 될 수 있단 말이오?"

"허허, 이 사람 취했군. 큰일 날 소릴 하네!"

남수는 말꼬리를 접으며 목소리를 낮추었다. 그리고 혼잣말처럼 뒷말을 이었다.

"시운이 그렇게 된다면 그리될 수도 있겠고, 그렇지 않으면 안 될 수도 있겠지."

궁내부주사라는 자리에서 쫓겨나 이제 고향으로 돌아오긴 했으나 무슨 일을 해야 할지 막막했다. 서울에서 목도한 현실은 왜국이며 노국霧國의 뜻대로 모든 게 결정되는 형국이었다. 임금과 대신들이 있다지만 몰려든 외세 앞에 갈피를 잡지 못하고 있었다. 청국이 물러나고 친로파가 권력을 잡았다가 몰락했다. 그 와중에 채광권이며 산림개발권 등 조선의 이권은 모두 외국으로 넘어갔다. 왜국이 득세하면 왜국에 붙고, 노국이 득세하면 노국에 붙으려는 생각으로 가득한 조정에는 영혼 없는 시체들만 가득했다. 나라의 장래가 암울하다는 걱정으로 차 있는 남수에게 왕후장상이니 천자니 하는 말은 그저 공허한 소리일 뿐이었다. 당장의 호구지책은 물려받은 농토에서 마련한다지만 장차 무엇을 해야 할지는 자신도 모를 일이었다.

그런 사정은 신태호라고 별반 다를 게 없었다. 똘똘하고 기운 센 아들에게 아버지는 크게 기대를 걸었다고 한다. 글을 가르친다 해서 언감생심 생진과나 문과를 바란 것은 아니었다. 무과라면 모르겠으나 그마저도 갑오개혁인가 뭔가로 없어졌다고 들었다. 천생 농투성이로 살든가, 그게 아니면 도부꾼으로 나서는 수밖에 달리 도리가 없었다.

술통이 비어 가자 태호는 조바심을 내며, 주막으로 갈 채비를 서둘렀다. 그런 태호를 물끄러미 쳐다보던 남수는 괴나리봇짐에서 백동화 꾸러미를 꺼내 그 앞에 가만히 내밀었다. 말을 타고 가라는 남수의 말에 태호는 손사래를 쳤다.

"말보다 내가 더 빠르오!"

이윽고 태호는 한쪽 겨드랑이에 술동이를 끼고 나타났다. 마른 생선의 비린내와 김치의 시큼한 냄새가 술맛을 당기게 했다. 뜨끈한 방 안에는 달빛이 가득하고, 술통에는 술이 가득했다. 오랜만의 통음으로 취해 가던 두 사람은 말없이 술잔만 주고받았다. 긴 침묵 끝에 남수가 말했다.

"사실, 아버지가 병환 중이라네. 당분간 고향에 머물러야 할 것 같네. 하릴없이 고향에 처박혀 지내게 생겼으니 가끔 만나세. 만나서 세상 돌아가는 얘기도 나누고, 술도 나누고….."

"아! 아버님이 편찮으시다고요? 저한테 기운을 북돋아 주셨던 분인데, 참 안됐군요. … 나야 뭐, 형과 자주 만나는 게 좋지요. 그렇게 합시다!"

신태호는 망설임 없이 가볍게 대답하며 다시 술동이를 기울였다. 이제 밤은 서서히 깊어 갔다. 취해 갈수록 두 사람은 말을 잃어 갔다. 두 번째 술동이가 반쯤 남았을 무렵, 오랜 침묵을 견디지 못한 태호가 조심스레 입을 열었다.

"서울에서 보고 들은 사정은 어떠시오? 듣자 하니 고관대작은 고관대작들대로, 지방관은 또 그들대로 부정부패와 수탈에만 매달리니, 나라 꼴이 말씀이 아니고 민심은 흉흉하다고 하던데."

"말한 그대로일세. 이건 뭐, 나라도 아닌 나라일세! 자네도 알다시피 부패한 이 나라 조정 대신들은 노국이며 왜국의 눈치를 살피느라 어느 날은 친로파가 되기도 하고, 또 어느 날은 친왜파가 되기도 하는 판국이라네. 다 제 잇속을 채우기 위해서지! 물론 의로운 사람도 없지는 않겠지만. 그런데 가증스러운 것은 왜인들일세. 일찍이 을미년 가을 궁궐에 난입하여 국모를 시해한 것이 저들 아닌가? 왜인들이 저들과 결탁한 대신들을 조종하여 정치를 농단한다면 나라가 거덜 나는 것은 시간문제일 걸세!"

입술을 지그시 깨문 신태호는 진중한 얼굴로 백남수의 말을 들었다. 태호의 얼굴에 돋아난 써늘한 미소를 남수는 놓치지 않았다.

"그럼 우린 어떡해야 하겠소?"

느닷없는 태호의 반문에 남수는 대답할 말을 잊고 잔을 들이켰다. 그리고 천천히 입을 열었다.

"글쎄? … 그런 부패한 자들을 당장 척결한들 그런 자들이 하나둘이 아니니. 그렇다면 축왜逐倭가 답일까?"

백남수의 말은 그러나 자신에 차 있지는 않았다.

"축왜? 왜놈을 몰아내는 것?"

"그렇지! 배척을 넘어 쫓아내자는 것이지!"

축왜라는 말을 입에 올리고도 두 사람은 거대한 바위 앞에 선 것처럼 가슴이 답답했다. 그것이 정답인지에 대해서도 확신이 서지 않았다. 다만 분명한 것은 오래지 않아 저 왜인들이 이 나라를 삼킬지도 모른다는 막연한 불안감이었다. 인간은 누구나 막연한 불안감이 더욱 두렵고 숨 막히는 법이다.

남수와 태호는 숨 막힐 것 같은 침묵에 빠져 거듭 술잔을 비웠다. 그러면서도 얼굴에 피어난 어떤 결기 같은 것을 서로 읽을 수 있었다. 그렇게 한 식경은 흘렀을 것이다. 분위기를 바꾸어야 한다고 느낀 걸까? 태호는 이윽고 다시 말문을 열었다.

"내 오늘, 남수 형에게 … 뭔가 자랑할 게 좀 있소!"

남수는 대뜸 태호의 자랑이라면 기운 자랑이 아닐까 싶어 호기심이 일면서도 시큰둥하게 반응했다.

"그게 무언가?"

태호는 다시 한참을 망설이더니 그답지 않게 수줍은 듯 운을 떼었다. 이제까지의 행동과는 거리가 먼 수줍음이었다.

"내 고향 복디미에서 벗도 있고, 달도 있고, 술도 있는데 … 뭔가 빠진 게 있질 않소?"

빠진 것이 무언가? 혹시 기녀를 말함인가? 아니면 자랑한다고 했으니 자기의 예쁜 부인을 부르겠다는 건가? 백남수는 혼자 생각에 신태호가 여인네를 말한다고 짐작했다.

"그게 뭔가? 혹시 기녀라도 부르겠다는 건가?"

거듭되는 남수의 물음에도 태호는 망설이는 눈치더니 어렵게 대답했다.

"아니오! 기녀가 아니라 … . 모든 게 다 있는데, 시가 없질 않소?"

"뭐라고? 시? 허허, 이 사람! 거, 양반이란 자들이 음풍농월吟風

42

休月하는 그 시?"

　말은 그렇게 하면서도 백남수는 괴나리봇짐으로 손이 먼저 갔다. 깊이 감추어 둔 지필묵이 비에 젖지 않았는지 궁금하기도 해서였다. '시라?' 조상 대대로 시를 짓는 행위를 선비의 품격이라고 여기며 살아온 남수지만 이즈음 들어서는 다 부질없는 짓으로 여겨졌다. 시를 잊은 지 한참이나 되었는데 느닷없는 태호의 말이 시를 상기시켜 주었다.

　"형도 양반이면서 무슨 말씀을 그리하시오?"

　"허허, 자네가 시를 짓는다니 감격스러워서 그런다네! 우리가 벌써 이렇게 어른이 됐나 싶기도 하고⋯. 암튼 자네가 앞을 읊으면 내가 뒤를 마무리함세!"

　"그럼, 내가 생각한 운韻대로 한번 지어 보겠소!"

　백남수는 지필묵을 감싼 보자기를 신태호 앞에 펼쳤다. 태호는 큰 결심을 한 듯 진지하기까지 했다. 크게 숨을 들이마신 그는 먹을 가는 남수의 손을 물끄러미 내려다보고 있었다. 먹이 다 갈리자 태호는 드디어 붓을 잡았다. 등잔불에 비친 그의 손이 가늘게 흔들리고 있었다. 호랑이를 잡았다는 용력이 붓을 잡고선 떨고 있다니? 남수는 실눈을 뜨고 태호의 손끝을 응시했다. 펼쳐진 한지에 굵지 않은 붓을 잡은 투박한 손이 움직였다. 처음과 달리 망설임 없는 일필휘지였다. 태호가 읊은 한시에는 그에게 영향을 준, 한 가지 지난 일이 오늘의 일과 겹쳐져 표현되어 있었다. '이제 앞으로의 일은 내가 읊어야 할 차례인가?' 남수는 태호의 한시를 천천히 새겼다.

三月福坪月光遲	삼월의 복디미, 달은 더디 빛나고
故鄉歸來動春思	고향 돌아오니 봄 생각이 동하네!
往年流落揚義氣	지난날엔 떠돌며 의기 드날렸고
終夜娛歡遇舊知	밤새워 흥청이며 옛 벗 만나 즐기네!

　신태호의 시는 대략 이런 뜻이었다. 남수는 다시 한번 가만가만
읊조려 보았다.

　지난날 떠돌며 의기 드날렸다는 말은 신태호가 김하락의진에서
활동했다는 뜻일 게다. '허허, 대단한 문사일세!' 남수는 속으로 놀
랐다. 자신의 차례를 의식하여 조심스럽게 붓을 넘겨받았다. 태호
가 쓴 종이를 옆으로 밀어 놓은 남수는 자신과 태호의 종이를 번갈
아 응시하며 태호가 쓴 시의 운을 되새겼다. 그리고 천천히 읊조리
면서 한 글자 한 글자 또박또박 적어 나갔다.

桃花開時難把酒	복사꽃 피어날 땐 술잔 들기 어려워라
舊友再會謾題詩	옛 벗 다시 만나 시를 어찌 안 지으리!
鯨山南望幾千籬	남쪽 고래산 바라보니 울타리 몇 천인가?
每思時象獨自悲●	시국 생각할 때마다 저 혼자 서러워라!

　백남수가 쓴 한시는 태호의 그것과 운이나 뜻에서 연계를 이루었

● 이들 시는 춘당 변중량卞仲良(1345~1398)의 칠언율시를 차운한 것이다. 변중
량의 시 원문은 다음과 같다. 二月江城霽景遲 / 芳洲散策動春思 / 少年流落傷
豪氣 / 半日娛歡遇舊知 / 梅柳開時難把酒 / 樓臺多處謾題詩 / 京華北望幾千
里 / 每賦瓜亭獨自悲(《동문선》, 권16)

다. 태호는 남수가 지은 시를 가만히 읊었다.

'허허, 좋은 시로구나!' 태호는 남수를 바라보고, 남수는 태호를 쳐다보며 빙긋이 웃었다. '시국 생각할 때마다 저 혼자 서러워라!'라는 마지막 구절이 마음에 걸리긴 했으나 태호는 새겨 두지 않았다. 둘은 자신들이 지은 시에 스스로 곡을 붙여 큰 소리로 노래를 불렀다. 노랫소리는 방문을 타고 나가 밤하늘로 퍼졌다. 노랫소리가 잦아들자 새벽이 왔다. 두 사람은 하얗게 밤을 새웠다. 새벽 말미쯤에서 태호가 남수에게 말했다.

"시국 생각할 때마다 저 혼자 서러워라, 라는 형의 시구를 보고 이제 그 뜻을 알겠소! 이제부턴 시국 생각하면서 혼자 서러워할 게 아니라 같이 서러워합시다!"

'이게 무슨 말인가? 뭔가 힘을 모으자는 뜻인가?' 남수 또한 태호의 속내를 읽을 수 있었다.

"시국 생각하면서 같이 서러워한다? … 같이 서러워할 게 아니라 같이 즐거워하면 어떨까?"

"그게 더 좋지요! 허허허!"

"하하하!"

두 사람의 웃음소리가 새벽 기운을 가르고 하늘로 퍼져 나갔다. 그날 새벽, 길 떠날 채비를 서두르는 남수를 향해 태호는 자기도 따라가겠다고 나섰다.

"나도 형을 따라가겠소!"

까닭인즉 남수의 부친이 아프다고 하니 문병을 하겠다는 것이다. '참, 인사성도 밝은 친구로군!' 남수는 혼잣말을 삼키고 거절의 뜻을 전했다.

"굳이 그러지 않아도 되네. … 농사일이 바쁘지 않은가?"

"아직은 뭐, 딱히 할 일도 없소이다. 집에 가서 길 떠나겠다고 일러나 놓고 오겠소!"

휭하게 떠나는 태호를 말릴 겨를조차 없었다.

어떤 주리론자

그들이 백남수의 고향집에 도착한 것은 해가 뜨기도 전이었다. 거리로 따지면 20리쯤이었지만 신태호의 걸음은 말보다 훨씬 빨랐다. 배불리 먹은 말이 있는 힘을 다해 뛰는데도 태호는 지치지 않고 말을 앞질러 성큼성큼 걸었다. 아니, 걷는다기보다 난다고 하는 게 더 정확한 표현이겠다.

"대단히 날랜 걸음일세! 축지법을 쓴다는 소문이 빈말이 아니로군!"

남수의 탄복에 태호는 숨찬 기색도 없이 크게 웃으며 대꾸했다.

"허허허! 축지법이오? 이까짓 평지 길이야 하루에 천 리인들 못 걷겠소? 나 혼자라면 더 빨리 갔을 게요. 말에다 맞추느라 내가 천천히 가는 것이외다!"

남수의 고향 원두들마을은 다른 말로 원구라고도 했다. 영해 읍내에서 서쪽으로 10리 남짓한 거리, 그의 조상들이 십수 대에 걸쳐 살아온 곳이다. 추녀 높은 기와집이 즐비한 동네였지만 왜국이 저지른 운양호 사건과 이에 따라 맺은 병자수호조규 이래 이십몇 년, 새로운 문물이 들어오면서 뭔가 모르게 기울어 가는 형세가 뚜렷했다. 퇴계 학통을 이었다는 이른바 남인의 마을답게 어른들은 이러한 변화를 애써 부정하려 했다. 젊은 축은 사람 따라 제각각이었다. 예부터의 가치를 지켜야 한다는 쪽과 변화에 따라야 한다는 쪽이다. 그러다 보니 내려오는 가치를 지켜야 한다는 쪽은 그렇지 않은 쪽을 개돼지 취급했고, 다른 한편은 그 반대편을 답답한 눈으로 바라보았다.

남수의 형제들도 그러했다. 바로 위의 형 남욱은 서산 김흥락의 문인으로 퇴계의 주리론적 가치를 신줏단지 모시듯 했다. 심지어는 동생의 벼슬마저 노론에 줄을 대는 짓이라 하여 못마땅하게 여기던 사람이다. 그래서일까. 아버지가 누워 계신 병실을 들어서기도 전에 동생을 향해 강파른 시선을 거두지 않았다.

"아버님이 아프신 걸 알면서 복디미에서 하룻밤을 유숙했다고? 거기에 혹까지 달고 왔어?"

가시 돋은 남욱의 말은 신태호란 놈을 데리고 온 게 도무지 못마땅하다는 투였다. 남수는 민망한 표정을 애써 감추고 병실로 들어섰다. 풍성한 수염은 여전했지만 아버지의 얼굴은 퀭했다. 몇 줌 남지 않은 머리칼로 상투를 틀고 주검처럼 누워 있었다. 막내아들을 알아보고는 희미하게 웃으려고 애썼다. 뒤따라 들어온 태호가 누구냐고 묻는 표정으로, 아들의 얼굴을 멀거니 쳐다보았다.

"복디미 사는 신태홉니다!"

"……."

그제야 알 것 같다는 표정이었지만 모든 게 귀찮다는 듯 고개만 끄덕였다. 7년 전 병신년(1896)에 영해의진을 꾸릴 때만 해도 장재掌財도총을 맡아 동분서주하던 분이었는데 그때의 기개는 사라지고 없었다.

'아, 아버지!' 남수는 아버지의 메마른 손목을 힘주어 잡았다. 여린 맥박이 손끝을 타고 전해졌다. 소가 디뎌도 꺼지지 않는다던 남수네의 살림살이는 큰형이 아들 하나만 남긴 채 죽고, 뒤이어 할아버지가 돌아가시고, 아버지마저 병들면서 기울어 갔다. 산이며, 논이며, 밭이 팔려 나갔지만 그다지 아까워하는 것 같지는 않았다. 나라의 영에 따라 그 많던 노비를 풀어 줄 때 노비 문서를 태우면서도 아버지는 얼굴색 하나 변하지 않았다. 오히려 몸져누운 어머니를 향해 '쯧쯧, 성인도 시속을 따른다 했거늘 …'이라며 못마땅해했다. 아버지를 뵙고 난 남수는 어머니의 방으로 향했다. 환갑과 진갑을 다 지낸 어머니 역시 많이 수척한 모습이었다. 태호와 함께 깊은 절을 하자 눈물부터 보이는 어머니 앞에 오래 앉아 있을 수가 없었다.

"몸은 괜찮으냐?"

"네, 괜찮습니다. 어머니는 어떠세요?"

"집에 있는 나야 뭐 어떻겠니? 나돌아 다니는 네가 걱정이지 …."

몇 마디 주고받는 사이에도 어머니는 계속 울고 있었다. 그 눈물의 의미를 남수는 알 것만 같았다. 먼 데를 떠돌다가 돌아온 막내아들에 대한 걱정에 더하여 지난날의 영화를 아쉬워하는 의미도 담긴 눈물임을.

"우리 집으로 가서 같이 조반을 드세! 내 자네들에게 말할 게 좀 있네."

동생을 따라 밖으로 나온 남욱은 써늘한 시선으로 동생과 태호를 번갈아 보며 말했다. 뭔가 길게 할 말이 있다는 투였다. 형의 재촉에 따라 남수는 자신의 집에도 들르지 않고 형의 집으로 향했다. 형수에게 인사를 건네면서, 그리고 조반을 앞에 두고서도 남수는 형의 말이 궁금했다.

"우리에게 하실 말씀이 뭔가요?"

조바심이 묻은 남수의 물음에도 남욱은 침묵을 지키며 동생의 동작 하나하나를 훑어보고 있었다. 태호는 이들 형제 사이에 놓인 팽팽한 긴장감을 곁눈질로 살피며 난감한 표정으로 자리에 앉았다. 배는 고팠지만 숟가락을 입으로 가져갈 수도 없었다. 남욱은 한참 뜸을 들이다가 천천히 입을 열었다.

"남수! 자네는 서울 오가면서 무슨 물이 들었나? 서학에 물들지는 않았을 테고, 혹여 경주의 동학 패나 강화도의 무슨 육왕학파와 끈이 닿은 건 아닌가? 그렇지 않고서야 반상의 분별을 이리 허물 수가 있느냐?"

"형님! 그게 무슨 말씀이오? 서학은 무엇이고, 동학은 무엇이며, 육왕학은 또 무엇이오? 그 위에 반상의 분별을 허문다는 건 도대체 무슨 말씀이오?"

숟가락을 놓은 남수가 대들 듯이 물었다. 그러나 남욱은 눈가에 가벼운 경련을 일으키면서도 예의 그 써늘한 시선을 거두지는 않았다. 반상의 분별을 허문다? 태호 같은 상놈을 달고 온 것도 아니꼬운데, 겸상으로 밥을 먹으려는 걸 나무라는 것인가?

"신태호를 데리고 온 것 때문에 그러시오? 그것 때문에 그런다면 나는 우리 집으로 가서 아침밥을 먹겠소!"

"⋯⋯."

자리를 박차고 일어나려던 남수는 형의 무대응이 마음에 걸려 다시 엉덩이를 부렸다. 뜻밖의 반응에 형은 멈칫하면서도 꼿꼿한 자세와 차가운 표정은 그대로였다.

"그럴 것 없다! 이미 차려진 밥상이니 먹어야지!"

남수와 태호는 가시방석처럼 따가운 자리에 앉아 남욱과 함께 식사를 마쳤다. 사랑방으로 물러난 두 사람은 이제 본격적으로 남욱의 긴 사설을 들을 차례였다. 아니, 그것은 어쩌면 남욱이 배워온 가치가 무너지는 현실에 대한 안타까움이거나 그가 알고 있는 가치에 대한 강변일 터이다.

"남수! 자네도 알다시피 우리 영남이란 곳은 저 숙종조의 갑술환국 이후 관직에 나가는 것은 어렵게 됐지만 퇴계 선생 이래의 성리학을 더욱 깊이 있게 궁구하여 어디에 내놓아도 빠지지 않는 학자들을 배출해 온 고장일세! 내 스승 서산 선생의 학맥*만을 따지더라도 참으로 유장悠長한 흐름이 아닌가? 이분들이 주창한 것이 무엇인가? 요컨대 '이理가 발하면 기氣가 이를 따른다'는 것이네! 신분도 마찬가지, 반班이 있으면 상常이 이를 따르는 건 당연하니 반상은 분별

● 퇴계 이황에서 비롯된 학맥은 학봉 김성일을 거쳐 경당 장흥효, 석계 이시명, 갈암 이현일, 밀암 이재, 대산 이상정, 손재 남한조, 정재 유치명, 그리고 서산 김흥락까지 대대로 이어졌다.

이 있어야 하지 않겠는가?"

"거참, 듣기 거북합니다. 갑오년 개혁으로 문벌과 반상이 타파된 지 벌써 십 년이 가깝소이다. 그런데 어찌하여 이와 기의 구분에 따르듯 반상이 그리도 구별이 엄하단 말씀이오?"

거리를 두지 않고 맞받아치는 동생의 항변에 남욱은 비웃음 가득한 얼굴로 입술을 비틀더니 자신의 주장을 거칠게 뱉어냈다.

"내, 그런 말이 자네 입에서 나올 줄 알았네. 갑오년 개혁이라고? 개혁이란 말도 꺼내지 마라! 오랑캐 왜적들은 국모를 시해하고, 왜적의 사주를 받은 대신들은 상투를 자르게 하고, 종래의 모든 것을 일거에 뒤집어엎는 것이 개혁이라고? 그렇게 따지자면 임금과 신하, 부모와 자식, 형과 아우 같은 분별은 왜 있어야 하느냐?"

"그렇다면 형님은 신분이 태어날 때부터 정해진 근본이라고 여기시오? 형님도 《사기》史記며 《한서》 같은 사서류를 보셨을 터, 진승과 오광이 무어라 했소? '왕후장상이 어찌 씨가 있는 것이냐'라고 하지 않았소?"

"그때는 주자 같은 성인이 나시기 전의 일이다. 도덕과 문명이 야만스러울 때, 진승과 오광이란 도적이 했던 말이다."

진승의 시대라면 공자孔子가 죽은 지 250년도 더 지난 다음이다. 도덕과 문명이 야만스러울 때라고? 남수와 태호는 어이없어하며 듣고 있었다. 남수가 입을 열어 다시 물었다.

"그럼 다시 묻겠소. 명나라 태조는 주자 같은 성인보다 전에 났소, 후에 났소? 명 태조 주원장은 홍건적의 한 부장이었다가 마침내 나라를 세운 후 태조가 되었소! 그의 전력이 걸승이었다는 건 천하가 다 아는 사실 아니오?"

"후에 났지! 하지만 그때의 성리학은 아직 유치한 단계였다. 그런 성리학이 우리 동방으로 건너와 퇴계 선생 같은 성인을 만나면서 이와 기의 분별이 더욱 벼려졌으며, 사림이 나라의 중추로 자리 잡게 된 것이다!"

"거참, 퇴계 선생을 자꾸 거론치 마세요! 내가 자세히는 몰라도 퇴계 선생이 당신의 학문을 깊이 있게 단련한 것은 조광조 선생이 기묘사화로 처형되고, 당신의 형님 온계 이해 공이 훈구파의 미움을 받아 쫓겨나면서 사림이 온통 위기에 빠졌기 때문에 도덕적인 명분을 강조하다 보니 그리된 것이오! 퇴계 선생이 어디서 사람 차별하라고 가르치시던가요? 그분은 자신의 손부가 젖이 모자라 여종을 젖어미로 부르려 하자 내 증손자를 살리기 위해 종의 아이를 죽게 할 수 없다며 거절하신 분이오! 게다가 미천한 대장장이를 제자로 삼았다는 이야기도 전해 오지 않습니까?"

곧바로 받아치는 남수의 말에 남욱은 기가 막힌다는 듯 '허허!' 하고 웃더니 다시 말을 이었다.

"허허! 자네가 《퇴계집》 어디에서 그런 구절을 읽었는지는 모르겠으나, 이와 기의 분별은 엄연하다. 그리하여 이는 앞이고 기는 뒤이며, 이는 존귀한 것이고 기는 비천한 것이다! 이런 연고로 이가 주인이라면 기는 객이고, 양반이 주라면 상민은 종인 것이다!"

남수는 형의 말을 들으면서 벽을 향해 앉아 있는 듯한 답답함을 느꼈다. 태호 역시 아연하여 혼자서 생각했다. 남욱의 말대로 삼라만상의 원리를 이와 기로 분별할 수는 있겠다. 그러나 '가장 귀한'

사람조차 이렇게 나누어 버린다면 공부가 무슨 소용이며, 도덕이 무슨 의미가 있을까? 차라리 군자와 소인, 의인義人과 불의한 자로 나눈다면 그나마 이해라도 하겠으나 굳이 반상이라니?

이윽고 남수가 내뱉듯이 말했다.

"늘 그랬지만, 형님과 나 사이엔 건널 수 없는 강이 있는 것 같소!"

"그래, 나도 그렇게 느낀다! 내 고릿적부터의 줄기를 굳이 따지지 않으려 했다만 이왕 말 나온 김에 다 해버리자. 이곳 영남, 좁게는 우리 영해 향내의 옛일 몇 가지를 들려주마! 갑술환국으로 남인이 몰락하고, 세상은 완전히 서인 천하가 되었다. 이 서인들이 저희끼리 다투어 노론과 소론으로 나뉘더니 마침내는 노론이 권력을 오로지했다. 이들이 누구더냐? 율곡과 우암을 하늘처럼 떠받드는 무리였다. 이들은 영남 선비들이 퇴계의 성리학만을 파고드는 것이 못마땅하여 경상도 관찰사며 각 부의 부사, 심지어 현감 나부랭이까지 모두 노론 일색으로 심어 놓고는 이들로 하여금 신향이니 구향이니 하며 영남 선비들을 이간질하도록 부추겼다 ⋯."

신·구향에 이어 신안영당 훼판사건•까지. 쉬지 않고 말하던 남욱은 제풀에 흥분하여 주먹으로 방바닥을 내려치기까지 했다.

남욱의 분노를 유발한 것은 요컨대 우주 만물의 존재 근원을 추상적인 이理가 아니라 물질적인 기氣로 보는 주기론이고, 이것을 신봉하는 무리가 바로 노론 집단이며, 이들의 농간으로 영남과 영해

● 영덕현 신안영당에 모신 주자와 송시열의 초상화를 신향(노론) 측이 훼손하고, 그 죄를 영덕현 구향(남인사족) 측에 전가한 사건〔《실록》영조 23년(1747) 6월 15일, '어사 한광조를 인견하고, 영덕옥사에 관해 묻다'〕.

일대 남인이 고초를 겪었다는 점이었다. 말없이 듣고 있던 신태호가 견디지 못하고 드디어 입을 열었다.

"이들 싸움이야말로 퇴계학이냐, 율곡학이냐의 학문 경쟁이 아니라 한 줌도 안 되는 향권을 놓고 벌인 권세 다툼이 아니었소이까? 여기에 무슨 주리론이 있으며, 주기론이 있었겠소?"

남욱은 태호의 말에 같잖다는 표정을 지으면서도 대답을 거르지는 않았다.

"노론 패거리들이 학문적으로 경쟁이 안 되니까 비열한 정치 싸움을 부추긴 것이다."

이 지역에 침투하려는 노론 세력의 음모에 대해서는 남수나 태호도 익히 들었지만 노론에 대한 남욱의 적개심은 생각보다 컸다. 화제를 돌려 볼 셈으로 남수는 일부러 동학 얘기를 다시 꺼냈다.

"그나저나 … 나도 자세히는 모르지만 동학을 창도한 최수운이란 사람도 퇴계의 학문을 공부한 인물로 알고 있소이다!"

"그래서 내가 자네들에게 조심하란 것 아닌가! 최수운의 부친 최옥이란 분은 근암 선생이라 해서 퇴계 학통을 이은 유수의 퇴계학도*였다. 이런 아버지 밑에서 그런 자식이 나올 줄을 누가 알았겠느냐? 근암과 한 재가녀의 아들이 바로 최수운이라는데, 그가 했다는 말이 가관이더군. '사람을 하늘처럼 섬기라!'라는 말을 했다면서?"

남욱도 최수운의 가르침을 어디서 듣긴 들은 모양이었다. 동학이

● 퇴계 이황의 학맥은 학봉 김성일, 경당 장흥효, 석계 이시명, 갈암 이현일, 밀암 이재, 대산 이상정, 기와霽窩 이상원, 근암 최옥으로 이어졌다. 수운 최제우는 17세 때까지 아버지 최옥의 지도로 성리학을 공부했다고 한다.

란 말이 나오자마자 기다렸다는 듯이 쏟아진 남욱의 일장연설에 남수는 괜히 말했나 싶어, 속으로 '아차!' 했다.

"그 말이 어때서요? 사람을 하늘로 섬기는 것이야말로 퇴계의 가르침이 아니던가요? 퇴계 선생의 기본 가르침이 '이도 기도 그 나름으로 작용한다'는 이기호발理氣互發인데, 이것은 다시 말해 '하늘이 만물을 다스리고, 기는 만물을 만든다'라고 풀이할 수 있지 않겠습니까? 그렇다면 '한울님을 섬기라!'라는 최수운의 말이 '태극을 하늘로 받들어라!'라는 퇴계의 가르침과 무엇이 다르단 것이오?"

"허허, 큰일 날 소리! 하늘과 땅과 사람이란 삼재三才의 분별을 흐트리는 자네야말로 퇴계학을 멋대로 풀이하는 못 말리는 사람이로군! 이기호발이란 '이가 발하면 기가 이를 따르고〔隨〕, 기가 발하면 이가 기를 올라탄다〔乘〕'는 것이라네. 이와 기가 동렬에 있다거나 기가 앞서고 이가 그 뒤를 따른다는 것은 아니란 말일세! … 자네와 그런 이야기를 계속하다간 백날을 해도 끝나지 않을 테니, 그만두세나!"

"…….."

남수와 태호는 말없이 앉아서 듣기만 했으나, 이들이 보기에 퇴계학의 기본은 인간의 내면을 일신一新하자는 것이지 학문을 빙자하여 권력을 잡자는 속셈은 절대 아니었다. 인간 내면의 일신이란 점에서 보자면 퇴계와 수운과의 거리도 결코 멀지 않았다. 퇴계가 '훈구에서 사림으로!'라는 그 시대의 변화를 이끌어 냈다면, 수운은 '말세를 개벽하자!'라는 이 시대의 변화를 추구했던 것이 아닐까? 시대를 구원하는 것은 법이나 제도가 아니라 그것을 만들고 운용하

는 인간이란 점에서 말이다. 그렇다면 수운이야말로 퇴계의 정신을
가장 정확하게 이해한 퇴계학의 정통이 아닐까?

 하지만 이런 말을 형 앞에서 했다가는 의절義絶을 당할지도 모를
일이었다. 보나 마나 '퇴계 선생을 최수운 나부랭이와 비교하다니?'
라며 펄펄 뛸 것이 틀림없었다. 이윽고 남욱은 다시 입을 열었다.

 "아무튼 이곳의 신향은 물론이고, 동학 패거리가 우리 향촌에 끼
친 해악도 적지 않았다. 신미년(1871)이니까 벌써 30여 년 전이군.
이필제란 자가 영해부에 스며들어 영해부를 비롯한 영남지방 동학
패 수백 명을 선동해서 최수운의 원통한 죽음을 풀어 준다는 명목으
로 영해부를 야습했다. 그리하여 영해부사를 살해하고 재물을 빼앗
아 촌민들에게 나누어 주고 도주했는데,• 이 일로 하여 무고한 향인
들이 또 얼마나 큰 고초를 겪었는지 아느냐? 모진 매를 못 이겨 동학
패가 아닌데도 동학 패라고 허위 자복한 자들도 많았다고 한다."

 해는 벌써 중천에 떠 있었다. 아침 식사를 하자마자 나온 남욱의
장광설은 참 오래도록 이어졌다. '왜인들의 간교한 술책을 어떻게
하면 막아 낼까?'로 고심하는 남수와 태호에게 퇴계가 어떻고, 주리
론이 어떻고 하는 남욱의 얘기는 그리 절박하게 와닿는 외침이 아
니었다. 너무나 먼 이상인 인간 내면의 혁명보다는 차라리 당장 그
릇된 법과 제도에 저항했던 최수운의 제자들이 훨씬 더 인간적이지
않을까 하는 생각마저 들었다.

• 고종 8년(1871) 3월 10일에 일어난 '영해작변'(이필제의 난). 이필제와 동학
 2대 교주 최시형, 차도주次道主 강시원 등 5백여 명이 봉기했다.

"그뿐인 줄 아느냐? 얼마 전인 갑오년 호남지역에서 동학 패의 민란이 크게 일어났을 때 우리 영해부에서도 동학 패가 난을 일으킨 적이 있다.● 조정에서 안핵사를 보내 영해부사를 파직하고 민란 주모자들을 처벌했는데, 여기서 또 많은 향인이 억울하게 다쳤다. 이로 보자면 노론과 그 하수인인 영해부사도 물론 나쁘지만 노론의 사주를 받은 신향 무리와 동학 패가 고을에 끼친 해악도 이루 다 말할 수가 없다. 사정이 이러한데도 퇴계 학통을 이은 우리 향내의 구향들이 신향과 동학 패를 품어 안을 수 있겠느냐? 이래서 반상의 분별은 필요하고, 나아가 왜인 오랑캐를 대함에도 이런 분별이 필요할 걸세!"

남욱의 결론은 권력을 쥔 노론 측의, 학통을 빙자한 저열한 정치 공세가 반상과 양천良賤의 분별을 어지럽혔다는 것이다. 그래서 이런 분별을 더욱 철저히 해서 오랑캐 왜인에게까지 적용해야 한다는 주장이었다.

하지만 이런 고집 때문에 을미사변 이듬해 병신년(1896)에 일어난 영해의진은 제대로 싸움 한번 해보지 못하고 무너지고 말았다. 병신년 당시 유림 중심의 영해의진에는 유생을 비롯해서 농사꾼이며 포수 등 상민들도 다수 참여했다. 그러나 유림은 상민의 동참에 대해 신분의 분별을 어지럽힌다 하여 탐탁지 않게 여겼다. 그러자 이들 상민 의병들은 썰물처럼 의진을 빠져나갔다. 이들이 빠지면서

● 고종 31년(1894) 7월 남응복·박경분·권용평 등 백성 수백 명이 세곡을 줄여 달라고 시위하다가 탐관인 영해부사를 고을 밖으로 내쫓은 사건〔〈실록〉고종 31년 7월 27일, 9월 29일 '영해민란…'〕.

전투력이 현저히 줄어든 의진은 결국 스스로 와해되다시피 했다.

이런 사정에 대해서는 남수도 알고, 태호도 대강 듣고 있었다. 그런 두 사람이 입을 모아 말했다.

"반상의 차별과 양천의 엄한 분별이 병신년에 있었던 영해의진을 결국 실패하게 만든 것 아니었소?"

"허허, 그래서 여전히 반상의 분별이 틀렸단 말이로군. 쯧쯧, 한심한 사람들!"

"도대체 형님이 공부하는 도학의 목표가 무엇이오? 군자가 아니오? 군자의 목표가 또 무엇이오? 내성외왕內聖外王, 곧 안으로는 성인이 되고 밖으로는 임금의 덕을 갖춘 사람이 되자는 것 아니오? 그렇다면 성인이 되는 것에 군자와 소인의 분별은 있을 수 있겠으나 어찌 양반과 상민의 분별이 필요하단 말씀이오? 이 사람 신태호만 하더라도 퇴계 선생의 방계 후손인 육이당 선생에게 배웠으니 퇴계 학통의 말석에나마 앉을 사람이외다!"

"……."

신태호가 육이당에서 공부했다는 말이 나오자 남욱은 딱히 할 말이 없는지 입맛을 다시며 슬그머니 돌아앉았다. 남수와 남욱은 이날 아침 격론에서 결국 두 사람의 생각이 다르다는 것만 확인했을 뿐이다. 남수는 아득한 절망감으로 형을 바라보다가 태호에게 눈길을 주었다. 그리고 나직이 말했다.

"나가세!"

"그럽시다."

두 사람은 남욱을 향해 고개를 꾸벅하고 그 집을 나섰다. 어디로 갈 것인가? 신태호도 그렇지만 남수 역시 딱히 갈 곳이 없었다. 남욱의 핀잔을 들은 마당에 태호를 데리고 제집으로 가자 하기도 난감했다.

"내가 오늘 자네한테 미안하게 됐네. 저기 주막에 가서 술이나 한잔하세!"

"형이 나한테 미안해할 건 없소! 내가 괜히 따라오겠다 해서 외려 미안할 뿐이지요."

둘은 주막이 있는 마을 어귀로 성큼성큼 걸음을 옮겼다. 주막집 아랫목에 앉자마자 남수는 하품부터 쏟아 냈다. 어젯밤의 숙취에 잠까지 자지 않았으니 몇 잔 술에 벌써 취기를 느꼈다. 형의 말이 무슨 벌레 소리처럼 귓가를 맴돌아 남수는 도리질을 해가며 털어 냈다. 머릿속이 복잡하기는 태호도 마찬가지였다. 오랑캐 왜인들의 칼끝은 하루가 다르게 밀려온다는데, 지금 필요한 건 무엇일까? 주리론 · 주기론을 파고드는 지식일까, 세상을 바로 보는 지혜일까?

유랑 길에서

　백남수와 헤어진 신태호는 20리 길을 한걸음 삼아 집으로 돌아왔다. 취한 기운이 아직 남아 있었으나 다리에는 오히려 펄펄 기운이 돋았다. 집으로 돌아오는 내내 남수 형제가 나누던 가시 돋은 대화가 기억났다. 이들의 격론을 통해 자신이 가야 할 길도 어느 정도 머릿속에 그려졌다. 진승・오광의 말처럼 왕후장상이 씨가 없는 것이니, 신분 따위에 주눅 들 이유도 없다고 느꼈다. 아니 오히려 그점 때문에 힘없고 홀대받는 사람에 대한 배려를 더욱 살갑게 해야 하는지도 모르겠다.

　40여 년 전에 죽은 동학 패의 우두머리 최수운마저 퇴계의 학통을 이은 사람 중 하나라면, 까마득히 멀게만 느껴지던 퇴계 학통이 자신에게 미치지 말란 법도 없다고 여겨졌다. 남수의 말대로 자신의 스승 육이당이야말로 퇴계의 학통을 제대로 이은 사람이 아닌가?

　남욱이 주장한 주리론 가운데는 용납하기 어려운 대목도 물론 있었다. 특히, 반상의 분별을 엄히 해야 한다는 대목에선 남욱을 쥐어박고 싶은 심정이었다. 하지만 같은 이치의 연장선에서 조선과 왜국 오랑캐를 이理와 기氣로 분별할 필요가 있다는 내용은 선명한 기억으로 남았다. 생각이 여기에 미치자 태호는 술이 깨고 정신이 맑아지는 걸 느꼈다.

이제 무엇을 할 것인가? 더 넓은 세상을 나다니며 시세의 변화를 읽고 더 많이 배워야 장차 무슨 일을 해도 할 것이 아닌가? 그래, 떠나 보자! 태호는 어디를 가든 세상 속으로 뛰어들어야만 할 것 같은 조바심에 싸였다. 가슴을 크게 벌려 심호흡을 하면서 마당으로 들어섰다.

"다녀왔습니다!"

"…… ."

꾸지람이라도 들을 줄 알았는데 부모님은 별말씀이 없었다. 제 방으로 들어간 태호는 빨래를 개고 있는 아내를 향해 조금은 미안한 얼굴로 말을 뱉었다. 조바심이 지나쳐 서둔다는 느낌마저 드는 태호였다.

"내가 좀 다녀올 데가 있어서 그러니 … 깨끗한 옷을 좀 준비해주오!"

"알았어요."

아내 한 씨는 이내 대답했지만 그다지 밝은 표정은 아니었다. 복디미에서 멀지 않은, 축산이란 마을에서 나고 자란 한 씨는 '재여'란 이름을 가졌다. 여자치고는 체격이 좋고 키도 커서 천하장사란 말을 듣는 태호의 천생배필이었다. 원만한 성격이지만 그렇다고 마냥

'허허!' 하거나 경우 없는 성미는 아니었다. 바느질 솜씨도 좋아 시어머니는 혼인 초부터 퍽 대견해 했다.

"미안하오! 나돌아 다니기만 하고…."

"미안하실 거면 혼인은 왜 하셨소?"

"……."

느닷없는 반문에 태호는 딱히 할 말이 없어 입을 다물었다. 긴말은 아니었으나 아내의 말에는 결기 같은 것이 묻어 있었다. 하긴 그럴 것이다. 바람처럼 나갔다가 바람처럼 돌아오는 남편은 새색시에게 따뜻한 말 한마디 건네는 법 없이 밖으로만 나돌았다. 보다 못한 어머니가 며느리를 대신해 아들을 나무란 적은 있지만 그때마다 태호는 '알겠습니다!'란 대답만 번번이 해왔다.

집에서 하룻밤을 묵고 이튿날이 되자 태호는 다시 집을 나섰다.

"아직 농사철이 아니니, 저 남쪽으로 좀 다녀오겠습니다!"

"어디를 가겠다는 거냐?"

병신년(1896) 김하락의진에 가담한 이후 피신하여 지내던 아들이 오랜만에 나타나자 혼인을 서둘렀던 아버지다. 그런데 그 아들은 혼인한 후에도 집 밖으로만 나돌았다. 뭔가 큰일을 하겠거니 하는 기대 때문에 말린 적은 없지만 걱정마저 없지는 않았다.

"저 남쪽으로 경주와 울산으로 해서 동래 쪽으로 갔다가 청도를 거쳐서 오려고 합니다."

태호는 마음속에 새기고 있었던 듯 아버지가 알지도 못하는 지명을 흡사 이웃 마을처럼 주워섬겼다. 말린다고 안 갈 녀석이 아니니 그저 몸 성히 다녀오라는 말밖에 달리 할 말이 없었다. 어머니가 울

듯하며 한마디 거들었다.

"네 처도 생각해라, 쯧쯧! 암튼 몸조심해서 다녀! 남에게 힘자랑 말고 … ."

"네!"

괴나리봇짐 하나만 달랑 멘 채 태호는 휘적휘적 걸었다. 어머니와 아내가 삽짝문 밖에서 멀어지는 태호를 오래도록 바라보고 있었다. 핏줄이나 부부로 맺어진 이런저런 인연을 생각하면 더 넓은 세상으로 나가 시세의 변화를 읽고 더 많이 배워서 장차 큰일을 하겠다는 태호 자신의 욕망조차 부질없다 싶기도 했다. 하지만 어쩌랴? 자잘하고 묵은 인연에 매달리다 보면 자신의 안목이 좁아지는 듯하여 스스로 울화가 치미는 것을 … . 새로운 인연을 만들다 보면 견문의 폭도 넓어지고, 울화도 눅어질지 모를 일이었다.

'이제 나는 새로운 인연을 만들려고 떠난다!'

태호는 혼잣말을 삼켰다. 조금 전 태호가 읊은 땅 이름은 지난 병신년 여름 영덕 남천변에서 패전하고 세상을 떠돌 때 한 번씩 인연을 맺은 곳들이다. 경주 교동의 최 부자 댁이나 울산 송정의 박 교리 댁은 한 번도 나그네를 박대하지 않았다. 신분이며 행색 따위는 따지지도 않았다. 밥때가 되면 밥을 주고, 목마르다면 술을 마시게 했다. 그 집들 사랑방에는 썩어빠진 조정의 국사를 논하고 왜놈의 침공을 걱정하는 선비며 지사들이 언제나 자리 잡고 있었다. 거기서 얻어들은 것들이 태호의 머리를 깨우치고 눈을 뜨게 해준 부분도 적지 않았다.

하지만 이틀 전, 남수의 입을 통해 자신의 스승 육이당 이중립이 퇴계의 학통과 이어진다는 말을 들었을 때 태호의 머리를 덮친 깨달음이 더 컸을지도 모르겠다.

"앞으로의 세상은 신분보다는 각기 제 깜냥대로 살게 될 거다! 그러니 열심히 배우거라!"

처음 육이당을 찾았을 때, 열 살도 안 된 태호를 앞에 앉힌 선생님은 이런 말을 했던 것 같다. 남수 형제가 나눈 여러 가지 말을 스승의 이 말씀과 연결하고 보니 늘 품어 왔던 마음의 구김살이 조금은 펴졌다. 마음이 편해지자 생각만으로도 기분이 좋아졌다.

신태호의 걸음은 바람처럼 빨랐으므로 그날 안으로 경주에 이르렀다. 태호의 집에서 경주까지는 2백 리 길이 조금 넘는다. 중간쯤인 청하 어느 마을에서는 점심을 얻어먹었다. 때마침 대들보 얹는 공사가 한창인 집이 있어 기운 한번 크게 써서 올려 주고는 밥값을 때웠다. 경주 같은 큰 고을에는 이미 왜인들의 자취가 여기저기 드러나 있었다. 전보電報라는 희한한 것을 주고받는다며 전신주를 심는가 하면, 청하나 흥해 같은 동해안 항구 곳곳에는 왜국 선박이 수시로 들고 났다.

경주 교동에 자리한 최 부자 댁을 들렀을 때는 저녁 무렵이었다. 저택의 지세를 보면 아름드리 회화나무 수십 그루가 뒷산을 이루고, 문천汶川이라는 내가 앞을 돌아 흘렀다. 옛날의 요석궁터로 알려진 이 집 사랑채는 그날도 어김없이 팔도에서 모여든 과객으로 가득했다. 나이 지긋한 중년도 있었고, 태호처럼 새파란 젊은이도 있었다.

저녁밥을 먹는 자리에서 태호는 어떤 젊은이의 눈인사를 받고 그게 누군지 가늠되지 않아 한참을 혼자 생각에 골몰했다. 차가운 눈매와 찢어진 눈꼬리는 결기로 뭉쳐진 그의 속내가 간단치 않음을 보여 주고 있었다.

"혹시, 영해 사시는 신태호 씨가 아닌지요?"

식사가 끝난 청년이 숭늉 그릇을 내려놓으며 조용히 태호에게 물었다. 밥숟가락을 놓은 태호 역시 조심스럽게 답했다.

"그렇소만, 댁은 뉘시오?"

젊은이의 얼굴에 미소가 돌았다. 나이는 스무 살쯤이나 되었을까, 호리호리한 체구에 눈썹과 눈꼬리가 모나게 올라간 청년의 웃음에 태호는 '아하!'라고 속으로 부르짖었다. 저 특징적인 인상을 어디서 보았더라? 어디서? 그렇지 박 교리 댁에서였지.

"저는 울산 사는 박상진이라고 합니다만 …."

울산 송정의 박 교리 댁 아들이었다. 6년 전 태호가 그 집에서 만났을 때 상진은 아직 열서너 살짜리 소년이었다. 그런데 이제는 스무 살 청년으로 훌쩍 자라 있었으니 태호가 몰라본 것도 무리는 아니었다.

"그렇군요. 반갑구려!"

신태호와 박상진은 남의 눈을 의식하지 않고 얼싸안았다. 둘은 밖으로 나와 그 몇 년간의 일들을 이야기하기 시작했다.

"그나저나 형은 어디로 가시는 길이오?"

"나는 그저 세상 구경이나 하려고 집을 나섰다오. 박 형은 어디로 가는 길이오?"

"나도 하 답답하여 울산에서 서울로, 다시 서울에서 울산으로 오르락내리락하고 있습니다. 이번에는 왕산 선생한테서 공부하다가 울산으로 내려가는 길이외다."

왕산이라면 허위許蔿 선생을 말한다. 태호도 허위라는 그 이름을 진작부터 들은 바 있다. 을미사변과 단발령으로 곳곳에서 의병이 일어나자 병신년(1896) 2월 경상도 성주에서 의병을 일으킨 유학자였다. 해산하라는 임금의 밀지密旨를 받고 의진을 해산한 뒤로는 서울에 올라가 관직에 올랐다고 들었다. 이제 상진의 말을 듣고 보니 그 꼿꼿한 선비가 상진 같은 학생들을 가르치는 모양이다.

"요즘 서울은 어떻소? 여전히 왜놈들은 들끓을 테고?"

"말씀하신 대로지요. 왕산 선생도 늘 한탄만 하십니다. 왜국의 속내가 뻔히 보이는 형편에 관직 생활을 계속할 수도, 그렇다고 안 할 수도 없는⋯."

상진은 한숨까지 푹 내쉬며 말끝을 흐렸다. 태호가 보기에 상진은 신분이며, 재산이며, 재주까지 갖출 것은 다 갖춘 사람이었지만 그 역시 이런 격변 가운데서 무슨 일을 해야 할지 갈피를 잡지 못하고 있는 듯했다. 태호는 상진에게 위로가 될까 하여 자신의 신세를 빗대어 한탄 비슷한 말을 뱉었다.

"나 같은 사람이야 그저 그렇게 한세상 살다가 가야겠지만 박 형이야 좋은 가문과 재산에 재주까지 갖추었으니 이 풍진 세상을 한번 쥐락펴락할 만도 하잖소?"

"허허, 별말씀을⋯. 그 옛날 조상이 뭘 했네, 가문이 좋네 하는 것이 지금에 와서 무어 그리 대단한 일이겠습니까? 사실 나는 고향에 내려갔다가 신식 교육을 받으러 다시 서울로 갈까 합니다."

'신식 교육이라?' 태호는 상진의 말에서 젊은이만이 가질 수 있는 어떤 열의 같은 걸 느꼈다. 이전 같으면 자신이 초라하다는 생각을 했겠지만 지금은 꼭 그렇지만도 않았다. 형편따라 신식 교육을 받을 수도 있겠고, 그렇지 않을 수도 있을 거라 생각하니 마음이 홀가분했다.

"나는 뭐 딱히 하겠다는 것도 없소이다. 하지만 세상 구경이나 하고 고향으로 돌아가 농사지으면서 시국을 살피려 하오!"

"거, 좋은 말씀이외다. 특히, 형 같은 천하장사의 용력이 꼭 필요한 시대가 올 것입니다. 나처럼 하릴없는 책상물림이야 차고 넘치는 세상 아닙니까?"

"…… ."

딴은 그렇기도 하겠다 싶어, 태호는 묵묵히 상진의 말을 귀담아들었다. 청국은 왜국과의 전쟁에서 패한 이래 조선에 대한 발언권을 잃은 지 오래였다. 이런 시기에 노국이 힘을 쓰기도 했으나 왜국은 온갖 야료를 부려 가며 조선 조정을 좌지우지했다. 마음 같아서는 그런 왜놈들을 두들겨 주어도 분이 풀리지 않겠으나 한두 놈을 그리한들 대세가 뒤집어질 가망이 없고 보면 답답할 뿐이었다.

"세상 구경하시다가 고향 가실 때 울산에 한번 들르세요! 나는 내년이나 되어야 상경할 듯하니."

"그러리다! 기회가 닿으면 들르지요."

두 사람은 할 얘기가 많았지만 사랑방에 두고 온 다른 과객들도 있고 하여 방으로 돌아가려고 했다. 그때였다. 상진은 그제야 생각났다는 듯 다급하게 말했다.

"아차! 내가 깜빡했습니다. 이 집안의 장손을 형에게 소개한다는 걸. 둔차 선생의 자제분인 최준이란 청년이오. 여기서 잠깐 기다리시오!"

상진은 태호를 저물녘의 사랑채 앞에 세워 놓고 안채 쪽으로 걸어갔다. 몇 차례 묵어간 적은 있지만 워낙 큰 집인지라 태호는 어디가 어딘지 분간조차 할 수 없는데, 상진은 제집처럼 익숙하게 행동했다. 둔차라면 이 집 주인인 최현식의 호였다. 둔차鈍次! 어리석은 버금이라는 뜻이니 만석꾼답지 않게 얼마나 겸손한 아호인가. 태호는 이런 겸손이야말로 배울 만하다고 느꼈다.

이런저런 생각으로 버정이고 있는 태호 앞에 상진과 또 한 사람의 젊은이가 나타났다. 넓적한 얼굴에 자신의 속내를 좀처럼 내보일 것 같지 않을 인상이었다. 청년은 엄숙한 얼굴로 태호에게 묵례를 보냈다. 태호 역시 고개를 숙였다.

"신 형! 인사하시오. 이 집 장남인 최준이라고 합니다. 나의 사촌처남이기도 하고요⋯."

상진의 사촌처남이란 말에 태호는 더욱 공손한 태도로 손을 내밀었다.

"오늘 밤 귀댁에서 신세를 지려고 하는, 영해 사는 신태호라고 합니다."

청년은 태호의 내민 손을 잡으며 천천히 입을 열었다. 매우 진중한 모습이었다.

"최준이라고 합니다. 이렇게 찾아 주시니 고맙습니다. 여기 이분은 저의 사촌매부이기도 하고요."

상진을 가리키며 이렇게 말하는 최준의 입술 끝이 약간 위로 올라가자 비로소 희미한 미소가 읽혔다. 태호가 몇 년 전 이 집에 들렀을 때는 볼 수 없던 얼굴이었다. 나이는 상진과 동년배 같았지만 훤칠한 체구로 오히려 상진보다 손위로 보였다. 상진은 초면의 두 사람 사이에 놓인 어색함을 털어 내려고 애를 썼다.

"여기 잠시 앉읍시다."

셋은 사랑채 앞의 툇마루에 몸을 부리고 내려앉는 어둠을 응시했다. 상진은 입을 열어 태호에 대한 이야기를 최준에게 알렸다. 태호는 두 사람을 바라보며 계면쩍은 얼굴을 지었다.

"여기 신 형은 지난 병신년 의진에 가담했던, 의기를 가진 남아라네. 그 후 세상을 돌아다니면서 울산 우리 집에도 들른 적이 있다네. 이분의 용력은 가히 천하에 겨룰 사람이 없을 정도지. 그야말로 항우를 뺨칠 정도로."

"허허, 용력을 자꾸 들먹이니 짐승 같다는 생각이 들어 부끄럽소."

최준은 흘낏 고개를 틀어 다시 한번 태호를 훑어보았다. 외양을 보아하니 용력이 있다는 말이 빈말이 아닌 듯했다. 장대한 체구에 단단해 보이는 어깨, 솥뚜껑 같은 손만 보더라도 간단한 위인이 아님을 알 수 있었다.

"저는 아직 이 나이에도 집 안에서 공부만 하고 있는데, 신 형의 그런 의기가 부럽습니다."

최준은 비로소 신태호에게 관심이 가는 듯 나직이 말했다. 태호 역시 조용히 답했다.

"나라가 거덜 날 것 같아 의진에 들기는 했으나 이룬 것은 하나도 없었소. 김하락의진이 영덕에 들어왔을 때 함께 싸우다가 그분 돌아가신 다음 정처 없이 떠돌았지요."

"그렇군요. 그때 저희 집에 오셨다고요? 저희 집이 부잣집이라고는 하나 이 재산이 어디 저희만의 것이겠습니까? 나라가 결딴나면 재산이 무슨 소용이겠습니까?"

나라가 결딴날지도 모른다는 막연한 불안감은 태호나 상진은 물론이요, 최준도 가진 듯했다. 그렇다면 어떻게 해야 하는가? 그에 대한 답이 막막한 것은 세 사람 다 마찬가지였다. 세 젊은이는 한숨과 함께 띄엄띄엄 대화를 나누었다. 상진이 먼저 말했다.

"왕산 선생께서는 경전만이 아니라 병서도 공부하란 말씀을 늘 하셨소. 서생만으로는 나라를 구할 수 없다는 뜻이겠지요. 나 또한 동감이오. 우리 신 형은 용력에 병서까지 공부하신다면 금상첨화겠지요?"

상진의 말대로라면, 왕산 선생 같은 분도 용력이나 무략武略의 필요성을 느끼고 있는 모양이었다. 당장 왜적에 맞서 전략을 세우고 총칼을 든다? 그러나 지금은 자신이 별로 없다. 스스로를 좀더 다듬고 세상의 기미를 살펴야 하지 않을까? 그래서 태호는 이런 말로 얼버무렸다.

"내 짧은 배움으로 언감생심 병서를 공부할 수 있겠습니까? 병서를 익힌 벗이 있다면 그에게 의지하는 것도 한 방법이겠지요."

"그렇지요. 어디 좋은 벗이라도 있나요?"

상진이 관심을 보이며 채근하듯 물었다. 태호는 그제 만난 백남수를 떠올리고는 그 이름을 말하려다가 그만두었다.

"아니, 뭐 마땅한 사람이 있다기보다는 그럴 수도 있겠다는 것이지요."

둘의 대화를 듣고만 있던 최준이 다시 입을 열었다.

"두 분의 말씀을 듣다 보니 거리낄 것 없는 그 자유로움이 부럽소이다! 저는 싫으나 좋으나 이 바닥에서 이 집과 함께 살아가야 할 팔자니 말이오."

"그 무슨 소린가? 처남께서는 이 집에 앉아만 있어도 조선 팔도의 난다 긴다는 선비며 지사는 다 만날 터인데. 안 그러신가?"

박상진은 최준의 말이 얼토당토않다는 듯 그의 말을 가로막았다.

"뜻이 맞는 사람이라면 언젠가는 다시 만나게 되겠지요. 그사이 자중자애하며 시운을 읽고 때를 기다려 보는 수밖에요."

신태호는 연장자다운 투로 두 젊은이를 달래듯 말했다. 두 사람은 맞는 말씀이라며 고개를 끄덕였다.

초봄의 밤기운이 이들을 에워쌌다. 최준은 안채로 돌아가고, 태호와 상진은 사랑채 앞에 다시 섰다. 과객들 사이에서 끝없는 대화가, 때로는 고함이 오가고 있었다.

"거참! 여기서 백날 떠들어 봐야 해결될 일은 아무것도 없소이다! 문제는 왜국인데, 총 가진 그들을 상대하려면 화승총 한 방이라도 쏴본 다음이라야 얘기가 되는 거요!"

과객 가운데 누군가가 핏대를 세워 고함을 질렀다. 그 소리가 문밖으로 새 나왔다. 무슨 말인가 싶어 신태호와 박상진은 서로의 얼굴을 쳐다보며 방문을 열었다. 방을 채운 수십 개의 시선이 두 사람을 향해 쏟아졌다.

"아! 마침 잘 왔소, 젊은 양반들! 그대들 의견도 좀 들어 봅시다! 왜국과 노국이 우리 조선을 넘보고 있는 이 판국에 날마다 방구석에서 이야기만 주고받는다고 뭐 달라지는 게 있겠소? 화승총을 잡든 칼을 잡든 무기를 들어야지."

"⋯⋯."

보아하니 고함의 임자는 현재 시국에서 토론만 할 게 아니라 무장을 해야 한다는 의견인 모양이었다. 태호와 상진은 딱히 할 말이 없어 눈치를 보다가 구석자리에 몸을 부렸다. 하지만 두 사람의 머릿속은 복잡했다.

복잡한 심사 가운데서도 태호의 판단은 뭔가 큰 줄기를 잡아가고 있었다. 무력武力에는 무력으로 맞설 수밖에 없다는 사실. 그러나 세세하게 들어가면 의문은 끝이 없고, 생각의 끈은 얽히고설켰다. 어떻게? 누구와? ⋯.

이런 마음은 상진도 크게 다르지 않은 듯했다. 내일을 준비하는 청년의 처지에서 어느 하나 확실히 결정한 건 없으나 맨손으로 적을 상대할 수 없는 노릇이고 보면 그 역시 무력을 머릿속에 그리는 것 같았다.

"말씀들을 듣다 보니 결국 총칼 외엔 방법이 없는 듯싶소만."

"⋯⋯."

나직이 속삭이는 상진의 말에 태호는 고개를 끄덕여 동의를 표했으나 다른 말은 내놓지 않았다. 두 사람은 과객들의 거친 논쟁을 귀에 담으며 앉은자리에서 밤을 새웠다.

청도의 왜병

신태호는 걷고 또 걸었다. 밀양을 거쳐 청도까지 왔으니 이제는 유랑을 끝내고 고향으로 돌아갈 시점이었다. 그사이 봄이 가고 여름이 와있었다. 운문사에서 스님들 공양 덕분에 며칠을 유숙하다가 청도 읍내로 접어들 무렵이었다. 어디랄 것 없이 왜국의 군인이나 장사치는 조선 팔도를 제집처럼 휘젓고 다녔다. 태호는 불쾌했지만 그들의 하는 양을 지켜볼 도리밖에 없었다.

그날도 그랬다. 전봇대를 심고 있는 걸로 보아 공병대인 듯한 네다섯의 왜국 군인이 때에 찌든 베적삼에 잠방이를 걸친 초라한 조선 사람 스무 명가량을 종놈 부리듯 호령해 가며 일을 시키고 있었다. 청淸과 왜倭의 전쟁 당시 왜군은 이미 조선 조정의 반대를 무릅쓰고 부산에서 대구와 충주를 거쳐 서울에 이르는 군용 전선을 가설하여 사용하고 있었다. 그렇게 보자면 지금 이들의 일은 조선 사람의 품을 사서 그때 심은 전신주를 손보고 고치는 작업인 모양이었다.

숨이 턱턱 막히는 더위 속에서 잠방이 입은 어떤 노인네가 목도질을 하다가 걸려서 넘어진 성싶었다. 한 놈도 아니고 두세 놈이 우르르 몰려들더니 넘어진 노인네를 무슨 개 패듯 채찍질을 해댔다. 곁에 있는 조선 사람들은 이런 일에 아주 익숙한 듯, 보고도 못 본 체하며 제 할 일만 하고 있었다. 태호의 시선은 어쩔 수 없이 넘어진 노인에게 가 있었다. 노인은 반항하는 법도 없이 숨을 할딱이며 왜군 병사의 채찍질을 견디고 있었다.

"바보 같은 게으름뱅이에게는 품삯 대신 매가 필요하단 말씀이야!"

"그럼! 멍청이 같은 게으름뱅이에겐 매가 필요하지!"

왜군 병사들이 주고받는 말은 대개 이런 뜻으로 들렸다. 자세히는 몰라도 바보 같은 자식이란 '바카야로'ばかやろう 발음은 분명했다. 태호는 발길을 멈추고 왜병들이 하는 양을 지켜보았다. 그중 한 놈의 눈길이 태호의 시선과 마주치자 그는 손가락을 까닥거리며 강아지 부르듯 태호를 불렀다.

"젊은 조선놈! 왜 그렇게 빤히 보나? 궁금하면 이리 와!"

대장인 듯싶은 왜놈이 짧게 끊은 조선말을 뱉었다. 태호는 말없이 그 앞에 섰다. 그제야 노인을 향하던 채찍질이 멎고, 저들의 시선이 일제히 태호를 향해 쏟아졌다.

"너는 누구냐?"

"……."

신태호는 대답 대신 노기 띤 얼굴로 그들을 하나하나 훑어보았다. 태호의 얼굴에 묻은 노기와 상대방을 압도하는 외양, 그리고 흔들림 없는 담대함에 저들도 흠칫하는 듯했지만 수적으로 절대 우세라고 믿었기 때문인지, 왜병들은 얼굴 가득 비웃음을 담아 낄낄거렸다.

"왜? 이 늙은이가 네 아비인가? 우리는 바보 같은 조선놈을 벌주고 있었다."

대장은 다시 한번 조선말을 뱉더니 다짜고짜 채찍으로 태호의 얼굴을 후려갈겼다. 태호는 슬쩍 몸을 피하며 상대의 채찍을 오른손으로 감아쥐었다. 그 바람에 왜군 대장은 휘청하면서 태호 앞으로 고꾸라졌다. 자신의 부하는 물론, 많은 조선 사람이 보는 앞에서 고꾸라진 것이 창피했던 모양이다. 넘어진 왜병은 채찍을 놓더니 재빨리 일어나 태호를 향해 달려들었다.

그 역시 무술깨나 한 모양이었다. 업어치기를 하려는 듯 왼손으로 태호의 멱살을 잡고, 나머지 손으로는 태호의 허리춤을 비틀며 동시에 어깨를 들이밀었다. 놈의 동작이 워낙 빨랐지만 태호 역시 만만치 않았다. 일찍이 어렵게 구해 필사한 《무예도보통지》 언해본을 혼자서 수백 번은 족히 읽은 터였다. 그런 데다 고향 마을 고래산에 올라 권법이며 검법, 곤봉 기술 따위를 코에서 단내가 날 만큼 익힌 그가 아닌가.

신태호는 자신의 멱살을 잡은 왜병의 손을 양손으로 잡는가 싶더니 그대로 손목을 꺾어 버렸다. '빠지직' 소리가 나면서 왜병 대장의 왼쪽 손목이 찔레의 새순처럼 꺾였다. 왜병 대장은 "악!" 하고 비명을 지르며 그 자리에 주저앉았다. 무예의 차이라기보다 워낙 큰 힘의 차이 때문이었다.

나머지 왜병들은 순간적으로 멈칫했지만 이내 사태를 파악하고 일제히 칼을 빼서 태호를 겨누고 몰려들었다. 네 명이 한꺼번에 겨누는 칼을 맨손으로 대적하기는 쉬운 노릇이 아니었다. 태호는 곁눈질을 해가며 무기가 될 만한 물건을 찾았다. 삽이나 괭이 같은 농기구가 눈에 띄었지만 칼에 대적할 무기는 아니었다. 태호는 이제 막 심어 놓은 전봇대를 등지고 적의 동작을 날카롭게 응시하며 공격에 대비했다. 쓰러진 대장을 대신한 부장쯤 되는 녀석이 칼을 휘두르며 공격해 왔다. 놈의 칼날이 어깻죽지를 가른다면 태호의 몸은 두 동강이 나고 말 것이었다. 쓰러진 대장놈이 뭐라고 고함을 질렀다. 아마 빨리 공격하라는 재촉 같았다. "이얏!" 네 명의 적이 일제히 함성을 지르며 태호를 향해 칼끝을 내밀었다.

상황은 다급했다. 태호는 자신도 모르게 뒤에 선 전봇대를 양손으로 잡고 힘껏 뽑아 올렸다. 스무 명의 장정들이 힘겹게 옮겨와 심은 전봇대였다. 나무 전봇대에는 부식을 막기 위해 기름칠까지 되어 있었다. 기름의 역한 냄새를 느끼기도 전에 태호는 뽑아 올린 전봇대를 막대기처럼 움켜잡았다. 아직 전선이 엮이지 않았기 때문에 거치적거리는 것은 없었다.

네 명의 적은 태호가 휘두르는 전봇대의 공격을 칼과 손으로 막으려 했지만 전봇대의 무게나 길이가 워낙 무겁고 길다 보니 칼 따위로는 상대가 되지 못했다. 태호는 전봇대의 가운데쯤을 움켜잡고 적을 향해 빙빙 휘둘렀다. 미처 피하지 못한 왜병의 머리에서 피가 튀고, 허리에 맞은 놈은 그 자리에 고꾸라졌다.

맨 처음 칼로 공격했던 부장이란 자가 태호의 등을 겨누고, 잰걸음으로 다가섰다. 그의 손에 들린 왜도倭刀는 시퍼런 빛을 발하며 번쩍거렸다. 태호는 앞쪽을 응시하느라 미처 뒤를 보지 못했다. 왜병 부장은 전봇대를 들고 있는 태호의 왼팔을 겨냥하며 자신의 칼을 머리 위로 들어 올렸다. 바야흐로 피를 맛보겠다는 왜도의 벼려진 칼끝에서 무지개 같은 광채가 서렸다. 만에 하나 그 칼을 맞는다면 태호의 팔은 당연히 잘리고 말 것이었다. 그때였다. 목도 일을 멈추고 태호와 왜군 병사들의 싸움을 숨죽이며 구경하던 조선인들 가운데서 갑자기 비명 같은 소리가 흘러나왔다.

"앗! 뒤쪽!"

순간적으로 흘러나온, 뒤를 보라는 외침을 듣고 태호는 본능적으로 몸을 비틀었다. 그러나 왜병의 칼날도 엉성하지 않았다. 기합과 동시에 칼날은 허공을 가르며 태호의 어깻죽지를 향해 날아들었다. 태호가 몸을 약간 피했기 때문에 칼날은 어깻죽지를 파먹는 대신 왼쪽 팔뚝을 스치며 전봇대에 가서 깊이 박혔다. 박힌 칼을 빼려고 왜병이 안간힘을 썼다. 하지만 삼나무로 만든 전봇대는 쇠로 만든 칼을 물고 한사코 놓아주지 않았다. 왜병은 낭패한 표정으로 태호를 향해 맨손으로 달려들었다. 그러나 어림없는 수작이었다. 전봇대를 든 태호는 전봇대와 함께 하늘로 솟았다가 내려오는 동시에 양발로 적의 가슴과 얼굴을 걷어찼다. 전봇대의 무게와 태호의 체중을 한꺼번에 받은 왜병은 벌렁 넘어지며 땅바닥에 고꾸라졌다. 왜병의 코와 입에서 시뻘건 피가 울컥울컥 쏟아졌다. 다치지 않은 졸개 한 명이 이 광경을 지켜보다가 달아나기 시작했다.

"거기 서라! 이놈!"

전봇대를 던진 태호는 우레처럼 소리를 지르며 달려갔다. 그의 목소리가 어찌나 컸던지 싸움을 지켜보던 조선인 노무자들은 흠칫 하고 몸을 떨었다. 달아나던 왜병은 오래지 않아 태호의 손에 잡혀 다시 돌아왔다. 태호는 왼손으로 놈의 멱살을 잡고, 오른손으로는 놈의 머리를 쥐어박으며 성큼성큼 걸었다. 왜병은 발버둥 쳤지만 대롱대롱 매달린 꼴이 되어 어찌해볼 수가 없었다. 태호는 잡고 있던 왜병을 조선인 노인 앞에 패대기쳤다.

　그리고 아까 태호를 공격하다가 손목이 부러진 왜병 대장과 발길에 차여 피를 토하며 쓰러진 부장, 머리며 허리를 감싸 안고 뒹구는 나머지 왜병들까지 모조리 일으켜서 조선인들 앞에 무릎 꿇게 했다. 그런 다음 짧게 명령했다.

　"고개 숙이고 사과해!"

　"이건 아니야! 그럴 수는 없어!"

　손목이 부러진 대장이 아픔을 참아 가며 반항의 목소리를 냈다. 태호는 긴말 않고 대장의 얼굴을 오른발로 걷어찼다. 왜병 대장의 입에서 울컥하고 쏟아진 피와 함께 이빨 서너 개가 튕겨 나왔다. 그는 무언가 말하려고 하다가 태호가 내지르는 고함에 전신을 떨며 몸을 굽혔다.

　"어서! 고개 숙여 사과해!"

　태호의 다그침에 대장을 비롯한 왜병들은 조선인들에게 머리를 조아렸다. 물론 두려움 때문이겠으나 기세등등하던 조금 전의 태도와는 사뭇 달랐다. 대장은 '미안'과 '용서'란 말을 비굴하게 거듭했다.

　"미안하오! 용서해주시오 … ."

사태를 지켜보던 조선인 노무자들의 얼굴에 희미한 미소가 번졌지만 내심 불안한 표정들이었다. 태호의 왼쪽 소매가 붉은 피로 젖어 있었다. 칼이 스친 상처는 깊었다. 누군가가 헝겊을 꺼내 태호의 팔뚝을 묶었다. 그제야 상처의 통증이 밀려왔다.

"어서 여길 피하시오!"

아까 채찍질을 당하던 노인이었다. 그의 얼굴에는 사과를 받았다는 만족감보다는 불안감이 훨씬 더 깊이 배어 있었다. 태호는 자신의 행동으로 인해 이 노인을 비롯한 조선인 노무자들이 더 가혹한 대접을 받을지도 모른다고 생각했다. 태호는 엎어진 대장을 다시 일으켜 세우고 그의 턱 앞에다 일렀다.

"만약 내가 떠난 뒤에 여기 있는 조선 사람들을 더 괴롭히면 너는 죽는다! 또 복수한답시고 이들을 다시 못살게 군다면 너는 물론이고, 네 부하들도 다 죽일 것이다! 나는 어디서든 너희를 다 볼 수 있다!"

왜병 대장은 태호를 쳐다보며 말없이 고개를 끄덕였다. 태호는 목도에 쓰던 철사를 엿가락처럼 휘어서 왜병들의 발목을 한데 엮어 뽑힌 전봇대에 묶었다. 뒤를 밟히지 않으려는 속셈이었다. 이미 전봇대를 뽑던 태호의 괴력을 본 터이지만 손가락만큼이나 굵은 철사를 무명실처럼 자유자재로 꼬는 태호의 손놀림에 왜병들은 물론이요, 조선인 노무자들도 입을 딱 벌리고 서로의 얼굴만 쳐다볼 뿐이었다.

"잘들 계시오! 나는 가오!"

신태호가 노무자들을 향해 가볍게 고개를 숙이고는 그 자리를 떠나려는 찰나, 태호를 유심히 보던 노인이 다급하게 물었다.

"이보시오, 젊은이! 젊은이는 대체 어디 사는 누구시오?"

태호는 어떻게 대답해야 좋을지 난감했다. 영해 사는 신태호? 아니지, 그래선 안 되지. 이름을 제대로 밝혔다간 보나 마나 쫓기는 몸이 될 텐데. 태호는 순간적으로 자신의 아명을 생각해 냈다. 돌석乭石. 대대로 장수하지 못한 집안이니 태호의 아버지는 아마 돌처럼 여물게 오래 살라고 이런 아명을 지었을 것이다. 돌과 돌이 겹쳤으니 얼마나 야무진 이름인가?

"사는 곳은 알 바 없고, 이름은 신돌석이라 하오!"

'신돌석? 돌석이라? 참 괴상한 이름이로군!' 사람들은 저마다 '돌석'을 입속으로 되뇌며 고개를 갸웃거렸다. 그사이 태호는 바람처럼 걸어서 그들의 시야를 벗어났다. 스무 명 넘는 사람들의 마흔여개 눈동자가 태호의 뒤를 쫓았지만 그야말로 눈 깜짝할 사이에 그들 앞에서 사라지고 없었다.

"힘은 장사이고, 축지법까지 쓰는 걸 보니 정말 귀신같은 사람이로다!"

조선인 노무자들 사이에서 이런 탄성이 쏟아져 나왔다.

태호는 잰걸음으로 거의 한 식경이나 걸었다. 일단 청도를 벗어나야 한다는 조바심이 컸다. 운문산 깊은 계곡으로 들어섰다가 경주로 가든지 아니면 울산으로 가든지 결정할 요량이었다.

지난봄 박상진과 함께 최준을 만났던 일이 무슨 환영幻影처럼 떠올랐다. 재기발랄한 상진과 달리 준은 두꺼비처럼 웅숭깊은 인상이었다. 이런 격변의 시국, 아니 인생사 모든 면에는 재기발랄함도 필요하고 웅숭깊음도 필요할 것이다. 그런데 나처럼 기운 센 사람도 필요할까? 태호는 조금 전 울분에 못 이겨 왜병들을 혼내 준 일이 과연 온당했는지 스스로 되물었다. 저런 졸개 몇 명을 혼내 준들 나라 전체가 왜놈들에게 휘둘리는 판국에 무슨 소용이 있을까? 전체적인 판세가 기울어 가는 마당에 당장 속이야 후련하겠지만 기울어 가는 시국을 바로잡을 수 있을까?

　신태호는 그동안 젊은 혈기로 기운을 뽐냈던 지난날을 가만히 반추했다. 고래산에서 호랑이를 잡은 일은 까마득했다. 동래의 부산포에서 왜병의 군선을 뒤집고 육혈포를 쏘려는 왜병들을 한꺼번에 바닷속으로 밀어 넣은 일도 있었다. 울산 송정 박 교리 집 앞 지당 마을의 창평천 여울목에 돌다리를 놓을 때는 집채만 한 바위를 들어 옮겨 다리를 놓았다. 마을 주민 전체가 깜짝 놀라 연 입을 다물지 못했다. 어디 그뿐인가. 박상진의 당숙네가 디딜방아를 놓을 때 수십 명이 달라붙어도 꿈쩍 않던 디딜방아를 거뜬하게 들어 제자리를 잡아 준 적도 있었다. 이 일로 하여 상진은 태호를 두고 천하장사라고 거듭 칭찬해 마지않았다. 그러나 … 그러나 말이다. 이런 힘이 오늘의 시국에 무슨 보탬이 될까?

　'필부의 힘자랑으로 나라가 바로 선다면 나는 얼마든지 이 힘을 쓰리라!' 하지만 육이당 선생은 태호의 이런 무지막지한 힘을 경계해 마지않았다. 열다섯이 되기 전에 이미 장사로 소문난 태호를 향해 선생은 언짢은 표정으로 걱정했다. 아마 《통감절요》에서 진나라 말기 유방과 항우의 싸움을 배울 때쯤이었을 것이다.

　"이제 한고조와 초패왕의 일에 대해 배웠으니 알 것이다. 초패왕 항우는 힘으로 산을 뽑고, 기상은 세상을 덮는다는 역발산기개세力

拔山氣蓋世의 용력과 담력을 가졌으되 한고조의 지모에는 당하지 못했다. 한고조의 지모를 대신한 자들이 누구인가? 장량과 진평 같은 이들이었다. 그러나 항우는 자신의 용력만 믿은 나머지 범증이란 책사를 버렸다. 일찍이 맹자는 '필부의 용기는 한 사람만을 대적할 뿐'이라고 했거니와, 이로 보자면 항우의 용기는 필부의 용기에 불과한 것이었다. 내 이제 태호에게 경계하여 일러두는 말이다!"

육이당 선생의 말이 우레처럼 머리를 쳤다. '아, 선생님! 몇 년만 더 계시다가 가실 일이지!' 태호는 육이당 선생이 그리웠다. 그분이 살아 계신다면 자신의 답답한 마음을 털어놓았을 것이다. 혼자만의 뛰어난 힘으로 울산에서 돌다리를 놓거나 부산포와 청도에서 왜병을 혼내 준들 그게 무슨 소용이 있을까?

그럼, 어떻게 해야 하나? 무엇을 해야 하나? … . 뭔가 잡힐 듯하다가도 결국은 잡히지 않는 아지랑이처럼 가물가물하기만 했다. '일단은 고향으로 가야지!'라고 생각한 태호는 경주나 울산으로 가려던 마음을 바꾸어 고향을 향해 북으로 걸었다.

무너진 단군 옛터

청도에서 몸을 뺀 신태호는 곧바로 고향 영해로 돌아왔다. 아버지를 비롯한 온 식구가 농사일에 매달려, 집안은 바쁘게 돌아가고 있었다. 태호의 처 한재여가 새색시의 몸으로 부모님의 뒷바라지를 한 덕분에 집안 살림은 그럭저럭 건사되고 있었다. 몇 달 만에 돌아온 집에서 태호는 그저 이웃집 다녀온 듯 심드렁하게 인사를 마치고 들로 나섰다. 벼 포기 사이에 코를 박은 아버지와 어머니가 안쓰러워 웃옷을 벗어 던지고 논으로 뛰어들었다. 태호 같은 장정이 하는 김매기는 노인들의 그것에 비할 바 아니었다. 순식간에 서너 마지기의 논을 해치운 태호는 어디 또 할 일이 없는지 살폈다. 아버지의 기분이 좋아진 모양이다.

"역시 네가 있으니 일이 빨리 끝나는구나!"

아버지는 아들이 신실한 농사꾼이 되기로 마음먹었다고 판단한 듯했다. 태호는 그렇게 온 여름을 착실한 농사꾼으로 온전히 보내고 가을걷이가 끝나자 집 안에 틀어박혀 책을 읽기 시작했다. 단순한 주먹이나 용력만 쓰는 무뢰한이 아니라 지략을 쓰는 자가 되고 싶었다. 병서를 더 읽을 필요가 있었다. 그사이 태호는 책을 구하기 위해 백남수를 찾아 몇 권의 병서를 빌려 오기도 하고, 그의 의견을 듣기도 했다. 남수 역시 하릴없이 지내다가 태호의 방문을 반기며 이런저런 이야기로 태호의 기를 살려 주었다.

"태호! 자넨 역시 나하고 뜻이 통하네. 어쩌면 나하고 생각이 그리도 똑같은가? 나도 요사이 병서에 빠져 지낸다네!"

자신을 기분 좋게 맞는 남수로 하여 태호의 기분 또한 우쭐해지기도 했다. 태호는 몇 달 전 경주를 찾았던 일이며, 청도를 거쳐 돌아온 일을 남수에게 소상히 전했다. 때로는 밝은 표정으로, 때로는 침울한 얼굴로 남수는 태호의 말을 진지하게 들었다.

"울산 사는 박상진이란 청년과 경주 사는 최준이란 청년을 만났소! 그리고 청도에서는 여차여차한 사정으로 왜놈 병정들을 반쯤 죽여 놓기도 했었소."

그사이 적지 않은 일이 있었지만 태호의 기억에는 두 청년 만난 일과 청도에서 왜군 병사 혼내 준 일이 오래도록 남아 있는 듯했다.

"허허, 큰일 날 뻔했군! 왜놈들 잘못이 워낙 크기는 했네만."

이런 말을 하면서도 남수의 미간에는 어두운 기운이 내려앉았다. 신태호가 가진 힘이 순간적인 분노 때문에 왜군 병졸 몇 명을 혼내 주는 정도에 쓰인다면 그것은 얼마나 안타까운 일인가? 또 그 힘이 돌다리를 놓거나 대들보 올리는 따위에나 쓰이고 만다면 이것 역시 얼마나 슬픈 일인가? 하지만 누구든 태호 같은 형편에 놓였다면 그렇게 하지 않았을까? 이제 왜군들은 태호를 찾을 게 분명하고 ⋯.
남수는 스스로도 답이 없는 의문을 곱씹다가 다시 말문을 열었다.

"저들은 필시 자네의 생김새와 옷차림을 그려서 수배를 할 것이
네! 이참에 죽은 듯이 방 안에 박혀서 책만 보든가, 아니면 아예 남
쪽이나 시장판에는 얼씬도 말게."

태호 역시 같은 생각이었다. 남수의 걱정 어린 충고에 고개를 끄
덕이며 동의했다.

"나도 그리 생각하고 있소이다."

남수와 헤어져 집으로 가면서 태호는 착실하게 농사를 지으며 세
상을 살펴야겠다고 마음을 다잡았다. 그날 이후 태호는 그야말로 집
안에만 박혀 책을 읽거나 농사일을 하며 지냈다. 밤이면 《손자》와
《오자》, 《육도》와 《삼략》 등 무경칠서武經七書에 속한 여러 병서를
챙겨 읽었다. 낮이면 허름한 옷차림으로 들에 나가 땅을 갈아엎고
산에 올라 땔나무를 마련했다. 닭이나 염소 같은 짐승도 길렀다. 그
렇게 계묘년(1903)이 지나고 있었다.

신태호가 차진 농사꾼으로 사는 동안 그의 삶은 별로 달라진 게
없었지만 시국은 하루가 다르게 달라졌다. 그해 섣달 하순 무렵의
일이다. 노국과 왜국 간에 전쟁이 벌어졌다고 했다.

그런데 더욱 기막힐 일은 전쟁 발발 보름쯤 후인 갑진년(1904) 정
월 초에 일어났다. 왜국의 강요로 조선과 왜국이 맺은 한일의정서
란 것인데, 군사 전략상 필요하면 왜국은 조선의 어느 지역이든 마
음대로 수용할 수 있다는 조항이 들어 있었다.

"쯧쯧, 나라 꼴이 드디어 이렇게 되고 말았네!"

모내기가 시작될 무렵이니 초여름일 것이다. 신태호를 찾은 백남수는 혀를 차가며 원통하다는 듯 말했다.

"그게 무슨 말이오?"

"이제 조선 천지를 왜병이 활개 치며 돌아다니게 생겼네! 한일의정선가 뭔가인데, 거기에 그런 조항이 들어 있다네! 더구나 왜군이 왕궁을 포위한 가운데 이루어진 일이니 보나 마나 아닌가?"

남수조차 뒤늦게 소문으로 들은 터이니 태호는 더욱 까맣게 모르고 있던 내용이었다.

"그럼 앞으로 어떡하면 좋겠소?"

"나도 무얼 해야 할지 도통 모르겠네! 서울이나 한번 다녀와야겠네. 자넨 아직 서울 가기엔 좀 위험하지 않을까?"

청도에서 태호가 왜병 혼낸 일을 기억한 남수의 충고에 태호는 고개를 끄덕이며 대꾸했다.

"위험하기도 하거니와 나는 아직 농사일이 태산이오. 형이나 다녀오시오!"

그렇게 남수를 보낸 태호였으나 집에만 박혀 있기에는 너무 갑갑하고 궁금한 것이 많았다.

모내기가 끝난 그해 여름, 태호도 길을 나서기로 했다. 서울 같은 도회지는 보는 눈이 많아 위험하다 쳐도 시골로 간다면 남의 눈에 띌 일은 없을 성싶었다. 이번에는 북으로 가서 울진이나 강릉, 그리고 사정이 허락하면 함경도까지도 둘러볼 요량이었다.

"한번 나갔다가 오겠습니다!"

가을걷이는 아직 이르고 모내기처럼 초여름에 할 일은 이미 마친 다음이었다. 허락을 받는다기보다 일방적인 통고에 가까운 아들의 말에 아버지는 쓰다 달다 말이 없었다. 어머니 또한 말려 볼 엄두가 나지 않았지만 임신한 며느리가 애처롭다며 안타까운 시선을 거두지 않았다.

"네 처가 회임한 사실을 아느냐? 이제 그만 돌아다니고 아비 노릇이나 할 일이지. 쯧쯧."

제법 임산부티가 나는 아내는 어머니 뒤에 말없이 서 있었다. 태호는 자신에게 쏟아지는 안타까운 시선을 느끼며 집을 나섰다.

'이제는 어디서도 힘자랑 같은 건 하지 않겠습니다!'

태호는 마음속으로 그렇게 다짐했다.

길에서 해가 바뀌거나 계절이 바뀌는 일은 다반사였지만 이번 행로도 그랬다. 바닷가를 따라 북으로 올라가 울진과 삼척, 강릉을 거쳐 함경도 함흥까지 갔을 때는 그해 늦여름이 되어 있었다.

덕원에 있는 '원산'이란 항구에는 왜인들의 집이 연달아 지어지고 게다ᵏᵉᵗᵃ를 신은 왜인이 득시글거렸다. 조선의 어민들이 대부분 거룻배나 돛단배로 고기를 잡는 사이 왜인들은 기름 쓰는 발동선으로 고기의 씨를 말린다고 했다.

그런 사정은 동해안 바닷가 동네 어디 없이 다 마찬가지였는데, 삼척 남쪽 어느 마을에서 만난 실성한 노어부의 사정이 그걸 전해 주었다. 아마 장호동이란 마을이었을 것이다. 이곳도 다른 동네와 마찬가지로 바닷가 경관 좋은 자리에는 왜국식 가옥이 줄을 잇고 있는 반면, 조선 사람의 초가는 맞은편 산비탈에 게딱지처럼 붙어 있었다.

칼칼해진 목을 축이기 위해 물이라도 얻어 마실 양으로 허름한 주막집에 들어섰을 때였다. 마른 명태처럼 앙상한 노인 하나가 주막집 앞에서 무슨 말인가를 신음처럼 토해 내고 있었다. 꾀죄죄한 몰골에 남루를 걸친 노인, 그의 퀭한 두 눈은 살아 있는 사람의 그것이 아니었다. 표정 잃은 노인의 얼굴에서 태호가 읽은 것은 바로 조선의 모습인지도 모르겠다. 노인은 바다를 바라고 계속해서 중얼거렸다.

"저 왜놈들을 다 죽여야 하는데! 왜놈들 배도 다 부숴야 하는데!"

울분은 묻었으되 탄식 같은 노인의 목소리는 바다 쪽으로 공허하게 흩어졌다. 그러나 태호의 귀에는 예사롭지 않게 들렸다. 딱히 말리는 사람도 없었다. 물을 청하는 태호에게 첫 손님이니 탁주 한 사발을 공짜로 주겠다며 술잔을 챙기던 주인장이 태호를 향해 노인의 딱한 사정을 대신 전했다.

"계사년(1893)이니 벌써 11년 전이군. 이 장호동에서 우리 조선 사람들하고 왜국 사람들 간에 굉장한 충돌이 있었다오. 그때 저 양반이 주동이 돼서 왜국 사람들과 싸웠는데, 벌을 받은 것은 되려 조선 사람들뿐이었다오. 그때 저 양반도 다쳤고 왜국 사람들도 다쳤지만 왜국 사람들 다친 것만 문제 삼아서 배상에다 억울한 옥살이까지 시켰다오. 그게 하도 억울하여 술에 찌들어 살더니 종내에는 실성하고 말았소!"

주막집 주인은 묻지도 않는 깊은 사정을 태호에게 설명했다.

"무슨 일로 그리도 큰 충돌이 있었소?"

"그야 고기 잡는 문제 때문이지요. 무슨 통어通漁규칙인가 통어장

정인가에 따라 왜국 어민들은 면허장만 따면 조선 바다 아무 데나 들어와 고기를 잡을 수 있게 됐어요. 그런데 왜국 배는 그냥 배가 아니라 기계로 움직이는 발동선이라오. 거기다 이상하게 생긴 잠수 기구까지 가져와서 갯바닥을 훑어 대니 고기는 말할 나위도 없고, 대게며 전복이며 미역까지 씨를 말렸다오. 조선 사람들의 거룻배나 낚시로는 고기를 잡을 수도 없게 됐으니 화가 난 거지요."

"우리 관아에서 조선 백성들 편을 들어 주지 않았나요?"

일부러 묻는 신태호의 말에 주막집 주인은 기가 막힌다는 듯 헛 웃음을 치더니 아예 하대하듯 대꾸했다.

"허허, 젊은 양반이 아직 뭘 모르시는구먼! 조정이고 관아치고 모두 왜놈들 편인데, 하찮은 뱃놈들 사정을 들어나 주겠소? 제각기 살아갈 방도를 꾀하든지, 아니면 굶어 죽든지 해야지!"

그사이에도 실성한 노인은 여전히 중얼거리고 있었다. 태호는 딱 한 시선으로 노인을 돌아보았지만 자신이 노인을 위해 해줄 수 있는 게 아무것도 없었다. 그뿐이 아니었다. 15년 전인가 조선에 흉 년이 들고 곡식값이 올라가자 함경도에 방곡령防穀令이 내려졌다. 원산항에서 왜국으로 나가는 곡물의 반출을 전면 금지한 것인데, 왜국의 압력으로 그마저도 지켜 내지 못했다. 조선 백성들은 굶주 린 배를 움켜쥐고서도 왜국으로 팔려 가는 곡식을 보고만 있어야 했다. 이런저런 일들을 생각하자 태호의 심사가 다시 사나워지기 시작했다. 하지만 다른 일은 일어나지 않았다.

'힘자랑을 하지 마라!'

어디선가 육이당 선생이 말하는 것 같았다.

"고맙게 잘 마셨습니다!"

태호는 주인에게 고개 숙여 인사하고 주막집을 나섰다. 노인은 여전히 거기에 앉아 바다를 바라고 중얼거렸다.

"저 왜놈들을 다 죽여야 하는데! … 배도 다 부숴야 하는데!"

신태호가 둘러본 동해안 어디서나 왜국 사람들은 세련된 모습으로 조선 사람들을 거느리며 상전처럼 살고 있었다. 조금 심하게 말하면, 거덜 난 나라의 백성들은 짐승처럼 헐벗은 채 왜인들이 던져주는 음식을 받아먹고, 그들이 주는 옷으로 몸을 가리는 모양새였다. 아! 어쩌다 조선이 이 지경이 되었을까? 울분에 젖어 땅바닥을 쳐 본들 제 주먹만 아렸다.

'무엇을 할 것인가? 왜놈들을 혼내서 쫓아내는 것이다. 어떻게 할 것인가? 혼자서가 아니라 뜻있는 사람을 모아서!'

태호는 그렇게 생각하며 남으로 다시 걷기 시작했다.

울산이나 경주 같은 고을에는 박상진이나 최준 같은 의기청년이 있었으나 북쪽에서는 그런 이들조차 만날 수 없었다. 가슴은 답답하고 마음은 싸하게 아팠다. 왼쪽으로 바다를 끼고 남으로 내려오는 동안에도 왜국의 시커먼 배들이 항구 밖을 오가고 있었다. 왜국이 노국과 전쟁을 벌인다더니 아마 이런 배들이 그에 소용되는 것들인 듯싶기도 했다.

복잡해지는 심사를 달래 가며 태호는 성큼성큼 걸었다. 그사이 태백준령의 속살에 묻힌 동네도 여러 군데를 거쳤다. 반드시 그래서만은 아니지만 혹시라도 왜군들과 싸운다면 이런 산촌이 나에게 도움이 되지 않을까? 혼자 생각에 태호는 괜히 가슴이 벌렁거리기도 했다.

울진을 지나고 평해가 눈앞에 나올 때쯤엔 가을비가 추적추적 내리고 있었다. 함흥에서 여름을 맞았고 남으로 내려오다가 장호동에서 실성한 노인을 만났다. 이제 평해에서 태호가 만난 것은 가을비였다. 평해, '평화로운 바다'라는 이름을 가진 곳이지만 주변 사정은 평화롭지 않았다. 고향에서 발꿈치만 들면 보이는 이곳에도 왜국 사람들의 흔적은 여기저기서 나타났다.

신태호는 편치 않은 마음으로 월송정에 올랐다. 정자는 이름뿐이었다. 깨어진 기와에 지붕은 군데군데 허물어져 폐허로 변해 가고 있었다. 바람 맞은 빗줄기가 정자를 향해 몰렸다가 다시 바람을 타고 날아갔다. 허물어져 가는 월송정이 지금의 조선과 다르지 않다고 여겨져 마음이 아렸다. 동쪽으로 바다를 바라고 서 있는 월송정은 그 옛날 신라 사선四仙이 소나무 숲을 보고 그냥 지나쳤다 하여 붙여진 이름이란다.

'이 나이가 되도록 나란 놈은 무얼 하고 살았으며, 어디로 가야 하나?'

혼잣말을 씹으며 무너진 정자에 올랐다. 정자에 올라서자 울컥하는 감정에 휩싸인 태호는 쏟아지려는 눈물을 삼켰다. 그사이 정자 밖 공터에서는 소풍 나온 왜인 가족 몇몇이 우산을 받친 채 걷고 있었다. 하나같이 세련된 복장을 하고 얼굴에는 생기가 넘쳐흘렀다. 울진이나 후포 쪽에서 고기를 잡는 왜인 가족인 모양이다. 비 내리는 날이니 고기잡이 대신 소풍을 나온 걸까?

신태호는 그들을 향했던 처연한 시선을 거두고 드넓은 바다를 향해 마주 섰다. 바다는 표면에 이는 으르렁거림 따위는 대수롭지도 않다는 듯 의연하게 누워 있었다. 밀려온 파도가 하얀 거품을 종잇장처럼 말고 또 풀었다. 끊임없이 몰아쳐 모난 돌을 둥글게 만드는 파도의 위력은 거칠 것 없이 맹렬했다. 바위를 때리는 파도가 조선을 넘보는 왜국 같다는 생각마저 들었다. 그러나 파도의 저 맹렬함조차 바람이 잦아들면 가라앉고 말겠지. 그리되면 바다는 다시 평화로워질 것인가? 그렇다면 나는 어디로 가서 무엇을 해야 옳은가? 그리고 이 나라는 어쩌면 좋은가?

격해진 감정을 추스르며 태호는 나직이 시 한 수를 읊조렸다. 남수가 곁에 있다면 주고받을 텐데 싶었다.

登樓遊子却行路　　누각 오른 나그네 갈 길 잊고서
可歎檀墟落木橫　　무너진 단군 옛터 안타까워하네!
男兒二七成何事　　남아 스물일곱에 무슨 일 이루었나?
暫倚秋風感慨生●　잠시 갈바람에 기대니 감개만 돋아나네!

읊조리기를 마친 신태호는 오래도록 월송정 누마루에 서서 하얗게 구르는 포말을 하염없이 바라보았다. 바람에 쫓긴 빗방울이 옷을 적셔도 그는 바다를 바라며 기둥처럼 서 있었다.

이윽고 월송정 마루를 내려선 태호는 다시 걷기 시작했다. 빗줄기가 그의 몸을 노리고 쏟아졌다. 상투를 적시고, 얼굴과 목덜미를

● 《의병대장신공유사》義兵大將申公遺事.

적신 비는 어깨와 팔과 다리를 적시고, 땅으로 떨어졌다. 그의 잰 걸음 탓에 전신에서 무럭무럭 김이 올랐다.

오래지 않아 그는 복디미마을로 들어섰다. 자기 집 삽짝에 금줄이 쳐진 것을 보고 그는 아비가 되었음을 비로소 알았다.

"네 처가 아들을 낳았다!"

젖은 옷을 갈아입은 태호가 사랑방 앞에서 도착을 알리자 아버지는 문을 열고 대뜸 큰 소리로 손자의 출생을 알렸다. 매우 흥분하신 모양이다. 아버지는 다시 말했다.

"이름은 대만이라고 지었다! 큰 대大 자에 일만 만萬 자!"

"예!"

대답과 함께 큰절을 올리자 기쁜 얼굴을 애써 감춘 아버지는 표정을 근엄하게 바꾸고 목청을 돋우었다.

"그리 좀 앉아라! … 그동안 내 너에게 일체 말을 않고 지냈다만 이제는 형편이 달라졌다. 너도 이제 자식까지 생긴 마당에 언제까지 떠돌며 살 수는 없지 않느냐? 이 애비가 언제까지 살지도 모르는 마당에 … ."

아버지의 간곡한 당부는 요컨대 처자식 건사하며 차진 농사꾼으로 살라는 것이었다. 그 간절한 뜻을 생각하면 '예!'라는 대답을 해야 마땅했다. 하지만 그동안 세상을 떠돌며 보고 겪은 것들을 헤아리자니 집 안에 박혀 농사만 짓고 살 자신도 딱히 없었다.

" …… ."

"왜 대답이 없느냐?"

침묵이 길게 이어졌다. 견디다 못한 아버지가 다시 재촉한 다음에야 태호는 천천히 입을 열었다.

"아버지! 저도 이제 낼모레면 서른입니다. 배운 것도 적고 이룬 것도 없으나 바깥을 나돌며 보고 듣다 보니 가만히 있을 수가 없습니다. 나라 꼴이 말이 아닙니다. 기개 있는 젊은이로서 그냥 모른 체하고 살 수는 도저히 없을 것 같습니다!"

"뭣이라? 나라 꼴이 어떻다고? … 조정 대신에 문무 관료가 구름같이 모여 있고, 한다 하는 양반 사대부가 떼거리로 사는 이 나라에 왜 우리 같은 민초들이 나랏일을 그리 걱정해야 한다는 게냐?"

아버지의 말씀은 듣기 나름으로는 조정 대신과 문무 관료와 양반 사대부에 대한 조롱이 한껏 배어 있었다. 당신의 지난날을 돌아보면 이해되지 않는 바는 아니었다.

백남수의 형님 남욱은 갑오년에 일어난 영해 백성들의 민란을 동학교도가 일으켰다고 했지만 사실은 그저 그런 민초들이 토지에 대한 세곡稅穀을 줄여 달라고 영해부사에게 집단으로 청원한 것뿐이었다. 양측이 서로 버티다가 모였던 사람들이 흩어지려고 하는데 느닷없이 포졸을 풀어 이들을 체포하려다 보니 충돌이 생겼고, 그 바람에 부사를 영해부 바깥으로 내쫓는 사태로까지 번졌던 것이다.

이 사건에 앞장섰던 주모자는 말할 나위도 없고, 신태호 아버지처럼 죄 없는 백성도 여러 명 곤욕을 치렀다. 그때 맞은 매로 태호의 아버지는 허리를 심하게 다쳐 오래도록 누워 있었다. 태호가 서당을 그만둘 무렵이었다. 그날 이후 아버지는 평생 구부정한 허리를 펴지 못하고 살았다. 자신의 허리를 못 쓰게 만든 그 잘난 관리들이나 나랏일을 걱정할 것이지, 왜 너 같은 백성이 오지랖 넓게 나서서

나라를 걱정하느냐는 핀잔일 터였다. '아, 참으로 답답하구나!'

"모난 돌이 정 맞는다는 말도 있느니 … 그냥 생긴 대로 살자!"

아버지는 쐐기를 박겠다는 듯이 한마디를 덧붙였다.

"예, 알겠습니다."

뭔가 할 말이 더 있었지만 태호는 하릴없이 물러나며 나지막하게 대답했다. '대만'이란 아들의 이름이 다시 생각난 건 그때였다. 대만이! 아버지는 대만이를 통해 다른 큰 희망을 보고 싶은 건지도 모르겠다. 하지만 이 아이가 살아갈 세상은 그리 녹록지 않으리라. 태호는 막연한 불안감을 느끼며 산모가 있는 방문을 열었다. 부기가 빠지지 않은 부인 한재여가 갓 태어난 어린 것을 눕혀 놓고 있었다.

태호는 자리에 앉자마자 아직 눈조차 뜨지 못한 어린 것을 빤히 들여다보며 눈시울을 훔쳤다. 그것이 슬픔의 눈물인지 기쁨의 눈물인지는 태호 자신조차 몰랐다.

사람, 사람들

아들을 본 신태호가 아버지의 뜻대로 농사를 지어 가며 고향 복디미를 지키고 있는 동안에도 조선을 둘러싼 정세는 조선의 사정이나 태호 같은 백성들의 희망 따위에는 아랑곳하지 않고 제 가고 싶은 대로 흘러갔다.

서울에서 돌아온 백남수의 전언으로는 갑진년(1904) 정월에 한일의정서를 맺은 외에도 그해 7월에는 조선과 왜국이 한일협약이란 걸 맺었다고 했다. 외교와 군사, 재정과 경찰, 그리고 문교 업무에까지 왜국이 추천한 고문顧問을 두도록 한 것이다.

을사년(1905) 8월에는 그야말로 사투를 벌이던 노국과 왜국 간의 싸움이 왜국의 승리로 끝났다. 고래 싸움에 새우 등 터지는 격으로 조선은 아무런 대책 없이 왜국의 승리를 지켜보아야 했고, 저들은 애당초 야심대로 조선을 상대하여 억지 굴레를 씌우고 약조를 하게 하니 이것이 '을사늑약'이란 이름을 얻는 망국亡國의 단초였다.

신태호는 나라 꼴에 대한 불안과 이러지도 저러지도 못하는 스스로에 대한 불만에 시달리며 하루하루를 지냈다. 이 무렵 영해군수로 있던 이철화가 가고 경강국이란 사람이 새로운 군수로 왔다고 했다. 이 가나 경 가나 그 나물에 그 밥이니 군수 따위가 바뀐들 백성들 삶에 변화가 없으리라는 걸 태호는 알고 있었다. 그냥저냥 논으로 다니며 물꼬를 여미거나 산을 타며 땔나무를 해왔다. 고래산에 올라 스스로 체득한 무술을 연마하거나 병서를 읽고 생각에 빠진 적도 여러 번이었다. 저녁이면 이 동네 저 동네로 다니며 자신의 처지와 걸맞은 이들을 만나 시국을 논하기도 했다.

가끔 백남수를 만나러 원두들에 간 적도 물론 있었다. 아니면 남수가 복디미로 와서 태호와 함께 자기도 했다. 남수를 처음 만났던 그 집안의 재실은 태호와 남수가 만나기에 안성맞춤이었다. 고함을 질러도 울분을 토해도 인가에서 떨어져 있어 들킬 염려가 없으니, 뭔가 도모하기에 썩 좋은 곳이었다.

예의 그 을사년 동짓달 하순 무렵, 백남수는 말을 타고 신태호를 찾았다. 새 군수가 부임하고 두어 달이 되었으니 향내 인사들을 따라 부임인사를 드리기 위해 영해 성내에 나왔다가 들렀다고 했다. 남수는 도포에 갓까지 쓴 선비의 행색이었지만 표정은 그리 밝지 않았다. 태호도 이미 그의 어두운 표정이 무엇을 말하려 함인지 알 것 같았다.

"드디어 올 것이 왔네!"

남수는 거두절미하고 대뜸 본론으로 들어갔다. 태호 역시 진중한 얼굴로 한숨을 푹 내쉬며 그의 말을 받았다.

"무슨 일이오?"

남수는 태호의 말이 답답하다고 느꼈는지 다시 한번 '올 것이 왔는데 어떻게 할 거냐'고 채근하듯 물었다.

"올 것이 왔는데, 우리는 어찌해야 하는가? 이대로 앉아서 밥이나 축내고 있을 텐가?"

어금니를 악문 백남수는 소매에서 종이 한 장을 꺼내 신태호 앞에 내밀었다. 태호는 그가 내민 종이를 유심히 살폈다. 종이에 적힌 글의 내용은 대강 이랬다.

을미년 화변 때를 당하여 시골에 묻혀 있는 몸으로 의병을 일으킨 것이 후세에 말할 수도 있는 일이기는 하지만 그 후 10년간 세상일은 더욱 어두워졌고 … 졸지에 들은즉 이번 10월 21일에 원수의 사신 이등박문伊藤博文이 군사를 거느리고 궁궐을 침범하여 … 통곡하고 또 통곡할 뿐 다시 무어라 말하겠는가?

아아! 하늘이 이 사람들을 없이 하려는 것이니 어찌 여우와 승냥이 소굴에 살기를 바라겠는가? 살아야 할 사람이 죽는다면 그 죽음은 의가 아니요, 죽어야 할 사람이 산다면 그 사는 것 또한 의가 아닌 터이니 한 번 삶과 죽음을 결단한다면 저들이 백만 명의 강적이라 한들 무엇이 두렵겠는가?

바라건대 여러 군사들은 죽을힘을 다하고 분발하여 기운을 내어 빨리 서울로 올라가 함께 큰일을 도모하기를 … .

글의 말미에는 간지干支와 날짜, 그리고 김벽산이라는 아호가 박혀 있었다.

"이건 영양의 김도현 선생이 교남 각 고을에 보낸 통문通文인 듯하오만?"

"그렇다네! 그것을 내가 베껴 쓴 것이라네. 자네도 한번 읽어 보라고….."

신태호는 다시 한번 통문을 찬찬히 들여다보며 나직이 말했다.

"어찌하면 좋겠소? 우리도 떨쳐 일어나야 할 것은 자명한 일 같기도 한데!"

"나 역시 그리 생각하네만 우리가 아무런 준비 없이 일어났다간 당장 각 진위대의 공격으로 궤멸당할 공산이 크네. 더구나 그 뒷배는 왜놈들이 보고 있으니…. 차제에 우리는 우선 사람을 모으고, 그다음 병장기며 식량이며 의복 따위를 찬찬히 마련하는 게 어떨까?"

백남수는 이미 무슨 복안이라도 서 있는 사람처럼 나름대로의 계책을 제시했다. 태호 역시 전적으로 공감하지만 당장 사람을 모은다는 것도 그렇거니와, 병장기며 식량이며 의복을 마련한다는 것이 그리 간단한 노릇은 아니었다. 남수는 또 말했다.

"결국은 재물일세! 재물은 더러운 것이기도 하지만 재물이 받쳐 주지 않으면 아무리 의로운 일도 허사가 되고 마네. 그 점을 알고 일을 추진하면 되지 않겠는가!"

"형의 말씀은 모두 옳소이다. 하지만 당장 어디서 사람을 모으고, 재물을 추렴하느냐 말이오?"

태호는 남수가 너무 서둔다는 생각이 들어 일부러 뻗대듯이 말했다. 하지만 남수는 오히려 태평스럽게 대답했다.

"일찍이 맹자께서는 오직 인과 의가 있을 뿐이라고 했네. 인의仁義

의 깃발을 꽂으면 재물은 나올 구멍이 생기는 법이네. 다만, 문제는 인의의 깃발을 누가 꽂느냐일세!"

그렇다면 그 인의의 깃발을 나보고 꽂으라는 것인가? 아니면 자신이 꽂겠다는 것인가? 태호는 다시 한번 남수를 내몰아 그의 속내를 떠보았다.

"다시 물어봅시다! 형은 왜 나 같은 상놈을 이처럼 허물없이 대하고, 또 큰일을 함께 도모하려 하시오? 저번에 보자 하니 형의 형님께서는 반상 분별이 그리도 엄하시던데."

태호의 말에 남수는 그의 얼굴을 빤히 쳐다보며 씽긋이 웃었다.

"아까 말하지 않았는가? 맹자께서는 오직 인의만 있을 뿐이지 반상이 있다고는 하지 않았네! 나는 양반이든 상민이든 인의를 가진 사람이라면 서로 친구도 될 수 있고, 함께 일을 도모할 수도 있다고 생각한다네!"

"……."

태호는 그렇겠다는 생각이 들면서도 남수라는 존재를 이해할 수가 없었다. 때로는 호랑이처럼 사납게 밀어붙이다가도 어떨 때는 성인군자처럼 태평스러웠다. 또 어떨 때는 천하에 그런 잡보가 없다 싶을 정도로 일부러 개차반처럼 굴기도 했다. 부잣집 막내로 태어나 고생 모르고 자랐으면서도 뛰어난 형들의 기세에 눌려 고개를 들지 못하고 살아온 사람의 특징일까? 그럼에도 누구 못지않게 슬기로운 면이 언뜻언뜻 눈에 띄었다. 허우대는 썩 잘나지 못했으나 헤아리고 판단하는 일에서는 정교하고 치밀했다.

'이런 백남수를 믿고, 큰일을 도모할 수 있을까?'

태호는 속으로 생각했다. 남수가 태호의 이런 속내를 안다는 듯 입을 열었다.

"이제 대세는 갈 데까지 가고 말았네. 내가 이태 전 말직이나마 벼슬자리에서 쫓겨나 낙향할 때부터 먹은 마음이 없지 않다네. 이제 때가 된 듯하네!"

"그렇다면 이제 우리가 우선, 해야 할 일이 무엇이오?"

남수는 태호의 물음이 채 끝나기도 전에 망설임 없이 대답했다.

"사람이 아닐까?"

"사람?"

사람? … 태호는 '사람'이란 말을 입속으로 되뇌었다. 그렇지! 사람이 우선이지! 천하의 모든 일이 사람으로 인해 생기고, 사람으로 인해 흥하고, 사람으로 인해 망하기도 하지. 무슨 일에서든 사람을 빼고 나면 남을 게 없지! 남수는 태호의 생각에 쐐기를 박겠다는 듯이 다시 말했다.

"우리가 먼저 해야 할 일은 사람을 모으는 것일세! 그러나 나처럼 유생을 자처하는 자들을 모으자는 것은 아닐세! 이들은 우리 형님처럼 학문을 잘못 알고 있는 자들이네. 선비입네 하면서 책이나 읽고 머리 쓰는 것만을 학문으로 여기지만 인의를 아는 것도 학문이요, 상무尙武 정신을 가져 병서를 읽고 궁마弓馬를 익히고 체력을 연마하는 것도 학문이란 말일세! 그렇게 따지면 우리가 모아야 할 사람은 저 들판에서 농사짓는 농부나 바다에서 고기 잡는 어부나 산중에서 산짐승을 잡는 산포수라도 상관이 없다는 말일세!"

남수의 말을 듣고 보니 그렇게도 여겨졌다. 태호의 이때까지 관

넘으로는 무슨 일을 도모하는 자들은 모두 선비든지, 아니면 하다 못해 시골에서 훈장 노릇이라도 해본 이들이었지 글이라고는 생판 모르는 농투성이며 뱃놈이며 도부꾼일 수가 없었다. 그런 자들을 모으는 것이라면 태호의 심산으로는 반년이 안 걸려 수백 명도 모을 것 같았다. 물론 쉽지는 않겠지만 대개 그런 짐작으로 태호는 입을 열었다.

"그렇다면 이렇게 합시다. 내년 여름을 시한으로 잡고 우선 사람을 모으기로 합시다. 앞으로 반년이 남았소!"

신태호의 말에 백남수는 잠시 생각하더니 무슨 요량이 생겼는지 무릎을 탁 치며 대답했다.

"옳거니, 그렇게 하세! 그리고 한 달에 몇 번쯤은 만나서 일의 진척을 서로 의논도 해 보고."

"좋소!"

"나도 좋네!"

태호는 솥뚜껑처럼 큰 손을 내밀어 남수의 손을 덥석 잡았다. 남수는 태호의 손을 맞잡고 그의 눈을 빤히 응시했다. 둘은 이미 약조가 되었다고 여겨 더 이상 긴말은 하지 않았다. 남수는 그 약속이 끝나자마자 당장 일어나 말고삐를 챙겼다. 태호는 그러는 남수에게 저녁이나 먹고 가라며 말렸지만 그는 고개를 꼬면서 서둘렀다.

"예부터 쇠뿔도 단김에 빼야 한다고 하지 않았나? 지금 마침 생각나는 얼굴이 있어서 그 사람에게 달려갈 참일세. 말리지 말게!"

"허허, 형답지 않소이다!"

태호는 껄껄 웃으며 남수의 말고삐를 놓았다. 남수의 서두르는 모양새를 보면서 태호 역시 마음이 조급해지기 시작했다.

그날 이후 태호와 남수는 사람 모으는 일에 매달렸다. 사람을 모으는 일에 딱히 정해진 방식이 있는 것은 아니었다. 우선은 친척이며 친구를 찾아가 김벽산의 통문대로 '원수 왜국이 이등伊藤이란 자를 보내 임금을 기만하고 대신들을 겁박하여 늑약을 맺었으니 가만히 보고 있을 수 있겠느냐?'며 넌지시 그 속내를 떠보는 것이었다. 그러면 개중엔 나 살기도 바쁘다며 나랏일 따위에 관심 없어 하는 축도 없진 않았으나 십중팔구는 분기탱천하여 핏대를 세우기 마련이었다. 그러나 구체적인 행동에 나서 보자고 은근히 부추기면 우리 같은 하찮은 백성이 무얼 하겠느냐며 꽁무니를 빼기 일쑤였다. 이런 판국이니 신태호의 기대대로 반년 만에 몇백 명이나마 모을 수 있을지는 장담할 수 없는 노릇이었다.

특히, 남수의 경우에는 동생의 일거수일투족을 감시하듯 살피는 남욱 형의 시선 때문에 더욱 난감했다. 가끔이긴 하지만 태호가 드나들고 남수 역시 인근 동네를 오가며 뭔가 꾸미는 것 같은 낌새를 형은 눈치채고 있었다. 힘들게 얻은 벼슬에서 쫓겨났으면 죽은 듯이 가만있을 일이지 신태호 나부랭이와 어울리는 것이 형으로서는 못마땅했을지도 모른다. 하여 형은 시도 때도 없이 동생 집을 찾아 남수의 이름을 부르곤 했다.

그날도 그랬다. 영양 석보에 사는 친구 이하현을 만나기 위해 길 떠날 채비를 하는 남수를 찾고는 예의 그 사나운 시선으로 동생을 아래위로 훑었다.

"어디로 가는 거냐? 혹여 신태호를 만나러 가는 길이냐? 그렇다면 오늘은 자네가 아버지 수발을 좀 들게나. 오늘은 내가 출타할 일이 좀 있고, 네 형수도 병수발에서 좀 놓여나고 싶단다."

"태호를 만나러 가는 길은 아니고 석보 쪽에 좀 다녀오려 했는데, 형님 사정이 그렇다면 제가 아버지 곁을 지키리다!"

남수는 선선히 형의 청을 들어주었지만 가만히 지켜보니 그날 내내 형은 집 밖에 나가는 기척도 없었다. 보나 마나 동생을 집에다 묶어 두려는 수작이었다. 마음 같아서는 형 집의 대문을 박차고 들어가 따지고도 싶었지만 그냥 참았다.

남수보다는 조금 나았으나 태호라고 해서 그리 녹록한 상황은 아니었다. 우선 아버지라는 언덕을 넘어야 했다. 손자를 본 이후 진득하게 들어앉아 농사일하기를 소망했던 아버지는 그 몇 달 동안 아들의 농사짓는 모습을 대견하게 여기면서도 불안한 시선을 거두지는 못했다. 속내는 모르지만 백남수를 비롯한 동무들과 분주히 오가는 아들의 모습을 지켜보면서 아버지는 은근히 속이 타들어 가고 있었다.

"저, 드릴 말씀이 좀 … ."

그런 아버지 앞에 태호는 어렵게 말을 꺼냈다. 우선 왜왕의 사신 이등박문이란 자가 조선 임금을 겁박하여 늑약을 맺었다는 사실을 다소 과장해서 설명했다. 남수가 가져다준 김벽산의 격문을 읽어 드리고, 김벽산이 어떤 인물인지도 말씀드렸다. 아버지는 그동안 탐욕스럽고 포학한 지방관의 횡포나 가렴주구^{苛斂誅求}는 직접 겪기도 하고 들어 보기도 했지만 왜놈들이 조선이란 나라를 통째로 삼키려고 임금을 겁박했다는 것은 한 번도 들어 보지 못한 일이었다. 아버지도 충격을 받았는지 입맛만 쩍쩍 다실 뿐 별다른 말씀이 없었다.

"허 참! … ."

기세를 잡았다고 판단한 태호는 쐐기를 박을 심산으로 늑약에 반대하여 내로라하는 대신들이 자결했으며, 경향 각지의 백성들이 구름같이 일어날 것이란 대목까지 곁들였다. 한숨만 내쉬던 아버지는 아들의 말을 듣기만 하다가 마지못해 한마디를 내놓았다.

"그냥 남들만큼만! 너무 앞서지는 말고 … ."

'왜, 우리 같은 민초들이 나랏일을 걱정해야 하느냐?'고 비꼬지는 않았다. 명백한 허락은 아니지만 가파른 반대를 재웠다는 안도감이 태호의 마음을 가볍게 했다.

아버지라는 고개를 넘자 신태호는 별다른 장애 없이 한 가지 목표를 위해 이런저런 사람을 만날 수 있었다. 주로 친척이거나 처가 쪽 일가붙이, 누님 댁의 인척들, 그리고 태호의 힘을 진작부터 알고 있는 이웃들이었지만 숫자는 남수가 만난 이들에 비하면 훨씬 많았다. 그럼에도 자신의 힘으로 이른바 양반이란 자를 한 사람도 끌어들이지 못한 것이 한스러워 육이당 선생 주변 인물들을 톺아보기도 하고, 모모※※ 성씨의 종갓집을 찾아 손가락만 한 부젓가락을 맨손으로 잡아 꼬는 괴력을 보이기도 했다. 그러나 성과는 별로 신통치 않았다. 모두들 그의 용력에 놀라고 칭찬은 하면서도 그런 행동을 만용이나 천한 잡기쯤으로 여길 뿐, 그의 말에 귀를 기울이지는 않았다.

때마침 어느 집성촌을 찾았을 때는 병오년(1906) 정월 하순이었다. 종손에게 정중하게 면담을 청하여 어렵게 자리를 마련하고 예의 그 김벽산의 통문 이야기를 꺼내 보았다. 그러나 종손의 반응은 냉랭했다. 심지어 종손과 함께 있던 종손의 재종숙인가 하는 양반은 대놓고 신태호를 허투루 보고 비아냥거리기까지 했다.

"허허, 말세는 말세일세! 숭어가 뛰니 망둥이도 뛰는 격이로군. 자네 아니어도 이곳 유림에서 벌써 의논들을 마쳤다네!"

그러나 의논들을 마쳤다지만 결론이 난 것은 아무것도 없다고 했다. 김벽산이 보낸 통문에 대해서도 뜻은 좋다고 했으나 참여할 의지가 있었던 것은 아니었다. 그냥 지켜보자는 편이었는데, 그들로서는 갓 쓰고 도포 입은 채 칼 들고 나서는 수밖에 도리가 없으니 나서 봤자 결과는 뻔했을 것이다. 백남수가 왜 그렇게 양반들의 참여를 탐탁지 않게 여겼는지 알 것도 같았다.

아무튼 태호로서는 의기도 없는 그들에게 분노 비슷한 감정을 느끼며 화로에 놓인 부젓가락을 꼰 엿가락처럼 만들고 말았다. 종손을 비롯하여 그 집에 모인 일가붙이들은 눈을 등잔처럼 환하게 뜨면서 태호의 괴력에 입을 다물지 못했다. 그리고 한마디씩 했다.

"와, 대단하다!"

"천하장사로구나!"

"항우의 환생일세!"

그러나 그들의 말은 신태호의 손아귀 힘에 보내는 찬사였지 태호의 의견에 동조해서 뱉은 것은 아니었다. 태호는 휘어진 부젓가락을 다시 곧게 펴서 제자리에 꽂았다.

"대단한 기운일세! 하지만 난세에 그런 기운 잘못 쓰면 역적으로 몰리기에 십상이니 다시는 힘자랑을 말게!"

재종숙이란 분은 이런 충고까지 곁들었다. 태호는 어정쩡하게 그 집을 물러날 수밖에 없었다. 끝까지 깍듯한 예의를 차리면서도 자신의 말에 쉽게 동조하지 않는 저들의 차가움에 태호는 혀를 내둘렀다. 그러고 보면 남수 같은 사람은 양반 세계의 별종이었다. 그가 보고 싶었다. 종갓집을 나선 태호는 남수를 만나기 위해 남수의 고향 마을로 잰걸음을 디뎠다.

"큰일 났네, 태호 씨! 그렇잖아도 자넬 만나러 갈 참이었는데!"

태호를 만난 남수는 그답지 않게 초조한 표정으로 입을 열었다.

"무엇이 큰일이란 말이오?"

이렇게 물으면서 태호는 남수의 사람 모으는 일이 혹여 잘못되어서가 아닌지 걱정스러웠다. 그렇지 않아도 양반들에게 겪은 일이 있는 터라 태호는 불안했다. 미간에 내 천川 자를 그린 남수는 천천히 말했다.

"김벽산의 영양의진이 패하고, 벽산 선생이 잡혀갔다네!"

이 무렵 김벽산, 즉 김도현의진의 사정은 다급했다. 그해 정초에 대구 진위대의 공격으로 크게 패전하고, 김도현과 그 아우 동현은 물론이고 여러 종형제가 모조리 체포되고 말았다는 것이다. 이들을 잡아간 것은 안동 진위대 병사들과 대구 진위대 안동 분견대 왜병들이었다. 병오년(1906) 정월 초순의 일이니 벌써 한 달 전인데도 태호는 아연했다.

나라 사정은 종잡을 수 없이 막가는 판국이었다. 왜국의 강제로 맺어진 늑약에 항거하여 서울에서는 "시일야방성대곡" 같은 격한 논설이 나오고, 시종무관장 민영환, 원임대신 조병세 등 한다 하는 인사들이 자결하는 소동이 벌어졌음에도 태호가 사는 이 향촌에서는 그저 그렇게 한세월만 가고 있었다. 생각이 여기에 이르자 태호도 초조해지기 시작했다.

"여름까지 갈 것도 없는 성싶소이다!"

신태호의 우렁우렁한 목소리에 백남수 역시 무겁게 고개를 끄덕였다. 무언가 서둘러야 한다는 중압감이 두 사람을 휘감았다. 태호나 남수가 여름을 시한으로 정한 것은 나름대로 복안이 있어서였다. 시간을 번다는 측면도 있지만 그보다는 녹음이 우거지는 여름이면 쉽게 몸을 숨길 수 있고, 밖에서 노숙하기에도 어려움이 없기 때문이었다. 그런데 이제 이런저런 사정을 따질 계제가 아니었다.

"일단 삼월 열사흘쯤에 거의擧義하는 걸로 정하세! 이제 두어 달 못 남았지만 그 정도면 사람도 웬만큼 더 모을 수 있을 터이고, 병장기도 어느 정도 갖출 수 있을 것이네. 그날에 맞추어 천지에 고하는 축문도 있어야 할 것이고, 의진 대원과 이웃 고을에 알릴 격문도 있어야 하며, 우리 의진의 이름도 있어야 하고…. 준비해야 할 일이 하나둘이 아닐세!"

듣고 보니 그랬지만 태호나 남수나 막막하기는 마찬가지였다. 둘 다 지난 병신년(1896) 의진에 참여한 적이 있다고는 하지만 남수는 당시 의진의 막내로 심부름이나 했고, 태호는 김하락의진에서 소년 의병으로 완력이나 쓴 게 고작이었다. 사람을 모으고 그들을 하나의 목표로 묶어 내는 일은 차원이 전혀 다른 문제였다.

"그럼, 이렇게 합시다! 형이나 내가 사람을 어느 정도 모았는지는 지금 따져 보도록 하고, 의진의 이름도 오늘 아예 정해 버립시다. 축문이나 격문은 형이 준비해 주시고, 병장기를 사들이는 일은 내가 맡겠소이다.”

“알았네! 사실, 축문이나 격문은 이미 초안을 마련해 두었다네. 의진의 이름도 정해 두었고. 하지만 결국 문제는 사람과 재물일세!”

“…….”

재물이라? 재물이란 남수의 말에 태호는 순간적으로 아버지의 논문서를 생각했으나 가볍게 입을 뗄 수는 없었다. 뼈 빠지게 일한 아버지의 노력과 피눈물로 아긴 어머니의 검약 덕분에 가까스로 마련한 스무 마지기 남짓의 전답이 아닌가? 나라가 거덜 난 판에 그까짓 전답이 무슨 대순가 싶기도 하겠지만 생각 나름으로는 이 세상 무엇과도 바꿀 수 없는 값진 것이기도 했다.

태호의 침묵을 지켜보던 남수 역시 뭔가를 골똘히 생각하고 있었다. 큰일을 위해서는 사람과 재물이 필요하다고 그토록 강조해 온 남수였다. 하지만 천수답 몇십 마지기가 고작인 태호에게 재물을 너무 강조한 것이 오히려 부담은 아니었을까? 그렇다 해서 힘센 태호를 부추겨 강도질을 할 수도 없는 노릇이고 보면, 재물을 빼낼 데라곤 결국 남수 자신밖에 없다는 결론에 이르렀다. 오래전부터 해 온 생각이긴 하지만 어쩔 수 없이 막판에 몰린 형세에서도 망설여지지 않는 건 아니었다. 그러나 어쩌랴?

이윽고 천천히 몸을 일으킨 남수는 벽장 깊숙한 곳에서 보자기 하나를 꺼내 태호 앞에 내밀었다. 짐작은 했지만 태호는 자기 앞의 보자기 안에 무엇이 들었는지 궁금했다. 그래도 제 손으로 풀어 볼 수는 없는 노릇이었다.

"이것이 무엇이오?"

"풀어 보시게나!"

입이 타는지 남수의 목소리가 갈라져 나왔다.

"형이 푸시오!"

"자네가 푸시게!"

남수의 표정은 좀더 진중해졌다. 할 수 없이 태호는 보자기를 집어 조심스럽게 풀었다. 보자기 안에는 무슨 문서가 들어 있었다. 태호가 그것을 들여다보는 사이 남수는 천천히 입을 열었다.

"내가 분가할 때 받은 재산이 이 집과 논 백 마지기였는데, 큰형님 돌아가시고 집안이 기우니 내 것이라고 움켜쥐고만 있을 수가 없어 거기에 보태고 나니 절반으로 줄었다네. 지금 이 문서에 있는 것은 그중 또 절반일세. 그러니까 스물다섯 마지기인 셈이지. 이걸 이번 일에 내놓겠네! 남욱 형님이 알면 나를 잡아 죽이려 하겠지만 재물 없이 이루어지는 큰일이란 없지 않은가? 이걸 저당 잡혀서 돈을 융통하고, 우선 병장기며 갑주며 거병擧兵에 필요한 물품을 사도록 하세!"

백남수가 내놓은 것은 논문서였다. 말하자면 그가 진작부터 강조해 온 재물인 셈이었다. 남수의 말대로라면 그는 자신이 물려받은 재산의 절반을 큰형 댁에 보태 주었고, 그 나머지의 절반을 의진에 내놓은 것이다. 신태호는 이걸 어떻게 해석해야 좋을지 몰라 순간적으로 당혹스러웠다.

"이렇게 전 재산의 절반이나 내놓으시면 형은 무얼 먹고 사시려오? 이건 너무 과하시오!"

태호의 말에 비로소 희미한 미소가 남수의 얼굴에 배어났다. 어느 의미에서는 홀가분하다는 표정이었다.

"아직 스물다섯 마지기나 있지 않은가. 사실, 어느 정도를 내놓느냐로 혼자서 고심을 많이 했다네. 전부 혹은 절반, 그도 아니면 삼분지 이, 또는 삼분지 일 등…. 하지만 이제 발설하여 결정하고 나니 오히려 홀가분하네!"

뜻하지 않은 남수의 희사에 태호는 모든 일이 잘 풀리리라는 기대와 함께 부담 또한 가중되어 어깨에 전봇대를 메었을 때처럼 숨이 막혀 왔다. 그리고 자신이 내놓을 수 있는 재물을 헤아려 보았다. 태호의 이름으로 된 것이라곤 아무것도 없었다. 아버지의 논밭을 다 셈해도 스무 마지기 남짓, 그걸 다 내놓을 수 있을까? 자신은 없지만 아버지를 설득하든지, 논문서를 훔치든지, 그도 아니면 자신의 깜냥으로 친척들에게 손을 벌려야겠다고 생각했다. 다시 남수가 입을 열었다.

"이걸로 일단 급한 불을 껐으니 이제는 뽑힌 사람을 따져 보세! 그런데 나는 실로 많은 이를 끌어들이지 못했네. 우선 생각나는 이름만 들자면…."

"아니오! 우선 매듭을 지어야 할 것은 형이 내놓은 재물 문제요. 추렴이라면 몰라도 한 사람이 이렇게 많은 재물을 한꺼번에 내놓는 건 좀 그렇소!"

"허허, 그건 나중에 셈하세!"

말을 끊은 남수는 자신의 옆에 놓인 작은 문갑을 열어 문서 하나를 꺼냈다. 거기에는 그가 만난 사람들의 이름이 적혀 있었다. 이름 옆에는 몇 번을 만났는지 동그라미로 표시가 되어 있는데, 동그라미 하나는 적지 않았으나 셋 이상은 드물었다. 남수는 그 이름들 가운데서 몇몇의 이름을 천천히 읽었다.

"이하현, 이낙현, 이항발, 권상범, 권병로 …. 그리고 내 친척 백 아무개일세. 평해 쪽에도 몇 사람이 있는데, 내가 가지를 못해서 만나 보질 못했네!"

고작 예닐곱 명의 이름을 든 자신이 부끄럽다고 여겼는지 남수는 더 이상 긴말을 하지 않았다. 남수가 든 이름들 가운데 이하현만 남수보다 한 살이 위였고, 나머지는 모두 한두 살 또는 서너 살 아래의 젊은이들이었다.

"그래도 형이 모신 사람들은 모두가 이 지역 양반 성바지들 아니오. 나는 기껏해야 내 일가붙이들 아니면 상놈들뿐이라오!"

이 말과 함께 신태호 역시 접은 종이를 품에서 꺼내 펼쳤다. 거기에 적힌 이름들을 곁눈으로 훑어보며 남수는 나직이 말했다.

"허허, 이 사람! 의기는 반상을 가리지 않는 법이라네. 양반이란 자들보다 상민이 더 잘 싸운다네. 두고 보게!"

신태호가 펼친 종이에는 여러 성씨가 뒤섞여서 순서조차 없었다. 하지만 남수의 그것보다 훨씬 많은 이름이 빼곡했다. 태호는 그들 중 몇몇의 이름을 차례로 불렀다. 쉰 명 가까운 그 이름들을 훑어보면서 남수는 입이 딱 벌어졌다.

"박수찬, 한영육, 신태종, 한용수, 이항의, 김석락, 한용직, 이춘양, 이화진, 김주락, 김병두, 김병문, 이목국 …."

신태호가 든 이름들은 대개 그의 친가 쪽 일가붙이 아니면 외가

나 처가 쪽 인물, 그리고 친구들이었다. 가령 박수찬은 그의 매형으로 그때 나이가 이미 마흔이었다. 한용수나 한용직은 처남들이며, 김 씨들은 태호의 외가인 분성 김씨 일가붙이들 아니면 그들의 친인척인 모양이었다. 아무튼 신태호가 모은 사람은 백남수가 모은 사람의 열 배 가까이나 되었다. 태호로서는 남수가 내놓은 재물 때문에 빚졌던 기분이 조금은 덜어졌다.

"이제 의진의 이름을 정합시다. 형이 지은 이름은 무엇이오?"

명단 읽기를 마친 태호는 의진의 이름에 대해 물었다. 남수는 아까 꺼낸 명부의 말미를 열더니 태호를 향해 그 부분을 펼쳐 보였다. 거기에는 '영릉의진'寧陵義陣이란 네 글자가 가지런히 씌어 있었다.

"영릉의진이라? 이것이 무슨 뜻이오?"

"앞의 영 자는 우리 영해를 뜻하고, 뒤의 릉 자는 강릉을 뜻하는 것이라네. 이곳 영해에서 시작하여 태백산 줄기의 동서를 바탕으로 북쪽의 강릉까지를 망라하자는 의미라네!"

"그것도 좋소만 차라리 영남의진이나 영해의진은 어떻겠소?"

남수는 고개를 좌우로 저으며 다시 말했다.

"영남은 너무 넓고, 영해는 너무 좁다고 생각하네! 더구나 영해의진은 지난 병신년에 거의했던 우리 영해 유림들이 썼던 이름이기도 하고."

"그렇다면 영릉의진으로 합시다! 영릉의진이라? 허허, 자꾸 되뇌니 그럴듯하게 여겨집니다. 좋소이다. 좋아!"

모처럼 두 사람은 껄껄 웃었다. 웃음이 잦아들자 태호는 다시 엄숙한 얼굴로 돌아갔다. 무언가 결연한 의지를 드러낼 때면 나타나는 표정이었다. 남수 역시 이심전심으로 느끼고 있었으나 태호가 먼저 입을 열었다.

"무릇 의로운 뜻으로 뭉친 의진이 세워지면 대장이 없을 수가 없소! 이제 이 신태호가 간절히 생각해 보건대 신분이나 나이나 학문이나, 무엇으로 따지더라도 형이 대장을 맡아야 마땅할 것 같소!"

백남수는 신태호의 말을 가만히 듣고 나서 고개를 좌우로 크게 흔들며 오른손을 들어 강하게 거부의 뜻을 보였다. 남수의 이런 행동에 태호는 어리둥절하면서도 그가 인사치레로 그냥 해 보는 사양이라고 생각했다. 하지만 남수는 단호했다.

"그건 말도 안 되는 소리일세! 지금 세상에서 신분 때문이란 것은 어불성설이고, 나이란 것은 더구나 말이 안 되네. 나이로 따지자면 일흔 살 먹은 노인네가 제격이지만 그건 아니지 않은가? 젊음으로 보나 용력으로 보나, 그리고 무엇보다도 그 의기로 보나 대장은 신태호가 맡아야 할 자리일세! 나는 그저 중군대장 정도를 맡아 대장의 본진과 함께 있으면서 계책이나 짜면 족하다고 생각하고 있네!"

"그것도 말이 안 되오! 나는 대장의 영을 받고 앞장서서 적을 두드리는 도선봉장을 맡고 싶지, 대장을 맡아 자리나 차지하는 것은 당최 못 할 노릇이라고 여기오!"

백남수는 어떻게 해야 신태호를 설득할까 잠시 고민하더니 마침 좋은 생각이 났다는 듯 손바닥으로 탁자를 얕게 내리치며 다시 말을 이었다.

"태호 자네가 의병진대장을 맡아야 하는 분명한 까닭은 이것이네! 지금 우리가 거명한 사람이 우리 둘을 빼고도 한 예순 명가량

되는데 이 가운데서 내가 모은 인사가 열 명 안쪽이고, 자네가 모은 사람이 쉰 명 전후일세. 이들이 다시 새끼를 쳐서 한 명당 두 명을 모은다고 치자면 내가 모은 사람은 열 명에 새로운 사람 스무 명을 더해도 서른 명밖에 되지 않네. 그런데 태호 자네가 모은 쉰 명이 한 명당 두 명을 모은다면 그들만 해도 1백 명이 되고 여기에 원래의 쉰 명을 더 보태면 150명이 된단 말일세. 이는 향후에 우리 영릉의진의 병력이 늘어난다면 더욱 빨라질 터, 그렇다면 누가 대장이 되어야 하는지는 자명한 이치 아닌가? 긴말 필요 없네. 오늘부터 신태호 자네가 대장일세!"

백남수의 말에 신태호는 딱히 반박할 거리를 찾을 수 없었지만, 이건 아무래도 아닌 것 같다는 생각도 거둘 수가 없었다.

"그렇다 하더라도 의진이 어디 숫자만으로 되는 일입니까? 아직은 상놈의 말이라면 귓전으로 흘려듣는 세태인데, 나 같은 놈을 대장으로 뽑아 놓는다면 영릉의진의 영이 서겠소? 형이 맡으시오!"

태호는 다시 한번 거절의 뜻을 분명히 밝히면서 남수에게 대장을 맡으라고 뻗댔다. 남수는 단호하게 말했다.

"의진은 군대일세! 병사가 명령을 안 듣겠다면 애당초 의진에 들어오지 말 것이요, 의진에 들어왔다면 명령을 따라야 하는 건 당연지사일세! 군대에서 영을 어기는 자에게 벌을 주는 것은 옛날부터 항상 있던 일이지! 그런 걱정이라면 하지도 말게. 나한테도 복안이 있으니."

태호의 입을 막은 남수는 그다음 일에 대해 말문을 열었다.

"우리 영릉의진도 군대인 만큼 그에 맞는 편제가 없을 수 없네.

이제 자네가 뽑은 인사와 내가 뽑은 인사 중에서 삼월 열사흗날 포고할 가장 기본적인 편제를 짜도록 하세! 의병진대장은 정해졌으니 중군대장, 도선봉장, 분진선봉장, 좌·우익대장, 후군대장, 참모장, 그리고 병력 보충이나 군량미, 무기 따위를 담당할 도소모장 정도는 우선 정하세! 지금은 대원 숫자가 적지만 훗날 늘어날 때를 생각해서 미리 갖추자는 것이지!"

남수의 어조가 워낙 강경한 데다 태호를 아예 의병진대장에 앉혀 놓고 그다음 일을 전광석화처럼 밀어붙이는 바람에 태호는 대장을 맡지 않겠다는 말을 더 이상 꺼내기도 어려웠다. 어쨌든 이날 태호와 남수가 의논하여 정한 영릉의진의 가장 기본적인 조직의 대강은 이러했다.

의병진대장 신태호, 중군대장 백남수, 도선봉장 한영육, 도령장 한용수, 분진선봉장 이하현 … 참모장 박수찬·김병두, 도소모장 김병문 등이었다. 이 인사들 중에 백남수와 연이 닿는 이는 이하현뿐이고, 나머지는 모두 신태호와 끈이 닿은 인물들이었다. 여기서 신태호가 맡고 싶다던 도선봉장은 한영육이 맡았는데, 영육은 태호와 동갑으로, 그의 용력 또한 태호 못지않게 절륜했다. 참모장 박수찬은 태호의 매형이었다. 남수는 각각의 직책을 먼저 적고 그 뒤에 이들의 이름을 차례로 써 내려갔다.

이름을 다 적은 남수는 붓을 내려놓기 무섭게 그날 하늘에 고할 때 쓸 제문과 대원들에게 전하는 격문의 초안을 꺼내 태호에게 내밀었다. 태호는 진지한 표정과 엄숙한 눈길로 이 문서들을 읽기 시작했다. 제문은 그렇다 치더라도 격문은 피를 솟구치게 할 만큼 격렬해야 제맛일 텐데, 남수는 그다지 자신이 없었다. 태호는 자신도 모르게 눈에서 돋는 뜨거운 열기를 손으로 훔친 다음, 약간은 초조하게 기다리는 남수를 향해 입을 열었다.

"좋소이다! 뭐 이만하면 그날 모일 대원들은 물론이요, 영릉 지방의 뜻있는 인사들을 격동시킬 만하오!"

"허허, 그런가? 그렇다면 다행일세!"

남수는 가볍게 웃으며 격문 초안을 말아서 문갑에 다시 넣었다. 태호가 입을 열었다.

"이 격문을 보면서 문득 생각난 것이 있소!"

신태호의 말에 백남수는 '그게 무슨 말이지?' 하는 눈길로 태호를 바라보았다.

"이제부터 내 이름은 태호가 아니라 아명인 돌석으로 하겠소! 신돌석!"

"신돌석이라? … 그것 참 괜찮네! 사실 신태호는 너무 양반티가 나는 이름이었네. 의병진대장 신돌석! 너무 좋은 이름일세!"

의병진대장 신돌석을 앞에 둔 중군대장 백남수는 갑자기 몸을 일으켰다. 여기서도 뭔가 의식이 필요하다고 판단했기 때문일까? 남수는 장롱 문을 열어 도포를 꺼내 입었다. 그리고 엄숙한 목소리로 말했다.

"신돌석 의병진대장은 그리로 앉으시오. 중군대장 백남수, 예를 올리겠소!"

신태호, 아니 신돌석은 말투까지 바뀐 백남수의 돌변에 얼떨떨하게 일어나서 황망한 눈길로 그를 바라보았다.

"남수 형! 그게 무슨 말씀이오? 민망하게 … ."

"아니오! 우리는 이제 군대를 꾸리는 것이오! 사람은 귀천이 없지만 군대라는 곳은 예로부터 체계에 따라 위아래가 있는 법이오!"

"형! 제발 그만하시오. 제발!"

신돌석의 말을 무시한 남수는 더욱 엄격한 얼굴이 되어 돌석을 향해 자리에 앉기를 재촉했다. 돌석은 어색하고 당황한 얼굴로 자리에 엉거주춤 앉았다. 이윽고 남수는 돌석을 향해 큰절을 올렸고, 돌석도 남수에게 황급히 맞절을 했다.

병오년(1906) 정월 하순의 어느 날은 이렇게 저물었다.

전날 밤

신돌석과 백남수는 이제 드러내 놓고 바삐 돌아다니기 시작했다. 남수의 논문서를 집으로 가져간 돌석은 아버지에게 그것을 보이고 그동안의 사정을 대략 설명했다. 소태 씹은 얼굴로 입맛만 쩍쩍 다시던 아버지는 아들이 의병진대장이 되었다는 사실과 백남수 주사가 논문서까지 내놓았다는 걸 알고는 표정이 달라졌다. 집 밖을 나돌며 완력이나 쓰는 줄 알았더니 양반가 자제와 어울려 이런 일도 하는구나 싶어 제법 뿌듯하기까지 했다.

"어쩔 수가 없구나! 어차피 너에게 갈 몫이니 ….."

재산 처분권을 맡긴다는 뜻으로 논문서를 아들 앞에 내민 아버지는 긴 한숨을 토했다. 어렵게 일군 가산이지만 자식이 의로운 일에 쓰겠다는데 움켜쥐고만 있을 수도 없는 노릇, 자식 이기는 부모 없다는 옛말이 빈말이 아니었다. 어쨌든 마지못한 것이기는 해도 아버지의 논문서를 얻고 나니 돌석의 발걸음은 날아갈 것만 같았다.

그길로 윗번계마을로 가서 육이당 선생의 아들인 이병육을 찾았다. 병육은 지난날 돌석을 욕보였던 이성립의 조카이기도 하지만 그 삼촌과는 사뭇 달랐다. 돌석과 육이당에서 함께 배운 인연 때문일까, 그는 돌석을 반기며 은근한 목소리로 이름 대신 자를 불렀다.

"순경舜卿이 어인 일인고?"

"거두절미하고 용건을 말함세! 내가 돈이 좀 필요해서 그렇다네. 쓸 곳은 캐묻지 말고, 돈 좀 빌려주시게! 이걸로 저당을 잡히겠네!"

신돌석은 남수의 논문서를 병육 앞에 내밀었다. 병육은 그것을 찬찬히 훑어보고 나서 혀를 끌끌 차더니 혼잣말처럼 내뱉었다.

"쯧쯧! 백남수라면 원두들 백 진사 댁 막냇손자 아닌가? 그이 소유의 논문서가 어찌 자네 손에 있는고?"

이병육은 일찍부터 친구 신돌석의 절륜한 힘과 똑똑함, 그리고 의기를 익히 알고 있었다. 하여 신분의 차이를 넘어 친구로 지냈다. 그런 그는 근래 들어 신돌석이 뭔가 큰일을 꾸미고 있다는 점을 어렴풋이 느꼈다. 그래서 무슨 보탬이라도 주고는 싶었다. 더구나 백 진사 막냇손자의 논문서까지 저당으로 내미는 걸 보면 예삿일로 보이지는 않았다.

"사연은 묻지 말게! 훔치거나 강탈한 것은 아니니."

짧게 말한 신돌석은 병육의 얼굴을 응시했다. 남수의 논문서를 다시 들여다본 병육은 창고 열쇠를 가져오게 하더니 문을 열었다. 창고 안에는 엽전 꾸러미가 켜켜이 쌓여 있었다. 왜놈들이 백동화로 바꾸라고 성화를 부릴 때도 그냥 둔 물건이 분명했다. 돌석은 깊은숨을 내쉬며 엽전 꾸러미를 눈여겨보았다. 병육은 돌석을 향해 말했다.

"그렇다면 알았네! 자네 얼굴을 보고 빌려주는 것이니 저당 따윈 소용없네!"

병육은 세는 법도 없이 돌석에게 엽전 꾸러미 수십 개를 건네며 물었다.

"이만하면 되겠는가? 더 필요하면 더 가져가게!"

"됐네! 하지만 이 논문서는 저당으로 잡아 두게!"

"아닐세! 논문서를 저당 잡을 생각은 애초부터 없었으니 도로 가져가게!"

둘은 논문서를 저당 잡느냐 마느냐로 한참이나 실랑이를 하다가 돌석이 고집을 꺾었다.

"그럼 고맙네! 나중에 꼭 갚겠네!"

고맙다는 인사를 거듭한 돌석은 인사를 마치자마자 병육이 내준 엽전 꾸러미를 둘러메고 뛰었다. 족히 수천 냥은 될 법한 돈이었다. 왜놈들이 작년부터 백동화의 유통을 금지하자 오히려 옛날부터 써 왔던 엽전이 더 큰 대접을 받고 있었다. 이 정도면 화승총 수십 정은 구할 수 있을 것이고, 칼이며 철곤鐵棍(쇠도리깨), 피륙 따위를 구할 여유도 생길 성싶었다.

돌석은 집으로 돌아와 엽전을 전대에 나누어 담았다. 김병문이 도소모장에 뽑힌 것을 떠올리고, 그날 밤 은밀히 그를 불렀다. 병문은 돌석보다 한 살이 어리고 배움은 비록 짧았으나 셈과 눈치는 누구보다 빨랐다.

"이게 수천 냥은 족히 될 텐데, 이 돈으로 사야 할 물건이 있다네. 우선 피륙과 화승총, 도검과 철곤 등이네!"

김병문은 수천 냥 넘는 돈을 보고도 놀라지 않았다. 칼이며 화승
총 같은 무기 이름을 듣고도 긴말을 하지 않았다. 그 역시 진작부터
신돌석과 기미가 통하던 사람이니 당연한 노릇이었다.

한편, 논문서를 돈으로 바꾸었다는 신돌석의 소식을 들은 백남수
는 백하운과 이낙현, 그리고 권병로에게 각각 분진소모장, 출장소
모장, 행진소모장이란 직함을 주고 이들로 하여금 김병문을 거들어
각종 군수품을 조달하도록 했다.

신돌석은 이어서 아버지와 남수의 논문서를 휴대한 채 안면 있는
부자들을 찾아다니며 문서를 보이고 돈 빌려 달라는 손을 연거푸
내밀었다. 그냥 빌려 달라는 것도 아니고 저당물을 보이자 대부분
은 긴말 없이 돈을 풀었다. 이렇게 하여 돌석이 거둔 돈이 6천 냥을
넘어섰다. 어려운 시절이지만 돌석의 능란한 수단과 논문서 덕에
거둔 것이었다. 남수의 상등 논 스물다섯 마지기가 3천5백 냥쯤의
가치가 있다고 보면 거의 두 배 정도를 거둔 셈이다. 친척 하운으로
부터 이런 사실을 전해 들은 남수는 혼자서 빙긋이 웃었다. 역시 재
물이 있어야 일이 성사된다는 것을 느꼈기 때문일까?

남수가 돌석과 만난 지 한 달쯤이 더 지난 3월 초순이었다. 영천
의 정용기가 보낸 어떤 사람이 남수를 찾았다. 수인사를 나눈 그는
지금 영천에서는 정용기가 중심이 되어 거병 준비를 하고 있다며
이곳 영해와 영덕의 사정은 어떤지 물었다.

"저는 정용기의 재종제 되는 정순기라고 하오. 용기 형님께서
영해의 백 주사님을 찾아보라고 해서 왔습니다만 이곳 사정은 어
떤지요?"

"아! 그렇군요. 그 점이라면 내가 정 형께 소개할 인물이 있소이다. 저와 함께 가십시다!"

긴말 않고 그날로 백남수는 정순기와 함께 신돌석을 찾았다. 돌석을 만난 남수는 깍듯한 대장의 예로 그를 대하고, 또한 정순기에게도 그렇게 소개했다.

"이분은 우리 영릉의진의 대장을 맡게 될 신돌석이오! 이제 오래지 않아 우리도 의진의 깃발을 들 텐데, 그리되면 영천의진과 기각지세를 이루게 될 터이니 왜적을 공격하기에 안성맞춤일 듯싶소!"

"예! 그렇겠소이다. 내 이제 영천으로 돌아가면 정용기 대장께 이곳 형편을 전하겠소이다. 아마 그분도 매우 기뻐하실 거외다!"

남수와 돌석은 정용기가 보낸 정순기에게 영릉의진의 준비 상황을 세세하게 알려 주었다. 그동안 마련해 온 병장기를 직접 보여 주고, 앞으로 참여할 병력의 숫자 따위를 전하자 정순기는 매우 놀라는 눈치였다. 아마 영천에서 정용기가 준비한 것보다 더욱 치밀하다고 느꼈을지도 모른다.

"정환직 선생과 용기 대장께 안부 잘 전해 주시오!"

백남수는 정순기를 보내고 신돌석과 마주 앉아 그동안 일어난 일들을 보고했다. 특히, 백하운, 이낙현, 권병로를 각각 분진소모장, 출장소모장, 행진소모장 등으로 자신이 임명한 사실을 말하고 돌석의 양해를 구했다. 돌석은 '보고'란 말은 당치도 않다면서 펄쩍 뛰었으며, 이낙현 등의 임명이야 형편에 따라 한 일이니 문제 될 게 없다고 했지만 남수는 정색하고 말했다.

"대장! 이제 신 대장은 적어도 수백 명의 우두머리가 될 몸이오!

사적으로 신 대장과 나는 좋은 후배요, 선배 사이지만 공적으로는 대장과 부장 사이외다. 사적인 인연을 너무 강조하다 보면 큰일을 그르치기 십상이오! 그러니 너무 어려워 마시기 바라오!"

"아니, 그래도 그렇지! 어제까지만 해도 형 동생 하던 사인데 오늘 와서 대장과 부장이 되었다 해서 어떻게 제가 형에게 영을 내리고 보고를 받겠소?"

돌석은 울 듯한 표정으로 남수를 바라보며 말했다. 그러나 남수는 엄격한 표정으로 돌석을 나무랐다.

"내가 의진에 가담치 않는다면 모르겠으나 이왕 가담했다면 나는 신 대장의 부하요, 신 대장은 나의 상관이외다. 특히, 거의를 마친 이달 열사흘 이후에는 이 점을 명심해야 할 것이오! 그래야 기강이 서기 때문이오!"

돌석은 더 이상 긴말을 하지 않고 남수의 의견을 받아들이기로 했다. 그러면서도 어색하기는 한 모양이었다.

"내 이런 까닭에 진작부터 형에게 대장을 맡으라 하지 않았소?"

남수는 그 문제에 대해 더 이상 왈가왈부하지 않았다. 돌석 역시 다시 꺼내기가 민망한지 입을 다물었다.

두 사람은 거병에 필요한 일들을 하나하나 챙기면서 발생할 수 있는 모든 가능성을 점검했다. 둘은 특히 영해군수 경강국이 사람을 풀어 돌석과 남수의 뒤를 캐고 있다는 소문을 두고 어떻게 대처해야 할지 신경을 썼다. 돌석은 크게 괘념치 않는다고 했지만 남수는 만약의 경우를 생각해서 잠만은 집 밖에서 자자고 일렀다. 끝으로 '거병 장소를 어디로 하는가?' 하는 문제가 나왔다. 돌석은 남수네 재실이 좋겠다며 먼저 입을 열었다.

"유림들 의진 같으면 향교나 무슨 서원이 제격이겠지만 우리 영릉의진은 태반이 상민들이니 형네 재실이 어떻겠소?"

"재실이라?"

남수는 고개를 좌우로 흔들며 미간을 찌푸렸다. 탐탁지 않다는 뜻이었다.

"그렇게 치자면 아예 복디미에 있는 주막집 마당이 어떻겠소? 거기는 장소도 널찍하거니와 오가는 사람도 많아 우리 영릉의진의 출범을 널리 알리기에도 적당하며, 의진 대원 대부분이 상민이니 낯익은 주막 같은 곳이 오히려 편하지 않겠소?"

돌석은 남수의 제의가 뜻밖이라고 여겼던지 뜨악한 표정으로 도리질을 했다.

"그래도 명색이 의진인데, 주막집 마당이란 데가 좀 … ."

돌석은 주막집이 영 마음에 내키지 않은 듯했지만 남수는 유림의진이 그동안 해왔던 행태를 생각하면 영릉의진의 실체와 부합하는 곳은 오히려 주막이라고 생각했다. 그래서 자신의 고집을 꺾으려하지 않았다. 남수의 말이라면 대부분 수용했던 돌석이지만 이번에 남수가 내놓은 생각에는 선뜻 동의할 수 없었던지 고개를 갸웃거리며 고민했다.

"재실이란 곳이 넓지 않은 데다가 담장이 빙 둘러쳐져 있으니 거개의 사람들은 담장 밖에 서야 할 텐데, 그리되면 담장 안의 말이 밖으로 나가기가 어려울 것이외다. 이제 모두가 한뜻으로 동지가 되는 마당에 안과 밖이 나뉘어서야 쓰겠소?"

돌석은 남수의 말에 한참을 고민하더니 예의 그 동네 주막에서 하자는 남수의 뜻에 동의했다. 뜻이 정해지자 돌석의 행동은 전광석화電光石火처럼 빨라졌다.

"그렇다면 주막으로 하십시다! 마침 주막집 주인이 김춘궁이란 사람인데 내 친구외다."

두 사람은 바로 주막으로 향했다. 거의 당일 참석하는 장정들에게 먹일 음식과 술, 그리고 제사에 쓸 제물이 필요했다.

"춘궁이 있는가?"

돌석은 주막집에 들어서자마자 주인장을 불렀다. 염소수염을 기른 김춘궁이 돌석의 부름에 냉큼 뛰어나와 두 사람을 마주했다.

"어서 오시게. 어인 일인가?"

춘궁은 돌석과 남수를 번갈아 쳐다보며 물었다.

"오는 열사흗날에 자네 주막에서 모임을 가지려 한다네! 그러니 미리 준비를 좀 해 주시게. 음식상 3백 ⋯."

3백이라고 말하던 돌석이 잠시 머뭇거렸다. 그날, 아무리 못 잡아도 1백 명은 참석할 터이니 그 3배의 음식상을 준비시키자는 돌석의 뜻을 남수는 알아보았다. 그래서 고개를 끄덕이며 춘궁에게 말했다.

"음식상 3백에 150인분의 술, 그리고 제물로 쓸 돼지 서너 마리를 잡아 주시오!"

"뭣, 3백 상씩이나요? 주막이 생기고서 그만한 상을 한꺼번에 챙긴 적이 한 번도 없었소! 헤헤 ⋯."

춘궁은 그렇게 말하면서도 뜻밖의 돈벌이에 신이 난 표정이었다.

"내 이따가 사람을 보내 음식값은 선금으로 지불하겠네!"

이번에는 돌석이 말했다.

"알았네! 이거 바빠지겠는걸. 거참, 귀한 손님들이니 안으로 드시게. 내 술 한잔 낼 테니!"

춘궁은 신바람이 나서 주막 안으로 뛰어들며 큰 소리로 아내를 불렀다.

"여보! 여기 술상 좀 봐오시오. 귀한 손님들 오셨소!"

그날 신돌석과 백남수는 주막집 마루에서 거의에 필요한 여러 가지를 챙겼다. 김병문 등 소모장들이 마련한 화승총과 도검류, 철곤 따위는 남수네 재실에 이미 숨겼고, 돌석의 처 한재여 등 부녀자 수십 명이 미리부터 준비했던 갑옷도 거기에 들었다. 갑옷이라고 해봐야 총알을 막아 낼 만큼 견고한 것은 아니고, 쇠가죽을 물고기비늘 모양으로 오려 가슴 부근에 꿰맨 무명옷이었다. 다만 한날한시에 모인 장정들이 똑같이 감물 들인 무명옷에 똑같은 행전行纏을 친다면 장관은 장관일 터였다. 거기에 머리끈이라도 하나씩 질끈 동여맨다면 의진의 사기는 틀림없이 하늘을 찌를 것이었다.

신돌석과 백남수는 기분 좋은 상상을 해가며 술잔을 비웠다. 술마시는 틈에도 남수는 그날 있을 행사의 순서를 미리부터 머릿속에 그린 듯 돌석이 할 일과 자신이 할 일, 그리고 직책 맡겨진 인사들이 해야 할 일을 차례대로 꼼꼼히 적었다. 적기를 멈춘 남수가 돌석을 향해 말했다.

"도원결의桃園結義란 말이 있질 않소? 그런데 우리 의진이 거의하는 날에도 복사꽃이 필 것 같소!"

남수는 손을 들어 주막 곁을 에워싼 복숭아나무들을 가리켰다. 도원이라고 하기에는 나무의 숫자가 턱없이 모자랐지만 수십 그루의 복숭아나무가 여문 꽃잎을 머금고 있었다. 돌석도 웃는 얼굴로 남수의 말을 받았다.

"그러게 말이오. 올해는 추위가 일찍 물러났으니 그날쯤이면 활짝 필 수도 있을 것이오."

둘은 말없이 복숭아밭을 응시하며 잔을 비웠다. 그 봄날은 유난히 길었다.

거의擧義 바로 전날 밤, 신돌석은 잠들지 못했다. 이제 내일이면 그동안 애써 온 것들이 무슨 모양으로든 드러날 것이고, 그렇게 되면 자신의 삶은 남의 것이 될 터였다. 밤늦게 돌아온 돌석은 아내와 아들이 있는 건넌방 문을 열었다. 음력 3월의 밤바람이 문을 따라 방으로 스며들었다. 펄럭이는 등잔불을 갈무리한 한재여가 고개를 들어 돌석을 쳐다보았다. 아들 대만이는 잠들어 있었고, 아내는 등잔 밑에서 남편의 버선을 꿰매고 있었다.

"나 좀 봅시다!"

이제 오늘부터는 이 집 안에서 잠을 잘 수 없을 거라는 생각 때문에 그냥 한번 불러 본 것뿐 딱히 할 말이 있어서는 아니었다. 한재여는 말없이 남편의 얼굴을 다시 한번 쳐다보고는 하던 일을 계속했다. 돌석은 그런 아내 앞에 털썩 소리 나게 엉덩이를 부렸다. 무슨 말로 이 적막을 깰까 궁리하다가 별다른 생각 없이 중얼거렸다.

"앞으로 일이 어떻게 될지는 알 수 없으나 내가 집 비운 사이, 부모님 잘 모시고 대만이 잘 키워 주기 바라오! 내가 미안할 뿐이오!"

이것은 돌석의 진심이었다. 그는 가만히 아내의 어깨를 감싸 안았다. 젖어미에게서 남 직한 젖내가 풍겼다. 아내는 하던 일거리를 치우고, 돌석의 저고리 앞섶에 자신의 얼굴을 묻었다. 남편의 체취를 오래도록 코에 간직하려는 듯 그녀는 얼굴을 떼지 않았다. 두 사람은 그 자세로 돌처럼 굳어 있었다.

이윽고 떨어진 두 사람은 서로의 눈을 마주했다. 아내의 눈가에 반짝이는 이슬이 맺혀 있었다.

"어찌 되든 몸조심하시오! 우리 대만이를 생각해서라도."

눈에서 솟는 물기를 손바닥으로 훔친 한재여는 '우리 대만이'를 강조했다.

"허허, 여부가 있겠소!"

자신도 알 수 없는 불안한 심정을 아내 앞에서 드러낼 수는 없었다. 그는 일부러라도 씩씩한 티를 내야 한다고 생각하며 가벼운 웃음을 터뜨렸다. 아마 아내도 남편의 이런 내심을 알아챘을 것이다.

"그럼 나는 가보겠소! 남수 형네 재실에서 마지막 준비를 하느라 오늘 밤은 거기서 지내고 내일은 바로 거의 장소로 갈 것 같소!"

"……."

신돌석은 잠든 대만의 얼굴을 다시 한번 내려다보고는 방을 나섰다. 열린 문으로 새어든 바람이 등잔 위의 작은 불줄기를 앗아 갔다. 아내는 불 꺼진 방에서 돌아서는 남편의 어깨를 망연한 눈길로 쳐다보았다.

영릉의진

병오년(1906) 3월이었다. 아침부터 김춘궁의 주막으로 사람들이 모여들었다. 대부분은 무명 바지에 행전을 치고 머리끈을 두른 상민 차림이었지만 개중에는 도포에 갓을 쓴 유생도 없지 않았다. 마당 귀퉁이에는 검은 글씨가 박힌 누런 무명천이 나부끼고 있었다.

"영릉의진이라!"

제법 문자를 익힌 듯한 유생 차림 하나가 '영릉의진'寧陵義陣이라 쓰인 글씨를 혼잣말로 뇌며 어슬렁거렸다.

재실에서부터 준비를 마친 신돌석과 백남수, 도선봉장 한영육, 도령장 한용수, 좌익대장·우익대장·후군대장, 도소모장·분진소모장·출장소모장·행진소모장을 비롯해서 집사를 맡은 이목국 등이 그날 쓸 물건들을 날랐다. 이들은 하나같이 감물 들인 무명옷에 행전을 치고 머리에 누런 띠를 둘러서 누가 유생이고, 누가 상민인지 알 수가 없었다. 오늘 나오지 못한 분진선봉장 이하현과 참모장 박수찬은 그냥 이름만 올렸다.

김춘궁의 주막에 도착한 각 소모장은 저마다 명부를 들고 그날 모인 장정들의 성명을 먼저 적었다. 정오까지는 아직 한 식경이나 남았으니 더 오기야 하겠지만 약속한 시각보다 먼저 온 사람은 모두 150여 명이었다. 소모장들은 짐바리 속에서 감물 들인 옷을 꺼내, 도포에 갓 쓴 유생 차림들을 먼저 불러 옷을 갈아입도록 했다. 그들의 수는 합쳐 봐야 다섯 명이 채 되지 않았다. 그런 다음 나머지 농투성이들에게도 감물 옷을 나누어 주며 갈아입도록 했다. 개중에는 입고 온 옷을 그대로 입겠다고 고집하는 자도 있었지만 대부분은 새 옷으로 갈아입고 왁자지껄 떠들면서 다시 모였다. 한 식경이 지나 약속시각 무렵에 열댓 명이 더 나타났다. 이들까지 합쳐서 모인 사람은 모두 160명이 조금 넘었다. 많아야 150명 정도를 계산하고 그에 맞추어 준비해 온 돌석과 남수는 낭패한 표정이었지만 속마음은 뿌듯했다.

주막 마당에 멍석 열대여섯 닢을 깔고, 멍석 한쪽에 제사상을 차렸다. 다른 집사들이 제물을 챙기는 사이, 감물 옷에 행전을 치고 누런 띠를 상투머리에 두른 백남수가 도집사를 맡은 이목국에게 홀기笏記를 넘기면서 제례의 순서를 거듭 일렀다. 제사상에는 과일이며 생선, 어포, 산나물 따위의 제물이 올랐고, 가운데 자리에는 돼지머리가 싱긋 웃으며 얹혀 있었다.

"오늘 거의의 도집사는 당신이니 홀기를 여물게 보시오!"

"알겠소이다!"

남수의 말에 이목국은 고개를 끄덕이며 홀기를 다시 일별하고 입속으로 곱씹었다. 드디어 해가 중천에 뜨고 그림자의 키가 훨씬 짧아진 시각이 오자 도집사 이목국이 마당 가운데서 큰 소리로 외쳤다.

"자! 오늘 거의에 참석한 의기남아는 모두 이쪽으로 와서 줄을 서시오!"

이목국의 말이 떨어지자 160명 남짓한 장정들이 차례대로 줄을 섰다. 상투 튼 사람이 약 절반이고, 나머지는 떠꺼머리였다. 떠꺼머리는 떠꺼머리대로 머리를 틀어 올리고 거기에 머리띠를 둘렀다. 모두가 한 가지로 옷을 입자 모인 사람들 사이에 어떤 일체감이 솟는지 분위기는 숙연해졌다.

소문을 듣고 구경 나온 마을 사람들이 떼로 몰려 이 낯설고 장엄한 의식을 지켜보고 있었다. 복디미마을은 물론이요, 그 이웃 마을과 또 다른 마을에서 몰려든 여염집 아낙네며 아이들, 그리고 머리 허연 촌로들이었다.

"이제 오늘의 의거를 천지신명께 고하는 천제를 모시겠소! 모두 부복하시오!"

도집사의 말에 따라 신돌석을 비롯한 모든 대원이 멍석에 무릎을 꿇고 엎드렸다. 백남수가 일어나 향을 사르고, 술을 따른 다음 두 번 절했다. 그리고 하늘에 고하는 축문을 읽기 시작했다.

때는 병오년 삼월 열사흘, 의義를 구하는 경상도 영해군 영릉의진의 건아들이 감히 하늘에 아뢰나이다! 나라의 운세가 기박하여 남왜의 흉악한 촉수가 조상전래의 강토를 침노하니 조정은 병들고 백성은 도탄에 빠졌습니다!

… 이에 우리 영릉의진의 깃발 아래 모인 의기남아들은 저 흉악한 왜

적과 저들에 빌붙은 자들을 토평하기 위해 이렇게 거의하였습니다! 부디 하늘은 우리의 이런 의기를 굽어살피시어 내딛는 발걸음이 안전토록 도와주시고, 여기 모인 모든 이가 몸 성히 싸울 수 있도록 보살펴 주소서! 이제 약소한 제물을 올리니 받아 주소서!

— 병오년 삼월 열사흘 영릉의진 참여자 일동

백남수는 축문을 읽고 그 종이를 불에 태웠다. 불에 탄 축문지의 재가 바람을 타고 하늘로 올라갔다. 참석자들은 고개를 들어 재가 날아가는 것을 쳐다보며 스스로와 이웃의 안전을 빌었다. 남수가 제사상 앞에서 물러나자 이목국이 다시 나섰다.

"다음은 영릉의진의 대장께서 격문을 읽겠소! 모두 자리에서 일어나시오!"

일동은 꿇은 무릎을 풀고 자리에서 일어섰다. 신돌석이 앞으로 뛰어나갔다. 그 역시 제사상 앞에 향을 사르고 술을 따른 다음 두 번 절하고 돌아섰다. 저고리 앞섶에서 격문을 꺼낸 그는 읽기에 앞서 일동을 한번 주욱 훑어보며 앞줄에 선 사람들과 눈길을 맞추었다. 얼굴에 엷은 미소를 담았지만 표정은 단호하고 엄숙했다.

"나는 영릉의진의 대장을 맡게 된 신돌석이라 하오! 오늘 이렇게 많은 분이 한자리에 모인 것을 보니 감개가 무량하오! 우리는 하늘의 도움으로 저 왜적들을 반드시 토멸하고야 말 것이니, 한 사람도 빠짐없이 끝까지 매진하길 바라오!"

신돌석은 다시 한번 일동을 훑어보고 목청을 돋우어 격문을 읽기 시작했다.

오늘 우리 영릉의진은 이곳 영해군에서, 왜적을 토멸하고 나라의 기틀을 튼튼히 하기 위해 의로운 깃발을 높이 들었다. 돌아보면 국조 단군이 하늘을 연 지 4천여 성상, 북쪽의 오랑캐와 남쪽의 왜적들이 간악한 이빨을 드러내지 않은 적이 없다. 그러나 근년에 이른 왜적은 종래의 그것들과 현저히 달랐다. 저들은 우리의 터전과 백성을 유린하는 악행을 오랫동안 저질렀다. 저 병자년 수호조규 이래 시시때때로 저지른 왜적의 패악을 일일이 들자면 끝이 없다. 갑오년에는 임금 계신 궁성을 불법으로 점거하여 저들의 뜻대로 법도를 고쳤고, 을미년 가을에는 궁성에 난입하여 국모를 시해했으며, 마침내는 온 백성의 상투를 자르라는 단발령을 내리게 했다. 간교한 패악은 이에 그치지 않았다. 바로 작년 을사년에는 이등박문이란 자를 보내 임금을 겁박하고, 우리 조선이 만방과 교통하는 것을 막았으며, 이른바 통감이란 자리를 두어 나라의 모든 일을 저들 뜻대로 좌지우지하고 있다.

이로 인해 왜적은 강성해졌으나 조선은 허약하게 되고, 오적을 비롯해 왜적에 빌붙은 자들은 부유해졌으나 백성은 피폐하기 그지없게 되다. 나라가 기울어 가는데도 뜻있는 지사는 보이지 않고, 선비며 유생들은 겁에 질려 우물쭈물할 뿐이다. 아! 나라의 운명과 백성의 안녕이 바야흐로 벼랑 끝에 다다랐으니 나라가 없는데 반상이 무슨 소용이며, 벼슬아치와 백성의 구분이 어찌 필요하겠는가? 이에 우리 영릉의진은 양반과 상민의 분별을 넘고, 벼슬아치와 백성의 나뉨을 따지지 않으며, 부유와 가난의 구분을 헤아리지 않은 채 의로운 깃발을 높이 들었다! 개돼지로 사는 것보다 사람으로 죽는 것이 나을 것이요, 불의하게 사느니 의롭게 죽는 것이 오히려 영예가 아니랴!

무릇 살고자 하는 자는 죽을 것이요, 죽음을 기하는 자 반드시 살길이 열리는 법! 우리는 왜적의 발굽 아래서 단 하루도 살지 못함을 기약하며, 떨쳐 일어나 저 간악한 왜적과 그에 빌붙은 부역배를 기필코 토멸하여 대동 세상을 이룰 것이니 의용義勇을 가진 자 우리를 따라나서라!

— 병오년 삼월 열사흘 영릉의진 대장 신돌석

　신돌석이 격문 읽기를 마치자 여기저기서 신음 같은 탄성이 흘러나왔다. 이어서 저번에 신돌석과 백남수가 짠 대로 중군대장이며 도선봉장, 분진선봉장, 좌·우익대장, 후군대장, 참모장, 도소모장 등의 이름을 발표했다. 이름을 불린 사람들이 대열의 앞에 나와 일동을 마주하고 섰다. 도집사 이목국이 다시 외쳤다.
　"이번에는 의병진대장에게 예를 드릴 차례요! 모두 앞뒤를 넓히시오!"
　의병진대장에게 예를 드린다는 말과 앞뒤 사이를 넓히라는 것으로 보아 신돌석에게 절을 할 모양이었다. 그러자 무리의 여기저기서 툴툴거리는 목소리들이 흘러나왔다. 갓 쓴 유생 차림들 사이에서 나온 불만의 소리가 분명했다. 그들 가운데 몇몇은 어색하고 민망한 표정으로 서 있었고, 그중 당돌하게 생긴 위인 하나가 손을 번쩍 들더니 큰 소리로 말했다.
　"제가 한마디 하겠소! … 조선 전체가 어떤지는 모르겠으나 아직 우리 향촌에는 반상의 분별이 엄연하오! 반상의 분별을 없앤 것은 아까 신돌석 대장이 말한 대로 갑오년에 왜적들이 임금 계신 궁성을 점거하여 법도를 멋대로 고쳤기 때문이오! 비록 신돌석 대장이 의병진대장이라고는 하나 그는 상민이거늘, 양반이 어찌 상민에게 먼저 절을 하겠소?"
　모두 귀를 쫑긋하며 그의 말을 듣고 있었다. 자칫하면 반상의 분별 때문에 영릉의진이 첫발을 내딛기도 전에 결딴날 판국이었다. 백남수가 손을 번쩍 들고 큰 소리로 발언했다.

"나는 원두들에 사는 백남수라 하오! 함의재涵義齋 백 진사의 막냇손자로 궁내부주사를 지냈소! 이만하면 나도 이 바닥에서 웬만큼 행세할 만하오. 하지만 나는 나보다 나이가 어린 신돌석 의병진대장에게 절을 한 사람이오! 다들 아시다시피 의진이란 목숨을 걸고 왜적과 전투를 해야 하는 군대올시다. 군대란 위계가 있고 군율이 있는 법이오. 우리가 의진에 나서지 않았다면 모르겠으되 기왕 의진에 나서기로 했다면 대장에게 예를 갖추는 건 당연한 일이오! '왕후장상이 어찌 씨가 따로 있는가?'란 말도 있거니와 한고조는 풍패의 협객이었고, 명나라 태조는 빌어먹던 걸승이었소. 모두가 오늘 우리가 말하는 양반이 아니란 말씀이오. … 의병진대장에게 예를 드리지 못하겠다는 사람은 이 자리에서 의진을 떠나시기 바라오!"

이렇게 말한 남수는 돌석을 향해 서더니 넙죽 엎드려 큰절을 올렸다. 돌석이 황급히 몸을 굽혀 맞절을 했다. 무리 사이에서 놀란 목소리들이 쏟아져 나왔다. 이제까지의 상식으로는 남수 같은 신분이 돌석 같은 이에게 먼저 큰절을 올리는 따위의 일은 있을 수가 없었다. 그러나 남수의 이 같은 행동으로 하여 영릉의진에서는 있을 수 있는 일로 받아들여졌다. 신돌석과 백남수가 일어나기를 기다리던 도집사 이목국이 다시 한번 목소리를 드높였다.

"그럼, 이제 신돌석 의병진대장을 향해 예를 올리겠소!"

무리가 무릎을 꿇는 동안, 아까 발언했던 유생과 그 동무로 보이는 사내 하나가 줄에서 빠져나갔다. 그들은 상민 의병진대장 신돌석에게 기어이 절하지 않을 모양이었다. 대열에서 빠진 두 사람은 돌석과 남수가 서 있는 쪽을 향해 고개를 까딱하고는 괴나리봇짐을 주섬주섬 챙기더니 주막을 빠져나갔다. 남은 사람 모두는 무릎을 꿇고 고개를 숙여 신돌석에게 큰절을 올렸다. 신돌석 역시 무릎을 꿇더니 공손한 태도로 무리를 향해 깊은 맞절을 했다.

"이로써 우리 영릉의진 대원들은 뜻을 같이한 동지가 되었소! 우리는 서로를 어질고 의롭게 대하며, 예절과 믿음으로써 대해야 할 것이오! 여기서는 맡은 직분과 하는 일에 따른 구별은 있으되 나이나 신분에 따른 차별은 없을 것이오! 모두 명심하길 바라오!"

맞절을 끝내고 자리에서 일어선 신돌석이 큰 소리로 외쳤다.

의식은 이로써 끝났다. 거의가 있던 날은 날씨가 맑았고, 추위와 더위도 없어 여러 사람이 바깥 모임 하기에는 더없이 좋았다. 구경 나온 마을 사람들은 숨죽여 가며 행사의 처음과 끝을 지켜보았다. 주막 울타리 밖에 선 복숭아나무들이 옹골지게 다물고 있던 꽃망울을 비로소 터뜨렸다. 연분홍 꽃잎이 활짝 웃으며 의진에 모인 장정들을 반기는 듯했다.

의진 일동은 주막에서 마련한 음식상 앞에 삼삼오오 모여 앉아 늦은 점심을 먹고, 술을 마셨다. 모두 시장했던 터라 김춘궁이 마련한 3백 상의 음식이 거의 바닥이 났다. 탁주 또한 마찬가지였다. 서른 통 넘게 마련한 술통이 비어 가자 춘궁은 부랴부랴 술도가로 뛰었다. 구경하던 마을 사람들에게도 음식과 술을 나누었다. 어른, 아이 할 것 없이 잔칫날처럼 먹고 마셨다. 돌석과 남수도 장정들 틈에 끼어 앉아 음식을 들었다. 돌석의 먹성은 남달랐지만 혼자서 많

이 먹기가 민망했던지 두어 명분의 식사를 해치우더니 돼지 다리에
붙은 살점을 소나무 송기 핥듯 깨끗이 빨아 치웠다. 같은 상에 앉은
의진 동료들이 저희끼리 숙덕거렸다.

"저런 먹성이니, 그런 힘이 나오는 게야!"

신돌석은 쑥스러운 표정으로 뼈만 남은 돼지 다리를 상에다 내려
놓았다. 식사를 마친 그는 어른 머리통만 한 바가지에 하나 가득 탁
주를 따라 벌컥벌컥 단숨에 들이켰다. 거의를 다짐하고부터는 긴장
과 불면으로 보낸 나날이었다. 음식이며 술을 양껏 먹지도 못했다.
예상 밖에 많은 사람이 몰리자 긴장이 '탁!' 하고 끊어지는 느낌이었
다. 기분은 좋았으나 쓰러질 지경으로 피곤했다. 피곤을 걷어 낼
셈으로 돌석은 남수를 향해 조용히 입을 열어 훈련을 서둘렀다.

"이제 점심이 끝났으니 장정들을 편제하고, 병장기 지급 후에는
간단하나마 훈련을 해야 할 것 같소이다!"

"당연히 그리해야지요!"

돌석은 입술에 묻은 술을 손등으로 쓰윽 닦고는 '끙!' 하고 용 한
번을 쓰더니 한쪽 다리에 힘을 주어 공중제비를 한 다음 제자리에
꼿꼿이 섰다.

"히야! 대단하다!"

여기저기서 탄성이 쏟아지자 돌석은 계면쩍은 얼굴로 씽긋 웃으
며 좌중을 향해 한 마디 한 마디씩 끊어서 고함을 질렀다.

"영릉! 의진! 동지! 여러분!"

질그릇 깨지는 소리처럼 요란스레 퍼져 나간 신돌석의 목소리는
의진 대원들의 가슴과 가슴을 울렸다. 대장의 쩌렁쩌렁한 고함이

들리자 식사를 마치지 못한 밥상에서 숟가락질이 분주해졌다. 미처 못 마신 술을 마시는 축도 있었다. 돌석은 그들을 하나하나 살피다가 식사가 끝났다고 여겨지자 다시 입을 열었다.

"우리는 오늘 영릉의진의 이름으로 뭉친 사람들이오! 살아도 같이 살고, 죽어도 같이 죽어야 할 것이오! 그래서 이제 대오를 편제하고, 그 편제대로 간단한 훈련을 실시하려고 하오! 훈련 장소는 건너편에 있는 고래산 자락이오! 이제부터 소모장과 집사들이 병장기를 나누어 줄 터인즉 자신이 원하는 무기를 잡으시오! 화승총이 있긴 하나 화승총은 훈련이 더 실해진 다음에 쓸 것이니 그리들 아시오!"

소모장과 집사들이 재빠른 솜씨로 고리짝에 든 무기들을 들고 나왔다. 도검류가 대부분이었지만 편곤이나 창, 농기구로 쓰던 쇠스랑 따위도 섞여 있었다. 사람들은 저마다 하나씩 무기를 잡고 제법 오와 열을 맞추어 섰다. 각 소모장들이 집사의 도움을 받아 가며 사람들을 소속에 따라 나누었다. 중군에 속할 사람, 선봉에 속할 사람, 좌익과 우익 또는 후군에 속할 사람 등으로 나누어 각 소속별로 자리를 다시 잡게 했다.

대강의 편제가 끝나자 고래산을 향해 행군을 시작했다. 백남수 또한 중군대열 앞에 서서 고래산을 향했다. 그때였다. 영해군수의 통인通引이 급하게 남수를 찾았다.

"여기, 백 주사란 분이 뉘시오? 군수님이 찾으시오!"

군수의 통인을 알아본 누군가가 남수에게 안내했다. 남수는 발길을 멈추고 그를 맞았다.

"내가 그 백 주사란 사람이오!"

"아, 그러시군요. 저는 영해군수의 통인입니다. 저쪽에 군수님이 와 계시는데 주사 어른을 한번 만나자고 하시오!"

불안까지는 아니었지만 불길한 느낌이 든 남수는 돌석을 찾았다. 혹여 병졸이라도 숨겼다가 급습한다면 꼼짝없이 당할 수도 있었다.

"대장! 영해군수께서 예까지 왕림하여 저희를 찾으신답니다. 대장께서도 함께 걸음 하시는 게 어떻겠소?"

남수는 돌석을 쳐다보며 말했다.

"무슨 까닭인지는 모르겠으나 찾으신다니 같이 가십시다!"

도선봉장 한영육에게 훈련을 넘긴 돌석은 의심 없이 남수와 함께 영해군수를 만나러 갔다. 영해군수가 머문다는 무슨 진사 댁은 주막거리에서 그다지 멀지 않았다. 통인의 안내로 두 사람이 그 집 사랑채 앞에 서자 영해군수 경강국이 굳은 얼굴로 나타났다.

남수는 이미 구면인지라 부드러운 표정으로 군수를 맞았지만 신돌석은 그러지 않았다. 약간 화난 듯한 표정으로 돌석이 그 앞에 서자 군수는 허연 수염을 퍼들퍼들 떨며 얼굴색까지 변했다. 하긴 호랑이처럼 커다란 체구에 거무튀튀한 피부색깔, 게다가 구멍 숭숭한 얽은 얼굴까지, 돌석의 모습을 찬찬히 뜯어보면 볼수록 상대는 기가 죽기 마련이었다. 딱히 무슨 의논이 있었던 건 아니었으나 백남수는 한없이 부드러운 얼굴로, 신돌석은 엄격한 표정으로 군수를 맞았다.

일부러 돌석을 외면한 채 군수는 남수를 향해 입을 열었다. 돌석에게 들어 보란 의미도 있을 터였다.

"사람들 모으느라 수고들 했겠소! 하지만 일거에 많은 사람이 모

이면 소요의 염려도 있거니와 치안에도 문제가 있으니 내 경계하자
는 뜻이오!"

영해군수 경강국은 예순 중반은 넘어 보였다. 남수나 돌석에게는
아버지뻘이나 될 법했으니 남수는 공손한 어투로 말했다.

"일부러 군수님을 이곳까지 오시게 해서 죄송합니다만, 저희는
왜적을 토멸하겠다는 의기 하나로 모인 것이지, 무슨 소요를 일으
키기 위함이 아닙니다. 더구나 치안을 어지럽힐 뜻은 추호도 없으
니 걱정하지 않으셔도 됩니다!"

백남수의 예의 바른 목소리였다. 남수의 말이 끝나자 군수는 눈
을 가늘게 뜨고 그의 말을 되받았다.

"백 주사라 하셨소? 관직에 있었다니 알겠지만 위로는 임금님이
계시고 여러 대신이 있는데, 이런 향촌의 백성들까지 일본에 대해
걱정할 까닭이 있겠소?"

군수는 '왜적'이란 비칭卑稱 대신 굳이 '일본'이라고 표현했다. 군
수의 말은 왜적, 아니 일본이 이 나라를 결딴내든 대신이 나라를 팔
아먹든 너희 백성들 따윈 그냥 죽은 듯 있으란 뜻으로 들렸다. 신돌
석이 주먹을 불끈 쥐고 부르르 떨었다. 기미를 눈치챈 남수가 돌석
의 옷소매를 가만히 잡았지만 돌석은 끝내 참지 않았다. 특유의 우
렁우렁한 목소리로 말문을 열었다.

"군수님도 잘 아시다시피 지난해의 늑약으로 왜적은 이미 우리
조선을 목 안에다 삼킨 꼴이오! 더구나 근일엔 통감부라는 것까지
만들었다니 나라가 망하는 건 시간문제일 뿐이외다! 나라가 망하고
나면 대신이든 백성이든 어찌 제대로 살 수 있겠소이까?"

146

그제야 군수는 돌석을 향해 눈길을 주었다. 그는 '참 딱한 백성이군!' 하는 표정으로 혀를 끌끌 차더니 차갑게 말을 뱉었다.

"쯧쯧! 오백 년 왕조가 어디 하루아침에 망하기야 하겠소? 허나 설령 그렇다 하더라도 그것이 대세라면 여기 모인 백성들 몇백의 힘으로 나라가 어찌 구해지겠소? 그러니 해산들을 하시오!"

군수는 더 이상 말 붙이기도 싫다는 듯 입을 닫았다. 아니면 대세가 글렀다고 일렀으니 다른 말 길게 하지 않아도 스스로 의진을 해산하리라 믿었던 건지도 모른다. 돌석과 남수 또한 더는 말하지 않고 군수에게 인사만 드리고 돌아섰다. 경강국이 멀어지는 두 사람을 멀거니 바라보며 혼잣말을 뱉었다.

"허허, 횃불 같은 안광에 근력이 범 같으니 걸출하긴 하다만 시대가 안타깝도다. … 쯧쯧!"

고래산 자락으로 돌아온 두 사람은 대원들 사이에 끼어들어 칼과 창, 편곤 따위를 잡고 혼자서 혹은 떼를 지어 찌르고, 막고, 치는 훈련을 했다. 잠깐씩 휴식을 취하고 다시 권법이나 택견 같은, 맨손으로 공격하고 방어하는 무술도 연마했다. 전체적인 훈련은 신돌석이 맡고, 소소한 부분은 한영육이며 한용수처럼 뛰어난 무예를 가진 인사들이 돌석을 도와 가며 번갈아 맡았다.

훈련이 길어지면서 낙오자들이 속출했다. 같은 옷을 입었으되 백면서생과 농투성이들은 달랐다. 글줄이나 읽던 유생들은 한 식경이 못 되어 헐떡이며 주저앉거나 얼굴을 찡그리고 나뒹굴었다. 돌석은 이리저리 돌면서 훈련을 이겨 내지 못하는 사람들을 가려냈다. 주로 유생 출신들이었다. 이들을 따로 떼서 체력에 맞는 훈련을 시키고, 글을 아는 점을 고려하여 남수의 수하에 편제시켰다. 전략을 짜는 일과 보급 등의 일이 맡겨졌다.

이들을 제외한 대부분은 힘든 농사일에 비하면 이까짓 훈련쯤이야 식은 죽 먹기라며 재미있어했다. 특히, 예전에 활빈당活賓黨이라는 곳에 몸담았던 흔적을 언뜻언뜻 보이는 사람들의 행태는 도드라졌다. 많아야 여남은 명이 될까 말까 한데도 이들의 몸에서 풍기는 절도와 형형한 눈빛은 무리 가운데서도 단연 돋보였다.

가령, 본명인지 아닌지는 모르겠으나 김치언과 박병률이란 이름을 쓰는 30대 중후반쯤 되는 사내들의 행동거지는 보는 사람들을 주눅 들게 했다. 두 사람은 택견 같은 무예는 물론이요, 화승총을 다루는 데도 능숙했다. 이들은 신돌석이나 한영육, 한용수 등 교관들의 말 한마디, 행동 하나도 놓치지 않고 눈여겨보았다가 자기 생각과 다르다 싶으면 망설임 없이 손을 들어 되묻고는 했다.

"지금 하시는 택견 동작을 보니 춤사위처럼 너무 흐느적거린다고 여겨지오! 그래서야 어느 세월에 적을 무찌르겠소?"

한용수의 택견 시범을 보고 나서 뱉은 김치언의 반문이었다. 젊은 용수가 얼굴을 붉히며 상대방의 아래위를 훑어보다가 대꾸했다.

"원래 택견이란 무술이 우리 춤사위와 많이 닮았다는 것은 잘 아시지 않소?"

"그건 그렇지요! 하지만 우리는 춤을 추러 온 게 아니라 적을 제압하기 위해 무술을 연마하고 있소이다. 지금 하신 곡선 동작보다는 좀더 곧고 절도 있는 동작이 필요할 것 같소!"

치언의 말에 돌석이 나서서 중재를 했다. 치언의 거조를 살피다가 그에게 주문했다.

"그럼, 어디 한번 시범을 보이시오!"

신돌석의 말이 떨어지자마자 김치언은 자기가 아는 박병률의 이름을 부르면서 무리의 앞으로 뛰어나갔다. 흡사 부르기를 기다리던 사람들 같았다. 훈련하던 의진 대원들이 두 사람을 둘러싸고 자리에 앉았다. 두 사람은 마주 서서 인사를 나누고 잠시 몸 푸는 동작을 하더니 김치언이 갑자기 벽력같은 고함을 지르며 박병률을 공격하기 시작했다. 양발로 껑충껑충 솟구치기를 하다가 내려오면서 왼발을 땅에 딛고는 갑자기 오른발을 상대방 코앞으로 밀어붙였다. 박병률 역시 그런 공격을 예상했다는 듯 얼굴을 약간 비틀고 왼손으로 상대방의 오른발을 잽싸게 낚아채려고 했다. 순간적으로 김치언이 오른쪽 무릎을 약간 각지게 구부려 박병률의 손을 피하는 척하면서 이번에는 오른손으로 상대방의 왼쪽 소매를 잡아 앞으로 슬쩍 당겼다. 순간적으로 박병률의 작지 않은 몸뚱어리가 땅바닥에 고꾸라졌다. 아마 박병률의 왼손이 김치언의 오른발을 잡으려다 몸의 균형을 잃자 그걸 노린 모양이다. 그런 순간에도 예기치못한 상대방의 공격을 방어하려는 듯 김치언은 온몸을 움츠린 방어자세를 지켰다.

의진 사이에서 탄성이 흘러나오자 치언은 비로소 방어 자세를 풀고 병률의 손을 잡아 일으켜 세웠다. 순간적으로 벌어진 승부였다. 두 사람은 대원들을 향해 고개 숙여 인사하고 제자리로 돌아갔다. 신돌석은 싱긋이 웃으며 두 사람을 눈여겨보았다.

이윽고 봄날의 어둠이 내려앉자 의진의 훈련이 끝나 가고 있었다. 돌석과 남수는 이 많은 장정을 어떻게 먹이고 재워야 할지 머리를 싸매고 고민하다가 김춘궁의 주막으로 미리 사람을 보내 급한 대로 160여 명분의 저녁상을 다시 차리라고 주문했다. 춘궁은 돈 버는 재미에 어렵겠다는 말 한마디 하지 않고 밥상을 차려 냈다. 아마 의진의 훈련이 계속되는 한 김춘궁의 주막은 다른 손님을 받을 수 없을 것이었다. 춘궁의 입꼬리가 귀밑에 매달렸다.

의진의 잠자리는 주막 외에 백남수네 재실과 신돌석의 집, 그리고 몇몇 이웃집에서 나누어 맡았다. 한 집에 적어도 20~30명씩은 들어야 했으니 방마다 끼어들어 칼잠을 잤다. 그럼에도 장정들은 또래들과 어울리는 것이 마냥 즐거웠다.

그날 밤 백남수네 재실에 돌석과 남수, 그리고 도선봉장 등에 임명된 여러 장수가 모였다. 우선 남수의 제안으로 오늘의 거의와 훈련을 돌아보고 반성할 점을 따져 보았다. 기대는 하고 있었지만 이처럼 많은 인원이 모일 줄 미처 몰랐다는 점에서 성과가 적지 않다고 언급한 사람이 많았다. 하지만 그러다 보니 준비가 부족했던 점도 여실히 드러났다. 가령, 이들의 잠자리 문제를 헤아리지 못한 점과 훈련에 대한 계획이 없었던 점이 우선 아쉬웠다. 그리고 앞으로의 행보를 어떻게 해야 할지 아무런 대책이 없다는 점도 안타까웠다. 이들은 머리를 맞대고 어디서 언제까지 어떻게 훈련할 것이며, 훈련이 끝난 다음 어떤 행동을 취할 것이며, 언제쯤 왜적을 토멸하러 나설 것인지 따위를 밤을 새워 토의했다. 온종일 쌓인 긴장과 훈련, 거기에 봄날이다 보니 밀려오는 졸음으로 눈꺼풀이 내려 앉았다.

다음 날 아침까지 이들이 씨름하여 얻은 결론은 그리 복잡하지 않았다. 즉, 보름가량 이곳 복디미 부근에서 훈련하고, 그다음에는 전체 인원을 두 패로 나누어 신돌석과 한용수 정도가 한 부대씩을 이끌고 태백산 줄기를 넘나들며 병력과 군자금을 모으는 한편, 울진 쪽의 왜적을 공략하자는 것이었다. 그사이 대구나 안동에 주둔한 진위대 병력이 습격해 올지도 모르니 경계를 엄히 해야 한다는 점도 상기시켰다. 일찌감치 김춘궁의 주막으로 사람을 보내 앞으로 보름 동안 160여 명이 당신네 주막에서 삼시세끼를 먹게 되었으니 미리 준비해 달라는 주문도 빠트리지 않았다. 끝으로 백남수의 특별한 주문이 있었다.

"일찍이 맹자께서 '천시는 지리만 못하고, 지리는 인화만 못하다'고 했은즉, 우리 영릉의진은 영해나 영덕, 울진이나 평해, 아니면 영양이나 청송 등지의 향촌 인사 중심의 의진이오. 따라서 우리의 강점은 이 고장의 지형을 누구보다 잘 안다는 점이오! 가령 칠보산이나 형제봉, 일월산이나 통고산처럼 태백·소백의 양백 줄기에 있는 험준한 산은 우리 의진이 가장 잘 아는 곳들이오. 우리가 잘 알고 있는 땅의 이점을 십분 활용한다면 적이 비록 강하고 의진이 비록 약하다 하더라도 승산이 클 것이오! 우리의 강점으로 적의 약점을 깨트리기 위해서는 정면으로 맞붙기보다는 그때그때 형편에 따라 기습적인 공격이 가장 효과적일 것이오. 즉, 기습적으로 치고 빠지는 기공奇攻이 제일이란 말이오. 향후 여러 장수들은 정면에서 맞붙는 전투는 절대 삼가야 할 것이오! '치고 빠진다!'는 말을 반드시 명심해야 하오!"

백남수의 말에 신돌석을 비롯한 여러 장수들은 크게 고개를 끄덕였다. 이어서 신돌석이 거의 자리에서 읽은 영릉의진 격문을 여러 장 필사해서 장수들마다 소지토록 했다. 이는 의진이 주둔하면 그곳 주민들을 이해시키는 데 소용되는 물건이었다. 돌석은 자신이 낭독할 때의 감동이 다시 살아나는지 눈을 지그시 뜨고 그 격문을 다시 한번 곱씹어 읽었다.

"나는 이 부분이 가장 마음에 드오!"

돌석은 남수를 돌아보며 한곳을 짚었다. 그가 짚은 곳은 "아! 나라의 운명과 백성의 안녕이 바야흐로 벼랑 끝에 다다랐으니 나라가 없는데 반상이 무슨 소용이며, 벼슬아치와 백성의 구분이 어찌 필요하겠는가? 이에 우리 영릉의진은 양반과 상민의 분별을 넘고, 벼슬아치와 백성의 나눔을 따지지 않으며, 부유와 가난의 구분을 헤아리지 않은 채 의로운 깃발을 높이 들었다! 개돼지로 사는 것보다 사람으로 죽는 것이 나을 것이요, 불의하게 사느니 의롭게 죽는 것이 오히려 영예가 아니랴! …"라는 부분이었다.

남수는 돌석의 마음에 박힌 응어리를 알 것 같았다. 스스로의 이름을 굳이 '태호'에서 '돌석'으로 바꿔 부른 까닭도 그 응어리 때문이 아닌지? 남수는 쓸쓸한 목소리로 대답했다.

"그 부분 때문에 얻는 것도 있을 테고, 잃는 것도 있을 거외다! 그래도 잃는 것보다는 얻는 게 더 많을 거요! 허허."

첫 전투

　신돌석을 비롯한 영릉의진 장정들은 보름 동안 이어진 고래산 훈련에서 웬만큼 성과를 거두었다고 스스로 생각했다. 우선 체력이나 군사기술 면에서 어느 정도 자신감을 얻은 점이 큰 소득이었다. 생전 처음 만져 보는 화승총이란 물건만 해도 그랬다. 화약과 탄환을 아껴야 하므로 사람마다 쏴 보지는 못했지만 만져 보거나 구경은 실컷 할 수 있었다. 심지에 불을 붙이고 방아쇠를 당기자 화약에 불이 옮겨붙고 굉장한 폭음과 함께 과녁으로 세운 나무가 거꾸러지는 것이 신기했다.

　산포수를 했거나 활빈당에 몸담았던 사람들은 총의 위력을 아는 터라 크게 신기해하지도 않았지만 땅이나 파던 농투성이들에게는 새로운 경험이었다. 이제 왜놈 병사나 진위대 군졸과 마주쳐도 오금이 저리는 따위의 일은 없을 거라고 모두 자신했다. 또한 보름 가까이 한솥밥을 먹고 한 이불 덮고 자면서 동류라는 마음이 생겨 장정들 서로가 혈육처럼 가까워진 것도 기껍고 반가운 일이었다.

드디어 훈련이 끝나고 출진하는 날이 왔다. 애초의 계획대로라면 삼월 스무이렛날이 되어야 보름간의 훈련이 끝나지만 이틀을 앞당겼다. 병오년(1906) 삼월 스무닷새, 아직도 새벽 공기는 써늘했다.

"훈련을 이틀 일찍 끝내기로 했소! 하루라도 빨리 울진으로 가서 저 왜놈들을 토멸하기 위함이오!"

그날 새벽 신돌석은 재실 마당에 도선봉장이며 좌우익장 등 여러 장수들을 불러 모으고 훈련 종료를 선언했다. 하루빨리 왜의 촉수가 뻗어 있는 울진으로 가서 그들을 격멸해야 한다는 것이 이유였지만 실제 사정은 자금 때문이었다. 그동안 신돌석의 아버지와 백남수의 논문서를 보여 주고 빌린 돈은 바닥이 났고, 돌석의 매형이며 친척들이 여러 차례 음양으로 대준 재물로 간신히 버티었다. 지난날 양반 유림들이 의병을 일으켰을 때는 자신이 직접 자금을 대거나 친척이며 사돈이며 동문들을 찾아다니며 염출했다지만 영릉의진에는 그런 재력가도 없을뿐더러 번듯하게 사는 친척이며 사돈이며 동문이 있을 턱이 없었다.

160여 명의 장정이 삼시세끼 먹는 밥값만 해도 넉넉지 않은 의진 살림에는 버거운 짐이었다. 하루라도 일찍 출진해서 병사도 모으고 물자도 확보할 필요가 있었다. 밥 먹을 비용조차 모자란다는 것이 알려지면 의진의 사기에 문제가 생길 터, 하루라도 서둘러 출진하는 수밖에 도리가 없었다.

"그런데 왜 하필 울진이오?"

신돌석이 울진의 왜적을 토멸한다고 말하자 장수들 중의 누군가가 물었다. 돌석의 답은 명쾌했다.

"내가 지난날 저 북쪽의 함흥까지 다녀온 적이 있소. 그런데 울진을 비롯한 북쪽은 이미 왜놈들 세상이었소! 왜놈 어부들이 몰려들어 잠수기나 발동선으로 대게며 전복이며 미역, 물고기 따위를 싹쓸이하고 있었소. 사정이 이러하니 조선 사람들은 굶어 죽게 생겼다고 원통해한 것이 벌써 10여 년이나 되었소. 특히, 울진 북쪽에 장호란 곳이 있는데 여기는 그야말로 왜놈들의 소굴이오! 그러니 이들을 혼내서 동포들의 원통함을 풀어 줘야 하지 않겠소?"

모두들 고개를 끄덕이며 전의를 불태웠다. 중군대장 백남수가 나서서 향후의 작전을 구체적으로 설명했다.

"장호란 곳은 울진관아에서 북으로 1백 리쯤 되는 곳이오. 우리 의진이 있는 이곳에서 울진까지가 140리가량이니 여기서 장호까진 240리 거리인 셈이오. 허나 해안가의 큰길을 따라가면 관군이나 왜군에게 노출될 염려가 있소. 따라서 곧추 올라갈 것이 아니라 태백준령 줄기를 비스듬히 타고 넘어 영양의 장파나 수비를 지나면서 병력과 물자를 모은 다음 다시 준령을 넘어 울진 쪽으로 올라가는 것이 옳을 듯싶소! … 뭐, 다른 의견들은 없소?"

백남수의 말에 김병두라는 참모장이 의견을 냈다.

"지난번에 전체 의진을 두 패로 나눈다는 말이 있었는데, 두 패로 나누어 준령을 넘는다는 것은 옳은 일이오. 그렇다 하더라도 해안가 쪽을 도외시해선 안 되오! 두 패에서 소수의 인원을 차출하여 해안가를 따라 북으로 가면서 정찰을 겸하고 물자도 조달케 하는 것은 어떻겠소? 대여섯 명쯤으로 하면 관군이나 왜군들 눈에 띌 염려도 없을 터이니."

백남수는 그의 의견이 일리 있다고 판단했다. 그 자리에서 해안가를 따라 북으로 올라갈 인원을 선발했다. 남수를 포함하여 도포와 갓을 구할 수 있는 사람 두엇, 그리고 용력 있고 발 빠른 사람 셋이 뽑혔다.

그날 아침 식사가 끝나고 160여 명의 의진 병력은 세 패로 나뉘어서 출발했다. 우선 한용수가 60명 안팎을 거느리고 먼저 나섰다. 다음은 백남수 일행 여섯 명이 유람 가는 양반 행색으로 북쪽을 향했다. 마지막으로 1백 명가량을 인솔한 신돌석이 떠났다.

한용수와 신돌석의 부대는 합쳐지기도 하고 때로는 흩어지기도 하면서 영해읍 서쪽의 창수를 지나고 한티재와 태백준령 동쪽의 주름진 계곡을 힘겹게 타고 올라 허릿재를 넘었다. 허릿재를 넘을 때까지 큼직한 마을이 나타나면 기와집만 골라 들어가 몇 명씩 나누어 요기하곤 했다. 준령의 가운데를 지나는 허릿재는 길고도 험했다. 중간중간에서 만나는 도부꾼이 적지 않았는데, 개중에 의진 가담을 원하는 자가 있으면 지체 없이 동행토록 했다.

허릿재를 넘자 바로 영양군 수비였다. 이튿날, 수비 관내 장파동에 있는 임 초시 집에서 50냥가량을 받은 이래 며칠 후에는 장파 이웃 동네의 금 씨나 권 씨 집 등에서 50냥씩 혹은 1백 냥씩 거두어들였다.

권 씨 집에서였다. 신돌석은 돈을 거둔 다음 사람 좋아 보이는 권 씨와 마주 앉아 허심탄회하게 말했다.

"혹여 관아에서 묻거든 강탈당했다고 하시오! 만에 하나 자발적으로 냈다고 한다면 경을 칠 것은 뻔한 노릇 아니오?"

"허허, 그리 생각해 주니 고맙소! 의진에 가담할 용기가 없어 그런 기백을 가진 의진에 의연금을 낸 것뿐인데 … ."

속마음은 모르지만 권 씨는 그냥 너털웃음과 함께 괜찮다고 말했다. 아무튼 영릉의진의 주력군이 수비 일대에서 모으고 거둔 병력과 물자는 적지 않았다. 모은 인원은 쉰 명가량, 거둔 물자는 수백 냥을 넘었다.

한편, 백남수와 동행한 여섯 명은 그날 중으로 복디미마을의 동북쪽에 있는 호지말로 들어섰다. 이 동네 남 씨 집에서 1백 냥가량을 모은 다음 인근 마을들을 이리저리 훑고 다녔다. 이틀 후에는 바닷가 동네를 다니며 의진의 대의를 설파했다. 남수 일행은 무장한 병력의 우격다짐으로 상대방을 겁주는 따위의 짓은 하지 않았다. 의진 거의 때 신돌석이 발표한 격문을 읽어 주어 의기를 격동시키거나, 그도 아니면 서울과 울진 등지에서 왜인들이 저지른 만행을 과장하여 선전했다. 진심인지 아닌지는 모르지만 대부분은 울분에 차서 말했다.

"저런 나쁜 놈들이 있나? 당연히 모두가 떨쳐 일어나야지요!"

하지만 향병鄕兵의 특장은 백성들의 호응과 지리를 이용한 유격전에 있는 법, 이것의 본질을 꿰고 있는 남수는 냉정하게 대답할 뿐이었다.

"모두가 의진으로 가고 나면 이처럼 음양으로 물자를 대 주는 분들이 없으실 것 아니오? 동포가 물이라면 의진은 물고기일 뿐이외다. 물 없는 물고기가 어찌 살겠소?"

이런 식으로 대구하거나, 때로는 말 그대로 유람하는 풍류객처럼 자신들을 위장했다. 하지만 관군이나 왜군의 움직임을 파악하는 것은 그리 쉬운 노릇이 아니었다. 이들이 매화동 못 미처 평해에 다다른 것은 음력 4월 초순께였다.

이 무렵 신돌석이 이끈 영릉의진의 주력 부대 역시 수비 지역에서 물자와 인력을 보충하고, 150명가량이 태백준령을 동북 방향으로 엇비슷하게 넘었다. 4월 초이튿날 평해 손 감역의 집에서 잠을 잤고, 그다음 날에는 평해와 울진 사이 매화동 유 참봉 댁에 머물렀다. 의진은 유 참봉 댁에서 저녁밥을 해결하고 해가 떨어질 무렵 그 집을 나섰다. 그 동네 몇몇 큰 집에서 유숙할 요량으로 각기 흩어져서 행장을 풀고 손에서 병장기를 내려놓았다. 오랜 행군으로 지친 장정들은 숙소에 들기 무섭게 잠에 곯아떨어졌다. 아직 경험이 없는 의진으로서는 미처 그만한 준비가 없었기 때문에 벌어진 일이었다. 보초 선 초병들이 경계심을 늦추고 조는 바람에 기습적인 공격을 당하고 말았다.

달빛 한 점 없는 어둠 속에서 '땅!' 하는 총성 한 방이 울리더니 이어 콩 볶는 듯한 총소리가 쏟아졌다. 신돌석은 설핏 들었던 풋잠에서 깨어나 행장과 무기를 챙겨 들고 주위에서 잠든 부하들을 흔들어 깨웠다.

"쉿! 조용히 일어나라!"

총소리는 딱히 구체적 목표물을 향해서라기보다는 일단 겁을 주기 위한 경고인 듯했다. 그럼에도 돌석은 어둠 속에서 울려 나는 총소리의 정체를 알지 못하니 불안했다. 각 숙소로 사람을 보내, 숙소별 대장들로 하여금 수하를 이끌고 매화동 서쪽의 남수산 길을 타라고 일렀다. 그런 다음 서북쪽의 왕피천 계곡을 따라 태백준령을 타고 오를 셈이었다. 이 길은 애초에 예정해 둔 퇴각로이긴 하지만 가파르기가 여느 험산 못지않았다.

가쁘게 오른 남수산 연봉 꼭대기에서 어렵게 도망쳐 나온 매화동 쪽을 내려다보았다. 수십 개의 햇불이 동네를 들쑤시고 있었다. 의진은 가파른 태백준령을 숨차게 다시 넘어 수비를 거쳐 진보군 쪽으로 내려왔다. 다행히 낙오자는 없었지만 어이없는 퇴각이었다.

백남수 일행은 4월 그 무렵, 울진에서 본진과 만나리라는 기대를 하면서 울진 읍내를 돌았으나 의진의 그림자는 눈에 띄지 않았다. 오히려 원주 진위대에 소속된 병사들이 읍내를 휘젓고 있었다.

"허허, 무슨 변고가 있는 게 틀림없어!"

남수 일행은 귓속말을 주고받으며, 진위대 병사들의 행동거지를 살폈다. 저희끼리 떠드는 품새나 말로 보건대 자신만만하게 화적패를 쫓다가 놓쳤다는 것이다. 일행은 의진 본대가 울진에 나타나지 못했음을 알았다. 그렇다면 이제 자신들도 본진을 찾아 나서는 수밖에 달리 도리가 없었다. 이들 또한 울진에서 태백준령을 서쪽으로 넘어야 했으니 남쪽으로 다시 내려와 본진이 후퇴한 그 길을 다시 밟아야 했다.

남수 일행은 한낮에도 넘기 힘든 낯선 산길을 밤을 낮 삼아 뛰다시피 걸었다. 하룻밤에 움직인 거리가 이수로 따져 보니 150리가 넘었다. 감발한 엄지발가락에 물집이 잡혀 아렸다.

"제기랄! 왜놈은 구경도 못 하고 이게 웬 고생이오!"

일행 중 누군가가 바윗돌에 털썩 주저앉으며 허탈하게 뱉었다. 봄날이지만 밤공기는 어지간히도 차가웠다.

남수네가 영양 주곡동에 있는 돌석의 본진을 따라잡은 것은 4월 초나흘 저녁 무렵으로, 울진에서 물러난 지 꼬박 하루 반이 걸린 셈이었다. 거의 탈진한 몰골로 들이닥친 여섯 사람을 보자 돌석과 본진의 동료들은 죽은 사람이 살아온 듯 반겼다.

"허허! 어서들 오시오!"

신돌석이 이끈 의진의 주력 부대는 주곡동 조 도사 댁에 진을 차리고, 몇몇 장수들이 매화동에서 물러난 일을 놓고 설전을 벌이고 있었다. 대략 돌아가는 분위기로 보아 20대 초반의 젊은 층은 그날 밤 그리 허무하게 퇴각할 것이 아니라 거기서 싸웠어야 했다는 것이고, 나이 지긋한 축은 그렇게 조용히 물러난 것이 맞다는 쪽이었다. 끝날 것 같지 않은 갑론을박甲論乙駁을 들으면서 남수는 저녁밥을 먹었다. 그리고 식사 후에는 그동안 자신들이 겪었던 일을 돌석에게 보고했다.

매화동에 나타난 병력이 원주 진위대 소속이라고 보고하자 의진 사이에서 긴장감이 돌았다. 처음 만난 관군과 싸워 보지도 않고 후퇴했다는 점이 의진의 사기에 나쁜 영향을 줄 것은 분명했다. 하지만 만에 하나 매화에서 원주 진위대와 싸웠다면 의진이 이길 가능성은 거의 없었다. 남수는 그렇게 생각하고 입을 열었다.

"앞서도 말한 바 있지만 우리 의진의 강점은 지리를 이용한 기습이오. 그날 매화에 온 원주 진위대는 우리가 거기에 있는 줄 알고

160

기습을 하러 왔던 것이니 피하는 것이 백번 옳았다고 생각하오! 얼핏 생각하면 죽더라도 거기서 싸우다 죽어야 할 것 같지만, 다시 살펴보자면 죽을 만도 하고 죽지 않을 만도 한데 목숨을 거는 것은 용기를 상하게 하는 짓이오. 맹자는 이를 상용傷勇이라 했소!"

남수의 이런 말에도 젊은 축은 그다지 승복하는 분위기가 아니었다. 이들의 사기를 올려 줄 방도가 필요했다. 신돌석과 백남수 등 의진 수뇌부는 의진 내부에 잠재해 있는 관군에 대한 공포심과 젊은 축의 불만을 동시에 해결할 길을 찾기로 했다. 그리하여 얻은 결론은 좀더 적극적인 기습 공격이었다. 어딘가 관아를 기습하여 그들을 제압함으로써 의진의 사기를 높이고 관군에 대한 공포심을 녹이자는 것이었다. 첫 대상지로 가까운 영양관아를 골랐다.

이에 앞서 다시 한번 보급補給이 필요하다고 판단한 신돌석은 의진 대원들 가운데 나이가 좀 있고, 사람 다루는 데 능숙한 자 스무 명가량을 먼저 추렸다. 그리고 이들로 하여금 언변 좋은 자 한 명과 용력이 뛰어난 자 한 명씩을 고르라고 일렀다. 그렇게 하자 한 패에 세 명씩이 들어가 예순 명의 인원이 스무 패로 나뉘게 되었다. 각 패에는 영릉의진의 격문을 필사하여 한 장씩 나누어 주었다.

"자, 이제 각 패에 속한 세 사람은 죽어도 같이 죽고, 살아도 같이 사는 동패가 된 것이외다. 지금 패마다 나눠 준 의진의 격문을 휴대하고 여러 동네로 나가 그 동네의 부잣집들을 찾아가시오! 가서는 격문 내용대로 우리 영릉의진의 대의를 설파하고, 십시일반 의연금을 내라는 나의 말을 전하시오! 오늘 중으로 귀환하시오!"

신돌석이 꾸린 패는 말하자면 하나의 패에 우두머리와 말재간 있는 자, 그리고 용력 있는 자들이 조합을 이룬 꼴이었다. 이들은 영양군 관내는 물론이요, 태백준령 동쪽의 울진 근방으로도 흩어졌다. 그날 저녁 무렵 가까운 곳을 훑은 패가 먼저 귀환했고, 밤이 이슥해지자 먼 곳을 돈 패도 모두 돌아왔다. 이들이 마을을 돌면서 거둔 돈이 집집마다 적게는 열 냥, 많게는 1백 냥이 넘는 경우도 있었다. 조총도 몇 자루 얻었다. 기대 이상의 성과에 신돌석과 백남수를 비롯한 여러 장수들의 사기는 고조되었다.

이렇게 준비를 마친 의진 주력은 마침내 4월 초닷샛날 자정 좀 넘은 시각에 주곡동을 출발했다. 출발에 앞서 백남수는 의진 대원을 4개 패로 나누고 각기 임무를 주는 일을 신돌석에게 건의하여 허락을 얻었다.

"도선봉장 한영육은 한 패를 이끌고 출발하되 곧장 영양관아로 달려가 군수 이하 관속을 모두 포박하고 군물고(무기고)를 깨트려서 병장기를 획득하시오!

도령장 한용수는 또 한 패를 끌고 한영육 패를 따르되 영양읍에 도착해서는 읍에서 외곽으로 통하는 모든 길을 차단하시오! 특히, 안동 가는 서쪽 길과 청송으로 가는 남쪽 길, 그리고 동쪽의 영해 가는 길을 철저히 막으시오!

도소모장 김병문은 또 다른 한 패를 데리고 한용수 패의 뒤를 따르되 반드시 말을 끌고 가시오! 관아에 도착해서는 다른 건 살피지도 말고 한영육 패가 군물고에서 빼낸 병장기를 말에 싣고 석보에 있는 소계동으로 가서 오류정이란 정자에 보관하시오!

그리고 마지막 한 패는 신돌석 대장이 이끌고 만약의 경우에 대비하며 나아갈 것이오! 작전이 끝나면 모두 신속하게 소계동의 오류정으로 집결하되 만약의 경우엔 소계동에 들르지 말고 소계동에서 남쪽으로 썩 내려가 원리동에 있는 이 도사 댁으로 모이시오! 하지만 그런 경우는 없을 거요!"

백남수의 말을 새겨들은 각 패의 대장들은 돌석에게 인사하고 길을 나섰다. 골짜기나 냇가에 자리한 여러 마을을 지난 의진은 쏜살같이 내달아 이튿날 이른 새벽 영양관아에 도착했다. 의진은 며칠 전 원주 진위대에게 당한 점을 참고삼아 총포를 울리면서 관아의 사방을 포위했다. 순교청에 들어선 한영육 패는 군수를 끌어내 겁박하고 군수의 수하들을 포박하는 한편, 군물고 자물쇠를 부수고 보관된 총포와 화약 등을 획득하여 김병문 패에게 넘겼다.

"네 이놈들! 감히 관아를 들이치는 너희는 대체 어디 화적패냐?"

미처 의관을 챙기지도 못하고 동저고리 바람에 잡혀 온 군수는 체면을 살리겠다는 듯 의진을 향해 고래고래 고함을 질러 댔다. 뒤늦게 도착한 돌석은 군수를 내려다보며 어떻게 처리할지 잠시 망설이다가 공손한 어투로 말했다.

"우리는 도적이 아니라 왜놈을 몰아내기 위해 거의한 의병들이오. 무기가 필요하여 잠시 빌리자는 것이지, 군수에게 무슨 원한이 있어서는 아니외다!"

신돌석의 말씨는 공손했지만 부라린 눈과 험악한 표정은 상대방의 기를 꺾기에 충분했다. 그런 돌석을 한번 쳐다본 군수는 찔끔하여 고개를 숙이고는 아예 입을 열지 못했다.

한용수 패는 영양 읍내의 길목을 모두 차단하여 드나드는 사람을 막았다. 특히, 안동으로 나가는 서쪽 길은 더욱 철저하게 틀어막아 개미 새끼 한 마리도 드나들지 못했다. 예상대로 군수의 지시를 받은 통인이 안동으로 나가 진위대 병력을 청하려다가 잡혀 왔다. 돌석은 군수와 수하 관아치 모두를 군물고 안에 가두고 문을 잠갔다. 이제 영릉의진이 영양관아를 점거한 상태로 한 식경이 지났다.

의진은 무기 획득이 끝나자 경계를 맡은 한용수 패를 제외하고 바람처럼 철수하여 소계동에 도착했다. 2패 대장 한용수는 마지막으로 철수하면서 자신들이 영해를 거쳐 울진으로 간다고 넌지시 귀띔했다. 혹여 있을지도 모를 추격을 피하려는 계책이었다.

소계동에 모인 영릉의진 대원들은 영양관아에서 거둔 승리를 자축하며 획득한 무기를 점검했다. 조총 예순 자루에 탄환 스무 발, 화약이 서너 근, 손으로 던지는 철환 한 개 등이었다.

소계동에서 하루 동안 휴식을 취한 의진은 또 다른 작전을 위해 계책을 짜기 시작했다. 군자금을 조달하고 무기를 획득하는 과정에서 대규모 병력이 몰려다니는 것보다는 이합과 집산이 훨씬 효과적이란 걸 깨달아가고 있었다. 치고 빠지는 유격전의 상식을 따른 것이지만 의진은 미처 깨닫지 못하고 있다가, 백남수의 이합집산離合集散 전략을 통해 군자금과 총포를 쉽게 얻은 다음부터는 필요에 따라 전군을 합치기도 하고 쪼개기도 했다.

이합집산 전략의 효용성을 느낀 신돌석은 백남수의 건의를 수용하여 소계동에서도 전군을 다시 두 패로 나누었다. 물론 최종 공격 목표는 울진의 왜인들이니 2개 부대가 각기 병력과 자금을 조달하면서 서서히 태백준령을 다시 넘고 울진으로 북상할 요량이었다. 물자와 의진 대원의 규모가 늘고, 대원을 두 패로 나누는 일이 자주 생기자 남수가 또 다른 제안을 했다.

"의진은 앞으로 하늘을 지붕 삼고 끊임없이 떠돌아야 할 처지요. 게다가 이처럼 패를 나누는 일이 잦다 보면 패와 패끼리 서로 연락할 방도가 막연하게 되오. 도부꾼들을 통해 관이나 왜놈들 정보는 얻을 수 있지만 의진끼리의 연락은 참으로 방도가 없소이다. 그러니 이번 기회에 믿을 만한 대원들을 요소요소에 박아 두도록 합시다! 우리 대원들이 오가며 거기에 들러서 관아치나 왜놈들 동태도 알 수 있겠고, 한 패와 나머지 패가 서로 전할 말도 거기를 통하면 한결 수월할 것이오!"

"그럼 어디 어디에 그걸 열어야 좋겠소?"

신돌석이 흥미를 보였다. 다른 장수들도 관심을 갖고 들었다.

"그건 태백준령 언저리 고을의 요해처에 한 군데씩이면 족할 것 같소. 가령 울진과 봉화 사이에 한 곳, 평해와 수비 사이에 한 곳, 영해와 영양 사이에 한 곳 정도면 될 듯하오!"

이렇게 하여 주로 신돌석의 친인척들 가운데 믿을 만한 사람 서너 명이 뽑혔다. 이들은 약초나 건어물을 취급하는 도부꾼인 양 행세하며 태백준령의 고갯마루 동네에 집 한 칸씩을 얻어 끼어들었다. 겉으로는 장사꾼이지만 사실은 영릉의진의 숨은 정보원인 셈이었다. 이런저런 결정을 하고 나자 날이 밝았다.

"전군을 이제부터 다시 1패와 2패로 나누겠소. 1패는 의진 1백 명인데, 도선봉장 한영육이 앞장설 것이오! 1패는 이곳 소계동을 출발하여 북으로 올라가 일월산을 근거로 일월, 수비 등지에서 물자를 조달하고 병력을 충원하면서 수비쯤에서 2패를 기다리시오. 2패 110명은 나 신돌석과 함께 남으로 내려갈 터인즉, 영양의 석보 쪽이나 청송의 여러 마을을 돌면서 물자와 병력을 모은 다음 다시 북상하여 1패와 합치겠소! 그런 연후에 태백준령을 다시 넘도록 하겠소!"

말에 오른 신돌석이 엄숙한 목소리로 명령을 내렸다. 그동안 거둔 물자와 총포와 마필이 비교적 넉넉하여 신돌석과 한영육에게는 대장의 위신을 생각하여 말을 타도록 권했지만, 사실 돌석이나 영육 같은 사람은 걷는 것이 말 타는 것보다 오히려 빨랐기 때문에 말은 주로 짐바리를 싣는 용도로 썼다.

북쪽을 향해 떠난 한영육 패는 마른 모래에 물 쏟은 것처럼 일월산으로 스며들었다. 관군에게 노출되지 않기 위해서는 일월산처럼 험준한 산속에 진을 치는 것이 제일이었다. 이후 한영육 패는 사야동이란 곳에서 150냥을 거둔 이래 주곡동 등 주로 일월산 언저리에 있는 여러 마을의 부호 집들을 돌며 군수품을 마련했다.

한편, 신돌석이 이끈 의진 부대는 남쪽으로 길을 잡아 내려갔다. 석보 원리동 이 도사 집에서 군자금 2백 냥과 푸짐한 점심상을 받은 다음 청송과 진보의 여러 마을을 훑었다. 특히, 진보관아의 이방청에서 2백 냥을 거둔 일은 규모도 규모지만 대낮에 관가의 재물을 손에 넣었다는 점에서 의진의 사기를 높이는 데 도움이 되었다. 이제 의진은 관군 따위는 상대가 되지 않는다는 자신감까지 생겼다.

이런 자신감이 지나쳐서인지 어느 때는 소 잡는 육고자(푸줏간)

까지 훑어 돌석의 야단을 맞은 적도 있었다. 진보 읍내에서였다. 의진 대원 서너 명이 군자금 마련을 핑계로 육고자에 들이닥쳐 주인에게 돈을 내라고 요구했던 모양이다. 이때만 해도 육고자 주인 정도면 백정이라 해서 그리 대접받지 못하는 세상이니 대원들의 행태는 그럴 만도 했을 것이다. 그런데 이 백정 신분인 육고자 주인은 그리 호락호락한 위인이 아니었다. 순순히 돈을 내놓지 않자 대원들은 화가 나서 육고자 주인과 커다란 소 한 마리를 끌고 의진으로 돌아왔다.

"이 사람은 누구요?"

남루한 행색에 얼굴에 땟국이 묻은 육고자 주인을 보고 돌석이 물었다. 대원들은 이자가 군자금 마련에 협조하지 않는다면서 저간의 사정을 의기양양하게 설명했다. 돌석은 육고자 주인에게 물었다.

"저 소 한 마리 값이 얼마요?"

"적어도 130냥은 받아야 하오!"

육고자 주인은 질린 기색도 없이 또박또박 말했다.

"알았소. 그 값을 줄 터이니 저 소를 잡아서 우리들이 오늘 저녁에 먹을 수 있도록 해 주시오!"

신돌석은 소모장 한 사람을 불러 소값을 치르라고 일렀다.

"무릇 백정이라면 이 땅에서 가장 대접받지 못하는 신분이오. 그런데 우리가 아무리 의진이라지만 그들에게까지 군자금을 내라고 해서야 되겠소? 제값을 치르는 것이 마땅한 도리요! 앞으로 우리 의진은 돈 있고 권세 있는 자의 물자는 말 몇 마디로 그냥 얻더라도 힘없는 백성의 재산은 거둔 다음 반드시 값을 치르도록 하겠소!"

육고자 주인이 가고 나자 신돌석은 대원들을 크게 야단치고 이렇게 말했다. 그날 저녁 의진 대원들은 육고자에서 잡은 소고기를 배불리 먹었다.

돌석은 또, 당목 예닐곱 필을 구입하여 갑주를 만들도록 해서 새로 들어온 병사들에게 입혔다. 이 무렵 돌석이 이끈 영릉의진의 2패는 물자와 함께 병사들이 한꺼번에 들어와 그 수가 스무 명이나 늘어났다.

돌석의 2패를 따르던 남수가 돌석에게 조용히 말했다.

"이쯤에서 새로 들어온 대원들을 훈련도 시키고, 그들이 쓸 병장기도 마련해야 하니 어디 관아 한 군데를 골라 들이치도록 합시다."

남수의 말에 돌석 또한 좋다고 찬성하며 다시 물었다.

"그건 나도 찬성이오. 그런데 어디쯤이 좋겠소? 진보가 좋겠소, 아니면 청송이 좋겠소?"

"사통팔달한 진보보다는 청송이 좋겠는데, 문제는 우리 의진이 너무 승리감에 젖어 자만심이 생기지 않을지? 그게 걱정이외다!"

"그야, 나나 중군대장께서 단단히 주의를 주어야지요."

뜻이 모이자 영릉의진은 청송관아를 들이치기로 했다. 그 전날, 말을 얻어 탄 남수는 도포 차림으로 청송관아를 미리 돌아보았다. 청송관아는 진보에서 보자면 서쪽으로 치우쳐 있고, 그 서쪽과 서남방에 계명산이며 연점산 같은 준봉이 도사리고 있으니 바깥과의 연락 또한 쉽지 않을 터였다. 그렇다면 모자라는 병력으로 공격하는 까닭에 외부와의 연결을 끊는 데는 큰 신경을 쓰지 않아도 될 듯했다.

그날 밤 의진으로 돌아온 백남수는 신돌석과 의논하여 돌석이 이끄는 부대를 다시 두 개 패로 쪼갰다. 그중 도령장 한용수가 거느린 60명쯤은 첫새벽 순교청에 들이닥쳐 군수를 위협하고 수하 관아치를 묶은 다음 군물고를 털기로 했다. 돌석이 거느리는 나머지 한 패는 70명가량인데, 외곽을 지키는 한편 군물고에서 꺼낸 무기를 운반하는 일을 맡았다.

　　"청송관아를 친 다음에는 다시 진보로 돌아올 것 없이 남쪽으로 더 내려가시오. 그래서 이전평이란 동네에 있는 신 부자 댁에서 만납시다!"

　　백남수는 한용수에게 일렀다. 한용수가 이끈 한 패는 새벽밥을 배불리 먹고 청송관아를 향해 먼저 출발했다. 그리고 약간의 시간 차를 두고 신돌석의 2패도 따라나섰다. 이들은 산길을 따라 송강까지 내려온 다음, 계곡을 거슬러 파천을 지나고 남쪽의 청송관아까지 단숨에 내달렸다. 40리가 채 안 되는 길이니 의진이 관아에 도착했을 때는 아직 캄캄했다. 조총 서너 발을 쏘면서 관아에 들이닥친 의진은 관사에서 군수를 찾아내고, 숙직하던 관아치들을 묶었다. 그리고 영양에서 하던 대로 군물고 자물쇠를 부수고 무기를 꺼냈다. 그런 다음 군수와 수하 사람들을 군물고에 가두었다. 청송관아 군물고에서 얻은 수확은 영양에 비해 그리 크지 않았다. 조총 십수 자루에 탄환 몇 발, 화약이 한 근쯤이었다.

　　신돌석이 이끈 2패가 무기를 챙긴 다음 남쪽으로 먼저 출발하고 한용수의 1패는 후방을 경계하며 돌석 패의 뒤를 따랐다. 떠나기 전 한용수는 혼선을 주기 위해 군물고 밖에서 의성 쪽으로 간다는 말을 은근히 흘렸다. 청송에서도 그리 힘들이지 않고 무기를 획득한 의진은 용전천을 거슬러 남으로 내려갔다. 청운역의 손 부자 집에서 점심을 얻어먹고, 몇백 냥의 돈도 거두었다.

신돌석과 한용수가 이끈 의진은 주왕산을 왼쪽으로 끼고 다시 동쪽으로 더 깊숙이 들어가 이전평에 도착하여 오래된 절터에 군진을 차렸다. 이전평은 청송관아에서 50리쯤 떨어진 곳이지만 서북쪽의 주왕산을 비롯해서 가메봉 등 험준한 바위산이 감싸고 있는 요해처였다. 특히, 이 마을에 사는 신 부자란 사람은 돌석과 같은 성바지라 그랬는지 350냥이란 적잖은 군자금을 내놓고, 의진에게 여러 가지 편의도 제공했다.

"이제 출발이다!"

신돌석이 말에 올라 크게 외쳤다. 이전평에서 이틀쯤 휴식한 의진은 그해 4월 열이튿날 드디어 다시 움직이기 시작했다. 양력으로 치니 5월 5일이었다.

이때 의진 내부에서는 의성으로 나가자는 축과 곧추 북으로 올라가자는 축으로 의견이 나뉘었다. 특히, 신돌석의 처남 한용수는 청송에서 거둔 군수품이 성에 차지 않았는지, 아니면 영양과 청송에서의 연승에 도취해서인지 의성으로 나가 한 번 더 군물고를 털자고 고집했다. 남수는 용수의 견해도 일리가 있다고 여겼지만 자칫 자만심 때문에 일을 그르치지 않을까 염려했다. 그래서 용수에게 1패를 다시 맡겨 의성 쪽으로 빠지게 하되, 신속하게 의성관아 군물고를 친 다음 일월산 쪽으로 급히 올라오도록 했다.

"도령장께서는 경험이 많으니 그러지 않으리라 믿지만, 혹시라도 방심하면 안 되오! 행군 중에는 반드시 척후를 세우시오!"

"여부가 있겠습니까. 걱정하지 마십시오!"

백남수의 충고에 한용수는 기세 좋게 대답하고, 60명 대원들의 앞장을 서서 출발했다. 용수가 이끈 한 패는 청송관아에서 이전평으로 들어왔던 길을 되짚어 다시 서북쪽으로 향했다. 서쪽의 의성으로 나가 군수품을 확보한 다음 북으로 올라갈 요량이었다. 돌석과 남수는 나머지 대원 70명과 함께 용수네와 헤어져 일월산을 향해 가메봉 쪽으로 길을 잡았다.

한용수의 패가 이전평을 벗어나 주왕산을 오른쪽으로 끼고 서북 방향으로 조금 나아간 다음이었다. 아직 산속이었으니 앞쪽에 척후를 세우고 말고 할 형편도 아니었다. 방향을 가늠할 수 없는 곳에서 난데없는 총소리가 터졌다. 모르긴 해도 이전평에 주둔한 의진의 위치가 관군 측에 노출된 듯했다. 그도 아니면 지난번 청송관아를 들이쳤을 때 한용수가 했던, 의성 쪽으로 빠진다는 거짓정보를 순진하게 믿은 관군이 길목을 지키고 있었던 건지도 모른다. 총소리가 그치고 총 쏜 임자들이 산마루에 나타났다. 복장으로 보건대 진위대 병력이 분명했다. 이 장소로 올 수 있는 진위대라면 안동 진위대일 것이었다.

한용수는 순간적으로 몸을 숙이고 모든 대원들에게 수풀 사이에 엎드리게 했다. 의진의 화기는 진위대의 그것에 비해 성능이 턱없이 모자라기 때문에 함부로 총질을 했다가는 도리어 당하기 십상이었다. 의진은 수풀에 몸을 숨기고 진위대 병사들이 가까이 오기를 기다렸다. 화기의 성능으로 보나 총 쏘는 솜씨로 보나 의진이 저들을 깨트릴 수 있는 길은 근접한 상태에서 기습하는 수밖에 없었다. 진위대 병력은 많아야 스무 명을 넘지 않은 것 같고, 그들 역시 사방을 경계하며 산 아래로 내려오고 있었다.

진위대 병사들이 20~30보쯤 거리에 나타났을 때 한용수는 자신의 조총을 그들에게 겨누고 발사했다. 이를 신호로 60명 대원 가운데 총 가진 병사 스무남은 명이 총을 쏘았으나 진위대 병사들은 한 명도 맞지 않았다. 총소리로 인해 오히려 이쪽의 위치를 알아낸 저들은 일제히 의진을 겨냥하고 총을 쏘았다. 이 바람에 한용수가 왼쪽 허벅지에 총알을 맞았고, 그를 따르던 젊은 대원 하나는 머리에 총탄을 맞고 고꾸라졌다.

"대장과 약속한 곳으로 가라!"

머리 맞은 대원과 자신은 가망이 없다고 판단한 용수는 다른 대원들을 향해 나직이 전했다. 한용수의 말대로 나머지 병력은 진위대가 내려오던 방향을 거슬러 산꼭대기 쪽으로 뛰기 시작했다. 진위대가 총을 쏘면서 이들을 뒤쫓았다. 그러나 의진 대원들은 산길을 걷는 데 워낙 이골이 난 사람들이었다. 진위대가 총을 쏘면서 따라붙어도 멀찌감치 따돌리고 달아났다.

한용수는 머리에 둘렀던 머리띠로 총알 맞은 허벅지를 싸맸으나 흐르는 피는 멈추지 않았다. 머리에 총알 맞은 대원은 고꾸라진 채 일어나지 못했다. 나머지 대원들을 쫓는 총소리가 점점 멀어져 갔다. 용수의 의식도 점차 가물가물해졌다.

"처남! 기운을 차리시오!"

신돌석이 저만치에서 안타까운 표정으로 한용수를 향해 걸어오

172

는 듯했다. 마지막 기운을 짜서라도 돌석의 손을 잡아야 한다고 생각했으나 그것은 헛일이었다. 희미한 의식에 안개처럼 피었다가 사라지는 돌석의 허상을 좇아 용수의 손은 몇 번이고 허공을 휘젓다가 멈추었다.

한용수와 한 대원은 끝내 일어나지 못했다. 영릉의진은 이곳 이전평에서 큰 손실을 보았다.

울진과 장호

이전평에서 안동 진위대의 기습을 받은 한용수의 수하 대원들은 신돌석의 본진을 따라 황급히 가메봉 쪽으로 갔으나 본진을 쉬 따라잡지 못했다. 60명 대원 가운데 뒤처진 둘을 제외한 쉰 몇 명 중 본진에 합류한 사람은 절반가량이고, 나머지는 흩어지거나 낙오해서 종적을 찾을 길이 없었다.

"도령장과 대원 한 명이 부상을 당했는데, 십중팔구는 죽었을 겁니다."

신돌석은 처남 한용수의 패전 소식을 듣고 가슴이 아렸지만 어쩔 도리가 없었다. 의기소침해진 의진 대원들을 다독이며 더욱 북으로 올라가 이튿날인 4월 열사흗날 저녁 무렵, 수비에서 한영육이 거느린 애초의 1패와 다시 만났다. 한영육은 한용수의 소식에 땅을 치며 통곡했다. 한용수만 한 용사를 찾기 어려웠으니 영릉의진으로서는 크나큰 손실이었다. 신돌석은 대원 가운데 날랜 자 서너 명을 추려서 한용수가 공격당한 곳으로 보냈다.

"만에 하나라도 살아 있다면 좋겠으나, 예상대로 죽었으면 양지 바른 곳에 묻고 오시오!"

이렇게 조치한 돌석은 다시 합쳐진 의진 부대를 이끌고 새벽녘에 영양군 수비를 나섰다. 이들이 다시 공격해야 할 곳이 울진의 왜인들이니 또 한 번 태백준령을 넘어야 했다. 수비에서 출발하기 전, 남수가 돌석에게 제의했다.

"오늘 밤 안으로 울진에 도착할 터인데, 우리 의진의 숫자가 넉넉하지 않으니 삼척 쪽 의진의 지원을 청해 봄이 어떨지요? 향후 장호 공격을 생각하면 미리 그쪽 의진과 안면을 익혀둘 필요도 있고."

"그럴 수만 있다면 당연히 좋은 일이지요."

돌석의 허락을 얻은 남수는 필사한 영릉의진 격문과 간단한 서찰 한 통을 마련했다. 서찰은 영릉의진이 오늘 밤 울진 읍내의 왜인들을 토멸코자 하니 삼척의진의 도움을 청한다는 것, 오늘 밤 자시子時경 불길이 타오르거든 떨쳐 나가 왜인들 가옥을 모두 불살라 버리자는 내용이었다. 당시 울진 북쪽 삼척에는 김하규, 황청일 같은 전직 관리나 선비들이 의진을 꾸리고 있었다. 이들과는 서로 교류도 없었거니와 느닷없이 나타나 도움을 청하는 것이 먹혀들지도 알수 없었다. 남수는 그저 밑져야 본전이라는 심정으로, 걸음 빠른 대원 서너 명을 골라 서찰을 들려 보냈다.

영릉의진 본대는 수비에서 북으로 좀더 올라가 수하계곡을 거쳐 태백준령을 넘었다. 다시 동으로 더 진군하여 울진군 갈면동 골짜기를 돌파한 다음, 지난번 원주 진위대에 기습당했던 매화동에서 밤을 기다렸다. 매화에서 기다리는 동안 돌석과 남수, 그리고 여러 장수가 모여앉아 간단한 작전 회의를 가졌다. 남수가 몇 가지 원칙을 세워 장수들의 동의를 구했다.

"우선 오늘의 작전은 왜인들 가옥을 방화하고 재물을 탈취함으로써 그들에게 공포감을 심어 주자는 것이니, 불가피한 경우가 아니라면 살상은 삼가야 할 것이오. 다음은 오늘 역시 패를 나누는데, 도선봉장 한영육이 1패 1백 명을 데리고 왜인을 공격하여 재물을 뺏는 동안, 신돌석 대장이 거느린 2패 1백 명은 외곽을 경계하면서 1패의 작전을 엄호하는 것이오! 그다음은 오늘의 작전이 끝나면 이곳 매화로 다시 귀환하는 것이오! 영해로 갈지도 모르니."

나머지 장수들도 대체로 수긍하는 분위기였다. 이제 거의한 지 한 달이 지났으니 고향 땅에 들러 분위기를 살필 필요도 있을 성싶었다. 영해 귀환을 언급했지만 전황에 따라 달라지는 것이 의진의 행로이니 장담할 수는 없는 노릇이었다. 삼척의진의 동참은 기약할 수 없어 고려 대상에서 제외했다.

매화동에서 한참을 기다리자 드디어 어둠이 내려앉았다. 두셋씩 짝을 이룬 1패 의진 대원들은 도부꾼처럼 등짐을 지고 단검 하나씩을 몸에 지녔다. 마필에는 조총과 화약, 기름통을 실었다. 자정이 가까워 울진 읍내에 도착하자 휘영청 밝은 보름달 아래 읍내는 모두 잠들어 있었다. 왜인들의 집은 대개 읍성의 동쪽 바닷가에 있는데다 가옥구조가 특이하여 단번에 눈에 띄었다.

한영육이 인솔한 부대는 50여 채의 왜인 가옥을 두세 명이 한 집씩 맡아 소리 없이 스며들었다. 대부분 불이 꺼져 있으나 아직 불

켜진 집도 더러 있었다. 의진 대원들은 집 안에 들어서자마자 주인이 잠들어 있을 만한 큰방으로 들어가 주인을 깨웠다. 그리고 나머지 방을 뒤져 다른 식구들을 그곳으로 몰아넣은 다음 튼실한 밧줄로 모두를 묶었다. 잠에서 깬 왜인들은 영문도 모른 채 겁에 질려 덜덜 떨면서도 무언가 지껄여 댔다. 알아들을 수는 없으나 관청에 알리겠다는 뜻으로 읽혔다. 분개한 대원 하나가 짚신 발로 왜인의 얼굴을 걸어차자 코피가 쏟아졌다. 이렇게 엄포를 준 다음 장롱이며 세간살이 창고를 뒤져 돈과 금붙이 따위의 귀중품을 거두었다. 여느 도적들의 행태와 다름없었지만 이 돈이 조선 사람들의 고혈을 뽑아 모았다는 생각이 들자 오히려 적개심이 돋았다.

한 식경이 못 되어 한영육의 1패는 왜인들 집 50여 채를 깡그리 훑고서 집 밖으로 빠졌다. 그리고 동시다발적으로 50여 채의 지붕에 기름을 뿌리고 관솔불을 던졌다. 봄 가뭄에 말라 있던 지붕이 기름에 젖자 불길은 순식간에 번져 나갔다. 불길이 이는 것을 신호로 어디서 왔는지 알지 못할 조선 사람 1백여 명이 나타났다. 삼척에서 온 의진 대원들이었다. 그들도 영릉의진 대원들과 어울려 불을 질렀다.

한편, 외곽을 지키던 돌석의 2패는 불길을 피해 달아나는 왜인들을 하나 남김없이 잡았다. 개중에서 힘깨나 쓰게 생긴 왜인 하나가 의진 대원을 칼로 공격하다가 몽둥이로 역습을 받고 죽었다. 이것 외에 살상은 없었다. 불길에 놀란 울진 순교감의 관군들이 왜인들 거리로 튀어나왔다가 의진 대원들의 공격을 받았다. 처음부터 의진은 울진의 관군을 상대할 까닭이 없었으므로 그냥 총질 몇 번으로 혼만 내줄 요량이었다. 그런데 이들이 녹록지 않게 저항하자 신돌석의 분노가 치솟았다. 관군이 왜놈들의 뒷배를 봐준다고 생각했기 때문일 테지만, 남수가 보기에는 여기서 관군과 길게 실랑이를 벌이는 것이 결코 이롭지 못했다.

"신 대장! 관군과 오래 싸우는 건 이롭지 못하오! 관군에 대한 징치는 따로 기약하지요."

돌석은 그제야 분을 삭이고 관군 추격을 멈추라고 지시했다. 관군과의 싸움이 멎고 영릉의진과 삼척의진 대원들이 서로 만났다. 돌석은 삼척에서 출동한 의진 대원들을 맞아 따뜻한 인사를 나누고 왜인들에게서 거둔 물자 가운데 절반가량을 삼척의진에 넘겼다. 대장인 듯한 인사가 돌석에게 고맙다는 뜻을 건네며 한 가지 주문을 했다.

"한 일도 적은데 이래서야 되겠소? 물자도 물자지만 우리는 저 왜인들 가운데 추장 몇 놈을 의진으로 데려갔으면 하는데 괜찮겠소?"

"필요하시다면 데려가시오. 하지만 저들은 군인이 아니니 혹시라도 살상은 마시오!"

"잘 알겠소!"

삼척의진과 헤어진 영릉의진은 매화동으로 철수하여 울진에서 획득한 군자금을 헤아려 보았다. 1천6백 냥에 육박하는 거금이었다. 손실도 물론 있었다. 짐을 싣고 다니던 말 한 필이 순교감 관군에게 탈취당했다. 의진에 쫓기던 관군 병사 하나가 고삐를 끊어서 타고 간 듯했다.

의진은 밤을 다투어 매화동을 벗어나 남쪽으로 평해를 바라고 걸었다. 영해로 내려갈 요량이었지만 혹여 관군의 습격이라도 받게 되면 곧장 오른쪽의 태백준령을 탈 셈이었다. 의진은 남으로 내려오면서도 군자금을 잊지 않고 챙겼다. 평해 부근 백성들로부터 6백 냥 가까운 돈을 거두고 왜인들에게서 빼앗은 금붙이를 시세대로 계산했다.

"이런 금붙이는 우리에게 소용도 없소!"

돈을 낸 백성들이 금붙이를 받지 않겠다고 하면 굳이 값을 쳐서 주었다.

"그래도 받으시오! 돈을 그냥 받으면 우린 의병이 아니라 도둑이 되오."

다행히 관군이나 왜병의 습격을 받지 않아 의진의 남행길은 순조로웠다. 울진의 왜인들을 습격한 이튿날, 영릉의진은 처음 거병했던 영해로 돌아왔다. 거의한 지 한 달 만인 병오년(1906) 4월 중순이었다. 신돌석을 비롯한 의진 수뇌들은 영해로 돌아온 다음 사방에 염탐꾼을 보내 향내(鄕內)의 사정이 어떤지, 그리고 의진에 대한 반응이 어떤지 살폈다. 반응이 그리 나쁘지 않다는 결론은 났지만 안심할 단계는 아니었다.

이 무렵 영해군수 경강국은 영릉의진의 동태에 신경이 곤두서서 윗선에 줄을 달아 병사 몇 명을 얻어 냈다. 병사들에게 총포를 주어 성안에 매복시켰지만 영릉의진을 향해 먼저 공격하지는 않았다. 의진 역시 영해군수를 건드리고 싶지 않아 맨 처음 거의했던 복디미에 잠시 주둔했다가 다시 모이기로 약속하고 일단 해산했다. 잠시 해산하면서 주변 고을 의진에 이 사실을 알렸다.

영릉의진이 해산하고 10여 일이 지난 그달 스무여드렛날, 영천의 산남의진 대장 정용기가 체포되는 일이 생겼다. 이 소식을 들은 신돌석은 부랴부랴 사람을 각지로 보내 영릉의진 대원들을 다시 불러 모았다.

"허허, 이거 큰일 났소이다!"

의진 대원들이 갑자기 다시 모이자 도소모장 김병문이 군량미 문제를 걱정하며 앓는 소리를 냈다. 거병할 때부터 군자금이 문제였지만 막상 의진을 꾸리고 보니 아쉬운 것은 늘 돈이었다. 적지 않은 식구가 먹고, 입고, 무장하는 데 드는 비용은 언제나 부족하기 마련이었다. 장호동을 공격하여 왜인들의 배며 집이며 그들의 재물을 흩어 버리는 것이 숙원이지만 그렇게 하자니 또 군자금이 필요했다. 따지고 보면 울진의 왜인들을 거덜 낸 것도 장호의 왜인들을 치기 위한 사전작업이었다. 그런데 장호 공격은 요원한데 시간만 흘러가고, 당장 재정 압박에 시달리고 있었다.

이런저런 문제로 고민하던 어느 날, 진보 출신 대원 하나가 신돌석의 귀를 빌렸다. 신가 성을 쓰는 그는 돌석과 종씨라 하여 얼굴도 익었다.

"진보 쪽에 우편소가 있는데 왜놈들은 물론이요, 관아치도 이 우편소를 통해 물자와 돈을 주고받는다 하오! 우리가 민가에 들어가 한 푼 두 푼 얻어 내는 것보다 이 우편소의 우편물을 뺏는다면 한꺼번에 많은 물자와 군자금을 거둘 수 있지 않겠소?"

돌석은 눈을 번쩍이며 남수를 찾았다. 남수의 지모를 익히 아는 돌석이니 그럴 만도 했다. 돌석의 말을 들은 남수는 눈을 가늘게 뜨고 한참 생각하더니 별로 어렵지 않다는 듯 말했다.

"우편소의 우편물이라면 네댓 명 정도가 호송을 할 텐데 그렇다면 우리도 열 명 안쪽의 대원이면 충분히 제압할 수 있을 것이오. 하지만 이런 일이 있고 나면, 보나 마나 관군이나 왜놈 군대가 눈에 불을 켜고 의진을 잡으려 할 것이니 그게 걱정이오."

"까짓것! 그건 그때 가서 걱정하기로 하고 일단 우편물을 거두기로 합시다! 그런데 열 명으로 되겠소? 경계가 삼엄할 텐데."

신돌석의 결심에 따라 젊고 날랜 대원 스무 명이 뽑혔다. 용력과 지모를 겸한 한영육이 대장을 맡아 이들을 끌고 진보 쪽으로 향했다. 이들은 멀리 돌 것도 없이 복디미마을 서쪽의 조항으로 치고 계속 올라가 태백준령의 고갯길인 황장재를 곧장 넘었다. 임금의 관에 쓰는 나무를 황장목黃腸木이라 하는데, 이름에서 알 수 있듯 소나무 숲이 울창하여 하늘을 볼 수 없을 정도였다. 황장재를 넘으니 바로 진보 관내였다.

한영육과 의진 대원들은 진보 읍내에 들어서자마자 서너 명씩 짝을 이루어 흩어졌다. 장 보러 온 촌사람인 양 이리저리 거리를 돌며 우편소를 찾았다. 우편소의 위치를 확인한 다음부터 구체적인 작전을 짜기 시작했다. 그런데 우편마차는 날마다 오가는 것이 아니라 날을 잡아 오가는 것 같았다. 그렇다면 하루 이틀 사이에 해결될 일이 아니었다. 네 사람씩 다섯 패로 나누어 돌아가며 우편소를 지키고, 나머지는 가까운 데서 기다렸다. 그리고 드디어 그날이 왔다.

윤4월 초사흘, 우편물을 싣고 갈 마차가 우편소 앞에 대기하고 있었다. 보나 마나 안동 쪽으로 나갈 것이었다. 의진 대원들은 바

쁘게 움직였다. 민가에서 빌린 수레 하나를 끌고 대원 4명이 안동
가는 길로 향했다. 진보 읍내를 벗어난, 인적 드문 길 가운데에 수
레를 세우고 나머지 대원들은 수레 근처 언덕 뒤에 몸을 숨겼다. 한
영육은 그것도 모자란다고 생각했는지 일부 대원을 추려서 우편마
차의 호송관들이 도망칠 만한 곳에 또 매복시켰다.

"온다!"

예상대로 말 두 필이 끄는 우편마차는 총을 든 호송 헌병 두 명과
마부 둘을 태우고 한영육 등이 매복하고 있는 길로 끄덕끄덕 접어
들고 있었다. 우편마차는 의진 대원들이 숨어 있는 곳 가까이 다다
랐다. 우편마차가 수레에 막혀 제자리에 서자 호송 헌병이 왜국 말
로 뭐라고 지껄였다. 한영육은 총을 쏠 필요도 없겠다며 대원들과
단검 하나씩만 든 채 우편마차로 뛰어들었다. 호송 헌병이 총을 쏠
겨를도 없었다. 헌병 두 명과 마부 두 사람은 의진 대원들의 돌 같
은 주먹에 뒤통수를 얻어맞고 그 자리에서 기절했다. 의진 대원들
은 기절한 마부 둘을 발가벗긴 다음 우편마차에 꽁꽁 묶었다.

"왜놈 헌병들은 생매장해라!"

한영육의 지시에 따라 길섶의 땅을 파고, 호송 헌병 두 명을 산
채로 묻었다. 뒤탈을 염려한 때문이다. 마차에 실렸던 우편물은 말
두 필에 옮겨 실었다.

"가자!"

차갑게 말을 뱉은 한영육은 대원들을 몰아 바람처럼 그곳을 벗어
났다.

진보에서 우편마차 탈취로 적지 않은 군자금을 마련한 영릉의진은 다시 울진을 향해 세 번째 북상 길에 나섰다. 장호로 가야 하는 영릉의진에게 울진은 반드시 넘어야 할 산이었다. 신돌석은 다시 한번 삼척의진과 연합을 시도했다. 이번에는 서로의 존재를 알았으니 격문 따위는 필요치도 않았고 간단한 서찰만 마련했다. 발 빠른 대원 두 명을 골라 삼척의진으로 보냈다. 오는 윤4월 아흐레 자정을 기해 울진관아를 들이치고자 하니 1백 명의 병력만 지원해 달라는 내용을 전하게 했다. 아울러, 울진을 친 다음 기회가 된다면 장호동의 왜놈들도 징치할 계획이라고 전했다. 영릉의진 2백 명과 삼척의진 1백 명이라면 울진관아와 장호를 습격하는 일은 그리 어렵지 않겠으나 두 의진이 전략을 공유하지 않는다면 차질이 생길 우려도 있었다. 하여 삼척의진으로 떠나는 대원들에게 돌석은 특별히 일렀다.

"삼척의진에 가서 말을 전할 때, 절대로 먼저 공격하지 말고 울진에서 북으로 가는 길목만 철저히 막아 달라고 하시오!"

"알았소! 그리 전하리다."

울진관아 공략 준비를 마친 의진 대원들은 윤4월 초아흐렛날 첫 닭이 울자마자 영해를 떠났다. 이번에도 두 패로 나누어 한영육이 이끄는 1패 1백 명은 먼저 출발하고, 2패 1백 명은 돌석의 지휘를 받으며 나중에 출발했다. 1패는 공격을 맡은 주력이요, 2패는 뒷배를 보며 외곽을 차단하는 일을 맡았다. 대원들은 봇짐 진 장사꾼처럼 위장하고 두셋씩 모여 걸었다. 저녁 무렵 매화동 서쪽 남수산의 으슥한 골짜기에 모두 도착하여 몸을 숨겼다. 일찌감치 주먹밥으로 저녁을 먹은 대원들은 다시 삼삼오오 짝패를 이루어 울진관아를 향했다. 누가 봐도 장마당을 돌아다니는 장돌뱅이로 여겨졌다.

드디어 자정이 되었다. 관아 여기저기에 관솔불이 밝혀져 있긴 했으나 병사들의 모습은 쉬 눈에 들어오지 않았다. 담장 밖 나무에 올라간 한영육이 관아 안쪽을 살피며 군기고를 찾았다. 군기고는 관아 정문에서 왼쪽쯤에 있는 듯했다. 여전히 나무 위에 있던 영육이 군기고 앞을 어슬렁거리는 그림자에 대고 총 한 방을 날렸다. 그것을 신호로 1백 명이 한달음에 달려가 관아의 정문을 들이치고 난입했다. 보초를 서던 병사들은 속절없이 묶여 군기고 앞에 줄을 섰다. 군수를 끌어내고 숙직 서던 관아치를 묶었다. 군기고 열쇠를 찾고자 했으나 금방 찾을 수가 없었다. 자물쇠를 비틀어 요절을 내고 군기고 안의 물건들을 들어냈다. 2패 대원들이 말에다 그것을 실었다. 영양이며 청송관아를 들이칠 때의 경험이 있어서인지 순식간에 일이 끝났다. 전에 하던 대로 군수와 아전, 그리고 병사들을 한 끈에 묶어 군기고 안에 가두었다.

지난번 매화동에서 영릉의진이 원주 진위대의 기습을 받은 것이 울진군수의 고자질 때문이란 소문이 있던 터라 군수를 혼내 줄 생각도 없지 않았다. 하지만 일이 너무 크게 벌어질 것을 우려해 그만두었다.

그 대신 남은 시간에 왜놈이나 혼내 줄 요량으로 왜인들이 새로 둥지 튼 곳을 다시 훑었다. 왜인들은 지난번 빼앗긴 후 오랜 시간이 지나지 않았음에도 다시 많은 재물을 모아 놓고 있었다. 이 역시 조선 사람들의 고혈이겠거니 여기며 야멸스럽게 거두어 말에다 실었다. 저번처럼 관솔에 불을 붙여 지붕으로 던졌다. 이번에는 기름을 쏟지 않았는데도 불길은 날름거리며 왜인들 가옥 수십 채를 순식간에 먹어 치웠다. 불꽃이 일고 총소리가 나는데도 왜인들을 구하러 오는 관군은 없었다. 울진관아의 병졸은 물론이요, 순교감의 관군마저 의진 손에 구금되어 있었으니 당연한 노릇이었다.

"너무 싱겁게 끝났어!"

"그러게 말이야. … 그런데 지금 장호로 곧장 가는 건가? 아니면 내일?"

"그거야 신 대장 마음먹기 나름이지."

대원들은 땀을 식혀가며 이런 말을 주고받았다. 모든 일이 끝났는데도 아직 첫닭이 울지 않았다.

삼척의진 대원들을 만난 신돌석은 인사를 나눈 다음 뭔가를 골똘히 생각하더니 드디어 결심을 굳힌 듯 무겁게 입을 열었다.

"오늘 당장 장호를 쳐야겠소!"

그로서는 꼭 해야 하는 일이지만 다른 사람은 이해할 수 없는 집착이기도 했다. 이태 전 장호동을 지날 때 주막집에서 만났던, 실성한 노인의 목소리가 무슨 이명처럼 그의 고막에 남아 있었다.

'왜놈새끼들 다 죽여 버릴 거야! 배도 다 부숴 버릴 거야!'

마른 명태처럼 앙상한 노인의 괴기스러운 목소리를 들을 때만 해도 돌석은 노인을 위해 아무것도 해줄 수가 없었다. 노인의 목소리가 그토록 장호에 집착하는 오늘의 돌석을 만든 건 아닌지 ….

"이번 기회에 장호의 왜놈들을 들이쳐서 혼을 내줍시다! 그곳은 왜놈 어부들 때문에 진작부터 조선 사람들의 한이 서린 곳이오!"

돌석의 설명이었다. 삼척의진으로서는 마다할 까닭이 없었다.

따지자면 장호는 삼척의진이 먼저 손봐야 할 곳이 아닌가?

"감히 청하지 못해서 그렇지 우리도 바라던 바요!"

삼척의진 대장은 고개까지 숙여 가며 찬성했다.

이렇게 하여 영릉의진은 내친김에 장호까지 공격하기로 했다. 울진관아에서 장호까지는 1백 리 남짓한 길이니 당장 실행해도 못 할 것은 없었다. 오늘 중으로 장호를 공격한다는 말이 의진 사이에 돌자 중군장 김치언이 신돌석을 찾았다. 지난번 거의를 선포하고 훈련을 시작할 때부터 두드러진 언행으로 많은 사람의 주목을 받았던 김치언이다. 작전을 수행할 때마다 똑 부러지게 제 몫을 다하는 것은 말할 나위도 없고, 지모나 용력에서도 도선봉장 한영육이나 전사한 도령장 한용수보다 나으면 나았지 모자라지 않는 위인이었다. 그래서 중군장이란 직함까지 얻고 있었다. 그런 치언이 매우 진중하게 말했다.

"이번 장호동 공격에는 저를 선봉으로 써 주시오! 저는 울진에서 나고 자라서 장호란 곳을 잘 압니다. 더구나 한영육 도선봉장은 작전을 할 때마다 앞장섰으니 이번에는 좀 쉬어야 하지 않겠소?"

김치언의 말에는 일리가 있었다. 인심과 지리地利를 얻는 것은 장수의 제일조건인데, 치언은 이 둘을 다 갖추고 있었다. 의진 대원들 사이에서 그는 본보기 같은 인물이었다. 그런 치언이 공격 대상인 장호의 지형까지 꿰고 있다면 이번 작전은 식은 죽 먹기가 될 것이었다. 김치언을 돌아본 돌석은 고개부터 끄덕이며 승낙의 뜻을 전했다.

"그렇게 하지요! 중군장이라면 충분히 할 수 있을 거외다! 우리

의진 한 패를 데리고 가도록 하시오!"

신돌석의 승낙이 떨어지자 백남수는 김치언과 한영육, 그리고 삼척의진의 대장을 한자리에 불러 전략을 짜 보자고 제의했다. 이들 역시 손발이 맞아야 성사가 쉬운 것을 꿰고 있는 사람들이니 마다할 리가 없었다. 그래서 나온 결론은 삼척의진이 먼저 올라가 장호에서 북으로 통하는 모든 길을 틀어막고, 김치언의 영릉의진 1패는 장호의 왜인들 가옥이며 선박, 그리고 여러 시설까지 모조리 부수거나 태우는 일을 맡기로 했다. 또 한영육이 거느리는 영릉의진 2패는 울진 읍내를 장악하는 한편, 장호에서 남으로 통하는 길을 모두 막기로 했다. 장호는 이제 고립무원의 섬이 될 것이었다. 마지막으로 남수는 돌석을 향해 제안했다.

"김 중군장에게 말 몇 필을 가져가게 함이 어떨지요? 장호에서 작전이 끝나거든 이리로 올 것 없이 서쪽으로 준령을 넘었다가 다시 남으로 내려오게 하는 것이 좋을 듯하오. 마필은 물자 운반하는 용도로 쓰도록 하고."

남수의 판단으로 영릉의진이 울진관아와 왜인 가옥을 거덜 낸 마당에 장호까지 요절을 낸다면 보나 마나 조정과 왜놈 통감부는 길길이 날뛸 것이 뻔했다. 그렇다면 토벌군이 올 텐데 많은 인원이 모여서 다니는 것은 바람직하지 않다. 신돌석 역시 이렇게 느낀 터라 반대하지 않았다.

"그렇게 합시다!"

삼척의진이 먼저 출발했다. 얼마의 시차를 두고 김치언이 이끈 영릉의진 1백 명이 마필을 앞세우고 길을 떠났다. 이들은 북상하다가 날이 새면 삼삼오오 짝을 지어 도부꾼으로 행세하며 장호까지 갈 셈이었다. 한영육이 거느린 2패는 다시 절반으로 나누어 한 패는 울진 읍내를 장악하고 나머지는 장호까지 따라가 그 남쪽 길을 막을 요량이었다. 울진에서 장호까지는 하룻길이 넘는 거리였다. 어젯밤 한숨도 자지 못했지만 의진 대원들은 젊은 기운으로 뛰다시피 걸었다. 얼마나 빨리 걸었는지 양쪽 의진 대원들이 장호에 이른 것은 그날 해가 지기도 전이었다.

울진에서부터 따라온 영릉의진의 일부 대원들은 장호 남쪽에서 멈추었고, 삼척의진은 장호를 지나쳐 북으로 올라갔다. 위아래 길목을 틀어막는 소임을 받은 사람들이다. 김치언의 영릉의진은 그들과 헤어져 장호항 남쪽 소나무 숲에 몸을 숨겼다. 수정 알처럼 맑은 바다에 촛대 같은 기암괴석이 줄지어 선 것을 보자니 왜인들이 왜 장호를 탐내는지 알 것도 같았다.

김치언은 눈치 빠른 대원 서너 명을 고른 다음 자신이 앞장서서 장호동마을로 들어섰다. 바닷가 경치 좋은 곳에 왜인들의 집이 가지런하게 서 있었다. 치언의 눈에는 아방궁처럼 호화로웠다. 그 옆으로 무슨 가공 시설들이 연이었고, 길손이 묵는 2층짜리 여사旅舍도 있었다. 부두에는 커다란 배 수십 척이 줄지어 묶여 있었다. 날 밝을 때 모든 걸 확인해 두겠다는 듯 치언은 꼼꼼히 살피며 마을을 돌았다. 눈치 없는 강아지들이 낯선 이들을 보고 짖어 댔다. 하지만 등에 진 물건이 워낙 그럴싸하니 의심하는 사람은 없었다. 활처럼 휘어진 마을을 한 바퀴 둘러본 치언은 대원들과 함께 숲으로 돌아왔다. 뭔가 작전이 섰다는 듯 그는 먼바다를 바라며 저녁이 되기를 기다렸다.

"전체 대원을 두 패로 나누겠소. 한 패는 총포만 드시오! 그리고 나머지 패는 기름과 관솔을 준비하시오!"

김치언의 지시에 대원들은 총으로 쏴 대고, 불 공격을 하리라 짐작했다. 이윽고 땅과 바다로 어둠이 내려앉았다. 주먹밥으로 저녁을 때운 의진 대원들은 각기 병장기며 관솔 따위를 들고 어둠 속으로 들어섰다. 집집마다 밝혀진 불빛이 바다에 부딪혀 그리 어둡지는 않았다. 치언은 병장기 든 대원들을 다시 두셋씩 나누고 각 집을 맡아서 들어가라고 일렀다. 지난번 울진 왜인들 집에서 그랬듯이 집안 식구들을 깡그리 묶고 입에다 재갈을 물리게 했다. 그런 다음 값나가는 물건들을 모두 거두었다. 한 집의 일을 그 옆집에서도 알아볼 수 없도록 아주 조용히 처리한 치언이 다시 말했다.

"남자들은 이쪽에, 여자와 아이들은 저쪽에 세우시오!"

의진 대원들이 재갈을 물려 끌고 나온 왜인은 남녀노소를 합쳐 근 2백 명이나 되었다. 김치언의 지시에 따라 그들 중 여자와 아이를 떼어 내고 남자들만 따로 한곳에 모았다. 남정네만 해도 50~60명은 족히 되었다. 이들이야말로 발동선을 몰고서 동해안 어장을 석권해 간, 그리하여 조선 어민들의 밥줄을 끊어 놓은 장본인들이었다. 이들이 잡은 대게며 전복이며 물고기 따위를 가공하여 내다 파는 수산업자도 섞여 있었다. 의진 대원들은 이들을 서쪽의 산골짜기로 몰아넣었다. 깊숙한 골짜기로 들어서자 이상한 낌새를 눈치챈 왜인 몇몇이 발길질을 해대며 악을 썼다.

"죽이지는 않는다!"

김치언은 총 개머리판으로 그들의 등줄기를 마구 후려갈겼다. 골짜기 끝에 이른 의진 대원들은 조선 어민들의 삶을 송두리째 앗아간 왜인 남정네들을 혼내기 시작했다. 그들의 목숨을 빼앗는 대신 반병신을 만들어 다시는 배를 몰지 못하도록 단단히 매조졌다. 이윽고 징벌이 끝난 것을 지켜본 김치언이 총 한 방을 쏘았다. 총소리가 메아리를 남기고 아련히 퍼져 나가자 마을 쪽에서 불길이 솟았다. 불길은 왜인들의 집을 태우고, 공장을 태우고, 부두에 매여 있던 수십 척의 발동선을 태웠다. 발동선 기름통이 연이어 터지면서 불꽃이 바다와 육지를 대낮처럼 밝혔다.

장호의 남북 길을 막고 있던 영릉의진과 삼척의진 대원들은 마을에서 불길이 오르자 일이 끝났음을 알았다. 삼척의진은 삼척으로 돌아갔다. 김치언이 거느린 영릉의진 1패는 잠시 남으로 내려오다가 원덕 마을쯤에서 가곡천계곡을 따라 서쪽으로 나아가 순식간에 태백준령의 품으로 파고들었다. 짐 실은 마필이 거친 숨을 몰아쉬며 의진을 따랐다. 나머지 2패 대원들은 오던 길을 되짚어 울진으로 내려갔다. 윤4월 초열흘 밤이었다.

고향, 그 언저리

　장호동의 왜인들을 혼내 준 김치언 패는 서쪽의 태백준령을 넘자마자 다시 남하를 시작하여 봉화군 관내의 반야계곡을 거쳐 영양군 수비까지 내려왔다. 2패 동무들을 빨리 만나야 한다는 조바심은 있었지만 하도 먼 길을 걸었으니 휴식도 필요했다. 수비에서 쉬는 동안 준령을 넘나드는 도부꾼들 입을 통해 신돌석의 본대가 울진 서남쪽 선미에 있다는 것을 알았다. 윤4월 중순쯤에 다시 합친 영릉의진은 어디에 몸을 숨길지 분분히 의논했다.

　영릉의진이 영양, 청송, 울진관아를 들이쳐 병장기를 빼앗아가고, 장호동에서 왜인들의 재물을 약탈하자 왜인 통감부는 크게 놀랐다. 조선 임금을 겁박하여 조칙詔勅이란 이름으로 의병활동을 멈추라고 명령을 내렸지만 영릉의진을 비롯한 여러 의진은 왜놈들의 겁박 때문에 그런 조칙이 나왔음을 알고는 멈추지 않았다.

　그러자 왜인 통감부는 그해 윤4월 열여드렛날, 각 지방 의진에게 활동을 멈추라고 다시 공갈을 치더니 곧바로 대구와 원주 진위대를 동해안 지역으로 보냈다. 대구 진위대 병사 2백 명과 왜인 헌병들이 영덕으로 왔고, 원주 진위대 소속 병사 1백 명과 왜인 헌병들이 평해로 왔다. 영릉의진의 본거지인 영해를 남북으로 압박하자는 속셈이었다.

신돌석이 남수와 부하 장수들에게 말했다.

"중군대장 말씀대로 왜놈들의 반격이 거세오!"

"하지만 이들은 아마 오래 머무르지는 못할 게요! 그동안 우리는 어디 깊은 데로 들어가 휴식이나 취하도록 합시다. 날씨도 더워지니."

백남수는 속으로 초조했지만 겉으로는 별것 아니라는 투로 담담하게 대답했다. 역시 믿을 것은 지리뿐이니 깊은 준령 안으로 피하는 수밖에 도리가 없었다. 돌석은 영릉의진을 열 명 미만씩 쪼개 약 스무 패로 만들고, 태백준령을 왼쪽에 끼고 남으로 움직이게 했다. 계획된 작전 없이 그냥 움직이는 걸음은 그다지 빠를 필요도 없었다.

윤4월 하순 무렵, 신돌석과 대원 스무 명은 선미를 떠나 칠보산을 바라고 걸었다. 백암산과 칠보산 사이 어느 산촌마을에서 저녁을 얻어먹었다. 마음씨 좋은 주인장 덕에 좁쌀막걸리 몇 잔씩을 얻어 마셨다. 술자리를 다 끝내기도 전이었다.

"꼼짝 마라! 너희들은 포위됐다!"

평해와 가까운 곳이니 진위대나 왜군 헌병들을 만날지도 모른다는 우려가 있었는데, 우려한 대로 진위대 병력 쉰 명가량이 갑자기 들이닥쳤다. 스무 명의 의진 대원은 속절없이 포위되어 두 손을 들고 집 밖으로 나왔다. 대원들의 총은 저만치 떨어진 곳에 가지런히 세워져 있고, 맨손으로 팔 들고 나오자니 한심스러웠다. 집 안팎을 뒤진 다음, 자기들 머릿수의 절반이 안 되는 데다 총까지 없는 의진 대원들을 보고 진위대 병사들은 안심했던 모양이다. 총부리를 겨누며 의기양양하게 외쳤다.

"너희 대장은 어디에 있느냐?"

"…… ."

신돌석을 앞에 두고 대장을 찾는 저들도 한심했다. 아무도 나서지 않자 진위대 병졸의 대장인 듯한 자가 거드름을 피우며 돌석 가까이 다가섰다.

"대답 안 해?"

커다란 덩치를 보고 대장으로 짐작한 모양인데, 그 짐작은 틀리지 않았다. 돌석은 순간적으로 어떻게 할까 궁리하다가 불현듯 대장의 목을 왼팔로 감아쥐고 자기 앞에 세웠다. 대장은 버둥거렸지만 어림없는 수작이었다. 돌석은 그를 방패 삼아 총이 세워진 곳으로 뒷걸음쳤다. 왼손으로 그의 목을 틀어잡고 오른손으로 총의 멜빵끈을 잡히는 대로 거머쥐었다. 두어 자루 총이 돌석의 손에 잡혔다.

"총을 내려놓지 않으면 이놈은 죽는다!"

신돌석은 우렁차게 외쳤다. 목이 졸린 대장의 얼굴은 파랗게 질려 있었다. 그런 대장의 얼굴을 바로 앞에서 보자니 진위대 병졸들의 팔에 힘이 빠졌다. 겨눈 총을 내리느라 여기저기서 철꺼덕거리는 소리가 요란했다. 겨눈 총이 다 내려지자 돌석은 순간적으로 하늘을 향해 발을 차올렸다. 왼손으로 사람을 끼고 오른손으로 총 두 자루를 거머쥔 채 공중으로 솟은 것이다. 사람 둘과 총 두 자루가 한 몸을 이루고 땅으로 내려왔다. 한 다발이 된 총 두 자루는 총이 아니라 칼의 기능을 했다. 돌석은 이 칼로 진위대 병졸들의 얼굴이며 앞가슴을 가로로 훑어 나가며 양발 걸이로 나머지 병졸들의 사타구니를 걸어찼다. 신들린 듯한 돌석의 행동을 얼빠진 채 바라보던 의진 대원들이 그제야 정신을 차리고 진위대 병졸들에게 달려들었다. 진위대 병졸 쉰 명은 순간적으로 급반전된 상황을 온전히 믿을 수 없었다. 병졸들은 넋이 나간 채로 어쩔 수 없이 오랏줄을 받았다.

"당신네 목숨을 빼앗지는 않겠소! 그 대신 총기는 우리가 거두겠소!"

돌석은 준엄한 목소리로 진위대 병졸들을 꾸짖고 총기 50정을 거두었다. 원주 진위대 소속이라고 했다. 이들을 단단히 묶어 놓고, 영릉의진은 다시 남으로 발길을 옮겼다. 돌석의 힘과 신기神技에 놀란 의진 대원들은 입을 다물지 못했으나 돌석은 별말이 없었다.

그날로 그곳을 떠난 의진은 태백준령 등줄기를 세로로 타고 남으로 내려왔다. 그런 다음 영해 관내의 한골이란 곳에 스며들었다. 한골에 이르자 백남수가 입을 열었다.

"한동안 머물 만한 요해처로 이만한 곳도 드물 거요!"

한골의 남쪽과 북쪽에는 배목과 병목이란 고갯길이 나 있고, 서쪽에 하삼의로 빠지는 토끼 길이 있지만 산세가 험준하여 웬만한 사람은 접근조차 어려웠다. 동쪽은 20리 협곡이었다. 계곡으로 올라오는 적을 살피거나 방어하기에 용이하고, 여차하면 도망칠 퇴로까지 있는 셈이었다. 샘물이 흔한 데다 경작지도 제법 넓고, 의진을 대하는 주민들의 인심 또한 사납지 않았다. 쫓기는 의진이 휴식을 취하며 훈련하기에 좋은 조건을 두루 갖춘 곳이라 할 만했다.

영릉의진과 다른 의진의 활동이 워낙 극성스럽고 왜인들의 생명과 재산 손실이 당장 커서 그랬겠지만, 왜인 통감부가 여름을 앞두고 의진 토벌에 나선 것은 좋은 계책이 아니었다. 날씨가 더운 것은 의진이나 토벌대나 매일반일 테고, 의진 대원들은 진위대 병력을 만나면 돋아나는 수풀에 가뭇없이 숨어 버리니 찾을 길이 아예 없었다. 영릉의진이 한골 골짜기에 박혀 더위를 식혀 가며 훈련을 하는 동안, 토벌대는 의진을 찾아 눈에 불을 켰지만 뜻대로 되지 않았다.

왜놈들 지시대로 움직이는 조정은 애꿎은 울진군수와 영양군수를 무기 빼앗긴 죄로 족치다가 나중에는 면직시킨다고 공갈까지 쳤다. 결국, 토벌대는 의진의 예상대로 오래 머물지 못하고 동해안 지역에서 물러났다.

"이제 토벌대가 물러났다니 영해군수를 좀 손봐야겠소!"

신돌석의 영릉의진이 영해에서 거병했다지만 그동안 한 번도 고향 땅 영해를 정면 공격한 적은 없었다. 그런데 이번에는 돌석이 먼저 영해를 공격하자고 나섰다. 영해 가까운 한골에 진을 치고 있다 보니 크고 작은 소문들이 돌석의 귀에 들어오지 않을 수 없었다. 그런데 영해군수가 무슨 까닭에선지 비밀리에 영릉의진을 토벌하려고 준비하고 있다는 것이었다. 공명심 때문인지, 아니면 왜놈에게 잘 보이려는 심보인지는 알 수 없지만 괘씸하단 생각에 돌석은 흥분했다.

신돌석과 백남수를 비롯해 영릉의진에 몸담은 사람들로서는 영해관아를 들이친다는 것이 언젠가는 겪어야 할 일이지만 불편하기 짝이 없었다. 남수는 가만히 돌석에게 주문했다.

　"이번 영해관아를 치는 데는 분진선봉장 이하현을 앞장세우는 게 좋겠소!"

　이하현은 영양 출신이었다. 진보 쪽에서 의병으로 활동한 적이 있고, 영릉의진이 처음 거의할 때 분진선봉장에 임명되었다. 그날 바로 오지 못하고 뒤늦게 참여했지만 용력과 지모는 뛰어났다. 한영육이나 김치언이 해낸 일을 그라고 못할 것도 없었다. 더구나 영양 사람이니 영해 쪽에 아는 얼굴이 있지도 않았다.

　신돌석은 고개를 끄덕이며 이하현을 불렀다. 하현은 각진 얼굴을 더욱 모나게 해서 돌석과 남수에게 인사를 하고 자리에 앉았다.

　"이번 영해관아 습격은 분진선봉장이 앞장서는 게 좋겠소!"

　"알겠소이다!"

　신돌석의 말에 이하현은 긴말 않고 짧게 대답했다. 오랜만에, 아니 영릉의진에 오고 나서 처음 해 보는 선봉장 소임을 하현은 반겼다. 선봉장이 결정되자 돌석은 장수들을 불러 모았다. 이번에도 패를 둘로 나누었다. 이하현이 이끄는 1패 1백여 명은 관아를 점령하여 군수를 비롯한 관아치를 혼내 주고, 김치언의 2패는 외곽을 경계하는 일을 맡았다. 돌석은 통인과 집사 등 열 명 안팎의 인원을 데리고 두 패의 일을 뒤에서 거들기로 했다.

　"죄 없는 백성들의 목숨을 함부로 다치게는 하지 마시오!"

　신돌석은 이하현에게 몇 번이고 당부했다.

드디어 병오년(1906) 5월 초나흗날, 이른 저녁을 든든히 먹은 의진은 한골 골짜기를 나섰다. 영해관아까지는 40리 남짓이니 자정 전에는 도착할 것이었다. 삼삼오오 짝을 이룬 의진은 서천을 따라 내려와 원두들을 지나 읍내로 나갔다. 영해읍성의 정문격인 서문은 굳게 잠겨 출입을 막고 있었다. 몇 번을 깨트리려 해도 열리지 않고 총소리만 성문을 흔들었다. 이하현은 불같이 화를 내며 관솔불을 던져 성안을 불바다로 만들겠다고 펄펄 뛰었다.

"화공火攻으로 요절을 내자! 기름과 관솔불을 준비해라!"

이하현의 성난 목소리에 신돌석이 깜짝 놀라 뛰어나왔다.

"불의한 무리는 모르겠으되 성안 백성들이 무슨 죄가 있겠소? 불의한 무리만 처단하면 되오!"

돌석의 말에 하현은 씩씩거리며 자신의 명령을 거두었다. 화공을 포기한 이하현은 크지 않은 읍성을 두세 겹으로 둘러싸고 공격을 퍼붓다가 천신만고 끝에 서문을 깨트렸다. 서문이 박살 나자 의진 대원들이 봇물 터지듯 쏟아져 들어갔다. 성을 지키던 병정들이 총을 쏘며 저항하다가 의진의 총알을 맞고 거꾸러졌다. 영해군수가 윗선에 줄을 달아 얻어 온, 스무 명도 안 되는 병력으로 2백 명 영릉 의진을 상대하기는 애당초 역부족이었다. 병정 몇몇이 쓰러지고 몇몇은 남문으로 도주하기 시작했다. 그러나 이들 역시 남쪽 길을 지키던 김치언의 대원들에게 속절없이 잡혀 왔다. 영해군수와 아전 등 관아치들도 의진 대원들 손에 모두 포박되었다.

드디어 영릉의진이 영해를 점령했다. 신돌석으로서는 영해관아를 점령했으니 한마디 말을 남기지 않을 수가 없었다. 돌석은 우선 영해군수의 죄상과 그에 따른 거의의 명분을 밝히고, 백성들의 지지를 호소했다.

읍성 안팎에 나붙은 방에는 영해군수의 죄상 3가지가 적혀 있었다. 의병을 타이른다면서 대의를 거스른 죄가 그 첫째요, 군대를 요청하여 의진을 토벌하려 한 죄가 그 둘째이며, 왜놈 학교를 설치하여 인민을 도리에 어긋나는 길로 빠지게 한 죄가 그 셋째였다. 군수는 신돌석이 읽는 영해군수의 죄상 3가지를 아무 말도 못 하고 들었다. 의진 대원들은 군물고의 무기를 빼내고 군수와 관아치, 병졸들을 거기에 가두었다. 할 일을 마친 의진은 빼앗은 무기를 마필에 싣고 바람처럼 사라졌다. 백성들은 은근히 손뼉을 쳤다.

영릉의진이 영해관아를 습격하여 군수를 징벌한 소문은 발이라도 달린 듯 사방으로 퍼져 나갔다. 그러자 고을마다 못된 수령의 불의한 행동과 아전의 횡포가 백성들의 입을 타고 여기저기서 쏟아져 나왔다. 한골 골짜기로 돌아온 돌석은 영해군수 외에 영덕군수도 의진을 타이른다며 대의를 거스르고 군대를 요청했다는 말을 들었다. 그뿐만 아니라 영덕의 아전들은 군수를 도와 온갖 불의를 자행한다는 것이었다.

이자들도 혼내야겠다고 생각한 신돌석은 백남수에게 계책을 물었다. 돌석의 말을 들은 남수는 의외로 신중했다.

"영해를 들이치고 이제 영덕관아까지 들이칠 요량이라면 우리 의진의 주둔지를 옮길 생각도 염두에 두어야 할 것이오! 이곳 한골은 영해, 영덕과는 너무 가깝다는 뜻이외다!"

"그럼 어디가 좋겠소?"

"그야 태백준령 안쪽, 더 서쪽으로 들어가 달포는 죽은 듯이 있어야겠지요!"

백남수는 진보나 영양 쪽을 염두에 두고 있었다. 아니면 더 북쪽으로 가서 백암산 자락도 생각해 볼 만했다. 그러나 일단 영덕군수를 징벌하겠다는 신돌석의 의지가 워낙 강해 영릉의진 대원들은 대엿새를 한골에서 쉬다가 그해 5월 열이틀쯤 밤중에 영덕관아를 치기로 했다. 또다시 두 패로 나누었다. 1패 1백여 명은 영덕관아를 들이치고 나머지 2패는 무기며 살림살이 일체를 준령 너머 하삼의 마을로 옮기기로 했다. 아예 주둔지를 옮길 작정이었다.

그날 아침 의진 1백여 명은 신돌석이 직접 거느리고 영덕관아를 향해 출발했다. 영해를 경유하는 대신 삼거리에서 남으로 빠져 배목고개를 넘고 밤실로 내달려 그날 해지기 전에 영덕관아 가까운 오천 마을에 도착했다. 돌석은 자정 가까울 때까지 그 마을 솔밭 속에 대원들을 숨기고 작전을 구상했다. 화공은 자칫 사람을 다치게 할 수도 있으니, 쓰지 않는 게 낫다고 판단했다. 자정이 가까워오자 신돌석과 대원들은 20리가 채 안 되는 영덕관아를 향해 솔밭을 나섰다.

영덕관아는 의외로 허술하여 성곽이랄 것도 없었다. 담장처럼 둘러진 성곽을 뛰어넘자 곧바로 동헌이었다. 순라를 돌던 병졸 두어 명이 의진 대원에게 한 줄로 포박되었다. 관사에서 잠자던 군수를 끌어내고 호장이며 이방, 형방 등의 아전 셋을 밧줄로 묶었다. 며칠 전 영해에서 했던 대로 군수의 불의한 죄를 열거하고, 그 내용을 방으로 붙였다. 의병을 타이른다며 대의를 거스른 죄, 군대를 요청하여 의진을 토벌하려 한 죄를 따졌다. 이제 의진이 그 죄를 물었으니 백성들은 의진을 지지해 달라는 것이었다.

영덕관아의 아전들은 백성들 재물 빼앗기에 이골이 난 위인들이었다. 특히, 이들을 벌주지 않는다면 의진에 대한 백성들의 지지가 나올 턱이 없었다. 해서 신돌석은 이들을 끌고 가 혼을 내줄 작정이었다. 애초부터 화공을 염두에 두지 않았으니 관아는 부숴 버리기로 했다.

"동헌을 부숴 버리겠소!"

관아 건물을 부순다는 게 쉬운 노릇이 아니었다. 하지만 돌석은 '끙!' 하고 기운 한 번을 쓰더니 동헌의 서쪽 기둥 하나를 무 뽑듯 뽑아 올렸다. 그쪽 지붕의 기와가 와르르 소리를 지르며 무너졌다. 다시 그 옆의 기둥 하나를 뽑아내자 동헌은 절반이나 무너지고 흙먼지가 사방으로 날아올랐다. 그런 다음 남은 기둥 몇 개와 벽체를 의진 대원들과 함께 밀자 작지 않은 동헌 건물이 흙무더기로 변하고 말았다. 동헌 옆에 늘어서 있는 별채도 밀어 엎었다. 끝으로 군물고를 열어 총포며 화약을 꺼내고 군수와 병졸들을 거기에 가두었다. 호장과 이방, 형방아전은 군수와 자신들을 떼어 놓자 죽을상이 되어 매달렸으나 돌석은 어림없다며 이들을 묶은 채 끌고 갔다.

영릉의진이 영덕관아를 들이치고 새로운 주둔지 하삼의로 돌아온 것은 5월 열사흘 아침나절이었다. 눈을 가리고 데려온 아전 셋을 죽지 않을 만큼 매질을 하고, 그날 밤 다시 영덕으로 데려가 풀어 주었다.

영해군수와 영덕군수, 그리고 영덕의 아전들이 영릉의진의 징벌을 받았다는 소문은 사방으로 퍼져나갔다. 영해·영덕은 물론이요, 울진에서 흥해에 이르는 동해안 여러 고을과 태백준령 서쪽의 영양, 진보, 청송, 봉화 등지의 백성들은 '신돌석'이란 이름을 귀에 못이 박이도록 들었다. 그 위에 돌석에게는 '태백산 호랑이'라는 별명까지 붙었다. 그러나 돌석과 영릉의진의 이름이 사방에 소문나는 것이 꼭 이롭다고만 할 수는 없었다. 남수는 이것을 걱정하며 돌석에게 귀띔했다.

"영해와 영덕관아 습격으로 신돌석 대장의 이름이 널리 알려졌으니, 신 대장 가족을 어디 적당한 곳으로 이사시켜야 할 듯하오!"

남수의 말에 돌석은 자신의 일은 대답하지도 않고 남수에 대해 먼저 물었다.

"중군대장은 어쩌시려오?"

"나야 뭐, 자식도 없는 데다 식구라곤 집사람 하나뿐이니 어디로 옮긴들 못 옮기겠습니까."

돌석과 남수는 이런저런 의논 끝에 돌석의 가족을 영해 서쪽 삼계동에 있는 국골이란 골짜기 마을로 옮기기로 했다. 우선 국골로 사람을 보내 살 집을 알아보게 하고, 며칠 지난 밤중에 의진 대원 서너 명과 마필을 돌석의 집이 있는 복디미마을로 보냈다. 그날 밤 아무도 모르게 이사를 마쳤다. 남수도 가족을 지품 쪽 산중 마을인 율전동, 즉 밤실로 옮기게 했다. 가족이라야 부인 박 씨뿐이니 오히려 단출했다. 상율전과 하율전의 중간쯤에 빈집 한 채가 있기로 거기에 살림살이를 부리고, 산중의 비탈진 밭과 논 몇 마지기를 마련했다.

이제 무슨 일이 있어도 백남수는 밤실에서 농사짓는 농부로 행세할 수 있게 되었다. 한영육이나 김치언, 이하현 같은 이도 드러난 사람들이기는 하지만 가족에게까지 해코지를 하지는 않으리라 보았다. 이들은 원래 영해 쪽 사람들이 아니니 영해나 영덕관아에서 가족을 괴롭힐 공산은 적었기 때문이다. 이런저런 일로 5월 중순부터 7월 하순까지 시간이 갔다. 영릉의진 대원들은 하삼의계곡에서 더위를 피하면서 가을을 기다렸다.

간간이 훈련을 하기는 했지만 전투 없는 시간이 길어지면서 대원들 사이에 크고 작은 사건이나 사고도 없지 않았다. 김 아무개란 젊은 대원 하나가 삼의계곡에 목물하러 온 마을 처녀를 겁탈하려던 사건도 그중 하나였다. 의진 생활을 시작하고 처음 벌어진 일이어서 신돌석은 물론이요, 다른 장수들도 놀라기는 마찬가지였다.

"그게 사실인가?"

포승에 묶여 땅바닥에 꿇어앉은 범인을 향해 돌석은 엄하게 물었다. 놈은 고개를 꺾은 채 기어들어 가는 목소리로 대답했다.

"네. 그런데 … 반항이 워낙 심해서 어떻게 하지는 못했소!"

미수이긴 하지만 강간을 시도한 건 맞는 모양이었다. 순간적으로 돌석의 눈에 살기가 돋았다. 그 자리에서 살인이라도 저지를 것 같았다. 분노를 삭이느라 어금니를 깨문 돌석이 남수에게 물었다.

"《대명률》이나 《경국대전》, 그리고 《대전회통》에 부녀자를 강간한 자는 무슨 형벌로 다스린다 했소? … 그리고 미수범은?"

조선이란 나라가 대한제국으로 바뀌고, 을사늑약과 통감부 설치 따위로 왜적의 입김이 거세지긴 했어도 남녀유별의 조선 전통에서 보자면 부녀자 강간은 가벼운 죄가 아니었다. 적어도 교형絞刑, 즉 목을 졸라 죽이는 것인데 이를 아는지 모르는지 범인은 반성하는 기미조차 없었다. 남수는 아는 대로 대답했다.

"대개 형률 범간犯姦조에 의하는데, 이에 따르면 강간범은 교형, 미수범은 곤장 1백 도에 유형 3천 리라 했소!"

신돌석은 백남수를 비롯한 참모들을 따로 불러 의논했다. 그리고 엄중한 목소리로 말했다.

"우리가 의진을 꾸린 것은 왜적과 탐관오리로부터 힘없는 우리 백성을 지키기 위해서였소! 그런데 저자는 힘없는 부녀자의 정조를 힘으로 유린하려 했소! 미수에 그쳤다고는 하나 그냥 둘 순 없소! 곤장을 쳐서 쫓아낸들 그 버릇이 어딜 가겠소! … 아예 남자 구실을 못 하게 해서 의진 밖으로 쫓아내야겠소!"

젊은 혈기에 저지른 일이고, 아직 총각인데 너무 심하다며 반대하는 축도 있었다. 하지만 신돌석은 강간죄에 대한 본보기라며 고집을 꺾지 않았다. 그날 밤 군령장 등 대원 몇 명이 범인을 으슥한 곳으로 데려가 형을 집행했다. 이런 사건의 재발을 막자는 취지였다. 범인의 비명이 밤공기를 가르며 계곡 아래로 퍼져 나갔다. 어둠을 찢고 쏟아진 처절한 소리에 다른 대원들은 몸서리를 쳤다.

드디어 여름이 가고 가을이 왔다. 여름 동안 쉬면서 이완된 군기를 다잡기 위해서도 그렇고, 총기나 실탄 같은 군수품 조달을 위해서도 실전이 필요했다. 물론 들고 난 인원은 있었지만 이때까지도 영릉의진은 2백 명 안팎의 식구였다. 그동안 열 명 내외로 쪼개고 쪼개 스무 개패로 나누어서 여름을 지냈다. 그러다 보니 일체감이 부족하다는 느낌도 없지 않았다. 다시 합쳐진 전체 의진을 다시 두 패로 나누고, 돌석과 한영육을 각 패의 대장 삼아 영양관아의 순교청을 공격하기로 했다.

8월 초하룻날 저녁, 하삼의를 출발한 의진은 그날 자정 무렵 영양관아 순교청에 도착했다. 초병들이 사위어 가는 화톳불 옆에서 꾸벅꾸벅 졸고 있었다. 신돌석이 담장을 뛰어넘어 간단히 빗장을 풀었다. 1패가 들이닥쳐 졸고 있는 병사들을 묶고, 순교청 여기저기를 뒤져 병장기를 수거했다. 그사이 한영육의 패는 영양을 드나드는 길을 막아 만약의 경우에 대비했다. 수거한 순교청 무기들은 마필에 얹혀 득달같이 하삼의로 옮겨졌다.

오랫동안 휴식을 취해서인지 의진의 사기는 여름 전보다 높았고, 작전도 이력이 붙어 모든 게 자로 잰 듯 아귀가 맞았다. 8월 보름을 지나고부터는 영양 읍내는 물론이고, 그 북쪽의 수비까지 진출하여 군량미와 군자금을 모았다. 이로 인해 산골 백성들은 영릉의진의 이름은 몰라도 신돌석의 이름은 알게 되었다. 형편 닿는 대로 곡식이나 염소 따위의 가축을 가져왔다. 이렇게 양식과 군자금이 모이자 김치언이 영양관아를 다시 들이치자는 엉뚱한 제안을 했다.

"영양관아 순교청을 다시 한번 공격하는 게 어떻겠소?"

순교청을 공격한 지 두 달이 채 안 되었는데 다시 공격하자는 건 무슨 소린가? 다른 대원들은 의아한 눈길로 치언을 바라보았다.

"허허실실虛虛實實이란 말이 있지 않소!"

김치언이 말한 요지는 영양 순교청이 두 달 전에 공격을 받았으니 설마 또 오겠느냐고 생각해서 방비를 소홀히 하고 있을 거란 얘기였다. 돌석은 그 말이 일리 있다고 여겨 치언을 선봉 삼아 영양관아 순교청을 다시 치기로 했다.

9월 열여드레 초저녁, 두 패로 나뉜 의진은 김치언을 한 패 대장으로, 한영육을 다른 패 대장으로 하여 하삼의를 출발했다. 그날 자정쯤에 영양관아 순교청에 다다른 의진 대원들은 지난번처럼 병장기를 거두어 돌아왔다. 이처럼 수월하게 작전이 성공하고 무기가 쉬 모이는 것을 백남수는 오히려 걱정했다. 하지만 모처럼 달아오른 의진의 사기를 꺾는 것도 쉬운 일은 아니었다. 그래서 남수는 이참에 영해관아를 한 번 더 들이치자고 신돌석에게 건의했다.

"지금 듣자 하니 영해에 대구 진위대 병사들이 주둔하고 있다고 하오. 그러니 이번에는 영해를 한번 치는 게 어떻겠소?"

"하긴, 우리가 원래 목표로 삼던 것은 해안가의 왜놈들을 몰아내자는 것이었으니 영해를 비롯하여 그 아래위를 치는 게 맞긴 하지요. 그렇다면 우리 주둔지도 그쪽으로 옮겨야 하겠소!"

여름 이래 하삼의에 머문 기간이 오래인 만큼 의진으로서는 주둔지를 옮길 필요도 있었다. 영해관아 공격이 정해지자 의진은 바쁘게 움직였다. 이들은 대담하게도 영해관아에서 10리도 채 안 되는 남수의 고향 원두들에 의진 본부를 마련했다. 신돌석은 이 동네 박씨 집에서 숙식하고, 나머지 대원들은 몇몇 집에 나누어 기식하며 영해관아 습격을 준비했다. 몇 차례 관아 공격으로 자신감을 얻은 의진이지만 진위대 병력을 직접 습격하는 것은 처음인지라 긴장도 되었다.

이번에도 의진은 병력과 역할을 나누었다. 신돌석이 거느린 1패 쉰 명과 한영육이 거느린 2패 쉰 명은 진위대 공격, 김치언이 거느린 3패 쉰 명은 남쪽과 북쪽 길을 막는 경계, 이하현이 거느린 4패 쉰 명은 병장기 노획을 맡았다. 10월 초닷샛날 자정이 조금 지난 무렵, 삼삼오오 짝을 지은 의진 대원들은 먼 길 떠나는 도부꾼 행색으로 영해관아를 향해 출발했다.

　맨 앞에 선 신돌석이 영해관아 성문에 이르렀을 때 첫닭이 홰를 쳤다. 매처럼 날카로운 눈길로 사방을 살피던 돌석이 성문 옆에 놓인 탯돌 하나를 발견했다. 돌석은 탯돌을 머리 위로 들어 올렸다. 바위를 들고 뒷걸음치더니 앞으로 달려 나가면서 머리 위의 탯돌을 성안으로 집어 던졌다. 탯돌이 '쿵!' 하고 비명을 지르며 땅바닥에 가서 꽂혔다.

　"이게 뭐야?"

　목소리와 함께 성안이 소란스러워졌다. 여기저기서 발소리도 울렸다. 이윽고 무장한 진위대 병사들이 바위가 날아온 곳을 찾기라도 할 기세로 성문을 열고 밖으로 나왔다. 돌석과 영육은 이때를 놓치지 않고 사격을 명령했다. 1백 정의 총이 불을 뿜자 스무 명 가까운 진위대 병사 가운데 절반 정도가 고꾸라지고 나머지는 의진을 향해 사격 자세를 취했다. 하지만 의진 대원들은 총알보다 더 빠르게 튀어나가 총 들고 있는 병사들을 몸으로 제압했다. 부상당한 병사들의 상처는 별로 깊지 않아 죽은 이는 없었다. 사로잡힌 병사들을 한 줄로 묶고 성안을 뒤져서 계급 높은 진위대 병사 다섯을 잡아내 역시 포박했다. 성안으로 진입한 의진 대원들은 영해군수를 찾아내 묶었다. 지난번 영해군수에게 물었던 3가지 죄목 가운데 두 번째 죄를 다시 범한 군수이니 물고를 내야 한다는 목소리도 없지 않았으나 신돌석은 크게 한번 꾸짖은 다음 가두라고 지시했다.

"거듭 군대를 요청하여 의진을 토벌하려 한 죄가 크지만 필요 이상의 살상 또한 원치 않으니 목숨만은 살려 주겠소!"

훗날 들리는 말로는 영해군수가 더 이상 군수 일을 보지 못하겠다며 사직원을 냈다고 하니, 스스로 부끄러움을 느꼈기 때문인지는 모르겠다. 하여튼 총과 탄알을 거둔 의진은 바람같이 원두들로 귀환했다. 이제 보나 마나 대구 진위대는 많은 병력을 동원하여 돌석과 의진 대원을 잡으려 혈안이 될 터였다.

"이쯤에서 백암산과 일월산 사이 적당한 산중으로 주둔지를 옮기는 게 좋을 것 같소이다!"

백남수의 제안에 따라 영릉의진은 백암산과 일월산 사이의 수비를 다음 주둔지로 정하고 길 떠날 채비를 차렸다.

이 무렵, 원두들에 사는 유생 몇 명을 영릉의진 대원으로 데려가야 한다는 말이 나왔다. 그래서 남씨 성 가진 자 몇 명, 박씨 성 가진 자 몇 명, 그리고 백씨 성 가진 자 몇 명을 추렸다.

그 가운데 백남수의 큰조카 백세진이 들어 있었다. 스무 살 먹은 세진이 의진 대원에 뽑히자 그 어머니며 할머니가 울고불고 난리가 났다. 백남수는 의진에 몸담고부터 그의 형 남욱과 직접 만난 적이 없는데, 이때 남욱이 조카 문제로 남수를 찾았다.

"자네, 우리 집안의 대를 끊을 작정인가? 세진이를 의진에 데려가겠다고?"

"대를 끊다니요? 무슨 말씀을 … ."

남욱은 남수의 어머니까지 모시고 와서 남수를 윽박질렀다. 어머니는 연신 눈물을 흘리시며 세진이만은 데려가지 말라고 아들에게 빌었다.

"아직 어린 것이 그 험한 산중 생활을 어떻게 견디겠니?"

"나이 스물이면 제 앞가림하기에 충분한 나이입니다!"

남수는 두 사람을 쳐다보며 써늘하게 말했지만 마음은 아렸다. 돌아가신 큰형님의 유일한 혈육. 만에 하나 잘못되기라도 한다면 대가 끊어질 판이니 두 사람의 우려는 괜한 말이 아니긴 했다.

"제발, 그 아이만은 빼 달라고 대장님에게 좀 빌어 보렴!"

어머니는 두 손으로 비는 시늉까지 해가며 남수의 종아리를 잡고 매달렸다. 인연의 질김은 어쩔 수가 없는지 남수의 마음이 처연해졌다. 어머니의 손을 가만히 잡고 고개를 끄덕였다.

"내가 대장에게 부탁은 해 보겠지만, 잘될지는 모르겠습니다."

남욱과 어머니는 남수의 이 말만 듣고도 잘될 것이라고 믿는다며 물러갔다. 떨어지지 않는 발길로 돌석을 찾은 남수는 간신히 입을 열어 그에게 말했다.

"이번에 뽑힌 백세진을 좀 빼 주실 수 있을런지요?"

'나라 위한 일을 개인적인 사정 때문에 빠지려 한다면 누가 이 길에 나설까?' 마음 한편에서 켕기는 목소리가 남수의 귀를 때렸다.

"아! 왜 그러십니까?"

새로 들게 된 의진 명단을 들여다보던 신돌석이 고개를 돌리고 물었다. 구차해지는 자신을 애써 간수하며 남수는 집안 사정을 설명했다.

"허허, 그러시군요 ⋯."

말끝을 흐린 신돌석의 반응에 남수는 얼굴을 붉히고 고개를 숙였다. 돌석이 민망해하며 그의 손을 잡더니 말을 이었다.

"그럼, 그렇게 한번 해 봅시다. 다만, 중군대장께서 백세진의 몫까지 하는 걸로 하겠소! 하하!"

신돌석의 마지못한 허락에 남수는 고개 숙여 감사했지만 마음속은 마뜩하지 않았다. 누구는 처남에, 매형에, 온 집안 식구가 다 의진에 나선 판에 조카 하나 빼겠다고 아쉬운 말을 하는 자신이 너무 초라하게 느껴졌다.

이런저런 곡절 끝에 영릉의진은 인력과 물자를 보충한 다음 영양 수비에 있는 골짜기 마을로 주둔지를 옮겼다. 그런데 영릉의진이 영해관아를 들이치고 빠져나간 다음 복디미에 있는 신돌석의 세 칸 집은 돌석 대신 보복을 당해 깡그리 부서지고 말았다. 울진에서 남으로 내려오던 의진 토벌대가 돌석의 의진이 영해를 공격하여 병사들을 상하게 했다는 말을 듣고는 이런 짓을 한 것이다. 집에다 불을 질러 형체도 없이 태운 다음 그들은 물러났다.

이 소식을 들은 돌석은 이를 갈았다. 가족을 국골로 미리 피신시켜 놓은 것이 그나마 다행이었다.

"이 추위를 잘 견뎌야 할 텐데 ⋯."
"그러게 말이오!"

병오년(1906) 동짓달 초하룻날, 신돌석과 백남수는 이런 말을 주고받으며 추위 걱정을 했다. 봄날에 거의한 이래 여름과 가을을 지나 본격적인 추위가 몰려올 계절이니 당연한 우려이기도 했다. 한꺼번에 여러 명이 몰려다니는 것은 아무래도 위험하므로 패를 나누어 산골 마을에 분산해서 주둔하든지, 아주 안전한 곳에 모여 있는 것이 겨울나기에 나을 듯하여 여러 곳을 물색했다.

청송군과 영천군 사이의 보현산이 물망에 올랐다. 영릉의진을 비롯하여 여러 의진이 겨울나기를 위해 깊은 산속으로 이동하자 토벌대는 토벌대 나름으로 의진의 동향을 탐색하느라 바빴다. 영해는 물론이고 그 외의 지역에도 순검과 왜인들을 파견하였다. 그런 첩보를 접했지만 영릉의진은 괘념치 않았다.

의진은 세 패로 나누어 보현산을 바라고 수비를 떠났다. 1패 일흔몇 명을 신돌석이 이끌었다. 총포 서른 자루, 도검 마흔 개, 육혈포 한 정 등이었다. 1패가 가진 병장기만 해도 둘 중 하나는 총을 가질 정도이니 허투루 볼 것은 아니었다. 2패 일흔몇 명은 한영육이 앞장서고, 3패 일흔 명은 이하현이 앞장섰다. 이들 역시 대원 숫자만큼의 총이나 도검류, 육혈포를 지니고 있었다.

수비에서 보현산까지는 3백 리가 조금 넘는 길이다. 사나흘 걸을 생각으로 길을 나선 의진은 이틀을 걸어 이전평에 도착했다. 이전평은 지난 4월 영릉의진이 신 부자의 환대를 받은 곳이기도 하고, 안동 진위대의 공격으로 돌석의 처남이 전사한 곳이기도 했다.

신돌석이 이끈 영릉의진 1패는 이전평마을의 동장 집에서 점심을 얻어먹다가 진위대를 만났다. 행군 중에도 위험하지만 이처럼 휴식 중에 당하는 기습은 참으로 어처구니가 없었다. 그날도 그랬다. 대원들이 아픈 다리를 주무르며 밥을 먹고 있는데, 진위대 병사 서른 명쯤이 나타났다. 그들 역시 의진이 있는 줄 모르고 왔다가 우연히 마주친 것인데, 놀라기는 저들도 마찬가지였다. 이런 우연 앞에 서면 신돌석의 대응은 본능적으로 작동했다. 방을 뛰쳐나간 돌석은 마당에 있는 나뭇가리를 진위대 병사들 쪽으로 밀어붙였다. 집채만 한 나뭇가리가 우지직 소리를 지르며 진위대 쪽으로 넘어가자 의진 대원들은 소란한 틈을 타서 총을 잡았다. 넘어진 나뭇가리를 사이에 두고 의진과 진위대 사이에 요란한 총격전이 벌어졌다. 그러나 기습전이 아닌 이런 전면전에서 의진은 진위대 병력을 당해 낼 수가 없었다. 무기도 그렇거니와 사격 기술에서도 그랬다.

시간이 지나면서 의진은 몰리기 시작했다. 신돌석과 대원들은 남쪽에 있는 이전평 입구 쪽으로 향하다가 방향을 틀어서 동남쪽으로 뛰었다. 돌석은 자신의 판단을 믿고 말했다.

"이제 보현산으로 가는 남서쪽 길은 막혔을 거요. 동남쪽으로 갑시다!"

밤이 되자 날은 춥고 배는 고파 왔다. 기진맥진한 의진 대원들은 동남쪽을 바라며 걷고 또 걸었다. 태백준령 끝자락의 이름 모를 마을 몇 곳을 지나며 밥을 얻어먹었다. 그렇게 먹기도 하고 굶기도 하면서 영덕 남쪽의 동대산까지 흘러가 발길을 멈추었다. 제 2패와 제 3패에게 소식을 전하고자 해도 워낙 멀리까지 흘러와 소식 전할 길이 막막했다. 그 와중에 신돌석은 언제 누구의 총알에 맞았는지 오른쪽 엄지에 총상을 입었다. 상처가 깊은 데다 날씨마저 추우니 피고름이 멈추지 않았다. 추위에 덧난 상처는 힘줄을 상하게 하고,

마침내 엄지를 영영 쓰지 못하게 만들었다.

"오른쪽 엄지를 상했으니 이제 총 쏘기는 어렵겠소?"

누군가가 걱정스레 묻자 돌석은 피식 웃으며 대답했다.

"이까짓 엄지 하나 없다고 총을 못 쏘겠소? 한번 보려오?"

신돌석은 왼손으로 총신을 잡더니 오른쪽 셋째 손가락으로 방아쇠를 당겼다. 백발백중의 사격 솜씨는 그대로였다. 어쨌든 진위대 병사들에게 어이없는 참패를 당한 영릉의진 대원들은 동대산 자락에서 대엿새를 머물렀다. 그러다가 뒤쫓아 온 진위대 병사들과 계속 전투를 벌이는 한편, 태백준령을 따라 바쁘게 북으로 향했다.

조현고개라는 야트막한 고개에서 다시 진위대 병력에게 꼬리를 잡혔다. 기습전의 정석대로라면 의진은 진위대 병사들과의 교전을 피해야 했다. 하지만 돌석은 계책을 쓸 요량으로 의진 가운데 쉰 명가량을 진위대가 오는 길목 언덕 뒤에 숨겼다. 나머지 스무 명은 가볍게 가던 걸음 그대로 앞으로 나아갔다. 진위대 병력이 언덕을 지나 앞서간 의진 대원들을 따라잡을 무렵, 매복한 의진 대원들이 총을 쏘며 진위대 병력을 뒤에서 습격했다.

총소리와 함께 앞서가던 대원들도 몸을 낮추고 진위대를 향해 총질을 했다. 앞뒤로 포위당했다고 느낀 진위대 병력 스무 명쯤이 길섶의 산 쪽으로 도주하기 시작했다. 개중에는 부상자도 있어 걸음이 느렸다. 의진 대원들은 더 이상 진위대를 추격하지 않고 쫓는 척하면서 총소리만 뿌려 댔다. 진위대 병사들은 의진을 피해 산으로 올랐다가 경주 쪽으로 도망쳤다.

어렵게 진위대를 따돌린 의진은 밤실마을을 거쳐 한때 머물렀던 한골까지 올라가서야 비로소 한숨을 돌렸다. 밤실에 집이 있던 남수는 의진 대원들이 밤실을 지날 때 돌석에게 제안했다.

"신 대장! 이번에 내가 좀 뒤처져 있다가 영해 쪽으로 가서 격문을 뿌리고 뒤를 따라가겠소!"

"격문이라면?"

"영해 땅 토호들인 이른바 양반들을 좀 선동해 볼 요량이오!"

신돌석은 백남수의 의도를 알아챘다. 의진 토벌대의 추격이 집요해지면서 의진은 전에 없는 군자금과 군량미의 애로를 겪고 있었다. 남수는 의진의 재정 문제를 이들 양반의 도움으로 보다 효과적으로 해결해 볼 생각인 듯했다. 돌석은 남수의 제안을 승낙하고 대원들의 앞장을 서서 나아갔다.

한골에 도착한 신돌석은 고생한 대원들을 따뜻하게 위로했다. 그러나 왜군들의 지시를 받는 진위대의 추격은 집요했다. 의진에 쫓겨 경주 쪽으로 내려간 진위대의 연락 때문이겠지만 영덕에 주둔해 있던 대구 진위대 병력이 한골까지 올라와 의진을 괴롭혔다. 의진은 한골 서쪽의 토끼 길을 타고 하삼의마을로 빠졌다. 따라온 진위대를 의진이 역공함으로써 전투가 벌어졌으나 오랜 전투로 양쪽 모두 지쳐 있었다.

한편, 뒤처진 백남수는 오랜만에 집에 들러 선동적인 격문 한 통을 마련하고 여러 장을 필사했다. 그 내용은 영릉의진의 활동이 대의에 입각한 것임을 역설하고, 왜놈의 뒷배를 받은 토벌대가 의진을 필사적으로 공격하고 있지만 효과가 거의 없다는 점을 밝혔으며, 앞으로 의진은 대의에 역행하는 불의한 무리를 척결하고 의로운 세상을 만들 텐데 백성들의 많은 관심과 지지를 바란다는 것이었다. 특히, 뜻있는 지사와 선비의 많은 지지를 호소하면서 양반의 물질적 지원을 강조했다.

이 문서를 품에 지닌 남수는 그 이튿날 집을 나와 북쪽으로 올라가면서 영해 일대의 집성촌들을 돌았다. 돌석의 고향 마을 부근인 윗번계에서부터 남수의 고향 원두들 등 태백준령 동쪽 언저리에 점점이 박혀 있는 촌락들이었다.

"허허! 고생이 많소! 소식은 듣고 있소이다!"

백남수의 갑작스러운 방문을 받은 마을 인사들은 영릉의진의 활동상을 어느 정도는 알고 있었다. 남수는 일방적인 강요가 오히려 반발을 산다고 여겨 문서만 은근히 전하고 빠져나왔다. 스스로 깨치라는 의미였다. 이렇게 여러 마을을 돈 남수가 돌석을 따라잡은 것은 동짓달 중순 무렵 수동에서였다.

진위대와 전투를 벌인 의진은 태백준령을 타고 북으로 올라가 준령 가운데 마을인 수동에 머물고 있었다. 특히, 의진이 머문 수동 마을의 희암곡은 천혜의 요새지로 손색이 없었다. 5리쯤 이어지는 계곡 입구의 바위 협곡은 적의 침투를 쉽게 허락하지 않을 곳이었다. 그리고 만에 하나 여기가 뚫린다면 서북쪽의 삼승령 자락을 타고 평해나 영양 수비 방면으로 빠질 수도 있었다. 더구나 집희암集喜庵이란 재실이 있어 눈비와 추위를 피하기에도 안성맞춤이었다. 돌석의 가족이 이사한 국골과도 지척이고, 남수가 마지막에 훑은 마을들과도 멀지 않았다.

수동 희암곡에는 신돌석이 이끈 1패는 물론이요, 한영육이 앞장섰던 2패와 이하현이 이끌던 3패도 모여들어 모처럼 북적댔다. 더구나 세 개 패가 각 지역을 지나면서 모아들인 병력도 적지 않았다. 이들 신병까지 합치니 그 숫자가 5백에 육박했다. 이들을 교육하고 군수품도 조달하기 위해 다시 한번 관아를 들이칠 필요가 있었다. 각 패를 새로 편제하여 1패는 신돌석이 그대로 맡고, 2패는 김치언이, 3패는 한영육이 이끌도록 했다. 이하현은 부상을 당해 패를 이끌 수가 없었다.

"이번에는 울진관아를 치겠소!"

신돌석의 결심에 따라 의진은 울진을 목표로 동짓달 보름 무렵에 태백준령을 타기 시작하여 사흘을 걸었다. 그달 열여드렛날 어둑해질 무렵 의진 대원들은 울진관아에서 남으로 20리 남짓 떨어진 매화동 뒷산에 몸을 숨겼다. 신돌석이 이끈 1패는 울진관아를 공격하여 무기를 탈취하고, 김치언이 이끈 2패는 우편소를 공격하여 우편물을 빼앗으며, 한영육의 3패는 외곽 방어와 군수품 운반의 일을 맡기로 했다.

그날 자정이 되자 돌석의 1패는 관아를 치고 들어가 잠자는 군수를 포박하고, 군수 수하의 아전이며 병사들을 군기고 안에 가두었다. 뒤를 따르던 3패가 군기고를 뒤져 총과 탄약과 화약 따위를 수거했다. 돌석은 전례에 따라 의진의 봉기가 정의에 근거했음을 역설하고, 불의한 군수를 꾸짖으며, 백성들의 지지를 호소하는 방을 곳곳에 붙였다.

우편소를 공격한 김치언 패는 우편소 안에 있던 우편물을 탈취했다. 그 내용물을 감별하여 현금은 한영육의 3패에게 넘기고, 관아나 왜인들 간에 오가는 우편물은 모조리 태워 버렸다.

이런 작전이 끝나자 의진 대원들은 매화동 쪽으로 다시 남하했다. 매화에서 숨을 고르며 의진은 다음 작전을 토의했다. 토의 결과 1패는 신돌석이 지휘하고, 2패는 김치언의 지휘로 평해쯤에서부터 군자금을 거두어 가며 남하하다가 수동으로 귀환하기로 했다. 또, 한영육이 이끄는 대원들은 탈취한 물건을 마필에 싣고 태백준령 안으로 들어가 산길을 따라 수동에 먼저 이르도록 했다.

신돌석과 백남수, 그리고 김치언이 앞장선 두 패의 의진은 평해의 바닷가 마을에서부터 태백준령의 산중 마을에 이르기까지 동서를 종횡으로 오가며 구석구석을 훑었다. 총이나 탄약 같은 무기는 물론이요, 탄환용 납이나 신발, 곡식 등 생기는 족족 챙겼다. 특히, 남으로 내려와 영해 관내의 반촌에 있는 5대 성바지 문중을 찾아서는 꽤 많은 군자금을 거두었다. 지난번에 남수가 뿌려 놓은 격문을 통해 이곳 양반들은 영릉의진의 대의를 알고 있었다. 처음에는 뜨악하던 사람들도 신돌석의 용력과 백남수의 설득, 그리고 김치언의 기세를 접하고는 마지못해서라도 재물을 내놓았다.

이 무렵 신돌석은 고향 마을 복디미와 그리 멀지 않은 어느 촌락에서 혈육처럼 반가운 사람을 만났다. 그 동네 권씨 성 가진 부잣집의 머슴살이 소년이었다.

"저의 어머니는 이곱단이란 사람인데요! 저는 신돌석 대장님을 꼭 만나야 해요!"

'뭐? 이곱단이?' 권 부잣집에서 늦은 저녁밥을 먹고 잠을 청하던 돌석은 보초병과 나누는 소년의 목소리를 듣고 방문을 벌컥 열었다. 생쥐만 한 몸피에 꾀죄죄한 몰골이 눈망울을 반짝이며 이쪽을 올려다보고 있었다.

"어머님이 이곱단이라고? 그분은 돌아가신 걸로 아는데 ….'"

오래전 자신의 아내가 될 뻔했던 곱단이란 여인을 생각하며, 돌석은 소년을 방으로 불러들였다. 그리고 상대방 얼굴을 찬찬히 훑어보았다. 어머니와 아들은 눈매와 이마 부분이 빼다 박은 듯했다.

"이름은 무엇이고, 나이는 몇 살이며, 그동안 어찌 지냈느냐?"

저린 가슴을 애써 누르고 신돌석이 물었다.

"이름은 강업이라 하고, 나이는 열 살입니다. …'"

열 살짜리 강업이가 울며불며 주워섬긴 그의 지난날은 눈물이 솟아나서 차마 다 들을 수가 없었다. 여섯 살 때, 괴질에 걸린 부모가 모두 죽었다고 했다. 그때부터 여기저기를 떠돌며 머슴살이를 했다는 것이다. 아버지는 워낙 혈혈단신이었고, 어머니 쪽 피붙이로 외조모가 있긴 하나 외손자를 거둘 형편은 아니었다.

어머니 생전에, 그리고 외할머니로부터 신태호란 사람이 어머니를 호환虎患에서 구해준 이야기는 노상 들었다. 그래서 '신태호'란 이름을 오래 기억한다고 했다. 그런데 요즘 영릉의진 대장으로 크게 이름난 '신돌석'이 바로 어머니의 은인인 그 '신태호'라고 외할머니가 알려주었다는 것이다. 이런 사정을 가진 강업이가 신돌석에게 울먹이며 말했다.

"저를 … 저를 의진에 넣어 주세요!"

강업이의 청을 들은 돌석이 남수와 의논했으나 쉬이 결론이 나지 않았다. 이곱단과 신돌석의 사연은 남수도 들어서 알고 있었다. 하지만 열 살짜리 소년을 의진에 들이는 결정은 이런 사연과는 또 다른 문제였다. 두 사람이 결정을 못 하고 망설이자 업이는 숨넘어가는 목소리로 애원했다.

"제발! 저를 의진에 넣어 주세요! 제발!"

돌석과 남수는 한참을 마주 보다가 어렵게 허락을 하고 말았다. 강업이는 벼슬이라도 얻은 듯 기뻐했다. 돌석은 업이에게 통인이란 소임을 주어 곁에 있게 하고 잔심부름을 시켰다.

그러다 보니 병오년이 가고 정미년(1907)이 왔다. 신돌석과 김치언이 거느린 대원들이 수동마을의 희암곡으로 들어선 것은 정미년 정월 초순이었다. 그사이 진위대의 습격으로 목숨을 잃거나 적에게 잡힌 대원도 있었지만 전체 대원의 사기는 대체로 꺾이지 않고 살아 있었다.

산중 요새지

한골이나 수동 희암곡 또는 하삼의 같은 요새지는 토벌대의 추격에 끝없이 시달리는 영릉의진에게는 참으로 요긴한 장소였다. 정미년(1907) 새해에 접어들고 겨울이 깊어지니 한골이나 수동 같은 요새지 몇 군데를 더 확보할 필요가 있었다. 그런 장소는 말할 나위도 없이 태백준령 깊숙한 곳으로 토벌대의 공격을 막기에 용이하고, 퇴로가 확보된 곳이어야 했다. 신돌석은 백남수에게 그런 장소가 있을지 넌지시 물었다.

남수 또한 그런 필요성을 느끼고 있던 터여서 집회암 재실 마당에 의진 대원 모두를 불러 모았다. 대부분 준령 동쪽 언저리의 영해나 영덕, 울진이나 평해, 아니면 서쪽 언저리의 청송과 진보, 또는 영양과 수비 출신이니 그곳 지세를 꿰고 있을 터였다.

대원들을 향해 돌석이 크게 외쳤다.

"다들 아시겠지만 우리 의진은 한골이나 이곳 수동의 희암곡에서 그나마 좀 편히 쉴 수 있었소! 이제 이곳 외에 토벌대의 눈길에서 벗어나 우리 의진이 수시로 드나들며 쉬기도 하고 훈련도 하며 저들을 요격할 수 있는 곳을 찾으려 하오! 여러 대원이 아는 곳이 있으면 추천을 해 주시오!"

저마다 여러 지명을 주워섬겼다. 하지만 안전성과 쾌적성, 그리고 접근성을 두루 갖춘 곳을 찾기는 쉬운 노릇이 아니었다. 수십 군데의 장소 중에는 한골이나 희암곡, 하삼의나 일월산같이 이미 주둔해 본 곳도 있었고, 새로운 곳도 있었다. 여기서 새로이 거론된 곳이 평해의 서쪽에 자리 잡은 선미와 온정골, 그리고 독곡이었다. 이곳들은 특히 온정면 소태 출신인 한영육이 잘 알고 있는 곳이었다. 한영육이 말했다.

"선미란 곳은 평해에서 서쪽으로 30리 거리에 있소. 백암온천에서 동쪽으로 10리쯤 떨어졌지만 길이 없소. 길이라곤 남으로 난 작은 토끼 길뿐인데, 그 길이 있는 남쪽을 제외하면 동서와 북쪽이 모두 험준한 산악이오. 남쪽만 지키면 되는 데다 만약 적이 온다면 서쪽의 가파른 고개를 치고 올라 수비나 봉화 쪽으로 빠질 수도 있고, 아니면 북쪽의 대령산으로 나갈 수도 있는 곳이오!

온정골은 선미의 남쪽이자 가파른 칠보산의 동북쪽에 있는데 칠보산을 넘으면 산의 남서쪽에 있는 국골로 빠질 수도 있고, 서쪽의 백암산 남쪽 언저리로 나가 이곳 희암곡까지 내려올 수도 있소!"

여기쯤에서 목이 타는지 영육은 물 한 모금을 마신 다음 설명을 이어갔다.

"그리고 독곡으로 말하면 백암산과 검마산의 정상이 맞붙어 서 있는 사이에 절벽처럼 내리꽂힌 골짜기외다! 독곡이란 이름에서 알 수 있듯이 마치 장독처럼 생긴 골짜기인데, 이곳을 가려면 선미에서 백암산 골짜기를 거슬러 30리 정도 오르거나 백암산 꼭대기에서 북쪽 골짜기를 타고 30리쯤 내려가는 방법이 있소. 그게 아니라면 백암온천에서 영양군 수비 쪽으로 넘어가는 고갯마루에서 얼마쯤 가다가 다시 남쪽으로 난 토끼 길을 10리 정도 걸어야 독곡 입구를 찾을 수 있소. 그런데 이 길은 아무나 갈 수 있는 길이 아니오."

한영육은 숯덩이로 땅에다 그림까지 그려 가며 자세히 설명했고, 이 세 장소가 천혜의 요새지임을 강조했다. 그림을 곁들이자 방금 거론한 곳들이 이웃처럼 가깝게 여겨져 대원들은 상기된 표정으로 들었다. 울진 출신 김치언이 독곡에는 온천수가 노천으로 흐른다는 말로 거들었다. 이 밖에 독곡에서 서북쪽으로 태백준령을 넘어가면 나오는 영양 수하계곡 위쪽의 심천마을도 후보지로 떠올랐다. 모두가 태백준령의 품에 안긴 곳이었다. 대원들의 웅성거림이 잦아들자 돌석은 다시 큰 소리로 말했다.

"좋은 후보지들이 나왔으니 우리는 여차하면 장소를 옮겨서 주둔하며 겨울을 날 것이오! 저 왜놈들이 우리를 잡으려 혈안이 될 텐데, 고생스럽지만 토벌대의 공격과 추위를 잘 견뎌 내야 하오!"

아닌 게 아니라 신돌석의 예상대로 왜인들의 뜻을 충실히 따른 경무청은 정미년(1907) 정월 중순이 되자 울진 방면 의진 대원을 체포하라는 영을 내리고 요원들을 파견했다. 왜인 통감부는 대한제국 경무청이 미덥지 않았던지 왜병들을 의병 진압에 직접 투입하고, 사카타(坂田)란 경찰고등관을 보냈다. 보나 마나 영릉의진을 토벌하기 위한 속셈이었다. 토벌대의 이런 엄포도 엄포지만, 의진에게는 모자라는 군량미와 추위가 더 큰 걱정이었다.

"대원들을 일시 귀가시켰다가 다시 모으는 게 어떻겠소?"

신돌석을 비롯한 여러 장수가 모인 자리에서였다. 도소모장 김병문이 부족한 군량미 문제를 거론하며 자신의 의견을 말했다.

" …… ."

"글쎄, 한번 귀가했던 사람을 다시 모으기는 어렵지 않겠소?"

모두가 침묵을 지키는 가운데 한영육이 힘없는 목소리로 말했다.

"그건 그때 가서 생각하도록 하고, 일단 도소모장 생각대로 일시 귀가를 시켜 봅시다!"

신돌석이 어렵게 결론을 내렸다. 이에 따라 겨울철 동안 일시 귀가를 허용하여 원하는 대원은 집으로 돌아갔다가 다시 모이라는 지침을 내렸다. 수십 명의 대원이 하산하여 겨울이 끝나기를 기다렸다. 이 가운데는 아예 집에 눌러앉은 축도 있고, 왜군 헌병대에 잡혀간 운 나쁜 사람도 있었다.

반면, 의진의 의기에 감동하여 스스로 의진을 찾아온 이도 없지 않았다. 임한조 같은 경우가 그랬다. 한조가 의진을 찾아 희암곡을 찾은 것은 아마 그 겨울이 끝나 갈 무렵이었을 것이다.

"대장! 저 아래 계곡에 사람 하나가 쓰러져 있소!"

희암곡 입구에서 새벽 보초를 서고 돌아온 대원 하나가 신돌석에게 보고했다. 돌석은 대원 서너 명과 함께 계곡 입구로 내려가 쓰러진 청년을 살폈다. 기진맥진해서 쓰러져 있긴 했지만 청년의 허우대는 장대했다. 돌석이 의진으로 업고 와 더운 방에 누이고 손발을 주물러 주자 깨어났다.

"어디 사는 누구며, 무슨 일로 예까지 왔소?"

돌석은 진위대나 왜군의 끄나풀이 아닐까 의심하여, 미음을 마시고 있는 그에게 엄한 얼굴로 물었다.

"저는 영덕 우곡동에 사는 임한조라고 합니다. 영릉의진과 신돌석 대장의 명성을 듣고 그 수하가 되고자 찾아다니던 중이었소!"

'허허! 이런 일이 있나?' 돌석은 속으로 혀를 차며 다시 물었다.

"그러면 그 신돌석이란 자를 찾아갈 일이지 여기는 왜 왔소?"

"처음, 한골에 있다기에 그리로 갔으나 이미 떠나고 없었소! 그래서 물어물어 찾으니 희암곡에 있다고 해서 찾던 길이었소!"

청년의 대답이 워낙 간곡하여 돌석은 자신의 정체를 밝히지 않을 수가 없었다.

"허허, 제대로 찾기는 했소! 내가 바로 그 신 아무개요!"

"아! 영릉의진의 신돌석 대장님을 이렇게 뵙는군요!"

그러나 아직은 미덥지 않아, 감격스러워하는 청년을 남수에게 맡겨 신상을 캐보도록 했다. 남수는 남수대로 어떤 기준을 가지고 한조의 속내를 여러 번 떠보았지만 헌병대나 진위대의 첩자인지 아닌지는 판단이 서지 않아 조용히 관찰만 했다.

그렇게 겨울이 가고 봄이 기지개를 켰다. 가파른 태백준령 안에서 매서운 추위와 토벌대의 진압작전을 견딘 의진은 달포가 지난 음력 2월 하순께부터 다시 움직이기 시작했다. 하산한 대원들을 불러 모으는 한편, 총기를 수선하고 탄환을 챙겼다. 남수는 임한조를 가만히 불렀다.

"임한조 씨! 우리가 이번에 영덕 쪽으로 작전을 나가려 하오! 임 형이 그쪽 출신이니 그쪽 사람들 가운데 불의한 자나 왜놈들에게 빌붙은 자들을 알고 있을 터, 이번 기회에 그들의 죄를 묻는 게 어떻겠소?"

임한조는 남수의 말을 듣자마자 외치듯 말했다.

"좋소이다! 외남면 아래 화동에 최가 성을 가진 찰방이 있소. 놀부 심보에 왜놈들 주구走狗라 해서 백성들의 원성이 높소. 저도 데려간다면 무슨 일이든 하겠소!"

"그래요? 그렇다면 이번 작전에서 임 형의 솜씨를 한번 봅시다!"

임한조의 말을 들은 남수는 외남면 아래 화동으로 대원을 보내 최 찰방이란 자가 실제로 살고 있는지, 있으면 그의 평판이 어떤지 따위를 알아보도록 했다. 며칠 후 아래 화동에 갔던 대원이 돌아와 전한 말은 임한조의 그것과 크게 다르지 않았다.

"거기에 최 찰방이란 부자가 사는 게 맞소! 왜놈들과 죽이 맞는 데다 구두쇠로 소문이 나서 평판은 그리 좋지 않았소!"

이 말을 들은 남수는 돌석에게 바로 건의했다.

"이번 기회에 영덕 쪽에 가서 군자금을 좀 거두기로 합시다! 저 임한조란 사람을 시험해 보기도 할 겸."

백남수의 주장에 따라 영릉의진은 두 패로 나뉘어 외남면 화동 일대에서 군자금을 모으기로 했다. 임한조가 속한 1패는 신돌석이 이끌었고, 2패는 한영육이 이끌었다. 각각 1백여 명씩이었다. 총칼을 마필에 실은 대원들은 도부꾼처럼 삼삼오오 짝을 이루어 희암곡을 나섰다. 2월 그믐날 아침이었다. 희암곡을 벗어난 이들은 태백준령의 줄기를 타고 남으로 내려오다가 한골을 지나고, 도계와 밤실 등지를 거쳐서 그날 자정 무렵, 아래 화동 뒷산에 도착했다.

그믐밤의 먹물 같은 어둠 속에서도 임한조는 최 찰방네 저택을 용케 알아보고 손가락으로 가리켰다. 총은 그저 위협용이지 쏠 일도 없었다. 긴 칼을 든 한조가 담장을 뛰어넘어 대문을 열어젖히자 1패 대원 1백 명이 우르르 몰려들어 최 찰방과 그 가족을 단숨에 묶어 버렸다. 그사이 2패는 동네로 통하는 모든 길을 막았다. 꿇어앉은 최 찰방은 벌벌 떨면서도 곳간 열쇠를 내놓지 않다가 임한조의 발길질로 얼굴에 피멍이 든 다음에야 곳간을 열었다. 곳간에는 쌀이며 보리며 좁쌀 같은 곡식은 겹겹이 쌓여 있었으나 돈은 그리 많지 않았다. 엽전 2백 냥을 거둔 게 전부였다. 시골동네에 총포나 탄약 같은 무기가 있을 리 없으니, 임한조에 대한 의심을 거둔 것 외에는 소리만 요란했지 얻은 건 별로 없었다.

희암곡으로 돌아온 다음 날 백남수는 낭패한 얼굴로 돌석을 찾았다. 소득 적은 작전에 많은 병력을 투입한 것이 낭비란 생각이 들었다.

"신 대장! 장수들을 모아서 잠시 계책을 좀 짭시다!"

남수의 제안에 따라 신돌석과 도선봉장 한영육, 분진선봉장 이하현, 중군장 김치언, 좌·우익대장과 후군장, 참모장 김병두, 그리고 도소모장 김병문까지 모두 모였다.

장수들이 모이고 나자 남수가 입을 열었다. 무슨 속내가 있는 듯했으나 그에 대해서는 말을 아꼈다.

"이번에 임한조 씨 말에 따라 최 찰방의 잘못을 깨우쳐 준 건 잘한 일이오! 하지만 이런 식의 적은 소득을 위해 대병력이 함께 몰려다닌다는 것은 낭비라는 생각이 드오. "

여기쯤에서 남수는 말을 끊었다. 나머지 장수들은 떨떠름한 표정으로 그의 말을 듣고 있었다. 이윽고 남수가 다시 입을 열었다.

"그래서 하는 말인데, 일단 우리 의진을 몇 패로 나누어 작전을 펴는 게 어떨까 싶소! 가령 의병진 총대장은 말할 것도 없고, 도선봉장이나 분진선봉장, 그리고 중군장까지 각각 1패씩을 이끌고 각처로 흩어져서 활동해야 하지 않을까 싶다는 것이외다. 그러다가 좀더 많은 적을 상대할 때는 다시 합치고 ⋯. 말하자면 이합집산을 자유자재로 하면서 활동해야 적의 눈을 현혹시키기도 좋고, 만성적인 군량미 부족을 해결하기에도 좋을 것이오!"

백남수의 말이 끝나자 이하현이 손을 들고 말했다. 지난해 부상을 당했던 하현은 치료를 마치고 이 무렵 의진에 복귀했는데, 그의 목소리는 무척 가라앉아 있었다.

"지금 중군대장의 말을 들으니 뜻은 옳소! 하지만 우리 의진 2백여 명을 서너 패로 나누고 보면 한 패당 50명이 채 안 되는데, 그런 인원을 가지고서야 어디 가서 개별적인 활동을 할 수 있겠소? 비적 패밖에는 안 되지요!"

이하현의 말을 듣던 신돌석이 나섰다.

"그거야 대원을 더 모병해야 될 일이지만, 내가 보기에 문제는 각 패의 대장을 맡게 될 우리 장수들이 용맹과 지략을 모두 갖춘 사람들일까 하는 점이오. 솔직히 말하면 내가 용력은 좀 있지만 지모에서는 중군대장에 미치지 못하고, 중군대장 역시 지모는 나보다 월

등하지만 용력이나 근력은 나에 미치지 못하오. 우리 대장들은 절륜한 용력을 가졌지만 지모는 용력을 따라가지 못하는 사람들이 대부분이오. 따라서 우리 의진이 이합집산을 자유자재로 하기 위해서는 우선 의진 대원들을 좀더 확보하는 일이 급하고, 다음은 지모 있는 사람들을 빨리 단련시키는 일이오. 그래서 지난번에 유생 출신들을 대원으로 뽑은 것 아니오! 이들 가운데 지략 있는 자를 골라 각 패 대장 옆에 붙인다면 서로 보완이 되지 않겠소?"

갑론을박 끝에 첫째, 신규 대원을 더 뽑고, 둘째, 유생 출신 가운데 지모 있는 자를 선발하기로 결론을 내렸다. 병력을 나누어 이끈다는 원칙은 여전히 살아 있었다. 결론에 따라 전체 의진을 4개 패로 나누었다. 1패는 의진대장 신돌석이 이끌고, 2패는 도선봉장 한영육, 3패는 치료를 끝낸 분진선봉장 이하현, 4패는 중군장 김치언이 맡기로 했다. 각 패의 인원은 대략 쉰 명 안팎이었다. 그리고 유생 출신 가운데 지략이 있는 자를 선발하는 일은 참모장 김병두에게 맡겼다. 신돌석보다 한 살이 어린 김병두는 영덕 사람인데, 지난날 김하락의진에서 싸워 본 경험도 있었다.

"각 패가 새로운 대원을 뽑은 다음에는 영양군 수비 쪽으로 우리 거처를 옮기는 게 어떻겠소? 봄도 왔고, 이곳 희암곡에 너무 오래 있었다는 생각도 드오."

장수들 모임의 끝자락에 신돌석이 이렇게 제안하자 모두 좋다고 찬성했다. 태백준령 안 여러 곳에 요새를 마련하고 전체 의진을 나누어서 활동하기로 한 그해 봄 이후, 영릉의진은 준령 언저리 여기저기를 휩쓸었다.

신돌석과 백남수가 이끈 1패는 시험 삼아 경주 방면으로 출진하여 모병활동을 펼치기로 했다. 그해 음력 3월 하순 1패 50명은 다시 서너 명씩 패를 나누어 도부꾼 차림으로 길을 떠났다. 경주군 북쪽의 청하나 흥해는 물론이요, 안강읍까지 내려가 여러 마을을 돌며 의진 대원을 모았다. 안강의 어느 마을에서 있었던 일이다. 다른 대원들을 마을 부근 대숲에 숨긴 돌석과 남수는 마을에서 가장 큰 집을 찾아 주인장을 찾았다. 두 사람의 초라한 행색을 살핀 주인은 딱히 반갑지 않다는 투로 물었다.

"무슨 일로 그러시오?"

"네, 저희는 이 마을 저 마을로 물건을 사러 다니는 사람들인데, 주인어른께 긴히 아뢸 말씀이 있어서 왔습니다!"

남수는 공손하게 말했다.

"그러시오? 무슨 말씀인진 모르겠으나 들어나 봅시다. 이리로 드시오!"

마흔은 족히 넘어 보이는 주인은 두 젊은이를 방으로 안내했다. 남수는 가슴에서 영릉의진의 격문을 꺼내 주인 앞에 가만히 내밀었다. 실눈을 뜨고 격문을 살피던 주인의 안색이 묘하게 변하더니 대뜸 물었다.

"그럼, 혹시 이 중에 신돌석이란 이가 있소?"

"아니외다! 그 사람은 지금 이 부근에 있소이다!"

돌석의 대답에 주인은 그럼 그렇겠지, 하는 표정으로 다시 말했다.

"지금 비도匪徒를 잡으라는 경무서의 특별한 영이 내렸다는데, 각별히 조심해야 할 거외다!"

주인은 딱하다는 표정으로 두 사람을 바라보더니 탁자 서랍을 열고 엽전 두어 꾸러미를 내밀었다. 남수는 엽전 꾸러미로 가려는 손을 간신히 누르고 입을 열었다.

"저희는 금전 때문에 온 것이 아닙니다. 의진 대원을 모집하러 다니는 길입니다. 주인어른께서 이 동네의 장정들을 이 집에 좀 모아 주십사 하는 부탁을 드리고자 하오!"

주인은 다소 놀라는 눈빛을 보이며 대답했다.

"그야 어려운 일이 아니오만 괜찮겠소? 그사이에 혹시 관아에서 알고 나오기라도 하면 나나 여러분이나 피차 곤란할 텐데."

"모아만 주시고 주인어른께서는 자리를 피해 주십시오! 그 뒷일은 저희가 알아서 할 터이니."

남수의 말에 주인은 한참을 생각하더니 심부름하는 아이를 불러 갑술이니 을득이니 … 하면서 사람 이름 일여덟을 일러 주었다.

"지금 이 사람들 집에 가서 내가 급히 보잔다고 전해라! 집에 있을지 없을지는 모르겠다만 … ."

심부름하는 아이가 사라진 다음 주인은 다시 한번 두 사람을 찬찬히 살피더니 신돌석을 향해 물었다.

"청년의 인상을 보니 누구의 대장을 하면 했지 부하로 들어갈 상은 아니외다! 진짜 신돌석이 아니오?"

돌석은 황급하게 고개를 저으며 말했다.

"세상에 대장을 할 상과 졸개를 할 상이 어디 있겠소? 저도 성은 신가올시다만 신돌석이는 아니외다!"

돌석의 대답에 주인은 비로소 이쪽에 대한 관심을 거두었다. 이

옥고 심부름 간 아이가 돌아오기도 전에 건장한 청년 서너 명이 주인을 찾았다. 이들을 마루에 앉힌 주인장은 아이가 돌아오자 몇 마디 묻고는 고개를 끄덕였다. 아이가 도착한 후에도 서너 명이 더 모여들었다. 주인장은 청년들이 다 모였다고 판단했는지, 그들을 향해 말했다.

"이분들은 어디서 사람을 모집하는 분들이라네! 설명을 들어 보고 잘 결정들을 하시게!"

말을 마친 주인장은 신돌석과 백남수에게, "그럼 나는 잠깐 나갔다 오겠소!"라는 말을 남기고 자리를 비켜 주었다. 남수는 글 아는 청년에게 영릉의진의 대의를 적은 격문을 읽게 했다. 읽기가 끝나자 청년들을 향해 돌석이 일장연설을 했다.

"지금 들으신 그대로요! 나라는 왜놈들의 천지가 되어 가는데 뜻있는 자들은 잠만 자고 있소! 여기 있는 여러분이 나서서 왜놈들을 쫓아내고 나라를 살리지 않는다면 우리는 영영 왜놈의 종살이밖에 할 수가 없소이다! 그러니 우리 의진에 들어와서 나라를 살리는 일에 동참해 주기 바라오!"

청년들은 갑자기 닥친 문제 앞에 어안이 벙벙한지 말없이 앉아 있었다. 한참 뒤에 청년 하나가 손을 들더니 나지막하게 물었다.

"지금 당장 가야 하는 거요, 아니면 말미를 좀 주시는 거요?"

"그야 형편에 따라 할 일이지요. 지금은 약조만 하고 나중에 갈 수도 있겠고, 아니면 당장 갈 수도 있소! 우리 의진 패가 가까이에 있소!"

백남수의 말이 끝나자 손을 들어 묻던 청년이 자신은 의진에 참여하겠다고 나섰다. 그 옆에 앉은 사람도 같은 말을 했다. 그러나 어떤 청년은 늙은 어머니가 혼자 계셔서 의진에 갈 수 없다고 했고, 또 다른 사람은 집에 가서 부모님 허락을 받은 다음 결정하겠다고 했다. 나머지는 가타부타 답변 없이 서로의 눈치만 살피고 있었다. 이런 침묵이 답답했던지 청년들의 결심을 재촉할 양으로 돌석은 앉은자리에서 공중제비를 하며 밖으로 훌쩍 뛰었다. 침묵하던 사람들 가운데 다시 두 명이 참여를 결정했고 나머지는 못 간다고 했다. 이날 온 청년 일곱 명 가운데 네 명이 의진에 지원했고, 나머지는 지원하지 않았다.

"의진으로 가든, 가지 않든 여러분의 결정을 존중하겠소!"

남수는 차갑게 말하며 의진으로 가겠다는 사람만 남고, 다른 사람들은 돌아가라고 일렀다. 남수가 이 말을 하면서 남은 청년들의 이름을 장부에 적고 있는데, 돌석이 부리나케 밖으로 뛰어나갔다. 대문을 비껴 두고, 두어 길은 됨 직한 담장을 공중제비로 뛰어넘은 돌석이 순식간에 사람 네 명을 낚아채 대문으로 들어섰다. 두 명은 각반을 찬 군복이요, 두 명은 패랭이에 무명 저고리 차림이었다. 군인들 손에는 총이 들려 있었다.

"허허, 이자들 좀 보시오! 총으로 우릴 겨냥하고 있었소! 자칫하면 죽을 뻔했소!"

어떻게 해서 이들이 대문 밖에서 총을 겨누게 되었는지는 묻지도 않았다. 주인장의 밀고 때문인지, 아니면 우연한 일인지를 …. 돌석은 다짜고짜 이들 넷을 한 손에 두 명씩 잡고 둘씩 박치기를 시켰다. 누구랄 것 없이 코피가 쏟아져 땅을 적셨다. 그런 다음 이들을

코피 묻은 땅바닥에 패대기쳤다. 쓰러진 넷을 한꺼번에 밟으니 짐
승 같은 비명이 입에서 터져 나왔다. 돌석과 남수는 넝마처럼 널브
러진 넷의 손발을 밧줄로 묶어 놓고, 의진 지원자들과 함께 급하게
그 집을 빠져나왔다. 돌석의 날랜 행동을 남김없이 지켜본 청년들
이 탄복하며 돌석을 따랐다.

　신돌석의 1패가 경주 부근에서부터 병력을 보충하며 북상하는 동
안 한영육의 2패와 나머지 패들도 영해며 울진이며 영양 등지에서
사람과 군자금을 모아 가면서 영양 수비로 집결했다. 새로 모은 의
진 대원들의 숫자를 헤아리니 기존 대원과 비슷한 2백 명 정도였다.
농사꾼이 태반이었지만 개중에는 엿장수 같은 장사꾼이나 포수 같
은 사냥꾼도 더러 있었다.

밤실에서 잡힌 꿈

병력이 보충되고 신입 대원 훈련이 어느 수준에 이르자 백남수는 또다시 실전을 제안했다. 정미년(1907) 6월 초순께였다.

"우리가 늘 그래 왔듯이 백 번의 훈련보다 실전 한 번이 더 나을 것이오! 이번에는 병력도 충분하니 아주 엉뚱한 전략을 써봅시다."

남수가 제안한 엉뚱한 전략이란 영릉의진의 이름으로 영양과 영덕을 한날한시에 공격하자는 것이었다. 참모장 김병두가 남수의 제안에 전적으로 공감을 표시했다. 영양관아와 영덕관아는 거리상으로 120리가 넘는 길인데, 이 둘을 한꺼번에 공격한다면 왜인들에게 혼선과 공포감을 심어 줄 수 있다는 것이 남수와 김병두의 계산이었다. 그러기 위해서는 의진을 다시 나눌 필요가 있었다. 신돌석은 여러 장수들을 불러 모으고 영양과 영덕에 대한 동시 공격을 선언했다. 당시 의진이 들은 소문에 의하면 영양에는 왜경倭警 분파소가 새로 들어섰고, 영덕에는 울진에서처럼 왜인들이 들어와 일정한 지역에 무리를 지어 서식하고 있다는 것이었다.

영릉의진은 다시 두 패로 나뉘었다. 1패는 250여 명으로 신돌석이 거느리고 영양의 왜경 분파소를 습격하며, 2패는 150여 명으로 한영육이 거느리고 영덕의 왜인들을 쫓아내기로 했다. 공격 시간은 음력 7월 열이틀 자정으로 잡았다. 달포가량 남은 시간을 앞두고 전략을 짜는 백남수와 김병두는 부지런히 영양과 영덕을 오가며 나름대로 치밀한 계책을 세웠다. 남수와 병두가 파악한 바에 의하면 영양관아와 왜경 분파소는 붙어 있었고, 영덕에 서식하는 왜인들 가옥은 영덕관아의 동남쪽에 몰려 있었다. 또 의진이 주둔한 수비에서 영양까지는 40리 남짓이지만 수비에서 영덕까지는 태백준령에 올라 한골을 지나고 도계와 밤실마을로 빠져도 130리 길은 족히 되었다. 주둔지 수비에서 출발하는 시각도 치밀하게 계산해야 하고, 들이치는 작전도 세밀해야 했다.

영양의 왜경 분파소를 공격하는 돌석의 1패는 다시 3개 패로 나누어 공격과 수비, 그리고 백성들을 달래는 임무 등으로 업무를 나누었다. 영덕의 왜인들을 공격하는 한영육의 2패도 다시 둘로 쪼개어 공격과 외곽수비조로 일을 나누도록 했다. 백남수와 김병두는 '영릉의진'이라고 쓴 깃발 두 개를 똑같이 만들고, '신돌석'이라고 쓴 깃발도 똑같이 두 개를 만들었다. 2패의 대장 한영육은 신돌석 행세를 하도록 했다. 홍길동의 분신술처럼 여러 명의 신돌석을 여러 곳에 동시 출현시킴으로써 관군이나 왜경들을 혼란에 빠뜨리자는 계책이었다. 병력이 더 있다면 울진이나 영해에도 한날한시에 출동시키면 좋을 법했지만 그것까지는 무리였다. 이런저런 준비로 바쁘게 보내고 나니 어느덧 6월 하순이었다.

　백남수는 영덕에서의 일을 마무리하고 수비로 돌아오던 중 자정이 다 돼서야 밤실 집에 들렀다. 여름밤은 짧았지만 빨리 온 아침만큼이나 사방의 풍광은 눈이 시도록 푸르렀다. 의진 생활을 하면서 그동안 보지 못했던 풍경들이 동네 곳곳에 펼쳐져 있었다. 자연은 인간 세상의 고달픔 따위는 알 바 없다는 듯 제 나름대로 익어 가는 모양이다. 산비탈에 기댄 다랑논에는 벼들이 서로 몸을 비비며 서걱댔고, 논둑에 선 원추리는 노란 꽃을 피워 올리고 있었다. 고개를 들어 산을 바라자 소나무 숲이 울창했다.

　이 아름다운 산천이 왜놈들 것이 되려 한다는 절박감만 없다면 얼마나 좋은 풍광인가! 흰 구름 핀 하늘을 보던 남수는 청년의 감성에 젖어 뜨거워지는 눈시울을 훔쳤다. 모처럼 아내가 지어 주는 아침밥을 먹었다. 식사를 마쳤는데도 해는 아직 동산에 걸려 있었다. 밥을 먹었으니 등물이나 하고 더 더워지기 전에 나서려는 참이었다. 평상에 앉아 저고리를 벗으려는 찰나 순검 복장 두 명이 남수를 덮쳤고, 그 뒤에는 왜군 병사 두 명이 육혈포를 겨누고 있었다.

　"비도匪徒를 체포한다!"

　남수를 제압한 순검들은 건조한 목소리와 함께 오랏줄을 꺼내 그를 묶었다. '아뿔싸!' 남수는 혀를 차며 뒤로 졸린 손목을 빼려고 애를 썼다. 돌석의 완력의 반이라도 된다면 이들을 반격할 수도 있으리라는 생각이 들었다. 그러나 아무리 용을 써도 묶인 손목은 조여만 갔다.

"너희는 누군데 감히 무고한 백성을 포박하는가?"

남수는 침착하게 순검과 왜놈 병사를 향해 꾸짖었다.

" …… ."

놈들은 대답 대신 남수의 뒤통수를 주먹으로 후려쳤다. 남수는 맞으면서도 이 일을 어떻게 해야 의진과 돌석에게 알릴까를 궁리했다.

"가자!"

순검 일행은 오라진 남수를 끌고 집 밖을 나섰다. 왜놈 병사들은 말을 타고 남수와 순검은 걸었다. 창졸간에 일어난 사태에 남수의 아내는 어쩔 줄을 몰라 하며 마당을 뛰어다녔다.

"이를 어쩌면 좋아? 어쩌면 좋아?"

도무지 믿어지지 않는 사태 앞에 그녀가 할 수 있는 말은 이것뿐이었다. 순검에게 끌려가던 남수는 뒤를 돌아보며 아내와 눈을 마주치려 했으나 그녀는 이미 제정신이 아니었다.

집 밖을 나서서 영덕으로 가는 큰길로 들어서자 이 동네 저 마을로 오가는 도부꾼의 행렬이 줄을 잇고 있었다. 백남수는 큰 소리로 악을 썼다.

"밤실 사는 백남수가 죄도 없이 순검과 왜놈에게 잡혀가네! 중율전 사는 백남수가 죄도 없이 잡혀가네! …"

악에 받친 듯 내지르는 남수의 울부짖음을 도부꾼들은 다 듣고 있었다. 저희들끼리 수군거리면서 이쪽을 힐끗거리거나, 쉬는 척하며 귀를 세우기도 했다. 순검들이 악쓰는 소리를 막느라고 남수의 뒤통수를 몇 차례나 쥐어박았다. 하지만 멈추지 않고 도부꾼들을 만날 때마다 부르짖었다. 경무서 영덕 분파소에 도착한 것은 점심시간이 훌쩍 지난 후였다. 배는 고파 오고 땀이 온몸을 적셨다.

남수는 분파소 옆의 감옥서에 누더기처럼 내팽개쳐졌다. 그 앞에 콩 섞인 조밥과 김치쪼가리가 놓였으나 목구멍으로 넘어가지 않았다. 밥그릇을 밀어 놓은 남수는 앞으로 자신에게 닥칠 미래에 대해 곰곰이 생각해 보았다. 보나 마나 혹독한 문초가 이어지겠지만 어떻게 답해야 할지 막막했다. 감옥서의 퀴퀴한 가마니에서 하룻밤을 새웠다. 이윽고 날이 새자 콩 섞인 조밥과 김치쪼가리가 다시 나왔다. 배고픈 데 장사 없다고 두어 숟가락 집어먹었다. 그렇게 이틀이 지났다.

간수가 백남수를 끌고 문초실로 데려갔다. 뒤쪽의 큰 책상에는 군복에 콧수염을 기른 왜인 하나가 거만스러운 자세로 앉아 있었다. 그 옆의 작은 의자에는 해사한 얼굴의 청년 하나가 앉아 있고, 그 반대편 의자에 비굴한 얼굴의 중년 사내가 옹색하게 앉아 있었다. 총순이라고 했다. 총순이라 불린 자가 남수의 인적사항을 묻고 그의 답변대로 받아 적었다. 콧수염 기른 왜인이 이를 지켜보고 있었다.

'성명: 백남수, 생년월일: 을해년(1875) 2월 12일, 주소지: 경상북도 영덕군 율전동, 직업: 농민, 전前 궁내부주사 ···.'

이렇게 적힌 종이를 빤히 보던 총순이 지나가는 말처럼 물었다.

"모든 걸 알고 있으니 거짓말할 생각은 마라! 언제, 무슨 이유로 신돌석의 무리에 가담했는가?"

총순의 말을 해사한 청년이 콧수염에게 왜놈 말로 통역하는 모양이었다. 통역이 끝나기를 기다리며 총순은 백남수를 빤히 건너다보고 있었다. 남수는 대답에 앞서 콧수염 기른 왜인이 신경 쓰였다. 아무런 말도 하지 않음으로써 상대방의 기를 죽이려는 저자의 정체는 무엇인가? 아무리 왜놈의 세상이 되어 간다고는 하지만 감옥서의 심문 자리까지 지키는 저자는 누구란 말인가?

"저 왜놈은 누구요? 왜 여기 있는 거요?"

남수가 턱으로 왜인을 가리키며 문자 통역은 이 말을 콧수염에게 옮겼고, 통역의 말을 들은 콧수염의 표정이 벌레 씹은 것처럼 일그러졌다. 총순이란 자는 매우 송구한 표정으로 왜인을 힐끗 돌아보더니 나지막하게, 그러나 엄정한 목소리로 남수에게 말했다.

"세상이 바뀌었다! 일본과의 신협약에 의해 모든 사무는 통감부 지도를 받게 돼있다! 저분은 통감부의 일본 분이시다! … 다시 문겠다! 언제, 무슨 이유로 신돌석의 무리에 가담했는가?"

'왜국'이란 낮춤말 대신 꼬박꼬박 '일본'이라고 부르는 것부터가 비위에 거슬렸다. 그런데 뭐, 일본과의 신협약? 통감부 지도? 총순의 말을 듣는 순간, 죽을 때 죽더라도 가슴에 맺힌 말을 다 풀어놓고 곧이곧대로 밝히자는 생각과 숨길 수 있는 데까지 숨기자는 생각이 교차했다. 남수는 후자를 택했다.

"신돌석의 무리라니! 그게 무슨 말이오?"

"흥! 그래?"

총순이란 자가 비웃는 투로 코웃음을 치더니 한 뭉치 서류를 남수 앞에 내던졌다.

"그럼, 이자들의 진술은 뭔가?"

그가 던진 서류에는 김업이며 박석용 등의 이름이 첫머리에 보이고 그들의 진술이 꼼꼼히 적혀 있었다. 비교적 최근에 영릉의진에 가담했다가 잡힌 대원들이었다. 남수는 순간적으로 머리를 굴렸다. 김업이 등은 백남수가 초장부터 신돌석과 힘을 합쳐 의진 꾸린 것을 알 턱이 없겠지. 그들의 진술에 남수가 처음부터 의진을 꾸렸다고 말했다면 '신돌석의 무리에 왜 가담했는가?'라는 질문은 나오지 않았을 것이다. 오히려 '왜 의진을 꾸렸느냐?'라고 묻지 않았을까. 그렇다면 어디서부터 실토를 해야 할까?

"이 사람들이 누구요?"

남수는 다시 한번 능청을 떨었다. 총순은 어이없다는 듯 헛웃음을 치더니 서류를 도로 거두어 갔다.

"그럼 다시 묻겠다. 일본에 대한 너의 생각은 무언가?"

남수는 이것마저 숨길 수는 없다고 여겨 자신의 생각을 말했다.

"왜놈들이 이 나라를 삼키려 한다는 건 젖먹이도 다 아는 사실 아니오? 이 땅에서 왜놈들을 쫓아내야 한다고 생각하오!"

"그래? … 그래서 신돌석의 무리에 가담했다, 이거지?"

"그건 다른 문제외다! 내가 왜놈들을 쫓아내야 한다고 생각하는 건 맞지만, 신돌석의 무리에 가담한 건 아니오!"

"아니야! 같은 문제야! 네가 일본 사람들을 쫓아내야 한다는 생각을 가진 건 사실이지? 그러니까 그 생각을 어떻게 실현할까 궁리하다가 신돌석의 무리에 가담하게 됐고 … . 가담한 증좌는 여기 김업이 등의 진술에서 이미 확인이 되었단 말이다!"

총순이 흥분하여 목소리를 높였다. 김업이 등의 진술을 거짓이라고, 그리하여 현장에 부재했다고 스스로 증명하기 전에는 백남수가 신돌석의진에 가담한 일을 발뺌할 수 없게끔 사태가 돌아가고 있었다. 총순의 언성이 높아지자 콧수염 왜인이 손으로 총순을 제지하더니 밖으로 나갔다. 통역과 총순이 왜인의 뒤를 따랐다. 혼자 남겨진 남수는 곰곰이 생각했다. 한발 양보하여 의진에 가담한 건 맞지만 자의가 아니라 강제였음을 주장하는 건 어떨까? 김업이 등이 최근에 의진에 들어온 대원들이니 그 전에 있었던 백남수의 행적은 알 수 없을 것이라는 판단이 섰기 때문이다.

그러나 그런 생각은 순진한 것이었다. 콧수염이 빠진 대신 곰같이 생긴 거구의 왜놈 하나와 총순이 다시 들어왔다. 거구의 왜놈은 표정 따위는 애초부터 없다고 해야 할 만큼 무표정했고, 눈매는 사람의 그것이 아니었다. 총순이 의자에 다시 앉자 거구의 왜놈은 남수의 몸을 가볍게 들어 올려 바닥에 패대기쳤다. 타작할 때 볏단을 후려치는 동작과 비슷했다. 비명조차 지를 수 없을 만큼 온몸이 저렸다. 이어서 놈은 지가다비^{じかたび} 신은 발을 남수의 목울대에 올리더니 밟아 댔다. 캑캑…! 짐승 같은 소리가 목울대를 타고 올라왔다. 그쯤에서 총순이 손을 들어 제지하자 거구는 무슨 짐승처럼 물러나 총순 뒤에 가서 섰다. 총순이 다시 물었다.

"언제, 무슨 이유로 신돌석의 무리에 가담했는가?"

총순의 물음은 글자 하나 틀리지 않고 똑같았다.

"……."

백남수의 함구緘口는 그러나 엄청난 육체적 고통을 예고하는 것이었다. 총순의 신호와 함께 다시 남수에게 다가선 거구는 남수의 두 발목을 올가미로 묶었다. 그 올가미를 문초실 대들보에 던지더니 반대쪽에서 당겨 묶었다. 남수의 몸은 대롱대롱 거꾸로 매달린 채 머리가 밑으로 향했다. 눈알이 뽑힐 만큼 온몸의 피가 머리로 쏠렸다. 그런 상태에서 매질이 시작되었다. 한여름의 홑적삼과 바지를 향해 팔뚝만 한 몽둥이로 매질이 시작되자 총순은 고개를 돌려 외면했다. 종아리에서 시작된 매질은 허벅지와 엉덩이를 지나 등짝과 어깨에까지 이어졌다. 살이 으깨지고 피가 솟았다. 모진 매질에 백남수는 피비린내를 맡으며 의식을 잃었다.

그러자 거구는 대들보에 묶은 올가미를 풀어 남수를 내리더니 그 얼굴에 물을 들이부었다. 물에 섞인 피가 바닥을 흥건하게 적셨다. 이윽고 남수의 의식이 잠깐 돌아오자 총순은 다시 물었다.

"언제, 무슨 이유로 신돌석의 무리에 가담했는가?"

"……."

까무룩 쓰러진 남수의 얼굴에 거구가 물을 뿌렸다. 아득하게 들려오는 총순의 말을 도리질로 털어 냈다. 대답을 거부한 대가는 혹독했으나 혹독한 만큼 오기도 돋아났다.

사흘 뒤 남수와 총순은 문초실에서 다시 마주 앉았다. 그날도 어김없이 거구는 총순 뒤를 지키고 있었다. 오늘은 무슨 방법으로 고문을 할까? 이상한 호기심이 생겼다. 거구는 남수의 오른손을 나무판에 가지런히 펼치게 했다. 그런 다음 지가다비 신은 자신의 발로 손가락을 밟더니 대나무바늘로 둘째와 셋째, 넷째 손가락 손톱 밑에 못질을 했다. 손톱 밑에서 붉은 피가 솟아오르자 견디기 어려운 통증이 전신으로 퍼져 나갔다. 비명이 저절로 터졌고, 비명과 함께 분노도 솟았다.

"다시 묻겠다! 언제, 무슨 이유로 신돌석의 무리에 가담했는가?"

총순의 건조한 물음에 남수는 이글거리는 분노를 눈길에 담아 말을 뱉었다.

"가증스러운 놈! 너는 어느 나라 놈이냐? … 손톱 밑의 바늘이나 뽑아라! 그러면 말하겠다!"

총순이란 자는 써늘한 웃음을 얼굴에 담더니 백남수의 손톱 밑에 박힌 대나무바늘을 뽑도록 거구에게 손짓했다. 악에 받친 남수가 울부짖었다.

"사실을 말하겠다! … 내 큰조카 백세진을 신돌석의진에서 강제로 끌고 가려 했었다! 그러자 온 집안이 울음바다가 됐는데, 내가 그때 말했다! 조카 대신 내가 가겠다고. 그래서 신돌석을 찾아가 조카 대신 나를 의진에 가담시켜 달라고 말하여 그의 의진에 가담하게 된 것이다! 작년 동짓달의 일이다. 명색이 중군대장이며 후군장 따위를 했으나 겨울철이 왔으므로 두 달 후에 하산하여 반년 이상을 농사만 지으며 지냈다! 그러다가 잡혀 왔다. 실로 나는 무고한 사람이다!"

'이렇게 구차스러운 변명을 해야 할까?'라는 자괴지심이 없지 않았다. 그러나 남수는 끝까지 사실대로 말해서는 안 된다고 생각했다. 영릉의진에 오래 있었다는 게 밝혀지면 더 많은 정보를 캐기 위해 이들은 광분할 터였다. 그렇게 되면 효수梟首 아니면 종신형일 것이다. 아니, 어쩌면 짐승 같은 저 거구의 손에 먼저 죽어 나갈지도 모를 일이었다. '아직은 죽어야 할 때가 아니니 숨길 건 숨기자! 맹자가 말했던가? 죽어도 되고 죽지 않아도 될 때 죽는 것은 용기를 손상하는 것이라고 ···.' 남수의 생각은 이것이었다. 이제 오래지 않아 영릉의진 대원들이 영양과 영덕을 휩쓸 테니 말이다.

"그럼 좋다! 네 말을 믿기로 하고, 그 두 달 동안의 행적을 여기에 적어라!"

총순은 백남수의 함구가 풀린 것이 반가운지 붓과 한지 몇 장을 내밀며 의진에서 두 달 동안 있었던 행적을 적으라고 말했다. 손가락 끝의 통증으로 다른 감각은 도무지 느껴지지 않았다.

"손가락이 아파서 지금 당장은 글씨를 쓸 수가 없다!"

손가락을 핑계로 시간을 번 남수는 흰 종이를 말없이 내려다보며 천천히 생각했다. 어디서부터 어디까지 적어야 할까? 남수는 일단 영릉의진이 겨울을 나기 위해 보현산으로 향하다가 이전평에서 진위대의 습격을 받고 도망친 것과 동대산으로 도주한 사실까지 적었다. 죄다 도망 다닌 사실만 있을 뿐 공격한 내용은 없었다. 울진관 아를 공격하여 군수를 포박하고 우편취급소를 습격하여 우편물을 탈취한 사건은 당연히 뺐다. 영해·영덕·평해 등지에서 군자금 모은 일도 물론 적지 않았다.

이윽고 쓰기를 마친 그는 다시 끌려 나가 감옥서에 갇혔다. 여름철의 미결수 감옥서는 그것 자체로 지옥이었다. 굶주림과 악취, 좁아터진 잠자리와 시도 때도 없는 폭행 따위를 견디며 남수는 여름을 났다. 감옥서 밖으로 끌려 나가 취조를 받을 때마다 거짓말 말라는 총순의 협박을 받기도 하고, 거구의 치도곤을 당해서 정신을 잃은 적도 여러 번이었다. 하지만 더 이상은 모른다며 혀를 깨물고 뻗댔다.

다행스럽게도 대나무바늘 꽂혔던 손가락 끝이 모두 곪았다. 그

바람에 남수의 온몸이 열로 펄펄 끓었다. 오른손 손톱이 죄다 빠지고 조사 기간 내내 몸이 불덩이인 데다 워낙 완강하게 버티니 다른 사건에 대해서는 더 캐물을 수도 없었다.

백남수의 인신人身이 왜인 통감부의 사실상 지시를 받는 경상북도 재판소 판사 손에 넘겨진 건 정미년(1907) 8월 말이 다 되어서였다. 두 달 동안 시달림을 받은 끝에 재판에 회부된 것이다.

한편, 신돌석은 백남수가 잡혔다는 소식을 도부꾼들의 입을 통해 들었다. 남수의 복귀가 예상외로 늦어지자 돌석은 초조해진 나머지 대원들을 풀어 영덕을 오가는 도부꾼들을 수배했다. 뜻밖에도 남수가 체포되어 가는 것을 목격한 도부꾼들은 적지 않았다. 특히, 백남수의 목소리를 직접 들었다는 어떤 장돌뱅이는 그날의 일을 눈에 잡히듯 설명했다.

"영덕에서 율전으로 올라오는 길이었소! 어떤 남자가 순검 둘과 왜병 둘에게 잡혀가면서 소리소리 치더군요. '밤실 사는 백남수가 죄도 없이 잡혀가네! 중율전 사는 백남수가 죄도 없이 잡혀가네!'라고 연신 외쳤소. 아마 우리 같은 도부꾼들이 들으라고 외치는 것 같았는데, 매를 맞으면서도 계속 외치고 있었소!"

도부꾼의 말을 듣는 순간 돌석은 남수의 속셈을 읽을 수 있었다. 자신이 체포된 것을 의진에 알리려고 일부러 도부꾼들 앞에서 고함을 쳤을 것이다. 신돌석은 장수들을 급히 불러 모았다.

"지금 중군대장이 체포된 것 같소! 영양과 영덕 습격을 계획해 둔 마당에 일이 터졌으니 어떻게 하는 게 좋겠소? 당장 별동대라도 꾸려서 중군대장을 구출해야겠소! 계책들을 좀 내보시오!"

평소의 신돌석답지 않게 서두르는 목소리였다. 모두들 곤혹스러운 표정으로 앉아 있는데, 참모장 김병두가 입을 열었다.

"중군대장이 잡힌 것은 안타까우나 어디에 잡혀 있는지도 모르는 마당에 별동대로 공격한들 구출이 쉽지 않을 것 같소. 중군대장이 있는 곳을 제대로 공격한다 해도 전투 와중에 놈들에게 살해당할 수도 있고, 문초 과정에서 더 혹독한 고문만 받게 할 것이오."

초조해진 돌석이 백남수 구출 계책을 묻긴 했으나 다른 장수들이라 해서 딱히 좋은 계책이 떠오르지 않으니 답답한 노릇이었다. 김병두의 말이 일리 있다고 여기면서도 돌석은 한 번 더 주문했다.

"허허 참! 뭐 좋은 생각들 없소? … 그리고 영양과 영덕 공격은 어떻게 하면 좋겠소?"

"…… ."

침묵이 이어지자 김병두가 돌석의 눈치를 살펴 가며 말을 보탰다.

"내 생각으로는 중군대장 사태를 좀더 알아보기는 하되, 원래 계획대로 공격하는 게 좋겠소. 왜냐하면 중군대장이 잡혀갈 때 도부꾼들에게 소리친 걸로 보아 그의 마음이 굳건한 걸 알겠고, 그렇다면 우리의 계획을 발설할 까닭이 없을 것이오!"

이에 대한 반론도 없지 않았다. 누군가가 말했다.

"하지만 관아치나 왜놈들의 문초가 보나 마나 엄중할 터이고, 고문 또한 심할 터인데 그걸 견디어 내기가 쉽지 않을 거요."

"그렇다고 하더라도 대개의 문초라는 게 지난 일을 캐묻는 것이지 앞으로 있을 일까지 묻지는 않는 법이니, 영양이나 영덕 공격은 토설하지 않았을 게요!"

김병두의 말에 신돌석은 백남수 구출이 어렵겠다고 판단했는지, 한참을 골똘히 생각하더니 다시 결정을 내렸다.

"그럼 별동대 구성 문제는 재고再考해 보겠소. 다만 참모장 말대로 두 곳 공격은 계획대로 하되, 일단 영양과 영덕에 사람을 보내 무슨 낌새가 있는지 먼저 살펴보도록 합시다. 중군대장이 만약 고문을 못 이겨 계획을 토설했다면 왜놈 병사나 관군이 경계를 더욱 철저히 하지 않겠소?"

이렇게 하여 영양과 영덕에 대원 두셋씩을 파견하여 그쪽의 동정을 먼저 살피도록 했다. 결정하고 나서도 돌석의 마음은 썩 편치 않았다. 돌아보면 의진을 처음 꾸릴 때부터 남수의 판단은 돌석에게 얼마나 큰 힘이 되었던가? 그리고 그가 흔쾌히 내놓은 스물다섯 마지기 논이 아니었다면 어디 가서 군자금을 융통할 수 있었을까? 돌석은 돌아나는 눈물을 주먹으로 훔치며 혼잣말을 삼켰다.

'남수 형을 구해 내지 못하는 내가 못난 놈이오!'

영양과 영덕에 갔던 대원들이 돌아온 것은 닷새 뒤였다.

"한 사나흘 읍내를 돌아다니며 묻거나 살펴보았는데, 관군이나 왜병들이 특별히 더 늘어난 것 같지는 않았소!"

양쪽이 모두 같은 말이었다.

"그럼 처음 계획대로 이번 칠월 열이튿날 자정을 기해 양쪽을 들이치는 것이오! 양쪽을 들이칠 뿐만 아니라 이번 기회에 다시 울진까지 올라가서 왜놈들을 쓸어버립시다! 중군대장을 잡아간 것에 대해 복수도 할 겸.”

신돌석의 선언이 있자 참모장 김병두가 대뜸 막고 나섰다.

“대장! 울진을 들이치는 문제는 이번 두 곳의 일을 보아 가며 결정해도 늦지 않소! 이번에는 영양과 영덕을 들이치는 문제에만 힘을 쏟아야 할 것이오!”

김병두의 말을 듣던 돌석이 그제야 울진을 들이치자는 명령을 거두어들였다. 남수가 체포되자 돌석도 제정신이 아닌 듯했다.

“그럼, 울진 문제는 다시 의논토록 하고 이번에는 두 곳만 치도록 하겠소!”

신돌석은 다시 선언했다. 그 시간에 맞추어 갈 길이 먼 영덕 쪽을 먼저 출발시켰다. 한영육이 거느린 2패 150명이었다. 영릉의진과 신돌석 이름이 쓰인 깃발이며 무기를 은밀히 말에 싣고 삼삼오오 짝을 이루어 하루 전 이른 새벽에 수비를 나섰다.

신돌석이 거느린 1패 250여 명은 열이튿날 아침에 길을 떠났다. 돌석의 1패가 쉬엄쉬엄 걸어서 영양 읍내에 도착한 것은 어둑어둑해질 무렵이었다. 주먹밥으로 저녁을 때운 의진 대원들은 영양관아에서 멀지 않은 지역골계곡에 몸을 숨기고 자정이 오기를 기다렸다.

이윽고 자정이 오자 애초의 계획대로 3개 패 가운데 돌석이 이끈 공격 패가 왜경 분파소를 들이쳤다. 수차례의 사전 답사를 통해 분파소의 구조를 익히 알고 있던 대원이 문을 따고 들어서자 열 명 안팎의 경비대원 중에 대여섯 명이 먼저 도주했다.

“중군대장을 잡아간 데 대한 복수다! 한 놈도 남기지 말고 모조리 도륙해라!”

도망치는 왜경을 쫓던 신돌석이 이를 악물고 소리쳤다. 총을 쏠 것도 없이 칼이며 몽둥이로 놈들을 제압하고, 구덩이를 파서 모조리 묻어 버렸다. 나머지 서너 명이 죽을힘으로 막았지만 이들 또한 의진을 당해 내지 못하고 죽음을 맞았다. 왜경들 가운데 단 한 명만 부상당한 몸을 말에 싣고 어렵게 도망쳤다.

　의진 대원들은 분파소에 있는 무기를 모두 거두고 내친김에 바로 옆에 있는 영양관아에 불을 질렀다. 관아 정도는 들이칠 것도 없이 저마다 기름 묻은 관솔불을 던지자 바짝 마른 관아 건물이 순식간에 잿더미로 변했다. 그사이 나머지 패의 대원들은 읍내로 통하는 길을 막았고, 다른 한 패는 미리 준비한 격문을 거리마다 붙였다. 격문의 주된 내용은 왜놈들의 야욕과 이에 편승한 관아치들의 불의를 비판하고, 이들을 징벌하기 위해 의진이 일어섰으니 백성들의 지지를 호소한다는 것이었다. 이 모든 일이 두 식경이 채 안 되어 끝났다. 돌석은 의진 대원들의 안전 여부를 일일이 확인하고 바람같이 수비에 있는 주둔지로 회군했다.

　신돌석이 거느린 1패보다 하루 먼저 출발했던 한영육의 패는 수비에서 태백준령을 넘고 7월 열이튿날 낮에 한골 동쪽을 지났다. 배목으로 빠지는 길을 택하지 않고 화전마을을 지나 영덕 읍내에 도착한 건 자정이 지나서였다. 진작부터 일을 나눈 대로 한 패는 관아 동쪽에 있는 왜인들의 주거지로 난입하여 분탕질을 치고, 나머지 패는 외곽을 경계하기로 했다. 그런데 왜인들의 집에 들어가 보니 모든 집이 텅텅 비어 있었다.

　"이게 어떻게 된 일이지?"

한영육은 낭패한 얼굴로 집집을 돌아보았으나 왜인들은 무슨 기미를 알아챘는지 피난을 떠나고 없었다. 금붙이 따위는 말할 것도 없고, 돈 될 만한 물건은 깡그리 싸 들고 간 모양이었다.

"관솔불을 던져서 모조리 태워 버려라!"

한영육은 집 안에 사람이 없는 것을 확인하자 불을 지르라고 명령했다. 의진 대원들은 화염이 치솟는 것을 확인하고는 북쪽 길을 따라 빠르게 철수했다. 외곽을 지키던 다른 패는 후방을 경계하며 그 뒤를 따랐다. 7월 열사흘 새벽이었다. 이들은 북으로 가는 척하다가 복디미마을 못 미친 곳에서 서쪽 산길을 타고 한골 쪽으로 빠졌다. 태백준령을 다시 넘어 주둔지 수비로 돌아온 것은 이틀 후였다. 한영육이 도착하여 영덕의 왜인들 집이 모두 비어 있었다고 보고하자 신돌석은 장호동 공격에 대한 의지를 더욱 불태웠다.

"가증스러운 놈들! 그런데 도대체 어떻게 해서 그놈들이 모두 도망칠 수 있었을까?"

신돌석이 이렇게 말하자 누군가가 '혹시 중군대장이 고문을 못 이겨 영덕공격 계획을 실토한 게 아닐까?'라는 의견을 내놓았다. 하지만 돌석은 그렇지 않을 거라며 고개를 저었다.

"만약 중군대장의 실토로 왜놈들이 집을 비운 거라면 영덕관아는 물론이요, 영양관아나 분파소는 왜 아무런 대비를 하지 않았겠소?"

어쨌든 영양관아와 분파소 습격이 예정대로 끝나자 영릉의진은 다시 장호동 공격에 매달렸다. 백남수의 빈자리를 김병두가 차지하고 계책을 짜기 위해 머리를 싸맸다. 5백 명 가까운 병력이니 이번에도 전체 대원을 두 패로 나누었다. 1패 250여 명은 돌석이 끌고 일월산 주변 마을을 돌며 군자금도 모을 겸, 백성들의 지지도 호소하기로 했다. 일월산 동쪽을 돌아서 불영계곡을 타고 울진 읍내로 접어들었다가 장호동으로 치고 오를 요량이었다. 2패 150여 명은 한영육이 이끌되 태백준령을 동쪽으로 넘고 영해와 평해, 울진 등지를 거쳐 장호동으로 올라갈 셈이었다.

7월 그믐날 저녁 무렵 장호동 남쪽의 소나무 숲에 몸을 숨긴 의진 대원들은 주먹밥으로 요기를 하고 밤이 깊어지기를 기다렸다. 이번 공격에서도 김치언은 선봉을 맡아 돌석이 나누어 준 병력 150여 명과 함께 앞장을 섰다. 한영육이 이끈 2패는 외곽을 지키고, 나머지 1백여 명은 돌석의 지휘로 군자금 획득과 운반을 맡기로 했다.

영릉의진 대원들 모두가 알다시피 장호동에는 오래전부터 왜인들이 서식하고 있었다. 1년 전에도 영릉의진의 공격으로 쑥대밭이 되었는데, 1년이 지나자 다시 모여들어 물고기는 물론, 대게며 전복이며 미역의 씨를 말리고 있었다. 조선 어민들의 원성이 하늘에 사무친 건 당연했다. 하지만 조선 관아도 어찌할 수가 없다며 손을 놓고 있는 형편이었다. 나라의 힘이 미약하니 백성들의 힘도 그런 모양새였다. 조선 어민들은 어디 가서 하소연할 곳도 없었다.

'조선 어민들의 원수를 오늘 우리가 갚아 주마!'

신돌석은 속으로 외치며 자정을 기다렸다. 이윽고 자정이 되자 김치언이 대원들을 이끌고 왜인들이 사는 마을로 들어섰고, 한영육의 2패는 외곽을 향해 흩어졌다. 김치언은 지난번과 달리 조용하게 처리하지 않을 모양이었다. 서너 명씩 패를 나누어 집집에 들어가서는 총부터 쏘면서 공포감을 조성토록 하고, 반항하거나 도주하는 자는 무조건 사살하라고 지시했다. 이들은 왜인들 집에 들어서자마자 총 한 발을 먼저 쏘았다. 식구들이 놀라 밖으로 튀어나오면 다짜고짜 몽둥이로 두들겨 패고 밧줄로 묶은 다음 한곳에 모았다. 그러면 다른 대원들이 집 안을 뒤져 돈이며 패물 같은 것을 거두었다. 몇몇 집에서 반항하던 왜인들이 의진 대원의 총칼에 목숨을 잃었다. 가급적 민간인을 살상하지 않는다는 영릉의진의 원칙이 잠시 무너진 느낌이었다. 하지만 조선 어민들의 어획漁獲을 교묘히 가로채고, 중군대장을 잡아간 데 대한 복수라고 여겨 다소 야멸치게 다루다 보니 그리된 것이었다. 집집에 들어갔던 의진 대원들이 다 빠져나오자 김치언은 크게 외쳤다.

"왜놈들 집과 부두의 배에 기름을 뿌리고 관솔불을 던져라!"

기름 뿌려진 왜인들의 집과 선박이 화염에 휩싸이자 의진 대원들은 썰물처럼 장호동을 빠져 남으로 향했다. 밤새도록 걸어 매화동에 도착한 후 아침밥을 먹었다. 게다가 평해군 상리면의 여러 마을을 돌며 1천 냥 가까운 군자금까지 거두었다.

영양의 관아며 왜경 분파소를 도륙하고, 영덕과 장호동의 왜인들까지 들이친 의진의 사기는 드높았다. 하지만 연이은 전투로 피곤하기도 했다. 평해 서쪽의 요새지로 점찍은 선미에 스며들어 휴식을 취한 다음 태백준령을 다시 타고 올랐다. 정미년(1907) 8월 초순이었다.

이강년의진과 함께

영양의 왜경 분파소와 영덕의 왜인들, 그리고 장호동 왜인들까지 영릉의진의 거센 공격을 받자 왜국 통감부는 대단히 분노했다. 저들 마음대로 조선에 들어와 분탕질하고 조선 사람을 괴롭힌 것은 생각지도 않은 적반하장賊反荷杖이었다. 의진 토벌작전을 전개하겠다며 여기저기 토벌대를 보내, 영해와 울진은 물론 영양과 봉화 등 태백준령 언저리 고을에는 왜군들이 날벌레처럼 들끓었다.

"대장! 반 마장 못 미친 앞쪽에 왜놈 병졸 스무 명쯤이 쉬고 있소!"

척후를 맡은 도선봉장 한영육이 신돌석에게 보고했다. 선미를 떠나 수비 쪽으로 가던 길이었다. 가던 길을 계속 가자면 왜군과의 전투는 피할 수 없는 일, 돌석은 순간적으로 판단했다. 기습전이 아닌 전면전이 의진에게 불리한 건 자명하고 보면, 계략을 쓰는 수밖에 도리가 없었다. 그나마 아군이 적군을 먼저 발견한 게 다행이었다.

"이렇게 합시다! 한 패가 기습한 다음 뒤로 빠지면 다른 패는 매복을 했다가 다시 공격하는 거요!"

신돌석이 이렇게 말하자 도선봉장 한영육이 나섰다.

"그렇게 할 요량이면 내가 앞장서서 기습을 한번 해 보고 싶소만!"

돌석은 영육이 기습하겠다고 나서자 그의 말을 자르며 목소리를 높였다.

"아니, 이렇게 합시다! 내가 1패 150명을 끌고 공격하는 척하다가 뒤로 빠지겠소. 도선봉장은 나머지 대원들과 북쪽 길에 매복하고 있다가 적이 추격해 오면 기습하시오! 일이 끝나거든 울진 소동마을에서 만납시다!"

이 작전에 따라 돌석은 1패 150여 명을 이끌고, 우거진 숲에 의지해서 앞쪽으로 나아갔다. 나머지 250명은 한영육이 거느리고 미리 동쪽으로 빠졌다가 북쪽 길로 들어서서 숲속에 매복했다.

돌석의 눈에 얼핏 왜군들의 모습이 들어왔다. 더위에 지친 왜군들은 숲속에 몸을 숨긴 채 쉬고 있었다. 놈들은 쉬는 중에도 총을 몸에 끼고 있었다.

"사격!"

바위와 수풀에 의지한 돌석이 나지막하게 외치며 손을 내렸다.

"타당! 타앙!"

"타당! 탕! 타앙!"

숲속의 왜병을 향해 150정의 총이 불을 뿜자 저쪽에서도 다급하게 대응하는 총소리가 쏟아졌다. 숲에 몸을 가린 왜병들의 사상 여부는 구체적으로 알 길이 없으나 적어도 절반 이상은 맞힌 것 같았다. 신돌석은 다시 한번 사격을 외쳤다.

"타앙! 탕! 타탕!"

대원들의 사격이 끝난 것을 확인한 돌석은 후퇴 명령을 내렸다.

"후퇴!"

총소리가 그치자 남은 왜병들이 의진을 향해 움직이는 기척이 느껴졌다. 대원들은 급하게 총을 챙겨 선미로 향하는 태백준령을 되짚어 파고들었다가 북쪽으로 향했다. 적을 유인하려는 계략이었으나, 지레 겁을 먹은 왜병들이 더 이상 추격하지 않고 도망치는 바람에 한영육의 2패는 총 한번 쏘지 못하고 소동마을로 향했다.

소동마을에서 다시 만난 1패와 2패는 서로의 안부를 확인했다. 몇 명의 경상자는 낙오하지 않고 따라왔으나 이창영과 조준용이란 대원이 보이지 않았다. 그들 옆에 있던 대원 하나가 발목에 총알을 맞고 산비탈로 구르는 걸 보았노라고 전했다.

"포로나 되지 않았으면 좋으련만…."

이들 둘을 구해야 한다는 생각으로 별동대를 꾸리겠다는 돌석을 김병두가 나서서 간절하게 말렸다.

"그들 두 명이 안타깝긴 하나 자칫하면 전체 의진이 위험해질 수도 있소이다! 천운에 맡기는 수밖에 없소!"

운 좋게 산촌 주민들에게 발견되어 치료받기를 빌며 별동대 꾸리는 걸 접었다. 사망자가 없는 것이 그나마 다행이었다. 왜병들은 치고 빠진 의진의 뒤를 감히 쫓지 못하고 동쪽으로 도망친 듯했다.

울진 소동마을에서 한숨을 돌린 의진은 선미와 영해 수동을 오가며 더위를 피했다. 그러다가 선선해지는 음력 9월 초엿샛날 영해 읍내에 있는 왜놈 경무 분서를 공격하기로 했다.

바로 그날 수동 희암곡에서 이른 점심을 먹은 대원들은 두 패로 나뉘어 도부꾼 차림으로 길을 나섰다. 신돌석이 이끈 1패가 선봉이 되고, 한영육의 2패는 화공으로 경무 분서를 불태울 요량이었다.

자정이 되자 신돌석과 의진 대원들이 왜놈 경무 분서로 들이닥쳤다. 환하게 불이 켜진 분서로 총알을 날리자 저쪽에서도 금방 대응 사격이 있었다. 어둠 속에서 구체적인 겨냥도 없이 해대는 총질에 서로의 사상자는 많지 않았다. 두어 식경이나 총알을 주고받다가 돌석은 2패에게 공격하라고 일렀다.

"2패가 공격하라!"

신돌석의 명령과 동시에 한영육의 2패가 기름 묻은 관솔불 수백 개를 경무 분서 지붕으로 던졌다. 지붕에 불꽃이 피어오르는 걸 보고 1패 대원들이 다시 사격을 시작했다. 화공으로 경무 분서 건물은 말 그대로 쑥대밭이 되고, 왜경들은 불 맞은 노루처럼 건물 밖으로 튀어나오다가 의진 대원들의 총알 밥이 되었다. 영릉의진의 승리였다. 영해에서 철수한 의진 대원들이 희암곡으로 돌아온 것은 이튿날 아침나절이었다.

이후 영릉의진은 철저한 경계를 펴며 수동 희암곡에서 며칠간 쉬었다. 주변 마을을 돌며 병력을 보충하는 한편, 군자금 획득에도 힘을 쏟았다. 9월 중순에서 하순까지 영해와 평해군 일대의 여러 마을을 종횡으로 누비면서 거둔 물자가 적지 않았다. 돈이 2천5백 냥, 소가 여덟 마리, 말이 한 필이었다. 영릉의진이 워낙 드세게 설치자 관군과 왜군 측에서는 아예 이곳을 손써 볼 수 없는 곳으로 취급하는 듯했다. 관아치들은 녹봉을 받을 수 없고, 백성들은 세금 내기를 거부하고 나섰다.

사태가 심각하다고 판단한 왜국 통감부는 진압에 팔을 걷고 나섰다. 영릉의진을 궤멸시키고 신돌석을 잡기 위해 태백준령 언저리 고을에 많은 토벌대를 보냈다. 그러나 돌석은 그런 사실을 까맣게 모르고 있었다.

그러다가 시간이 좀 흐르고 왜군의 출몰이 잦아지자 의진 내부에서도 이런 변화를 감지하기 시작했다. 그래서 좀더 구체적인 사실을 알아내기 위해 의진 부대를 서쪽으로 옮긴 다음, 사태를 지켜보자는 논의가 나왔다. 김병두가 나서서 사태를 설명하고 대책을 말했다.

"근래 들어 이상한 것은 태백준령 언저리에 왜놈 병사들의 출몰이 잦다는 점이오. 차라리 이참에 우리 의진이 서쪽 고을로 가서 활동하는 게 어떻겠소?"

"거기가 어디요?"

신돌석의 반문에 김병두는 눈을 가늘게 뜨고 대답했다.

"가령 소백연봉의 봉화나 순흥 쪽이오! 가능하다면 영월까지도."

김병두가 말한 이곳들은 소백산맥 자락에 박혀 있는 고을들로 영해와는 상당한 거리에 있었다. 신돌석이 손사래를 치며 도리질까지 했다.

"그건 안 될 말이외다! 고기가 물을 떠나면 살 수 없듯이 우리 영릉의진은 울진이나 영해나 영덕, 그리고 영양 등지를 떠나서는 살수가 없소! 우리 대원들이 모두 이 지역 사람들인데 여기를 두고 멀리 떠난다면 활동이 쉽지 않을 거요!"

왜군의 예봉銳鋒을 피해 서쪽으로 옮겨보자는 김병두의 말뜻도 이해는 가지만 신돌석의 말에도 일리가 있었다. 그래서 나온 결론이 패를 나누어 봉화지역을 시험 삼아 공략해 보자는 것이었다. 의진이 주둔하고 있는 영해 수동마을에서 봉화까지는 가까운 거리가 아니었다. 하지만 의진이 늘 밟았던 태백준령을 북으로 치고 올라 불영계곡에서 서쪽으로 곧추 간다면 그리 멀다고 할 수도 없었다.

"이번에는 내가 한번 나서 보겠소! 의진 대원 한 패만 끌고 나가 봉화를 한번 들이쳐 보지요!"

도선봉장 한영육과 중군장 김치언, 그리고 분진선봉장 이하현을 돌아보고 신돌석이 말했다. 말을 들은 세 사람은 고개를 끄덕이며 동의를 표했다.

"알겠소이다!"

"세 분은 여기서 대원들을 잘 다독여 주시고, 참모장은 나를 따르시오!"

이번에는 김병두를 보고 말했다. 이렇게 하여 250명의 대원을 돌석과 병두가 이끌고 봉화를 향하기로 했다. 9월 하순에서 10월 하순까지 한 달간의 원정이었다. 아직 겨울이 닥치기 전이니 추위 걱정은 덜하지만 산중에서 먹고 자는 것이 쉬운 노릇은 아니었다. 모두 긴장하여 조심스레 행군했다.

"이번 기회에 서쪽으로 더 나아가면 충청좌도 쪽 의진과도 통할 수 있을 듯싶소!"

출발에 앞서 김병두가 말하자 돌석은 희미하게 웃으며 대답했다.

"그리되면 좋겠지만 ···."

9월 하순 영해군 수동을 출발한 의진은 태백준령을 다시 넘어 영양군 수비를 지나고 일월산을 동북쪽으로 돌았다. 수비에서 봉화까지만 해도 150리가 넘는 길이니 한꺼번에 대열을 이루어 행군하는 것은 위험했다. 다시 삼삼오오 패를 나누고, 무기는 말에 싣고 도부꾼 행세를 하며 걸었다. 가는 도중에도 김병두는 왜병이나 관아치의 기척만 보이면 눈빛을 반짝이며 긴장했다. 눈에 익지 않은 길을 가기는 역시 쉽지 않았다. 그사이 병두는 충청좌도에서 거의한 이강년李康秊의진과 연통을 꾀하느라 사람을 보내고 신돌석의 이름으로 통문을 날렸다.

족히 이틀을 넘게 걸어 봉화군 닭실마을 뒷산에 도착한 것은 10월 초이틀 저녁 무렵이었다. 김병두가 이강년의진에 보냈던 인편이 닭실의 권 참봉 댁 별채에 한발 먼저 도착하여 신돌석의 본대를 기다리고 있었다.

"어찌 되었소? 운강 선생은 뵈었소?"

병두가 이강년의 아호까지 언급하며 그를 만났는지 다급하게 물었다. 이강년의진을 다녀온 대원이 편지 한 통을 내밀며 대답했다.

"이 서찰과 함께 한 분을 따로 보내시었소!"

김병두와 돌석은 편지를 열면서 다시 물었다.

"그분은 어디 있소?"

"잠시 나갔다 온다 했으니, 이제 곧 올 것이오!"

이윽고 기름한 얼굴에 강골로 생긴 인사 하나가 방으로 들어와 신돌석과 김병두에게 반가움이 묻은 눈길을 보냈다. 나이는 병두보다 서너 살 아래로 여겨졌다.

"아하! 이분이오? 나는 영릉의진 참모장을 맡고 있는 김병두라고 하오. 그리고 여기 이분은 신돌석 대장이오!"

김병두가 자신과 신돌석을 이강년의진에서 온 사람에게 소개하자, 상대는 대뜸 돌석에게 무릎을 꿇고 큰절을 올리며 말했다.

"저는 이강년의진에서 김상태 장군의 좌선봉을 맡고 있는 김시중이라 합니다!"

신돌석 역시 맞절을 했고, 김병두와 김시중도 서로 예를 갖추어 인사했다. 인사를 마친 김시중은 돌석을 바라보며 감격에 겨운 목소리로 말했다.

"신 대장님의 명성을 들은 지 오래인데, 여기서 이렇게 뵐 줄은 미처 몰랐습니다!"

"무슨 당치 않은 말씀을."

신돌석이 계면쩍은 목소리로 답하고, 이내 엄숙한 얼굴로 다시 물었다.

"이번에 봉화군 관아를 들이치면서 충청좌도 쪽 의진과 합진하고 싶다는 게 우리 의진의 뜻이외다! 그쪽 의진의 뜻은 어떠신지요?"

"뜻은 이 서찰 안에 있습니다. 다만 저를 보낸 것은 계책을 좀더 면밀하게 하자는 뜻입니다!"

김시중 역시 진지한 표정으로 말을 받았다. 김병두가 돌석과 함께 서찰을 펴자 의례적인 인사말과 함께 10월 초닷샛날 아침나절 봉화관아를 들이치자는 내용이 적혀 있었다. 그리고 봉화에서 순흥군이 멀지 않으니 내친김에 순흥관아까지 공격하면 어떻겠느냐고도 묻고 있었다.

세 사람은 초닷샛날 있을 합진을 염두에 두고 머리를 맞댔다. 기본적으로 충청좌도의진은 영춘군에서 거병한 데서 알 수 있듯이 소백연봉 언저리 고을 출신이 많았는데 총대장 이강년은 물론이요, 김상태도 그러했다. 김시중도 태어난 곳은 강원도지만 이곳 봉화 사정을 훤히 꿰고 있었다.

"영릉의진은 전투경험이 많으니 관아 공격을 맡아 주시고, 우리 의진은 지리에 밝으니 외곽을 방어하면서 백성들 타이르는 공작을 하는 게 어떻겠습니까? 그리고 봉화가 끝나면 우리 의진이 순흥 가는 길을 안내하겠소이다!"

"아무럼 어떻겠소. 하지만 이런 작은 고을을 습격하면서 총포를 많이 쓸 일은 없을 듯싶소!"

김병두가 탄환을 아끼겠다는 뜻으로 이렇게 말하자 김시중이 반문했다.

"그럼, 뭐로 하실 겁니까?"

"어떤 게 좋겠소?"

병두가 다시 묻자 김시중에 앞서 돌석이 의견을 냈고, 시중은 냉큼 돌석의 견해에 찬성의 뜻을 보냈다.

"아무래도 화공火攻이 ….."

"아, 좋소이다! 신 대장님 고견대로 하시지요!"

이런저런 의논 끝에 충청좌도의진은 관솔과 기름을 준비하고, 영릉의진은 탄알을 준비하기로 했다. 이러한 뜻이 김시중을 통해 충청좌도의진에도 전해졌다.

드디어 10월 초닷샛날 새벽이 되자 각 동네에 서너 명씩 흩어져

기식하던 영릉의진 대원들이 닭실로 모여들었다. 충청좌도의진 대원 2백여 명도 김시중을 대장 삼아 밤길을 다투어 닭실로 달려왔다. 처음 해보는 합진에 양쪽 모두 긴장되기는 마찬가지였다.

하지만 영릉의진으로서는 패를 나누어 전투를 치른 경험 때문에 그리 낯설지는 않았다. 새벽밥을 먹은 충청좌도의진이 먼저 출발하고, 그 뒤를 영릉의진이 따랐다. 10리가 채 안 되는 봉화관아에 도착한 충청좌도의진은 읍내의 요소요소를 막아 행인의 출입을 금했다. 뒤미처 따라온 영릉의진은 관아에 도착하자마자 기름통을 든 대원이 먼저 담을 넘어가 관아 곳곳에 기름을 뿌렸다. 순검으로 보이는 자들 몇 명이 이를 말리려다가 신돌석이 내지른 발길과 주먹에 머리가 깨진 채 나가떨어졌다. 그사이 의진 대원들이 군기고에 뛰어들어 무기와 탄환을 거두어 나왔다.

기름 뿌린 대원들과 무기를 거둔 대원들이 철수하자 뒤이어 관솔에 불을 붙인 대원들이 관아 지붕을 향해 그것을 마구 던졌다. 군수며 아전 등 관아치들은 흔적 없이 몸을 감추었고, 관아 곳곳은 의진이 던진 관솔불에 맥없이 타들어 갔다. 신돌석에게 얻어맞은 순검 중에 어떤 자가 말을 훔쳐 달아나다가 말만 빼앗기고 기어이 도주했다. 이 순검의 연락을 받은 수비대원들이 달려왔지만 길을 지키던 충청좌도의진에 막혀 줄행랑을 쳤다.

봉화관아가 불길에 휩싸인 걸 확인한 돌석은 순흥 가는 길을 물을 셈으로 김시중을 찾았다. 시중은 백성들의 지지를 호소하는 격문을 붙이느라 바빴다. 뒤늦게 달려온 김시중을 향해 신돌석이 재촉했다.

"빨리 순흥으로 갑시다! 앞장을 서 주시오!"

김시중이 앞장서서 충청좌도의진을 이끌었고, 영릉의진이 그 뒤를 따랐다. 5백 명 가까운 의진 대원들이 소백연봉의 토끼 길을 치고 올라가는 형세는 가히 장관이었다. 앞서가는 김시중을 따라잡은 신돌석이 넌지시 물었다.

"충청좌도의진이 순흥군 공격에 목매는 까닭이 무엇이오?"

질문을 받은 김시중은 빙긋이 웃더니 대답했다.

"그야 영릉의진이 바닷가 왜놈의 소굴을 소탕하려는 것과 같은 까닭이지요! 순흥에는 벌목에 종사하는 왜놈들이 많습니다!"

"아하, 그렇군요!"

신돌석은 혼잣말을 하며 고개를 크게 끄덕였다.

왜군은 이태 전 안동에 군용목재소를 마련하고 소백연봉의 심산 유곡에서 자라는 목재를 마구잡이로 베어 냈다. 아름드리 소나무가 맥없이 쓰러져 실려 나가는 진원지가 바로 순흥이었고, 이에 따라 순흥에는 왜인들 거주지가 여기저기 널려 있었다. 돌석은 이번 공격의 목표가 순흥관아는 물론이요, 왜인들 서식지도 포함되어야 하는 까닭을 알고서는 모조리 쑥대밭을 만들어야겠다고 다짐했다.

봉화관아를 들이치고 그날 아침나절에 봉화를 떠난 의진 대원들은 80리 가까운 산길을 걸어 자정 못 미쳐 순흥 읍내에 도착했다. 잠시 숨을 돌린 다음, 삼삼오오 짝패를 이룬 신돌석과 대원들은 김시중과 충청좌도의진의 안내로 순흥관아와 왜인들이 몰려 사는 지역으로 갔다. 봉화에서와 마찬가지로 충청좌도의진은 외곽 수비를 담당하고, 영릉의진은 공격을 맡았다.

신돌석은 영릉의진 대원을 세 패로 나누어 1패는 관아 공격, 2패는 왜인 거주지 공격, 3패는 물자 수거와 운반을 맡도록 했다. 1패를 이끈 돌석은 관아 담장 밖에 서자마자 공중제비로 몸을 날려 가볍게 담장을 넘었다. 그리고 안에서 잠긴 문을 따고 대원들을 불러들였다.

관솔불을 밝힌 의진 대원들이 들이닥치자 보초 서던 순검들은 오금이 저려 그 자리에서 붙들리고, 군수는 도포자락이 찢어진 채 뒷문을 열고 죽을힘으로 달아났다. 무기를 거둔 다음 의진 대원들이 관아 곳곳에 기름을 뿌리고 들고 있던 관솔불을 던지자 불길이 하늘로 치솟았다. 타는 불길로 사방이 환해져서 왜인들 거주지로 가는 걸음이 한결 수월했다.

왜인들 집에 이른 영릉의진 대원들은 집집이 들어가 왜인 가족을 깨워 집 밖으로 몰아세웠다. 이들의 손발을 묶어 한곳에 꿇어앉히고 도망치거나 반항하면 죽이겠다는 엄포를 놓았다. 되짚어 들어간 집에서 장롱이며 창고를 뒤져 값나가는 물건을 모조리 거두었다. 이것들 역시 조선 사람들의 고혈을 빤 것이러니 여겨져 더욱 모질게 훑었다. 거둔 물자를 3패에게 넘긴 2패는 집 안에 사람이 없는 것을 확인하고는 기름을 뿌리고 관솔불을 던졌다.

2백 채 가까운 왜인들 가옥이 기름과 관솔불을 먹고 타들어 가기 시작했다. 손발 묶인 왜인들 가운데는 자기들 집이 타들어 가는 것을 보고 비명을 지르거나 흐느끼는 자도 있었다.

작전이 끝난 것은 자정이 훨씬 지난 새벽녘이었다. 순흥관아에서 일을 마친 두 의진은 소백산 자락에 기대 있는 순흥향교로 이동하여 잠시 휴식을 취했다. 돌석은 양측 의진 대원들을 한곳에 모으고 그들의 노고를 치하했다.

"수고들 하셨소! 향후에 이런 합진이 다시 이루어질지는 알 수 없으나 이번 거사는 매우 의미 있는 일이었소! … 부디 몸조심들 해서 가시오!"

향교에서 아침밥을 먹고, 거두어들인 물자의 절반을 정확히 셈하여 김시중의 충청좌도의진에 넘겼다. 김시중은 손사래를 치며 사양했으나 김병두가 썩 나서서 그를 누르고 기어이 받도록 했다.

여기서 나눈 것은 이런 종류의 물자만은 아니었다. 왜국 통감부가 태백·소백의 양백 언저리에서 활동하는 의진을 제압하기 위해 광분狂奔한다는 점을 서로 알게 되었다. 대구 수비대 병력을 충청도 지역으로 파견하는가 하면, 삼척에 주둔해 있는 왜군도 그 남쪽인 울진으로 보냈다는 것이다. 그러므로 왜군 수비대의 공격으로부터 안전한 곳은 어디에도 없다는 사실을 새삼 확인했다.

그리고 영릉의진과 신돌석의 능력을 충청좌도의진 대원들 사이에 알렸다는 점도 빠트릴 수 없겠다. 소문으로만 듣던 신돌석의 힘을 제 눈으로 본 충청좌도의 의진 대원들은 열린 입을 다물지 못했다. 이런저런 이야기를 서로 나누고 헤어지려는 찰나에 때마침 영주에 주둔하고 있던 수비대원 서너 명이 헐레벌떡 달려왔다. 순흥 관아와 왜인들 가옥이 불탄 것을 확인하고 범인들을 잡겠다며 뛰어왔으나 의진의 머릿수를 보고는 질겁해서 달아났다. 돌석은 공포 몇 발을 쏘며 이들을 뒤쫓는 척하다가 돌아왔다.

"허허! 가소로운 놈들 … ."

물과 물고기

순흥향교에서 헤어진 영릉의진과 충청좌도의진은 각각의 근거지로 회군했다. 신돌석은 대원들을 서너 명씩 짝패를 짓게 하고, 도부꾼 행색으로 길을 떠났다. 때로는 합치기도 하고 때로는 흩어지기도 하면서 다시 태백준령을 향해 걸었다. 하지만 왜군 수비대 역시 만만치가 않았다. 영릉의진과 충청좌도의진이 봉화·순흥관아와 왜인들 서식지까지 불태운 것을 알고는 동쪽의 일월산에서부터 그 서쪽 예천까지를 표적 삼아 군대를 밀어 넣었다.

자칫 의진의 작전 범위가 쪼그라들 형편이었는데, 이런 기미를 알아챈 영릉의진은 일월산 지역을 벗어나 아예 태백준령을 넘었다. 진작부터 점찍어 놓은 평해 쪽 요새지 선미로 스며들었다가 이따금 준령을 되넘어 수비에도 머물렀다. 이제 겨울이 오고 있으니 다시 양식과 군수품 조달에 매달려야 할 때였다. 신돌석은 물론이요, 김병두 또한 그리 느끼고 있었다.

"겨울은 오는데 우리 의진이 아직 3백 명에서 4백 명 선을 유지하고 있으니 군량미가 걱정이오. 대원들을 잘게 쪼개서 양식과 탄환을 마련해야 할 듯싶소이다!"

김병두의 말에 신돌석이 대답했다.

"나도 그리 생각하고 있소! 서너 명씩을 짝패로 나누고 이들 짝패를 다시 열 개쯤씩 묶어서 마을 마을을 돌며 군량미와 탄약을 조달해 오도록 합시다. 그나마 총은 그런대로 넉넉한데 화약과 탄환, 양식이 모자라 늘 걱정이오."

말을 마친 신돌석은 스스로의 구상을 장수들에게 알렸다.

그날 이후 군량미와 탄환 조달에 나선 대원들이 평해지역 각 동네에서 거둔 것은 수천 냥의 현금에서부터 옷감이며 백미, 좁쌀, 납 등 종류가 다양했다.

이렇게 활동을 하다 보니 우스운 일도 있고, 뜻밖의 일도 없지 않았다. 음력 10월 중순경이었는데, 의진 대원 서른 명쯤이 평해관아와 한두 마장 떨어진 동네에서 울진 쪽으로 올라가고 있었다. 그런데 울진 쪽에서 내려오던 순검 서너 명이 의진 대원들이 오는 것을 보고는 지레 겁을 먹고 몸을 숨겼다. 그것도 모자랐던지 순검 모자와 정복, 그리고 칼을 벗어서 동민에게 맡기고는 멀리 달아났다. 동민의 신고로 그런 정상을 알아본 의진은 동장을 불러 순검이 맡겼다는 옷과 모자 따위를 넘겨받았다. 물론 동장에게는 순검이 다시 오거든 빼앗겼노라 말하라고 시켰다.

또, 수비에 머물던 그해 10월 하순경에는 의진 대원 1백 명을 한꺼번에 얻기도 했다. 구덩이를 파고 나무와 흙으로 엮어 지은 움막

270

에서 저녁밥을 먹고 있는데, 희끗한 구레나룻에 장대한 체격을 가진 중년 사내 하나가 신돌석을 찾았다. 투박한 표정이나 행색으로 보아 왜인의 밀정으로 여겨지지 않기로 돌석은 자신의 신분을 순순히 밝혔다.

"내가 바로 신돌석이외다!"

신돌석이 스스로의 이름을 밝히자 사내는 나이에 어울리지 않게 고개를 깊이 숙이며 두 손을 내밀었다.

"저는 심천동에 사는 김성운이라 하오! 신 대장님의 큰 이름을 들은 지 오랜데 지금에야 뵙게 되오!"

"허허! 무슨 과찬의 말씀을 … . 그런데 무슨 일로 그러시는지요?"

돌석이 계면쩍어하며 말을 받자 성운은 그제야 용건을 밝혔다.

"사실, 저는 시골구석에서 농사나 짓던 농투성이입니다만 여기저기를 오가다 보니 세상 돌아가는 꼴을 조금은 알게 되었소! 그런데 근자에 왜놈들이 우리나라를 거저 삼킬 요량으로 우리 임금을 강제로 퇴위시키고, 우리 군대를 해산시켰다고 하니 분기가 치솟아 참을 수가 있어야지요. 그래서 가근방의 의기남아들을 좀 모았소! 그 숫자가 많게는 1백 명, 적게는 스무남은 명은 되는데 이 인원으로 뭘 하기도 그렇고 해서 신 대장님 수하에 들어가 왜놈들과 싸웠으면 해서 이렇게 찾아왔소이다!"

김성운의 결기를 솟구치게 한 임금 퇴위와 군대 해산은 모두 그 해 음력 6월에 있었다. 이 일로 하여 방방곡곡에 백성들의 통곡과 저항이 끊이지 않았다. 왜인들을 공격하는 폭동이 일어나고, 이완용의 집을 불로 태웠다. 자결한 군인이 있는가 하면, 스스로 의진을 꾸려 왜군과 싸운 이도 있고, 다른 의진에 끼어들어 총을 든 사람도 나왔다. 그런 점에서 농사꾼 김성운의 행동은 유별나다고 할 것이나 신돌석은 순간적으로 성운의 제의를 어떻게 받아들여야 할지 고민스러웠다.

'흐음! 1백 명의 대원이라?'

김성운의 제의를 받아들인다면 1백 명의 대원이 금방 불어나니 나쁠 건 없었다. 하지만 이 식구들을 먹이고, 입히고, 재우고, 훈련까지 시켜야 할 일을 생각하니 마냥 좋아할 수만도 없었다.

신돌석은 다시 한번 생각을 가다듬어 말했다.

"김 대장님의 의기는 참으로 존경받을 일이외다! 그리고 우리 의진을 찾아 주신 점도 정말 고맙소이다! 하지만 우리 의진에 들어오지 않더라도 왜놈들과 싸울 길은 얼마든지 있으니, 우리 대원들과 의논을 좀 해보고 답을 드리겠소이다."

신돌석의 좋은 말에 김성운은 알겠다며 물러갔다. 숟가락을 놓은 돌석은 그 길로 장수들을 불러 모아 이 문제를 의논토록 했다. 그러나 의견이 분분하여 쉬 결론이 나지 않았다. 혹자는 당장 받아들여 대원의 머릿수를 늘리자 했고, 반대하는 축에서는 무기며 식량이며 여러 가지를 고려할 때 받아들이는 것만이 능사가 아니라고도 했다. 서로의 의견이 팽팽하여 의논의 맥이 흐려 가자 김병두가 나서서 조심스럽게 제 소견을 밝혔다.

"나는 김성운 대장의 의진이 굳이 우리 의병진대장의 수하로 들어오지 않더라도 입술과 이빨처럼 서로 도와 가며 적과 싸울 수 있다고 봅니다! 지난번 충청좌도의진과 우리 의진이 합진해서 올린

성과를 보면 오히려 그게 낫지 않을까 싶소이다! 만에 하나 양 의진을 합친다 한들 첫째는 인화에 문제가 생길 수 있고, 둘째는 군량미 조달과 무기 공급, 훈련에도 문제가 생길 수 있으며, 셋째는 전체 의진이 운신하는 데도 어려움이 있을 듯하오. 그러니 이참에 우리가 가진 무기 일부를 나눠 주고, 서로 협력함이 옳을 듯싶소이다!"

김병두의 말이 끝나자 신돌석이 결론 삼아 말했다.

"그럼, 이렇게 합시다. 김성운의진을 우리 수하로 들이지는 말되, 우리가 가진 무기 일부를 그쪽과 나누고, 군량미도 서로 돕고, 필요하면 경우에 따라 합진도 하는 걸로 하겠소!"

이튿날 김성운의진 측에 이런 뜻을 전하자 그쪽도 기꺼이 동의했다. 다만 자기들 의진의 전투력을 연마하기 위해 영양에 주둔한 왜군 수비대를 공격하고 싶다는 뜻을 전해 왔다. 이 말을 들은 참모장 김병두가 좋은 수가 있다며 무릎을 쳤다.

"거참 좋은 제안이외다! 지난번에 우리 의진을 두 패로 나누어 영양과 영덕을 한날한시에 공격한 것처럼 이번에는 영양과 평해의 왜놈 수비대를 동시에 공격하는 게 어떻겠소? 왜놈들에게 혼란을 줄수 있는 방법이오!"

김병두의 제안에 따라 김성운의진에게는 영양의 왜군 수비대를 공격하는 일을 맡기고, 영릉의진은 평해의 왜군 수비대를 공략하자는 의견이 채택되었다. 다만 김성운의진은 전투 경험이 아직 많지 않으니 영릉의진에서 사람을 보내 돕도록 했다. 그쪽에 파견할 인사로는 영양 출신의 분진선봉장 이하현이 좋겠다는 의견이 많아서 그를 뽑았다. 김성운의진도 영릉의진처럼 신돌석의 이름과 영릉의진의 이름이 쓰인 깃발을 들기로 했다.

공격할 날짜는 동짓달 스무여드레로 잡았다. 수비에서 영양까지는 40리 남짓이지만 평해까지는 1백 리가 넘는 길이었다. 그래서 영릉의진 대원 4백여 명은 신돌석과 수하 장수 여러 명이 나누어 거느리고, 이틀 전에 출발했다. 김성운의진은 당일 아침에 수비를 나서기로 했다.

신돌석이 거느린 대원들이 태백준령을 넘어 평해에 도착한 것은 동짓달 스무여드레 새벽이었다. 평해 주둔 왜군 분견대는 평해에서 북으로 10리쯤 떨어진 황보마을과 오곡마을 중간지대에 주둔하고 있었다. 황보천 북쪽에 있는 노동서원 터와도 멀지 않았다. 평해에서 새벽밥을 먹은 돌석은 빠른 걸음으로 올라가 왜군 분견대의 위치를 살피고 돌아왔다.

"우리는 밥을 먹었으니 놈들이 아침밥 먹을 시각에 맞추어 들이칩시다!"

행장을 챙긴 대원들은 다시 삼삼오오 짝을 지어 왜군 분견대가 있는 황보마을로 나는 듯이 달렸다. 분견대 건물은 사방이 트인 곳에 벽돌로 세워져 있었다. 그렇다 보니 이쪽을 엄폐할 수 있는 엄폐물도 마땅치 않은 데다 화공마저 쉽지 않았다. 왜군 병사 몇 명이 건물을 들락거리는 것이 눈에 들어왔다. 먼발치에서 이리저리 궁리하던 신돌석과 김병두는 패를 둘로 나누어 1패 2백 명을 노동서원 터 뒤쪽 야산에 매복시키고, 나머지 2백 명으로 공격에 나섰다.

"공격하다가 저놈들의 반격이 거세지면 못 이기는 척하고 저 노동서원 터 뒷산으로 후퇴하시오!"

황보천 상류로 올라가 노동서원 터 뒤쪽에서 공격을 개시했다. 2백 정의 총이 불을 뿜는데도 왜군들은 분견대 건물 안에서 대응사격만 할 뿐 밖으로 나올 기미가 없었다. 맞춤한 엄폐물이 없는 형편에 건물 쪽으로 막무가내 뛰어들기도 난감했다. 서원 터 쪽으로 적을 유인하려던 계획이 어긋났다. 아침부터 한나절 내내 총알을 주고받았지만 승패는 딱히 가려지지 않았다.

"전원 후퇴!"

명령을 내린 돌석은 풀죽은 의진 대원들을 끌고 서쪽의 태백준령을 향해 걸었다.

그날 저녁, 산 중턱에서 잠시 쉬는 사이 김치언과 박병률이 신돌석을 찾았다. 둘 다 활빈당에 몸담았던 사람들로 일찍부터 신돌석의 관심을 받고 있었다. 이들은 의진에서 각각 중군장과 포대장이란 직함을 지니고 있었다. 특히, 김치언은 장호동 공격에서 두 번이나 큰 공을 세웠다. 그런 김치언이 말했다.

"오늘 밤 저희 몇몇이 별동대를 꾸려서 저 왜놈들을 처치하려고 하니 허락해 주기 바라오!"

신돌석이 놀란 목소리로 되물었다.

"허허! … 이 추운 밤에 분견대가 있는 곳으로 다시 가겠다는 거요?"

"네! 저놈들은 오늘 낮에 공격을 받았으니 밤에는 공격이 없으리라 생각해서 경비를 느슨하게 할 게 틀림없소! 허를 찌르고 실을 꾀하는 계책을 쓰고자 하오!"

김치언의 말에 참모장 김병두가 적극적으로 찬성하고 나섰다.

"좋은 계책이오! 그야말로 허허실실이오!"

신돌석 역시 그럴듯하다고 여겨 이 계책에 동의했다. 돌석의 허락을 얻은 김치언은 활빈당 출신을 중심으로 무술과 용력이 뛰어난 대원 50여 명을 골랐다. 50여 명 대원들은 자정이 가까워 오자 저마다 단검 하나씩만 든 채 칠흑 같은 어둠 속에 몸을 감췄다. 돌석은 이들의 행보가 믿음직스럽기는 해도 만에 하나 실수가 있을까 싶어 대원 1백여 명을 더 뽑아 뒤를 받치게 했다.

김치언과 박병률이 이끈 별동대는 차가운 어둠 속을 기다시피 해서 산 아래로 내려갔다. 불이 켜진 분견대 건물은 정적에 잠겨 있었다. 대부분의 대원은 왜군 분견대 가까이 다가가 땅바닥에 납작 엎드렸고, 몇몇 대원들이 분견대와 떨어진 숲속에 몸을 숨겼다. 동짓달의 모진 추위가 땅바닥에 엎드린 대원들을 에워쌌다. 어금니가 소리 나게 부딪칠 만큼 맹렬한 추위였다. 이윽고 숲속 대원들이 바짝 마른 낙엽 더미에 불을 놓자, 오래지 않아 불꽃이 피어올라 사방을 태워 나갔다.

"불이야! …"

숲속의 대원들이 불이야, 라고 연이어 외쳤다. 정적에 빠져 있던 분견대 안이 소란스러워졌다. 이어서 목표를 가늠하지 않은 총성이 분견대 밖으로 쏟아졌다. 한참 뒤 총소리가 멎고, 왜군들이 조심스럽게 분견대 건물 밖으로 새어 나왔다. 점점 번지는 산불을 끄기 위해서인 듯했다. 죽은 듯이 땅바닥에 엎드려 있던 의진 대원들이 맹수처럼 일어나 단검을 휘둘렀다. 왜군들은 미처 총 쏠 겨를도 없이 칼을 맞았다. 대부분 심장이나 경동맥이 난자亂刺당해 그 자리에서 죽었다. 이날 김치언과 박병률의 별동대원 손에 평해 분견대 왜군

20여 명이 전멸했다. 아군은 피해가 없었다.

"두 분의 헤아림과 용맹 덕분이오! 고맙소!"

"뭘요! 그까짓 일로."

신돌석이 김치언과 박병률을 따로 불러 치하하자, 두 사람은 피 묻은 손으로 뒤통수를 긁적이며 크게 쑥스러워했다. 영릉의진의 쾌 거였지만 왜군은 이를 갈았다.

한편, 영양의 왜군 수비대를 습격하러 떠난 김성운의진은 동짓달 스무아흐레 새벽에야 영양 읍내에 이르렀다. 몇 명씩 나누어 짝패 로 행군하는 일이 익숙지 않은 탓에 걸음이 느렸다. 관아 옆의 왜군 수비대에는 많은 병력이 있지도 않았는데, 의진의 습격을 눈치챈 적이 의진을 향해 먼저 공격을 퍼붓는 바람에 의진은 흩어졌다. 다 행히 사상자는 나지 않았으나 큰 성과도 없었다. 다만 신돌석과 영 릉의진의 이름이 쓰인 깃발을 펄럭여 적들을 헷갈리게 한 것이 성 과라면 성과였다. 아마 왜군 수뇌부는 신돌석과 영릉의진의 동시다 발적인 공격에 상당히 혼란스러웠을 것이다.

동쪽에서 소리를 지르고 서쪽을 공격하는 식의 교란작전에 재미 를 붙인 김병두가 또다시 제안했다.

"신돌석 대장과 영릉의진의 이름이 쓰인 깃발을 여러 개 만들어 의진이 있는 여러 곳에 보냅시다! 그러면 왜놈들을 헷갈리게 하는 데 아주 효과가 클 것이오!"

김병두의 제안에 따라 커다란 무명천에 신돌석과 영릉의진의 이 름이 쓰인 깃발을 여러 장 만들었다. 제작한 깃발은 인편을 통해 김 성운의진과 충청좌도의진은 물론이요, 북쪽 강원도나 경기도 쪽 의진에도 보내졌다. 전투할 때 왜군들이 볼 수 있도록 걸어 달라는 부탁을 빠트리지 않았다. 경기도 양주나 강원도 양구에까지 신돌석 깃발이 걸렸다는 건 그 후에야 알게 되었다.

수비대 병력을 대거 투입했음에도 돌석을 비롯한 영릉의진이 보란 듯이 태백준령 동서를 휘젓고 다니는 데다 경기도 양주나 강원도 양구에까지 신돌석이 나타났다고 하자 왜군들은 안달이 났다. 돌석의 거처를 알아내기 위해 정보 수집에 열을 올리는 한편, 조선 임금을 강압하여 임금 명의로 의진의 해산과 귀순을 종용하게 했다.

임금의 칙령이 나온 게 그해 동짓달이지만 배후에 왜인 통감부가 있다는 건 천하가 다 아는 사실이니 의진이 쉽게 무너질 리 없었다. 무너지기는커녕 관동창의대장 이인영은 각도 의진에 격문을 보내기까지 했다.

… 군사행동의 요체는 각기 흩어짐을 피하고 일치단결하는 데 있다! 각도의 병력을 통일하여 홍수가 둑을 무너뜨리는 기세로 서울 가까이에 박힌 왜적을 쓸어버린다면 천하를 차지할 수는 없다 하더라도 우리나라에 얽힌 문제는 유리하게 풀 수 있을 것이다!

격문의 요지는 대개 의병 부대를 통일해서 연합 의병부대와 통합 사령부를 만들고 서울을 향해 경기도 지역으로 진군하자는 것이었다. 이 통문을 받아 본 신돌석은 참모장 김병두와 여러 장수를 불러 의견을 들었다. 포대장 신태종을 비롯해서 몇몇 사람이 영릉의진도 이인영이 제시한 양주로 집결하자는 제안에 찬성했다. 하지만 신돌석은 무겁게 고개를 흔들며 신중에 신중을 거듭했다.

"지난번에 우리 의진의 본거지를 서쪽으로 옮겨 보자는 말이 나왔을 때도 밝혔소만, 고기가 물을 떠나면 살 수 없듯이 영릉의진은 울진·영해·영덕과 영양 등지를 떠나서는 살 수가 없소. 우리 대원들이 모두 이 지역 출신인데 여기를 두고 멀리 떠난다면 활동이 쉽지 않을 거요!"

어떤 지역에서 터 잡고 자라 온 의병이 그 지역을 벗어나면 지형지세나 인심을 파악하기 어렵고, 그에 따라 원활한 활동을 보장받을 수 없다는 게 신돌석의 판단이었지만 신태종의 의견은 달랐다.

"의진끼리 연합해서 덩치를 키우고 그래서 왜적을 토벌하자는 것이니 과히 나쁘지는 않을 듯싶소! 이런 기회에 다른 의진의 싸우는 모습도 보아 두면 좋을 것이고….."

"……"

그러나 신돌석은 침묵으로 거부의 뜻을 분명히 밝혔다. 아무튼 이런 격론 끝에 신돌석 대신 포대장 신태종이 신돌석의 깃발과 의진 대원 80여 명을 이끌고 경기도 양주 땅을 밟기로 했다. 신태종의 출발에 앞서 신돌석은 여러 장수와 참모를 모아 영릉의진 나름의 계책을 꺼냈다.

"우리 의진의 일부가 양주로 가게 됐는데, 이곳에 남은 우리는 왜적의 칼끝이 양주로 향하지 못하도록 교란작전을 써야 할 듯싶소! 다른 의진과 합세하여 크게 한번 기세를 올린다든지, 아수라장을 벌인다든지…."

이런 견해에 따라 유시연의 안동의진과 김성운의진에 사람을 보내 그 뜻을 전하게 했다. 조만간 심천쯤에다 의진 병력을 한꺼번에 집결시켜 양주로 향하는 왜군의 주의를 분산시키고, 대원들의 위세도 한바탕 과시하자는 내용이었다.

신태종과 80여 명 대원은 바로 떠났다. 신태종 등의 참여로 하여 그해 겨울 양주에서 13도 창의대진소倡義大陣所를 결성할 때 신돌석의 이름이 교남창의대장에 올랐던 것이지만, 돌석은 그런 명색도 썩 달갑지가 않았다. 자신의 이름이 교남창의대장에 오르건 말건 태백준령 언저리를 동서로 넘나들며 치고 빠지는 식의 유격전을 펼칠 뿐이었다. 그럼에도 왜군들 정보나 떠도는 소문으로는 신돌석이 태백준령 깊은 곳에 있는 줄 알았는데 경기도 양주나 강원도 양구에도 나타났다고 하니 헷갈리는 일이요, 귀신이 곡할 노릇이었다. 그야말로 축지법을 쓰는 걸로 볼 수밖에 없었다.

정작 이런 소문이 돌던 섣달 초순, 돌석은 위동마을이란 곳에서 저녁밥을 먹고 있었다. 식사가 거의 끝날 무렵이었다.

"대장! 심천에서 사람이 왔소이다!"

밖에서 보초를 서던 대원 하나가 돌석에게 전했다. 김성운이 보낸 사람이 신돌석을 향해 고개를 숙이며 말했다.

"모두 모여 있습니다! 이제 영릉의진만 오면 됩니다!"

양주로 쏠리는 적의 예봉을 흩트리자는 속셈이니 숫자가 많을수록 좋겠다는 기대를 은근히 하며 돌석은 대답했다.

"아, 알겠소! 우리 대원들 요기하던 것 끝나는 대로 가겠소!"

돌석의 대답에 심부름 온 청년이 인사를 하고 돌아갔다. 청년이 돌아가자 김병두가 입을 열었다.

"왜놈 수비대의 동태가 아무래도 심상치가 않소이다. 저놈들 숫자가 마구 늘어나는 추세인 것 같소!"

평해나 영양을 오가는 도부꾼들 입에서 나온 소문도 그렇고, 지난날 백남수가 태백준령 요해처에 심어 두었던 재가在家의진 대원들의 첩보로도 그러했다. 왜군 수비대 병력이 늘어난다는 것은 의진을 향한 공격이 그만큼 임박했다는 뜻도 될 것이었다. 돌석이 병두를 힐끗 돌아보며 말했다.

"저들의 숫자가 늘어났다면 우리는 쪼개야지요! 심천에 안동의진의 유시연 대장도 와 있을 테니 의논을 좀 해보겠소이다!"

말을 마친 돌석은 의진 대원들을 재촉하여 심천으로 향했다. 활모양으로 휘어진 장수포천을 앞에 두고 험준한 연봉을 뒤에 둔 심천은 기푸내라고도 하는데 누가 봐도 천혜의 요새지였다. 이런 지형지세 덕분에 김성운 같은 이가 여기서 의진을 베풀 수 있었을 것이다. 몇 가구 되지도 않는 산골 마을의 집집에는 모여든 의진 대원들로 인산인해를 이루었다. 여기에 영릉의진 대원 3백여 명까지 보태자 도회지처럼 북적거렸다.

신돌석이 도착하자 김성운과 유시연이 앞서거니 뒤서거니 하며 그를 맞았다. 그 옛날 김하락의진에서 다섯 살 많은 유시연을 만난 적이 있으니 돌석으로서는 실로 10여 년 만의 재회였다.

"아이고, 형님! 오랜만이외다!"

"신 대장도 오랜만이오!"

두 사람은 오래도록 손을 맞잡았다. 신돌석은 김성운과도 인사를 나누었다. 이들 의진 대장들 외에도 산촌 여기저기서 대원 십수 명씩을 거느린 소소한 의진 대장들이 많아서 그들만 쳐도 십수 개 의 진이 한꺼번에 여기로 모인 셈이었고, 전체 대원 수는 1천여 명이 나 되었다. 많은 인원이 모였으니 기분이 좋을 법도 하지만 마냥 좋 아할 수만도 없었다.

"양주에도 13도의진이 모였다고 하고, 여기에도 이렇게 모인 걸 보니 왜놈 토멸도 멀지 않은 것 같소이다!"

신돌석의 인사치레에 유시연은 껄껄 웃으며 말했다.

"허허, 어쩌다 보니 이렇게 많이 모이긴 했소만 여기에 오래 있을 수야 없지요."

"그렇지 않아도 우리 참모장과 이야기를 나누었소만, 왜놈 수비 대의 병력이 급증하고 있다고 하오! 이런 경우, 우리 의진은 규모 를 잘게 쪼개서 기습전으로 승부를 가릴 수밖에 없을 듯싶소!"

신돌석의 말에 유시연과 김성운은 고개를 크게 끄덕였다.

"왜놈 수비대 병력이 증파되었다는 건 공격도 임박했단 말 아니 겠소?"

김성운이 걱정스레 말했다.

"그렇다고 봐야지요!"

신돌석과 유시연이 한목소리로 받았다. 산속의 매서운 추위를 틈 타 왜군 수비대가 의진을 노릴 것은 충분히 예상할 수 있는 일이었 다. 그러니 신돌석의 말대로 대부대를 소규모의 여러 부대로 나누 어 산발적인 기습전을 펴는 수밖에 달리 방도가 없었다. 세 사람은 너무나 자명한 원칙을 다시 확인하고 다른 의진 대장들에게도 이를 일러 주었다.

한 번 기세를 떨친 것으로 만족하고, 김성운과 헤어진 돌석은 심천을 벗어나 백암산 서쪽 자락을 끼고 남하했다. 유시연 부대는 돌석을 뒤따라 내려오다가 일월산으로 간다며 서쪽을 향했다.

심천에서 빠져나온 영릉의진은 50명 안팎씩 패를 나누고, 패마다 분진대장 한 사람씩을 붙였다. 이제 분진대장의 판단에 따라 숙식과 전투와 이동을 하면서 태백준령 안에서 겨울을 나야 했다.

심천을 벗어난 지 사나흘째 되는 날 아침나절이었을 것이다. 좌선봉장 권상범이 이끌던 분진 한 패가 장파천을 따라 골짜기로 들어가다가 안동 수비대 병력을 만났다. 여러 패로 나누다 보니 서로 겹치지 않으려고 장파골짜기에 들었는데 하필이면 여기서 수비대를 만난 것이다. 영릉의진 대원은 50명가량이고 수비대 병력은 10여 명이었는데도 의진 쪽에서 10명이나 사상자가 나왔다.

의진의 화력 열세가 원인이지만 워낙 많은 대원이 전사하자 권상범은 죄책감 때문에 해 질 녘까지 소나무 꼭대기에 숨어 있었다. 수비대가 물러간 후 전사한 대원들을 그 자리에 묻어 주고 울면서 신돌석을 찾아왔다. 살아남은 다른 대원들도 뿔뿔이 흩어졌다가 물어물어 독곡으로 모여들었다. 이 무렵 돌석의 본진은 백암산과 검마산 봉우리 사이 독곡에 진을 치고 있었다.

패전하고 도망 온 권상범의 대원들이 하나둘 모여들자 화승총의 무력함을 한탄하며 신돌석과 대원들은 부둥켜안고 울었다. 그러나 울고만 있을 수가 없어 좁쌀탁주로 이들을 위로했다.

"승패는 병가兵家에서 흔히 있는 일이라 했소. 너무 슬퍼 마시오!"

신돌석이 권상범을 달래고 술잔이 두어 순배 오간 다음이었다. 어디선가 은은하게 총소리 같은 것이 울려 퍼졌다. 돌석은 긴장하여 총을 잡고 술자리를 파했다. 바윗돌과 아름드리 소나무를 엄폐물 삼아 재빨리 대응 사격을 했지만 저쪽의 공격이 더 빨랐다.

"탕! 타탕탕탕!"

어둠과 나무 뒤에 몸을 숨긴 왜군 수비대의 기습이었다. 연발 양총에 의진 대원들이 하나둘 거꾸러졌다. 신출귀몰한 신돌석이지만 이런 식의 기습에는 손쓸 도리가 없었다.

"모든 대원은 원래의 분진대로 나누어 흩어져라!"

어둠 속에서 신돌석은 이를 악물고 소리쳤다. 의진 대원들은 대응 사격을 멈추고 어둠을 향해 뛰었다. 어둠 때문에 방향을 잃고 왜군들 쪽으로 뛰는 자도 있었다. 돌석을 따라 선미 쪽으로 빠진 대원은 50명가량이었다. 다른 패들은 백암산 쪽으로 빠지기도 하고, 또 다른 패는 가파른 산비탈을 타고 수비 쪽으로 가기도 했다.

신돌석이 상황을 되짚어 보니 오늘 하루 동안 장파와 독곡에서 희생된 대원만 해도 족히 50~60명은 되는 듯하여 가슴이 쓰라렸다. 대원들의 손실에 더하여 독곡 요새가 적에게 노출된 것도 크나큰 손실 중 하나였다.

"평해 분견대 전멸에 대한 보복인 듯하오! … 일단 여기 선미에서 정신을 추스르며 흩어진 대원들을 모으는 게 순서일 듯하오!"

김병두가 나서서 신돌석의 분을 삭여 줄 요량으로 말했다. 그의 말에 돌석이 무언가 골똘히 생각하더니 입을 열었다.

"물론이오! 하지만 이놈들에게 본때를 보여 줄 필요도 있을 듯

하오!"

신돌석의 판단에 따라 50명 의진 대원을 다시 열 명가량씩 쪼개 평해를 비롯한 여러 지역에 파견하기로 했다. 출발에 앞서 돌석이 말했다.

"이번 행보는 딱히 왜놈들을 친다기보다 우리가 건재하다는 걸 보여 주자는 것이니 우리 모습을 여기저기에 나타내기만 하면 되오! 그래야 왜놈들 약이 오를 것이고, 흩어진 대원들도 모여들 것이오!"

이렇게 하여 7~8명씩 패를 이룬 대원들은 평해나 울진 쪽의 사람들 왕래가 잦은 도심으로 나갔다. 간 김에 군수품도 조달하고 자신들의 존재를 일부러 알렸다. 장파와 독곡에서 기습을 받은 지 사나흘이 지나지 않은 섣달 초열흘부터였다. 영릉의진 대원들의 이런 활동에 왜군들 역시 만만치 않게 대응했다. 일찍이 의진이 주둔했던 수동의 희암곡이나 한골 등지에서도 경무 분서의 협조를 받아 의진의 흔적을 찾느라 정탐에 열을 올리고 있었다.

왜군이 희암곡이나 한골에도 나타났다는 말을 들은 신돌석은 쓴 웃음이 났지만 간단한 문제가 아니었다. 천혜의 요새지로 점찍은 곳들이 하나둘 무너진다는 것은 의진의 강점인 지리를 잃는 꼴이 아닌가? 밀물 바닷가 모래밭에 선 것처럼 돌석은 왠지 발밑이 불안했다. 그나마 선미가 아직 건재한 것이 다행이라면 다행이었다.

의진 대원 50~60명이 결딴난 섣달 초순 이후 20여 일이 지난 그해 말쯤이 되면서 흩어졌던 대원들이 하나둘 모여들기 시작하더니 이듬해인 무신년(1908) 초에는 2백 명 가까운 인원이 신돌석의 수하에 다시 모였다. 그사이 의진 대원들은 활동에 필요한 군자금과 물자를 구하기 위해 태백준령을 남북으로 오갔다. 선미는 물론이요, 평해와 영해 지역 여러 마을에도 순식간에 나타나 물자를 거두고는 가뭇없이 사라졌다. 왜군 수비대는 신돌석의 의진을 찾느라 눈 덮인 일월과 백암, 검마산을 밤낮으로 뒤졌지만 헛일이었다.

가족을 미끼로

    정미년(1907) 연말부터 이듬해 초까지 많은 수의 영릉의진 대원들을 죽이거나 생포한 왜군으로서는 대단한 성과라고 자화자찬自畵自讚했을 터였다. 하지만 정작 신돌석을 잡는 데 실패한 데다 의진의 활동도 도무지 눅어지지 않으니 성과라고 할 것도 없었다. 이 무렵 왜군은 신돌석의 영릉의진이 평해 쪽에 있는지, 영양 쪽인지, 아니면 영해 쪽에 있는지 갈피를 잡지 못하고 있었다. 하긴 일월산과 백암산, 검마산까지 뒤졌지만 하늘로 솟았는지 땅으로 꺼졌는지 종적이 묘연하니 그럴 만도 했을 것이다.

    그러다가 마침내 일월산 언저리에 있다는 판단에 따라 저인망식의 생포작전을 벌이기로 했다. 즉, 북으로는 봉화에서부터 남으로는 안동까지 남북으로 길게 그물을 치고, 그 진형을 그대로 유지한 채 의진을 동쪽의 일월산으로 밀어붙일 셈이었다. 6개 종대가 동원된 이 작전은 각개 종대가 의진의 이동로를 샅샅이 뒤지면서 일월산을 향해 나아가다가 마지막에는 일월산을 통째로 포위하여 섬멸한다는 내용이었다.

신돌석으로서는 살 떨리는 계획이었다. 무신년(1908) 정월 초순에 시작된 이 작전에 따르면 늦어도 정월 하순 이전에는 신돌석이 생포되고 영릉의진은 궤멸할 것이었다. 자신을 생포하려는 왜군의 3차 작전을 앞에 놓고 돌석은 엄정하고 냉정할 필요가 있었다.

"왜놈들의 이번 공격도 만만치가 않을 것 같소! 어쨌든 태백준령을 벗어나선 안 되오!"

신돌석은 다시 한번 의진 대원들을 4개 패로 나누면서 말했다. 이 무렵 영릉의진은 일월산 쪽이 아니라 태백준령의 검마산과 울연산, 그리고 금장산의 산골짜기를 흘러든 장수포천을 따라 선미와 수비 방면을 오가며 필요한 활동을 하고 있었다.

무신년 정월 하순쯤이었다. 선봉장 하나가 이끈 한 패의 의진 대원 50여 명은 아래 장파의 입동마을과 도라리골 사이에 머물고 있었다. 아침밥을 먹은 다음에도 긴장을 풀지 않고 경계를 서고 있는데, 열 명 가까운 왜군이 의진 대원을 향해 사격을 시작했다. 의진 대원들도 한 식경이나 대응사격을 하며 이동을 했다. 의진이 도라리골에서 내려와 급하게 행군하다 보니 한 무리의 또 다른 왜군이 의진을 향해 총질을 시작했다. 증파된 왜군이거나 같은 패거리가 숨어 있었던 게 분명했다.

의진은 대응사격을 해 가며 재빨리 후퇴했다. 많은 수의 대원들이 삼삼오오 짝을 지어 울티재 쪽의 동남방으로 내닫고, 나머지는 검마산을 향해 달렸다. 계곡마다 눈이 한 길씩이나 쌓여 있었다.

태백준령의 험준한 절벽이 사람을 압도했다. 의진 대원들은 다람쥐처럼 매달려 절벽을 타고 눈밭을 헤치며 달아났다. 여기서 의진 대원 10여 명이 전사하고 화승총 2정을 빼앗겼다. 다행히 나머지 대원들은 모두 무사했다.

이처럼 왜군 수비대가 혈안이 되어 신돌석을 찾던 무렵 돌석의 본진은 군량미와 군수품을 조달하면서 태백준령 언저리의 영해와 수비, 그리고 평해를 오가고 있었다. 왜군 수비대는 결국 신돌석을 찾아내지 못한 것이다. 겨울철에 신돌석을 잡고, 영릉의진을 궤멸시키겠다는 왜군의 작전이 무색해진 반면, 의진은 겨울 유격전의 이력을 하나 더 보탰다.

"이제 추위도 가셨으니 군자금 모금과 병력 보충에 매진할 때요!"

추위가 풀린 음력 2월이 되자 신돌석은 이렇게 선언했다. 그달 9일 평해의 만산동이란 마을에서 군자금을 모은 것을 시작으로 수동과 희암곡 등 영해의 마을 마을을 돌며 병력을 보충하고 군량미를 챙겼다. 왜군의 토벌작전 와중에도 신돌석과 영릉의진의 기세는 수그러들 줄 모르니 왜군으로서는 다른 전략이 필요할 터였다.

그래서 색다른 공작을 펼치기로 했는데, 돌석으로서는 알 까닭이 없었다. 왜군이 겨냥한 것은 신돌석의 가족이었다.

이 무렵 신돌석의 부모는 국골에 그냥 있었고, 부인 한재여는 진보군 화매동의 너그래골에 피신해 있었다. 처음 영해 복디미에서 국골로 옮긴 이래 몇 번이나 여기저기를 옮겨 다닌 끝이었다. 화매동은 돌석의 친척 누이가 시집간 동네인데, 이런 연고로 돌석의 처는 여기에 가만히 스며들어 죽은 듯이 살고 있었다.

화매는 영릉의진이 한때 주둔했던 하삼의와 가까웠고, 하삼의를 통해 태백준령을 넘으면 한골과도 연결되었다. 이런 외진 곳에 숨어 사는 한재여에게 어떤 왜인 하나가 찾아온 것은 무신년(1908) 초봄이었을 것이다. 아이 하나와 혼자 사는 젊은 여인을 외간남자가 찾는 것도 흔치 않은 세상에, 더구나 그것이 왜놈이었으니 한재여는 기절할 노릇이었다.

"한 여사님, 안녕하시오? 나는 마쓰오라 하오!"

"마쓰오? … 그렇다면 왜인 아니오? 왜인이 내게 어인 일이오?"

마쓰오(松尾)란 왜인은 일부러 조선옷을 입고, 조선 사람 둘을 데리고 나타나 거만이 잔뜩 묻은 목소리로 말했다. 조선 사람의 통역이 아니더라도 분위기 자체가 조선 사람과는 사뭇 달랐다. 멸시와 조소가 담긴 그의 눈을 보는 순간 어떤 섬뜩함마저 느껴졌다.

"신돌석 대장이 가끔 오시오?"

거만을 애써 누르고 그가 물은 말은 대체로 한재여를 통해 돌석의 흔적을 찾으려는 수작이었지만 재여가 놈의 잔꾀에 넘어갈 리 없었다.

"나는 그분이 어디에 있는지도 모르오!"

한재여의 단호한 목소리에 마쓰오란 자는 잠깐 곤혹스러운 표정을 지었으나 다시 제 할 말을 또박또박 읊었다.

"그렇다면 우리와 같이 가십시다! 전할 것이 있소이다!"

"내게 전할 것이 무언지는 모르겠으나 전할 것이 있으면 여기서 주시오!"

마쓰오는 다시 생각하더니 거의 협박조의 말을 뱉었다.

"여기서 전할 수 있는 게 아니외다! 그건 지금 안동에 있소! 그러니 부인께서 안동으로 좀 가 주어야겠소! 그렇지 않으면 신 대장 신상에 좋지 않은 일이 생길지도 모르오!"

'신 대장의 신상에 좋지 않은 일이 생긴다? 지금보다 더 좋지 않은 일이 무엇이란 말인가? 혹시 죽는 것?' 한재여는 곰곰이 생각했지만 이들의 속셈을 알 수가 없었다.

"아이가 어려서 나는 갈 수가 없소!"

한재여가 아이를 핑계 대며 다시 한번 거절의 뜻을 전하자 마쓰오는 빙긋이 웃었다.

"아이까지 우리가 잘 모시고 갈 터이니 그건 걱정하지 않아도 되오! 행장이나 챙기시오!"

반半협박에 못 이겨 울며 겨자 먹기 식으로 한재여는 내키지 않는 길을 따라갈 수밖에 없었다. 어미와 떨어지지 않으려는 대만이를 재여가 둘러업고, 가벼운 옷 보따리는 마쓰오와 조선 사람에게 맡겼다. 느지막이 나선 데다 아이를 업고 가는 길인지라 진보읍에 도착하니 날이 어두워졌다.

"여기서 하룻밤을 유숙하고 가는 게 어떻겠소?"

마쓰오의 말에 일행은 여사旅舍에 들어 그날 밤을 보내기로 했다. 시장한 가운데 융숭한 저녁상을 받은 데다 하루 종일 걸은 탓에 재여는 연신 하품을 하며 방으로 돌아왔다. 아이 녀석도 어미 등에 업혀 오느라 곤했던 모양이다. 따뜻한 방으로 들어서자마자 곯아떨어졌다. 한재여는 아이를 바로 눕히고 이런저런 생각을 하며 자리에 누웠다. 왜인의 말만 듣고 안동으로 가는 것을 남편이 어떻게 생각할까 하는 걱정이 없지 않았다. 더구나 낯선 방에 홀로 누워 있는 자신이 불안하기도 했다. 문고리를 확인하고 자리에 다시 들어 설핏 잠이 들까 말까 하는 찰나였다.

"똑똑똑!"

누군가가 밖에서 한재여의 방문을 두드리고 있었다.

"누구요?"

한재여가 일어나 옷매무시를 고치며 물었으나 대답이 없었다. 그러기를 한참이 지난 다음 다시 한번 똑똑 소리가 났다. 재여는 문고리를 벗기고 문을 열었다. 밖에서 들어온 바람 탓에 방 안의 촛불이 펄럭였다. 뜻밖에도 마쓰오란 왜인이 불콰한 얼굴로 문밖에 서 있었다. 술깨나 들이켠 모양이었다.

"아!"

두 사람은 서로 놀라서 '아!' 하는 탄성을 동시에 냈다.

"무슨 일이오?"

한재여는 써늘한 표정에 엄중한 목소리로 마쓰오를 향해 물었다.

"아니오! 방으로 들어가도 될지?"

마쓰오는 혀 짧은 조선말을 했는데, 대충 알아듣기로는 방으로 들어가도 되는지 묻고 있었다. 재여는 저고리 앞섶에 언제나 품고 다니는 장도粧刀를 오른손으로 확인하고 왼손을 가로로 저었다. 안 된다는 표시였다.

"야심한 시각에 이 무슨 망발이오? 부녀자가 자는 방에."

한재여는 이 말뜻을 상대가 알아듣지 못했다고 판단했다. 저고리 앞섶의 장도를 꺼내 마쓰오의 코앞에 들이밀었다. 시퍼런 섬광이 불빛에 번뜩였다.

"아! 아닙니다!"

보나 마나 이자의 수작은 한재여를 어떻게 해볼 속셈이었던 모양이다. 마쓰오의 놀란 목소리를 듣자 재여는 오히려 부아가 돋았다. 장도가 아니었으면 겁간을 당했을지도 모를 일이었다.

'쾅!' 하고 소리 나게 방문을 닫아건 재여는 장도를 오른손에 잡고 벽에 기댔다. 몸은 피곤한데도 정신은 오히려 말똥말똥하여 잠이 올 것 같지 않았다. 뜬눈으로 밤을 새운 재여는 안동으로 가지 않겠다고 뻗댔다. 아침 식사도 마다하고 방 안에 박혀 있자 마쓰오와 조선 사람들이 달려와서 연신 사과했다.

"어젯밤 이 일본인이 술에 취해 실수한 듯하오! 내가 대신 사과하리다!"

"안동에 가서도 야밤에 내 방 앞을 얼쩡거리는 남정네가 있다면 나는 돌아갈 것이오!"

한재여는 엄숙한 얼굴에 장도를 흔들며 세 사람에게 대들었다.

진보를 출발하여 안동에 도착한 것은 그날 저녁때였다. 마쓰오와 조선 사람 둘은 재여를 안동까지만 안내하는 책임자였던 모양이다. 그들이 물러나자 왜인 복장을 한 두 명의 남자와 조선 사람 두 명이 한재여를 인도하여 여사로 들게 했다.

"부인을 멀리 오시게 해서 미안하오! 여기서 편히 쉬도록 하시오!"

왜인과 조선 남자들이 정중한 목소리로 말했다. 어미의 옆에 앉아 두리번거리는 대만이의 얼굴을 왜인들은 유심히 살피고 또 살폈다. 아마 아비 닮은 아들의 얼굴에서 신돌석의 얼굴을 읽어 내고자 함이었을 것이다. 객실은 쾌적했다. 시골에서는 볼 수 없는 장판방에 휜한 촛불을 밝히니 딴 세상에 온 느낌이었다. 아낙 두 명에게 한재여의 수발을 맡기고 이들과 재여를 함께 머물도록 했다. 곶감 두 접을 내놓으며 아이에게 죽을 쑤어 먹이라고 일렀다.

한재여는 하릴없이 먹고 자며 시간을 보냈다. 사람을 잡아 두고 이렇게 대접하는 왜인들의 속셈은 알다가도 모를 노릇이었다. 다만 헤아림이 없는 것은 아니었다. 처자가 왜인들 손에 잡힌 것을 안 신돌석이 의진 대원들을 풀어 빼가려고 하면 그때 돌석을 잡으려는 계산인지도 모르겠다. 하지만 신돌석이란 사람이 자기 처자 구하겠다고 덫으로 뛰어들 위인은 아니니 그 점은 걱정도 되지 않았다.

이윽고 시간은 흘러 한재여가 안동에 온 지 달포나 되었다. 그사이 왜인들은 한재여에게 아무것도 묻지 않고, 아무것도 요구하지 않았다. 그러던 어느 날 아침, 왜인들과 조선 사람들이 다가와 두툼한 봉서 하나를 내밀며 말했다.

"오늘, 부인께서 돌아가십니다! 돌아가거든 이 봉서를 신 대장에게 전하시오! … 피차에 만난 것을 좋게 여기고, 삶을 즐기기 위한 것이니 괘념치 마시고 전해 주시오!"

왜인 둘과 조선인 두 명을 한재여의 집이 있는 화매까지 동행토록 했다. 안동을 벗어나 개목 나루에서 배를 타고 낙동강을 건넜다. 강을 건너 개목 나루 맞은편 마뜰〔馬坪〕께에 이르자 왜군 헌병들이 한재여를 알아보고 저희끼리 눈짓을 주고받으며 수군거렸다.

"아이 업고 가는 저 부인네가 신돌석의 처라는군. 한 달 동안 눈한 번 제대로 붙이지 못했는데 이제야 잠 좀 자겠군!"

한재여의 예상대로 왜군들은 신돌석의 처자를 미끼로 돌석이 걸려들기를 기다리고 있었던 모양이다. 재여는 아이를 업고 안동으로 갔던 길을 되짚어 화매까지 돌아왔지만 신돌석을 만날 길은 바이없었다. 자신이 잘못 움직이면 남편의 거처가 드러날 것이니 섣불리 찾아 나서기도 조심스러웠다. 왜인들의 감시에서 벗어나는 것은 시간이 지나도 여전히 어려웠다. 봉서의 내용도 내용이려니와 자신이 안동 다녀온 일을 남편이 어떻게 생각할지가 궁금했다.

안동에서 화매로 온 지 달포쯤 지난 어느 날 밤, 한재여는 아이를 친척 시누이 집에 맡기고 무작정 길을 나섰다. 달포나 지났으니 감시의 눈길이 줄었을 거라는 생각도 없지 않았다. 남편의 거처가 딱히 짚이지는 않았지만 평해와 영양과 봉화의 경계 지점인 태백준령 가운데 어딘가에 있으리라는 막연한 기대뿐이었다. 저고리 섶에는 언제나 지니는 장도와 신돌석에게 전하는 왜인의 편지가 들어 있었다. 짚신을 파고드는 돌멩이와 흙을 털어 내며 한재여는 준령을 향해 걸었다. 운 좋게 남편의 의진 대원들을 만날 수 있다면 편지를 전할 것이요, 그렇지 못하면 어쩔 수 없다는 생각이었다.

화매동 동쪽에 솟은 태백준령의 등성이에 오르자마자 북으로 올라가서 수비쯤에나 가 볼 요량이었다. 호랑이가 나온다는 태백준령이지만 의진과 왜군들의 총소리 때문에 근래에는 짐승조차 사라졌다고 하니 그나마 다행이었다. 얻어먹기도 하고 굶기도 하며 이틀을 꼬박 걸어 수비에 다다른 것은 사흘 뒤였다. 보나 마나 화매에는 왜군들이 들이닥쳐 한재여를 찾느라 야단법석일 터였다. 심천이란 동네를 용케 기억한 재여는 그 동네를 찾아들었다. 때마침 심천에는 김성운의 부하 중에 집을 지키는 재가의진 대원들이 있었다.

"나는 신돌석의 아내 되는 사람이오! 화매동에서 올라오는 길이니 나를 신돌석에게 데려가 주시오! 전할 게 있소!"

김성운의진 대원은 여인네 혼자 몸으로 태백준령을 훑어 왔다는 한재여의 말을 좀체 믿지 않는 눈치였다. 하지만 워낙 간곡한 그녀의 청을 흘려듣지는 않았다.

"우리도 당장 그쪽 의진에 연락이 닿지 않으니 여기서 며칠 기다려 보시오."

한재여는 김성운의진 대원들이 내어 준 움막에서 하루 이틀 지내며 소식을 기다렸다. 사흘째 되는 날 새벽이었다. 한재여도 얼굴을 아는 영릉의진의 집사 이목국과 장유락이란 사람이 거짓말처럼 그녀 앞에 나타났다. 그들은 아무 말 없이 눈인사만 보내고 재여의 눈을 가리더니 말에 태웠다. 그리고 나는 듯이 골짜기를 향해 뛰었다. 그들은 길을 가면서도 뒤를 밟히지 않으려고 연신 뒤쪽을 살폈다. 눈이 가린 채 말에 얹혀 두어 식경을 내달렸을 것이다.

"이제 다 왔소!"

한재여가 가린 눈을 풀고 말에서 내리자 소나무 숲 우거진 곳에 억새와 짚으로 엮은 움막집 여러 채가 눈에 들어왔다. 한 움막집의 화톳불 앞에 꿈에서도 그리던 남편이 우뚝 서 있었다. 재여는 무슨 말을 어떻게 해야 할지 몰라 망연하게 서서 신돌석을 쳐다보았다.

"오시느라 수고 많았소!"

296

남편은 그저 이웃집 다녀온 사람을 맞는 것처럼 무뚝뚝하게 한마디를 뱉었다. 신돌석은 아내의 행적을 이미 알고 있는 듯했으나 그에 대해서는 아무 말도 하지 않았다. 의진 대원들이 둘만의 자리를 마련해 줄 양으로 자리를 피하자 한재여는 가슴에 품고 온 봉서를 꺼내 남편 앞에 내밀었다.

"이게 뭐요?"

신돌석의 물음에 한재여는 어쩔 수 없이 저간의 사정을 설명했다. 화매동에 왜인이 나타난 일에서부터 안동에 가서 달포를 머물며 환대받은 일도 모조리 말했다.

"그자들이 이 편지를 당신에게 전해 주라 했소!"

"허허, 괜한 짓을 했소! … 하물며 왜놈의 편지까지 가지고 왔단 말이오?"

무뚝뚝하게 말을 뱉은 돌석은 아내가 내민 봉서를 뜯지도 않고 화톳불에 던졌다. 커다란 봉투가 불길을 안고 시커멓게 타들어 가는 걸 돌석은 물끄러미 내려다보고 있었다. 재여는 민망한 기분에 서 있을 수조차 없어 무릎을 풀썩 꺾었다. 돌석이 혼잣말처럼 중얼거렸다.

"이는 필시 이餌로써 나를 꾀려는 것일 게요!"

어렵게 찾아온 아내에게 따뜻한 위로는커녕 괜한 짓을 했다며 차갑게 대하는 남편이 야속했다. 한재여의 눈에 굵은 눈물방울이 맺혔다. 할 말이 많았는데 막상 만나자 머릿속이 뒤엉켜 생각조차 나지 않았다. '무엇이었더라?' 한재여는 어렵사리 생각을 정리했다.

"어디를 가든 조심하시오! 유독 마을 이름에 '실'자가 들어간 곳에서는 각별히 조심하시오!"

언젠가 화매에서 남편의 사주를 짚어 본 행각승이 지나가는 말처럼 주의를 준 적이 있었다. '이름은 얻겠으나 '실' 자가 든 땅에서 낭패 볼 사주요! '잃을 실失'이거나 '다할 실悉'이거나. 쯧쯧!'

떠돌이 땡추의 헛소리로 치부하고 말았는데, 그럼에도 꺼림칙했던 그 기억이 되살아나 재여는 저도 모르게 불쑥 뱉고 말았다.

"뭐요? '실' 자가 든 마을이라 했소? … 허허, 별말씀을 다 하는구려! 하늘을 지붕 삼고 살아가는 나 같은 사람이 그런 걸 따질 계제요? 조선의 마을 이름에 '실' 자가 든 마을이 얼마나 많소? 우리 영해 근방에만 해도 고실, 한실, 밤실, 아실, 이래실, 은어실, 누르실 … . 수도 없이 많은데 그런 곳을 다 피하고 나면 어디 가서 머물겠소? 괜한 걱정하지 마시오!"

신돌석이 '실' 자 든 마을 이름을 여럿 주워섬기자 한재여도 대꾸할 말이 없었다.

"그래도 조심하시오!"

"알았소! 조심하리다. 너무 걱정하지 마시오!"

신돌석이 긴말 없이 흔쾌히 대답했다. 한재여는 다시 이목국 등의 안내를 받으며 산을 내려왔다. 아까처럼 눈을 가린 재여는 자신이 어디쯤에서 남편을 만났는지 알 수조차 없었다. 막연히 심천에서 동쪽으로 올라간 태백준령 어느 곳이겠거니 짐작할 뿐이었다.

혹시라도 한재여를 겁박하여 신돌석의 거처를 알아내려는 왜군의 수작을 미리 막으려는 요량이겠지만 재여로서는 그런 남편이 한없이 야속했다. 거기에 더해서 일점혈육인 대만의 안부조차 묻지 않는 남편이고 보면 더 말할 나위도 없었다.

못다 부른 노래

신돌석의 처를 배웅하고 돌아온 이목국 일행이 무사히 하산시켰다고 보고했다. 돌석은 아내를 보내고 나서야 좀더 살갑게 대해 주지 않은 게 후회스러웠으나 이미 때는 늦었다. 이름에 '실' 자가 든 마을에서 조심하라고? 큰소리를 치긴 했으나 괜스레 찜찜했다. 자신을 잡기 위해 생포작전부터 회유작전까지 펼치는 왜군들의 소행이 가소로웠지만 어쨌든 이겨냈으니 다행이었다.

이제 다시 봄이 되었으므로 군량미와 무기를 조달하고 병력을 보충해야만 했다. 늘 해오던 대로 의진 대원을 대여섯 패로 나누고, 겹치지 않게 지역을 서로 조정하여 군자금을 거두게 했다. 돌석 자신도 60명의 대원을 직접 거느리고 일선에 나섰다. 평해나 진보 등 태백준령 언저리 마을이라면 어느 곳 할 것 없이 나타나 물자를 거두고는 자취 없이 사라졌다.

군수품이 어느 정도 모이자 그해 3월 하순, 이제 본격적으로 전

열을 정비해야겠다고 여긴 신돌석은 3백 명의 의진 대원들을 이끌고 영해군 수동의 희암곡으로 들어섰다. 희암곡 주변 마을들을 돌며 의진 대원들을 추가로 모집하여 다시 4백 명의 인원을 채웠다. 이때 들어온 신규 대원들은 기존 대원들의 피곤한 심신을 한꺼번에 달래 주려는 듯 열심히 뛰었다. 의진 초기에 입산했다가 하산하여 주막을 열었던 신낙선이 다시 입산한 것도 이 무렵이었다. 원래 도붓장수였던 낙선은 주막을 하면서 얻은 소식을 대원들 사이에 전했다. 어느 날 그 신낙선이 신돌석과 참모장 김병두에게 말했다.

"최근에 들은 소문인데 왜놈 헌병이 조선옷을 입고 조선 사람으로 행세하며 정탐하러 돌아다닌다 하오! 자칫 왜놈을 조선 사람으로 알고 속내를 털어놓지 않도록 대원들에게 단단히 주의를 주어야 할 듯하오!"

이 말을 들은 김병두가 깜짝 놀라며 말을 받았다.

"허허, 큰일이군! 그렇지 않아도 우리 의진 참모 김각차가 행방불명이오. 며칠 전 각차가 말합디다. 조선옷은 입었는데 조선말을 조금밖에 모르는 조선 사람이 있다는 거요! 그자의 안목이 훌륭한 것 같고 인상이 좋아 보여 다시 만나 의진 대원으로 끌어들이겠다며 온정 쪽으로 갔는데 여태 소식이 없소."

"아뿔싸! 그건 보나 마나 왜놈이 변장한 거요!"

신낙선의 단정적인 말에 김병두는 아연하여 고개를 꺾었다. 김각차는 체포된 게 분명해 보였다. 좋은 일과 나쁜 일이 교차하는 가운데서도 영릉의진 대원들은 태백준령을 축으로 동쪽의 산마루 길을 남북으로 오르내리며 부지런히 움직였다. 험한 준령을 제집 앞마당처럼 다닌 것이다. 신규 대원을 뽑는가 하면 군량미와 군자금을 거두고, 때로는 왜군의 공격에 맞서 싸웠다.

적에게 드러나긴 했으나 천혜의 요새지 독곡에서 백암산을 남쪽으로 비켜 넘어 수동 희암곡에 이르고, 다시 태백준령 동쪽 허리를 타고 남쪽의 영해군 한골까지 내려왔다. 그해 4월 보름엔 한골에서 군사를 모았다. 희암곡으로 들어와 주둔한 이틀 뒤엔 왜군과 수차례 총싸움을 벌여 적병 대여섯 명을 죽였다. 새달인 5월이 되자 신돌석은 다시 울진으로 올라가기로 했다.

"이제 영해 쪽에 오래 머물렀으니 다시 울진과 평해 쪽으로 가야겠소!"

신돌석은 의진을 3개 패로 나누어 한 패는 자신이 맡고, 도선봉장 한영육과 중군장 김치언에게 각각 한 패씩을 맡겼다. 1패당 인원은 대략 150명가량인데, 이를 다시 잘게 쪼개 삼삼오오 짝을 지어 북쪽으로 향했다. 5월 중순, 돌석이 거느린 1패는 선미 북쪽에 있는 마을에 도착하여 울진 공략을 준비했다. 왜놈 군경이 불쑥불쑥 나타나는 일이 잦아서 다른 패들은 그 남쪽의 태백준령 골짜기 마을을 주둔지로 삼았다.

신돌석의 의진 패가 상죽전마을에서 점심을 먹고 울진을 향해 길을 나선 지 얼마 지나지 않아서였다. 조선옷 입은 사람 열두어 명이 의진을 향해 다가오고 있었다. 대열을 이룬 것도 아니고 무기도 눈에 띄지 않았으니 의당 장돌뱅이거나, 아니면 울력 가는 동네사람일 거라는 생각을 했다. 이들은 반 마장이 채 안 되는 거리에 오더니 갑자기 의진을 향해 총질을 시작했다. 콩 볶는 듯한 총소리가 쏟아지고 의진 대원 몇 명이 여기저기서 픽픽 쓰러졌다.

"왜놈들이다!"

영솔장 하나가 소리치며 대응사격을 했지만 그 역시 적의 총알에 고꾸라졌다.

"몸을 숨겨라!"

신돌석도 엉겁결에 말을 뱉고는 몸을 굴렸다. 워낙 갑자기 당한 습격이라 손써 볼 틈도 없이 10여 명의 대원이 목숨을 잃었다. 돌석은 이를 갈며 나무 뒤에서 적을 향해 총을 쏘았다. 이쪽의 반격이 거세지자 적들은 가까이 다가오진 못하고 헛총질만 해대고 있었다. 그런데 기적 같은 일이 벌어졌다. 적들의 뒤에서 갑자기 총알이 쏟아졌다. 앞뒤에서 포위된 형국이 되자 적들은 걸음아 날 살려라 하며 샛길로 빠져 달아나기 시작했다. 다시 정신을 차린 신돌석의 1패가 거세게 추격하여 적병 몇 명을 기어이 사살했다. 적을 뒤에서 공격한 것은 마침 선미에서 올라오던 한영육의 대원들이었다.

"이게 어인 일이오?"

한영육이 나는 듯이 돌석에게 달려왔다.

"도선봉장이 아니었으면 우린 다 죽을 뻔했소!"

신돌석이 이마의 땀을 손으로 닦으며 땅바닥에 쓰러진 대원들을 가리켰다.

"쯧쯧! 가엾은 사람들!"

한영육은 아는 얼굴들을 하나하나 부여잡고 서럽게 울었다. 돌석과 의진 대원들도 굵은 눈물을 손등으로 훔쳐 가며 죽은 대원들을 땅에 묻었다. 매장이 끝나자 남은 대원들은 왜놈들이 버리고 간 시신 대여섯 구와 여러 가지 물건을 챙겼다. 탄약과 양식과 옷가지 따위들이었다.

"이제 분명해졌소! 죽은 왜놈들의 의복을 보시오! 우리 조선 사람과 다름이 없질 않소!"

김병두와 신낙선의 말에 모두 고개를 끄덕였다. 의진이 노획한 물품 가운데는 조선인이 입음 직한 조선옷도 여러 벌 있었다. 왜군의 변장을 위한 옷들이 분명했다. 이들에 의해 대원 여러 명이 한꺼번에 목숨을 잃었으니 더욱 분통이 터질 노릇이었다. 대원들이 씩씩거리며 왜적의 시신을 묻고, 그들의 물품을 챙기는 동안 김병두가 좋은 생각이 났다며 돌석을 찾았다.

"이번 전투에서 신 대장이 중상을 입었다는 소문을 내는 게 어떻겠소?"

"중상이라니요?"

뜬금없는 김병두의 말에 돌석이 반문하자 병두가 다시 말했다.

"우리 의진 대원이 여러 명 상했고 왜놈도 몇 명 죽었으니 그 와중에 우리 신돌석 대장이 중상을 입었다고 소문을 내자는 거요! 그러면 왜놈들은 좋아하겠지요? 그래서 놈들이 한숨 돌리는 사이 우리는 병력을 모으고 양식과 무기도 더 거두자는 말씀이외다!"

"에이, 신돌석 대장이 중상을 입다니? 그건 왠지 불길하오!"

영육이 불길하다며 반대하자 돌석이 나서 그렇게 하라고 일렀다.

"그까짓 것 어떻겠소? 적을 속여서 우리가 실익을 챙긴다면 이 신돌석이가 죽었다는 소문을 낸들 어떻겠소. 적을 속이기 위해 실제로 제 몸을 상하게 할 수도 있는데 일부러 내는 소문이야 못 낼 것 없질 않소? 신돌석이가 총을 맞아 중태에 빠졌다고 소문을 내시오!"

신돌석의 허락을 얻은 김병두는 의진 대원들을 긴급히 소집하여, 돌석이 지난 전투에서 큰 부상을 입었노라 전했다. 조금 전까지만 해도 멀쩡한 돌석을 본 의진 대원들이 빙긋빙긋 웃으면서 그 말을 들었다.

"아까의 전투에서 왜놈들이 쏜 총에 우리 신돌석 대장이 큰 부상을 입었소! 그러니 밖에 나가거든 우리 신 대장이 크게 다쳤다는 말을 동네방네 선전하시오!"

신돌석이 중상을 입었다는 헛소문을 퍼뜨린 다음 영릉의진은 울진 공격을 포기하고 태백준령을 따라 남으로 향했다. 공격도 해보기 전에 당한 의진의 인명 손실이 너무 컸기 때문이다. 목표를 눈앞에 두고 후퇴하자니 마음이 쓰렸다. 대원들은 울진에서 내려오다가 매화동에서 불영계곡 쪽으로 들어섰다. 계곡을 거쳐 일월산 동쪽 산록을 타고 남으로 이동하다가 다시 동쪽의 백암온천께로 나왔다. 가는 길 짬짬이 군량미를 얻고 군자금을 모으기 위해 곧추 남으로 가지 않고 굳이 태백준령을 좌우로 훑은 것이다.

신돌석이 중상을 입고 사경을 헤맨다는 소문이 울진 일대에 돌자 왜놈 헌병대와 경찰은 뛸 듯이 좋아했지만 다른 의진이나 백성들은 남몰래 가슴을 죄고 있었다. 발 없는 말이 천 리를 간다는 속담대로 국골에 숨어 사는 신돌석의 부모와 화매동에서 지내는 돌석의 처도 이 소문을 들었다. 어머니는 몇 번씩 까무러치기도 했으나 신돌석이 멀쩡하다는 소문도 없지 않아 긴가민가하면서 초조하게 기다렸다. 김병두의 예상대로 왜군 헌병대와 경찰이 신돌석에 대한 헛소문을 믿고 있는 사이 영릉의진은 음력 5월부터 여름 내내 맹렬하게 움직였다. 돌석은 대원들에게 입버릇처럼 일렀다.

"이 신돌석이가 중태에 빠졌다는 소문이 파다하니 이참에 우리는 우리 잇속을 챙겨야 하오! 각기 열 명에서 스무 명 안팎의 작은 패로 나누어 사람을 모으고 군량미를 거두도록 하시오!"

이 무렵 백암산 자락의 몇몇 산촌에 주둔하고 있던 의진은 작은 패로 나뉘어 치고 빠지는 활동을 벌여 나갔다. 그리고 일부는 아예 태백준령 서쪽으로 넘어가 영양이나 진보군 등지를 제집처럼 드나들었다. 5월 중에 신돌석의 수하들이 거쳐 가며 군자금을 모은 동네만 해도 스무 곳이 넘었다. 6월에 들어서는 영양군 이 도사 집에서 돈 2백 냥을 거둔 이래 울진과 진보, 영해와 평해 등지에서 군량미를 조달하고, 왜군 수비대나 헌병 분견대와 전투를 벌였다.

이 중 신돌석의 기억에 특히 남는 것은 진보군 수구내미 골짜기에서 수비대를 크게 무찌른 일과 영해군 경계에서 왜놈 헌병들을 내쫓은 일이었다. 어떻게 보면 희비가 교차한 전투였다.

수구내미 골짜기에서 왜군 수비대를 만난 것은 6월 초닷새 무렵이었다. 찌는 듯한 더위와 쨍쨍한 햇살은 누구나 견디기 어려운 법이다. 의진 대원들은 워낙 이런 더위에 이골이 난 사람들이니 그럭저럭 견디고 있었다. 그러나 왜군 수비대는 두꺼운 군복에 무장까지 하고 있으니 더위를 견디기 어려웠을 것이다. 골짜기 초입에서 보초를 서던 대원이 헐레벌떡 달려와 알렸다.

"저 밑의 냇가에서 왜놈 군인들이 벌거벗고 목욕을 하고 있소!"

보초 서던 대원들 얘기로는 왜놈 수비대원들이 보초를 세워 놓고 목욕하고 있는데, 옷이며 무기가 옆에 널려 있다는 것이었다. 양총은 가져온들 총알이 없으니 소용이 없었다. 그 대신 옷은 몇 벌 가져왔다며 왜군들의 군복을 펼쳐 놓았다. 점심을 마치고 그늘에서 쉬고 있던 의진 대원들은 보초의 말에 신이 났다. 잘 하면 벌거벗은 왜놈들을 모조리 도륙할 수도 있겠다는 생각으로 총을 챙겼다.

신돌석이 의진 대원들과 함께 수풀을 헤치고 골짜기 초입으로 내려가자 왜군들은 이미 아래 속옷만 입은 채 총을 들고 이동하고 있었다. 양총을 든 왜놈들에게 반격당할 공산이 컸기 때문에 멀찌감치 떨어져서 화승총으로 일제 사격을 가했다. 벌거벗은 왜놈들이 토끼처럼 수풀로 뛰어드는 게 보였다. 숲에서 왜군들의 반격이 시작되었다. 정오 무렵에 시작된 총격전이 해가 진 다음까지 이어졌으나 딱히 승패는 없었다. 숲에서 밖을 향해 헛총질을 해대던 왜군들은 어둠이 내려앉자 조용해졌다. 의진은 숲 쪽으로 간간이 헛총을 쏘면서 어둠이 짙어지기를 기다렸다.

이윽고 기회가 왔다고 판단한 신돌석이 김치언과 박병률을 찾았다. 지난번 평해 분견대를 궤멸시킨 치언과 병률의 작전을 이번에도 써 볼 셈이었다.

"저번의 평해 분견대와 여기 숲의 사정이 비슷하지요?"

신돌석이 치언과 병률에게 묻자 돌석의 속셈을 읽은 두 사람이 짧게 대답했다.

"그렇소!"

긴말 없이 이들은 무술이 뛰어난 대원 50여 명을 그 자리에서 추렸다. 단검 하나씩만 휴대한 의진 대원들이 캄캄한 숲으로 향했다. 숲에는 다래나 칡 따위 온갖 넝쿨식물과 크고 작은 나무들이 빽빽

하게 뒤엉켜 있었다. 만약 총을 들었다면 움직이기조차 어려웠을 것이다. 대원들은 길짐승처럼 몸을 낮추고 숲속으로 스며들었다.

숲속의 왜군들은 숲 밖의 영릉의진이 철수하기만 기다리고 있었다. 밤이 왔는데도 의진이 물러가지 않자 이들은 초조해졌다. 벌거벗은 몸뚱어리를 모기가 쏘고 벌레가 물었다. 의진 대원들이 가까이 다가갔는데도 눈치채지 못하고 저희끼리 조잘대고 있었다. 50여 명의 대원은 숨조차 쉬지 않고 한꺼번에 적에게 달려들어 단검을 휘둘렀다. 지난번 평해 분견대 왜군들처럼 심장과 경동맥이 찔려 거의 몰살당했다. 죽은 자는 스물여섯 명, 운 좋게 도주한 자는 서너 명을 넘지 않았다.

승리를 거두긴 했지만 왜놈 병사들에게 의진의 위치가 노출되었으니 다시 길을 떠나야 했다. 의진 대원들은 그날로 행장을 챙겨 수구내미 골짜기를 벗어나 태백준령을 타고 울진 쪽으로 향했다. 울진과 평해 관내에서 군자금을 모아 가며 다시 남쪽으로 내려갔다. 그달 하순에는 영해군 경계에서 헌병 분견대 병력을 만나 전투를 벌였지만 신통한 전과戰果는 없고 종이 몇 장을 주웠다.

"쉿! 멈춰라!"

그날도 의진 대원들은 평소처럼 삼삼오오 짝을 지어 남쪽으로 걷고 있었다. 반 마장도 채 되지 않는 앞쪽에 열 명가량의 왜군 헌병들이 이쪽을 향해 오고 있었다. 그쪽도 이쪽을 발견한 듯, 행군을 멈추고 몸을 숨겼다. 의진 대원들은 우거진 수풀에 몸을 감추고 저쪽의 동태를 살폈지만 다가오는 기색은 없었다. 왜군 쪽에서 먼저 총소리가 났다. 의진 대원들은 대응 사격을 하지 않은 채 숨죽이고 있었다. 의진 쪽에서 대응을 않자 왜군들은 숲에서 다시 나왔다. 그 순간 신돌석이 소리쳤다.

"쏴라!"

의진 대원들의 화승총이 불을 뿜었지만 적의 피해는 미미했다. 왜군들은 오던 길을 되짚어 달아나기 시작했다. 탄환만 허비한 셈이었다. 왜군의 뒤를 쫓던 대원들이 무슨 종이 몇 장을 주워서 신돌석에게 바쳤다.

"대장! 이런 종이쪼가리를 주웠소!"

"이게 무엇이오?"

신돌석에 앞서 김병두가 그것을 펴보았다. 실눈을 뜨고 내용을 살핀 병두가 헛웃음을 치며 말했다.

"허허, 면죄문빙이라? '… 의병활동을 중지하고 귀순하는 의병들에게는 지난날의 죄를 일절 묻지 않으며 … . 법부대신 조중응, 내부대신 임선준, 한국주차 헌병대장 아카시 모토지로〔明石元二郞〕!' … 우리한테 의진 활동을 중단하고 귀순하라는 문건이오!"

김병두는 여러 대원이 보는 앞에서 면죄문빙免罪文憑이란 종이를 갈가리 찢어 버렸다. 신돌석의 얼굴에 순간적으로 어두운 그림자가 내려앉는 걸 눈치챈 병두가 일부러 큰 소리로 말했다.

"우리가 왜놈과 관아치들에게 어디 한두 번 속았소? 이게 다 그놈들의 거짓 수작이오! 우린 우리 할 일이나 열심히 합시다!"

김병두의 큰 소리에도 불구하고 돌석의 마음은 무거웠다. 무엇을 위해 지난 세월 풍찬노숙風餐露宿했단 말인가? 이런 유혹으로부터 우리 대원들을 지켜 낼 수 있을까? … 의문은 끝없이 이어졌지만 해답은 딱히 없었다. 온몸의 기운이 쑥 빠져나가는 느낌이었다. 신돌석의 기분을 알아챈 병두가 너스레를 떨었다.

"면죄문빙이란 건 다 속임수요! 귀순해 봤자 왜놈들에게 시달림 받을 건 다 받고, 종내에는 죽인다는 말이 있소!"

김병두의 말에 돌석과 다른 대원들은 다시 기운을 차리고 수동의 희암곡으로 들어갔다. 집회암 재실에서 불안한 밤을 보내고 이튿날 눈을 떴을 때 병두가 사색이 되어 돌석을 찾았다.

"큰일 났소!"

"무슨 일이오?"

김병두는 돌석의 귀에 입을 대고 속삭였다.

"어젯밤 대원들 십여 명이 말없이 산을 내려갔소!"

"…… ."

'드디어 올 것이 왔구나!' 신돌석은 땅바닥을 응시하며 골똘히 생각했다. 산을 내려갔다는 것은 의진에서 벗어나 왜적에게 귀순하기 위해 하산했다는 뜻일 것이다. 김병두 역시 깊은 생각에 잠겨 땅바닥만 내려다보고 있었다. 한참을 그렇게 서 있던 병두가 이윽고 돌석을 불렀다.

"긴히 드릴 말이 있소."

의진 대원들과 일부러 거리를 둔 김병두가 돌석에게 말했다.

"그동안 우리 의진 대원들을 집에 들르지 못하게 막아 왔는데, 저 면죄문빙이란 종이쪼가리가 우리 대원들 마음을 흔든 게 분명하오! 그러니 이번 기회에 원하는 대원들은 아예 하산시켜서 생업에 종사하면서 왜놈들의 농간이 가라앉길 기다렸다가 기회를 보아 가며 다시 불러 모으는 것도 한 방법일 듯하오.”

“재가의진? 말이 좋아 재가의진이지 한 번 하산하면 다시 불러 모으기는 쉬운 일이 아닐 거요!”

“그렇다 하더라도 베잠방이에 방귀 새듯 하나둘 빠지기 시작하면 걷잡을 수가 없을 것이오! 전체 의진의 사기에도 문제가 생기고.”

“…….”

머릿속이 복잡해진 신돌석은 말없이 김병두의 얼굴을 응시했다.

사실 이 무렵 왜군 수비대나 헌병대는 도심과 산촌을 가리지 않고 파리 떼처럼 들끓었다. 그들의 숫자가 엄청나게 늘었다는 증좌였다. 그뿐만 아니라 이 헌병들을 돕는 조선인이 늘어난 것도 큰 걱정거리였다. 왜인 헌병 하나에 조선인 보조원 두셋씩이 붙었다. 보조원이라 불리는 자들은 대개 조선인 순검이거나 무뢰한이었다.

영릉의진이 활동하는 지역에서 뽑힌 보조원들은 의진의 거점인 울진·평해·영해·영덕이나 영양·진보·청송 지역의 산중 지리는 물론이요, 의진 대원들의 친인척 관계까지 두루 꿰고 있었다. 소문으로는 의진 대원의 일가붙이를 못살 만큼 죈다고도 했으니 대원들의 애로가 불을 보듯 눈에 선했다. 가증스럽게도 헌병 보조원들은 골골마다 박힌 산촌을 돌며 의진에 협조하지 말라고 겁박까지 해 댔다. 백성들은 헌병 보조원의 눈치가 보여 의진을 돕고 싶어도 도울 수가 없다며 신돌석에게 하소연한 적도 여러 번 있었다.

골똘히 생각하던 신돌석이 김병두의 의견을 무겁게 받아들인 듯 장수들을 불러 모으라고 일렀다. 장수들이 한자리에 모이자 돌석이 천천히 입을 열었다.

"왜놈 헌병대가 일부러 흘리고 간 저 면죄문빙의 내용은 여러분도 아실 거요! 그동안 나는 우리 대원들을 일체 집에 들르지 못하게 막았소만 이제부터는 경우에 따라 대처하려고 하오! 대원들 가운데 원하는 사람은 산을 내려가 생업에 종사하면서 재가의진 대원으로 은밀히 활동할 수 있도록 하는 게 어떻겠소? 그리고 그런 사람이 있을지는 모르지만 본인이 귀순을 원하면 이번 기회에 헌병대나 관가에 나가 아예 귀순토록 하는 것은 어떻겠소?"

장수들 사이에서 탄식의 목소리가 흘러나왔다. 한영육이 손을 번쩍 들고 말했다.

"대장! 우리 의진은 의병이라곤 하나 명색이 군대외다! 군대라면 군율이 있는 법, 아무리 형편이 어렵더라도 적에게 귀순하라고 하는 건 안 될 말이오!"

"딴은 맞는 말씀이오! 하지만 의진은 진짜로 싸울 마음이 있는 사람만 가지고 싸워야 할 게 아니오?"

신돌석의 말은 물론 옳았다. 그러나 눈앞의 현실이 녹록지 않으니 이런 논의가 나온 게 아닌가? 한영육 외에는 재가의진 대원을 허락하자는 의견에 굳이 반대하는 사람이 없으므로 신돌석은 결론 삼아 덧붙였다.

"남을 사람과 재가의진 대원, 그리고 귀순을 원하는 사람들로 나누어 봅시다!"

신돌석의 지시에 따라 모든 대원을 불러 모았다. 그런 다음 남을 사람과 재가의진으로 종사할 자, 그리고 귀순을 원하는 자를 구분

하여 따로 줄을 서도록 했다. 전체 대원 가운데 절반가량이 재가의
진 대원이 되겠다고 했고, 왜군에 귀순하겠다는 사람은 아무도 없
었다. 설령 내심이 그렇다 하더라도 드러내 놓고 귀순의 뜻을 밝히
기는 어려웠을 것이다. 재가의진 대원 또한 마찬가지였다. 말로는
산을 내려가 생업에 종사하면서 의진 대원으로 활동하라고 일렀지
만 이들 가운데 산으로 돌아올 사람보다는 귀순할 사람이 더 많을
거라고 돌석은 내심 짐작하고 있었다.

어쨌든 전체 인원 중 잔류 대원과 하산 대원으로 나뉘자 신돌석
이 큰 소리로 말했다.

"좋소! 산을 내려가 재가의진 대원으로 종사하겠다는 사람들은
향후 순차적으로 하산시키도록 하겠소! 산을 내려갔다가 다시 산중
대원으로 입산을 원한다면 그것도 허락하겠소! 다만 산을 내려가더
라도 우리 의진에서 있었던 일은 일체 함구토록 해 주시오!"

한때 5백 명을 넘나들던 의진 대원들이 그동안 전사하거나 낙오
하면서 이리저리 빠진 데다 이번 하산으로 다시 절반가량이 줄어드
니 돌석의 곁에는 1백 명이 채 남지 않는 셈이 되었다. 숫자만 많아
봤자 식량 보급과 무기 지급의 애로가 있는 데다 이동도 쉽지 않으
니 소수정예로 단출하게 꾸리는 게 오히려 낫겠다고 애써 자위했다.

그해 8월 초순부터 재가의진 대원들의 하산이 시작되었다. 수백
명의 대원이 기세 좋게 태백준령을 넘나든 것이 어제 같은데 불과
며칠 사이에 이처럼 쪼그라든 것이 믿어지지 않았다. 면죄문빙이란
종이의 위력이 총보다 더 큰 줄을 그제야 깨달았다. 끝까지 남기로
한 참모장 김병두가 도선봉장 한영육을 비롯한 대원 다섯에게 신돌

312

석의 호위를 맡기자고 제안했다.

"이들 다섯으로 하여금 대장 곁에서 호위토록 하는 게 어떻겠소?"

"나한테 호위가 왜 필요하오?"

"사람 일은 알 수 없는 것이오! 하산한다느니 잔류한다느니 어수선한 틈에 혹시 불상사라도 생기면 큰일 아니오?"

"허허, 무슨 불상사가 생기겠소? 그만 됐소이다!"

신돌석은 왼고개를 치며 강하게 거절했지만 김병두는 기어이 이들을 부르자고 졸랐다. 차마 돌석에게 말하지 못해서 그렇지, 병두가 들은 소문에 의하면 이 무렵 왜군은 신돌석의 목에 천금千金의 현상을 걸었다고 했다. 다른 의진의 대장급에게도 같은 조건이 붙었다지만 특히 돌석 같은 사람을 생포해서 데려오면 천금을 주겠다는 것이 저들의 수작이었다. 굳이 생포를 강조하는 걸 보면 살아 있는 신돌석을 통해 영릉의진 초창기부터의 상황을 샅샅이 훑어 내겠다는 속셈으로 보였다.

왜군의 흉계를 아는 병두로서는 돌석의 안전이 무엇보다 급하니 다시 한번 더 조를 수밖에 없었다. 병두의 재촉에 돌석이 하는 수 없이 허락의 뜻으로 말했다.

"그렇다면 일단 부르기는 하시오! 하지만 괜한 짓 아니오?"

신돌석의 허락이 떨어지자 김병두는 한영육 등을 불렀다. 도선봉장 한영육과 교련장을 맡았던 이화진이야 늘 돌석 가까이에 있던 사람들이지만 다른 셋은 달랐다. 패가 나뉠 때마다 흩어지기도 하고 모이기도 해서 얼굴은 익었으되 이름은 크게 익지 않았다.

"유기길이라 하오!"

"문미동이라 하오!"

"이오촌이오!"

세 사람은 건조한 목소리로 자신들의 이름을 밝혔다. 유기길은 한영육이나 신돌석과 같은 30대 초반이고, 문미동은 30대 후반, 이오촌은 40대 초반, 이화진은 아직 20대였다. 유기길은 안동, 그 외는 영양 사람들이었다.

"허허! 우리 참모장 말씀이 여러분더러 나를 지키게 하였다니, 아무튼 잘 지켜 주시오! 그런데 이참에 하산하지 않고 왜 여기 남으려 하시오?"

신돌석이 쓴웃음과 함께 이들의 손을 맞잡으며 물었다.

"내려가 봤자 왜놈과 탐관오리들 등쌀이 눈꼴사나운데 여기선 그런저런 꼬락서니를 안 보니 속이야 편하잖소?"

이오촌이 씩씩하게 대답하여 여럿을 웃겼다.

그날 밤 김병두의 제안으로 이들 다섯의 호위 대원 임명을 자축하는 간단한 술자리가 벌어졌다. 의병진대장으로 지내면서 별달리 술을 찾지 않았으나 이날따라 돌석은 술에라도 취하고 싶어 병두가 어렵사리 구해 온 좁쌀탁주 몇 잔을 연거푸 들이켰다. 말술을 마다치 않는 돌석이지만 의진 생활은 도를 닦는 것처럼 간단치 않은 일이었다. 왜놈들을 축출하겠다는 대의와는 별개로 수백 명의 끼니를 해결하고 목숨을 지켜 내야 하는 일은 그런 대의 못지않게 힘겨운 노릇이었다. 긴장과 긴장의 연속이었으니 술마저 양껏 마시지 못했다.

그런데 오늘은 왜 이렇게 가슴이 허전할까? 돌석 스스로 생각해도 알지 못할 감상에 젖었다. 적당히 취기가 오른 돌석이 느닷없이

노래를 부르겠다며 나섰다. 의진 생활 몇 년 동안 돌석의 노랫소리
를 들은 사람은 아무도 없었다. 병두는 돌석의 기분을 알 것도 같아
말리지 않았다. 대원들 모두가 손뼉을 쳤다.

"이게 말이오! 지난날 거병하기 전 내가 스물일곱 살 때 평해 월
송정에 올라 읊었던 시외다! 한번 들어 보시오!"

말이 끝나자 신돌석은 자신이 지은 시에 가락을 붙여 노래하기
시작했다.

　　누각 오른 나그네 갈 길 잊고서
　　무너진 단군 옛터 안타까워하네!
　　남아 스물일곱에 무슨 일 이루었나?
　　잠시 갈바람에 기대니 감개만 돋아나네!

신돌석의 우렁우렁한 목소리에 어울리지 않게 가사는 애잔했다.
노랫소리는 하늘 멀리까지 퍼져 나갔다. 듣는 사람들은 처연한 기
분에 젖어 코를 훌쩍이거나 눈시울을 훔쳤다. 신돌석의 눈가에도
물기가 어렸다. 여러 사람이 한 곡 더 하라고 재창을 청했지만 돌석
은 고개와 손을 한꺼번에 저어 가며 거절했다.

"거의하기 전, 복디미 내 고향으로 백남수 형이 찾아왔을 때 지
은 노래도 있긴 하오만 그것까지 부르고 나면 다들 울고 말 거요!
허허허!"

평소와 달리 신돌석은 너스레까지 떨었다. 뜬금없는 돌석의 너스
레에 주위에선 손뼉까지 쳐가며 다시 한번 재창을 강청했다. 돌석

이 끝끝내 사양하자 김병두가 입을 열었다.

"거, 죽은 사람 소원도 들어준다는데 산 사람 소원 한번 들어주시오!"

김병두의 간청에 나머지 대원들이 추임새를 넣고 나서자 돌석은 어쩔 수 없이 손을 들고 말았다.

"아, 알았소! 그럼 하나 더 하리다! 이것 참 쑥스러워서 ….."

쑥스럽다는 말을 몇 번이나 거듭한 돌석은 마침내 다음 노래를 시작했다.

삼월의 복디미, 달은 더디 빛나고
고향 돌아오니 봄 생각이 동하네!
지난날엔 떠돌며 의기 드날렸고
밤새워 흥청이며 옛 벗 만나 즐기네!

중간쯤에서 신돌석의 목소리가 물기에 젖는가 싶더니 끝내 마치지 못했다. 노랫소리는 울음소리에 갇혀 흐느낌으로 바뀌었다. 김병두와 다른 사람들도 숨죽여 가며 울었다. 여기저기서 훌쩍거리는 소리가 터져 나왔다. 지난날 떠돌며 의기를 드날린 기억은 있지만, 이 자리가 옛 벗 만나 즐기는 술자리가 결코 아니었기 때문일 것이다.

화톳불이 사위어 가자 대원들은 움막 안팎의 멍석에 하나둘 누웠다. 밤하늘에 박힌 별들을 보며 잠을 청했다. 신돌석의 노랫소리는 무슨 환청처럼 여운으로 남아 대원들의 귀를 울렸다.

서간도를 향해서

무신년(1908) 가을이었다. 갈 사람은 가고, 남을 사람은 남은 다음, 대원들의 머릿수를 다시 헤아렸다. 그래 봤자 하루가 다르게 인원은 계속 줄기만 했지 더 늘지는 않았다. 늘어난 토벌대원에 면죄문빙과 헌병 보조원까지 보태지니 의진에 가해지는 압박은 나날이 거세졌다. 새로운 대원을 뽑는 일은 고사하고, 군량미며 탄환 구하는 일조차 쉽지 않았다. 재가의진 대원으로 자원한 사람들이 모두 하산하고 나자 남은 대원들도 기운이 빠진 모양새였다. 그렇다고 앉아서 죽을 수는 없는 노릇, 신돌석은 기운을 차리고 수습에 나섰다. 다시 한번 전투를 통해 사기를 올려 볼 요량이었다.

"구월도 이제 하순이나 되었소! 이번 기회에 정예만 남은 우리 의진 대원들로 헌병 분견대를 한번 들이치겠소!"

신돌석은 1백 명도 채 되지 않는 대원들을 앞에 두고 말했다. 김병두가 나서서 반문했다.

"어디 분견대를 칠 겁니까?"

"울진이오!"

이 무렵 영릉의진은 영양 수비 쪽에 주둔하고 있었다. 그달 스무이튿날 밤, 불영계곡을 따라 내려간 의진 대원들은 울진관아 서쪽에 주둔한 동군 분견소 헌병대를 목표로 삼고 걸었다. 의진의 야습이나 화공을 겁내는 헌병 분견소는 산자락에서 멀리 떨어진 공터에 벽돌로 짓기 마련이었다. 동군 분견소 역시 그랬다. 이튿날 첫새벽 숲속에 숨어서 분견소를 살폈지만 거리가 상당하여 화승총을 쏜들 탄환이 거기까지 날아갈 리도 없고 화공도 어려웠다. 그렇다고 가까이 가자니 이쪽을 엄폐할 마땅한 물건조차 없었다. 분견대 건물에는 왜군 한둘이 들락거릴 뿐 적막이 흐르고 있었다.

적을 유도하기 위해 빈총 몇 발을 쏘았다. 들락거리던 왜군조차 밖으로 나서지 않고 몸을 숨긴 모양이었다. 공격도 반격도 없는 시간이 지루하게 흘렀다. 이윽고 따분함을 못 견딘 대원 하나가 손을 들고 나섰다.

"내가 분견소 가까이 가서 적들을 유인해 보겠소!"

소모장 이춘양이었다. 그의 말은 분견소 가까이 다가가 총을 쏘면서 숲 쪽으로 유인해 보겠다는 것이었다. 하지만 그것은 목숨을 걸지 않으면 안 되는 위험이 따랐다.

"아니 되오! 그건 너무 위험하오!"

신돌석이 말렸다. 그러자 이춘양은 더욱 고집을 부리며 자신의 계책을 설명했다.

"지게에 솜이불 씌운 장작단을 얹어서 그 지게를 앞으로 지고 나가면서 총을 쏘겠소! 그리되면 저놈들이 총을 쏘아도 나는 맞지 않을 수 있소!"

말하자면 솜이불 장작단을 방패 삼아 적 가까이 다가가서 공격을 유도하겠다는 것이었다. 딴은 그럴듯한 방법이었다. 신돌석의 허락을 얻은 이춘양은 지게에 이불 씌운 장작단을 얹어서 묶더니 지게를 앞으로 메고 총을 들었다. 등이 아니라 가슴으로 지게를 안은 모양이 아무래도 어색했지만 적어도 가슴이나 배에 총 맞을 위험은 줄어들 것 같았다. 지게를 앞으로 메고 숲을 벗어난 춘양은 어기적거리며 분견대 건물 마당으로 천천히 걸어갔다. 신돌석을 비롯한 대원들은 숨죽여 가며 이춘양을 주시하고 있었다.

분견대 건물이 화승총의 사정거리 안에 들어설 때까지도 헌병 분견대에서는 별다른 반응이 없었다. 천천히 걸음을 옮기던 이춘양이 드디어 화승총의 방아쇠를 당겼다.

"탕!"

이춘양의 화승총이 불을 뿜자 숲속의 의진 대원들은 춘양을 엄호하기 위해 분견대 건물로 화승총을 연달아 쏘았다.

"탕! 탕! 탕! … "

이윽고 의진 대원들의 총소리가 잦아들자 헌병대의 반격이 시작되었다.

"탕탕탕! 타앙타앙타앙! … "

왜군들의 신식총은 연발이 가능했으니 지게를 앞에 멘 이춘양이 화승총에 다시 불을 붙이는 사이에만 해도 수십 발의 총알이 지게를 향해 쏟아졌다. 용케도 왜군의 총알은 지게 멘 춘양을 피해 가거나 지게에 얹힌 솜이불 장작단에 박힐 뿐 춘양을 맞히지는 못했다. 그럼에도 왜군 헌병들은 건물 밖으로 몸을 드러내지 않았다.

이춘양이 네 번째 불을 화승총에 붙이는 사이, 분견대 건물 문이 갑자기 열리더니 불방망이들이 쏟아져 나왔다. 기름 묻은 솜방망이에 불을 붙인 것이었다. 불방망이 하나가 춘양의 솜이불 장작단에 걸리면서 불길이 확 치솟았다. 춘양이 불길을 피해 지게를 벗자마자 왜군들의 양총이 불을 뿜었다. 지게를 벗은 춘양은 그 자리에 고꾸라지더니 다시는 일어서지 못했다.

숲속의 대원들은 '악!' 하고 비명을 지르며 고개를 돌렸다. 이춘양이 죽어 가는 모습을 고스란히 내려다본 신돌석의 눈에 굵은 눈물이 맺혔다.

"다시 태어나거든 좋은 나라에서 태어나시오!"

돌석이 가만히 중얼거렸다.

동군 분견소 헌병대 습격이 실패하고 생때같은 대원 하나만 잃은 신돌석은 의진 대원들을 수습하여 태백준령을 다시 넘었다. 지난겨울 평해에서 김치언과 박병률의 별동대가 왜군을 섬멸한 일이 옛날 얘기처럼 까마득했다. 지금은 그때처럼 앞장서서 별동대를 꾸릴 장수도 없거니와 의진 대원의 숫자도 턱없이 모자랐다.

일월산 자락을 끼고 봉화군 재산까지 들어가면서 군량미를 거두거나 군자금을 모았다. 재산의 우련전이란 마을에 주둔한 왜군과 우연히 마주쳤다. 그동안 태백준령 여기저기를 돌다 보니 대원의 수가 쉰 명이 넘을까 말까로 줄어들어 왜군과 대적하기도 어려워

헛총 몇 발을 쏘고는 돌아섰다.

영해군 수동에 있는 희암곡을 목표로 의진 대원들은 동쪽으로 다시 길을 잡았다. 가는 짬짬이 군자금이나 거둘 요량으로 수비를 우회하여 영양군에 있는 어떤 마을에 들렀다. 대원 50여 명을 삼삼오오 나누어 도부꾼으로 행세하며 마을에 들어가 양식과 돈을 얻고 있는데, 왜군 헌병 열대여섯 명이 총을 들고 들이닥쳤다. 이제 태백준령만 넘으면 영해 땅이라 생각하여 조심성 없이 다닌 게 탈이었다. 한 패 서너 명이 왜군을 보고 담을 넘어 도망치자 왜병들이 뒤에서 총을 쏘아 댔다. 총소리에 놀란 나머지 대원들도 마을을 벗어나 준령을 향해 뛰기 시작했다. 밤새도록 걸어 희암곡에 도착한 것은 이튿날인 9월 스무닷새 새벽이었다.

그런데 그동안 영릉의진이 요긴하게 써왔던 집희암 재실은 왜군들 차지가 되어 있었다. '아뿔싸!' 신돌석은 손바닥으로 이마를 치며 탄식했다. 밤새도록 잠 한숨 자지 않고 달려온 길이었다. 물에 젖은 솜바지처럼 몸은 무거워 오는데 목표 삼은 재실을 엉뚱한 놈들이 차지하고 있다니! 낭패감에 앞서 분노가 치밀었다. 아직 젊은데다 성미 가파른 이화진이 언성을 높였다.

"화공을 쓰는 게 어떻겠소? 저 왜놈들을 불로 확 싸질러 버리는 게 좋겠소!"

이 말은 들은 신돌석과 김병두는 곰곰이 생각했다. 화공을 하면 왜군 몇 명은 태워 죽일 수도 있겠으나 집희암이란 재실 또한 온전치 못할 터였다. 돌석과 병두는 고개를 좌우로 흔들었다.

"아니 되오! 화공을 쓰면 왜군 몇 놈도 타죽겠지만 저 재실 또한 잿더미가 되고 말 거요!"

"재실쯤이야 다시 지으면 그만 아니오!"

이화진이 다시 목청을 높이자 김병두가 말을 받았다.

"저 재실은 그냥 재실이 아니오! 임란 때 왜적을 무찌른 박의장 장군의 재실인데 우리가 불을 지를 순 없질 않소?"

"그렇기는 하지만 … 눈앞의 왜놈들을 그냥!"

이화진이 볼멘소리로 씩씩거렸으나 신돌석과 김병두는 입을 닫았다. 긴 침묵의 시간이 지난 다음 돌석이 무겁게 입을 열었다.

"아무래도 재실을 태우는 건 안 되겠소! 총이나 몇 방 쏴주고 우린 한골로 내려갑시다!"

신돌석의 말에 이화진은 속이 타는 듯했지만 더 이상 따지지는 않았다. 영릉의진 대원들은 집희암 재실을 향해 화승총 수십 발을 쏘고는 태백준령을 남으로 종주하여 한골 쪽으로 다시 내려왔다. 한골로 내려온들 의진의 안전이 보장된 것은 아니었다. 40여 리 밖 영해관아에 주둔한 왜군 수비대가 헌병과 그 보조원들을 딸려서 한골을 비롯한 주변 동네를 마구 휘젓고 다닌다는 소문이고 보면 여기도 오래 머물 곳은 못 되었다.

한골에 머무는 동안 이오촌과 이화진이 병이 났다. 마흔 줄인 오촌은 며칠을 눈 한번 붙이지 못하고 산길을 걷느라 체력이 고갈된 듯했고, 젊은 화진은 호기롭게 다른 대원들의 짐을 들어 주면서 무리한 듯싶었다.

그날 밤 신돌석은 김병두와 함께 저녁을 먹었다. 자신을 지키기 위해 한시도 곁을 떠나지 않는 한영육이나 유기길, 문미동조차 물리친 그는 병두에게 가만히 일렀다.

"참모장! … 내 긴히 할 말이 있소!"

무언가 뜸을 들이는 돌석의 말에 병두는 가슴이 철렁했으나 티를 내지 않고 반문했다.

"무슨 말씀이오?"

한숨을 내쉰 신돌석이 말했다.

"요 몇 달 동안 돌아가는 형세를 가만히 살펴보니 일은 그른 듯싶소! 왕산 선생과 충청좌도의진의 이강년 대장이 왜놈들 손에 잡혔다 하오! … 우리도 이참에 의진을 일단 해산하는 게 어떻겠소?"

"왕산 선생이나 운강 선생이 잡힌 건 안타까우나 그렇다고 우리도 의진을 해산하다니요? 몇 년간 그 고생을 했는데."

김병두가 화들짝 놀라며 반문했다.

"난들 그러고 싶겠소? 3년 동안이나 싸웠음에도 국운이 이미 바닥나니 어찌할 도리가 없질 않소! 아무리 따져 보아도 왜놈 세상이 … . 성인이 벼락 맞는다는 속담처럼 사악한 왜놈 세상에서 인의를 가진 사람은 배겨 나지 못할 터, 그렇다면 여기를 떠날 수밖에 없질 않겠소?"

신돌석의 대답에 김병두는 코를 훌쩍이며 다시 말했다.

"대장께 말은 하지 않았소만, 사실 대장의 목에는 천금의 현상이 걸려 있다고 하오! 물욕에 눈먼 자들이 무슨 짓인들 못 하겠소? 의진을 벗어나면 주변이 다 도둑놈일 터인데 어디로 간단 말이오?"

이 말을 듣고서도 신돌석은 놀라지 않았다. 아니, 오히려 태연하게 말했다.

"지금 왜적의 무리가 현상금을 걸고 내 목을 구한다는 말은 나도 이미 들었소! 하지만 총알이 퍼붓는 전장에서도 죽지 않은 내가 짐 승 같은 왜놈들에게 목숨을 빼앗기기야 하겠소? 그러느니 차라리 서간도로 건너가 우리 원통한 사정을 열강에 알리고, 힘을 합쳐서 다시 총을 들어야 하지 않겠소?"

"……."

저간의 사정을 아는 김병두로서는 돌석의 말에 딱히 반박할 거리가 없었다. 의진을 해산하고 국내에 은신하는 것이 아니라 만주로 가겠다고 하니 말릴 노릇은 아니었다. 일찍이 유인석 의병장도 국 내에서 활동이 어려워지자 만주로 건너간 적이 있다고 들었다.

신돌석의 결심을 헤아린 병두는 자신의 앞날에 대해서도 생각해 보았으나 서간도니 만주니 열강이니 하는 말은 도무지 현실감 없는 단어들이었다. 의진이 해산된다면 어디 깊은 산중에 스며들어 신분을 감추고 화전이나 일구겠다는 바람은 있었으되 돌석처럼 만주로 가겠다는 생각 따윈 해본 적이 없었다.

그러나 신돌석에게 서간도라는 길은 새로운 길이었다. 오랜 침묵을 깨고 돌석이 다시 입을 열었다.

"아, 참! 이오촌과 이화진은 병든 몸이니 당장 하산하라고 이르 시오!"

"대장!"

김병두가 보기에 돌석은 너무 서두르고 있었다. 이오촌과 이화진 이 아무리 병들었다 한들 지금 당장 하산하라는 것은 무리가 아닐까? 그 위에 3년을 싸워 온 영릉의진이 이렇게 하루아침에 해산한다는 것도 믿어지지 않아 병두는 처연한 얼굴로 돌석을 쳐다보며 말했다.

"아무리 그렇기로서니 3년을 쌓아 온 의진의 공력을 이리 허무하게 패산할 수야 없질 않소?"

김병두의 말을 받은 신돌석이 진지하게 대답했다.

"결자해지結者解之란 말이 있소! 매듭은 맨 자가 풀어야 하오! 지난날 내가 백남수 형과 영릉의진을 만들었으니 푸는 것도 나나 남수 형의 몫이오! 허나 남수 형은 지금 감옥서에 있으니 나 혼자 감당하는 거요!"

김병두는 다시 한번 입을 닫고 방바닥을 내려다보며 눈을 깜박였다. 신돌석의 말이 다시 이어졌다.

"병서에도 주위상走爲上이란 계책이 있으니, 적이 워낙 강하고 아군이 약한 형편에서는 일단 달아났다가 후일을 도모하는 것이 상책이란 뜻이잖소! 우리도 일단 해산했다가 후일을 도모하자는 것이지 그만두자는 건 아니오!"

신돌석의 의연한 말에 김병두는 한참을 고민하다가 마침내 고개를 끄덕이고 말았다.

"알겠소! 일단 이오촌과 이화진더러 먼저 하산하라 이르겠소!"

신돌석의 의사에 따라 병든 이오촌과 이화진은 산을 내려가라는 명령을 받았다. 그러나 오촌도 그렇지만 화진은 한사코 내려가지 않겠다고 버텼다.

"내가 의진에 들어올 때, 왜놈들이 물러가기 전에는 절대로 산을 내려가지 않겠다고 맹세를 했소! 그런데 이제 몸살 좀 난 것 때문에 산을 내려가라니, 이게 말이나 되는 소리요?"

아픈 사람답지 않게 이화진의 카랑카랑한 목소리가 신돌석의 귀를 아프게 찔렀다. 내심 나쁜 기분은 아니었으나 현실은 기분과 달리 강퍅했다. 신돌석은 일부러 엄정한 목소리로 일렀다.

"교련장! 교련장은 아직 젊소! 의진을 그냥 해산하는 게 아니라 후일을 도모하자는 것이니 이 보 전진을 위해 일 보 후퇴하는 것이라 여기고 부디 내려가시오!"

이화진은 신돌석의 말에 멈칫하면서도 납득할 수 없다는 표정을 짓다가 종내에는 제 고집을 꺾었다.

"대장의 명령대로 내려가긴 하오만, 나는 내려가면 다른 의진을 찾겠소!"

이화진의 말에 신돌석의 가슴은 벼린 칼끝에 찔린 듯 뜨끔했다. 이런저런 실랑이 끝에 두 사람의 하산 날짜를 9월 그믐으로 잡았다. 그날 저녁 비칠거리는 두 사람을 대원들이 부축하여 골짜기 밖으로 내보냈다. 그 와중에도 이오촌과 이화진은 울면서 남은 대원들의 손을 한 번씩 잡았다. 돌석은 이들의 손을 잡은 채 돌아서서 눈물을 훔쳤다. 병두도 울고 스무 명가량 남은 의진 대원들 모두가 훌쩍였다. 돌석이 가래를 돋우고 엄정하게 말했다.

"이는 왜적에게 항복하는 게 아니라 후일을 도모하는 일이외다! 부디 몸조심하고 끝까지 살아남아야 하오!"

신돌석의 말에 고개를 끄덕인 두 사람은 몇 번이나 뒤를 돌아보며 계곡 밖으로 나갔다. 이들이 빠져나가자 돌석은 무슨 악몽에서 깨어난 사람처럼 깊은 한숨을 내쉬었다. 이제 주둔지를 다시 옮겨야 할 것이었다.

불길한 꿈속

　신돌석이 영릉의진 대원들과 태백준령 언저리를 오가며 왜군들과 힘겹게 싸우기도 하고 쫓기기도 하는 동안, 백남수는 종신형에서 한 단계 감해진 징역 10년형을 받았다. 그의 징역형은 정미년 (1907) 10월 영덕군 지품에 있는 한지공장으로 출역하면서 시작되었다. 돌아보면 그 몇 달 사이 영릉의진에도 많은 사건이 있었지만 남수에게도 적잖은 일들이 일어났다. 곧이곧대로 말했으면 교수형이나 종신형에 처해질 게 뻔했다. 숱한 매타작과 손톱이 뽑히는 고문을 견디며 사실을 숨긴 덕분에 10년형에 그친 게 그나마 다행이었다.

　영덕읍에 있는 감옥서에서 새벽밥을 먹고 다른 죄수들과 오라에 묶여 용수를 쓰고 20리나 떨어진 한지공장까지 걸어서 오갔다. 죄수들이 오갈 때 곁을 감시하는 간수들은 죄수들이 공장에 도착하면 오라와 용수를 벗겨 준 다음 지키는 한 명만 남겨 놓고 나머지는 온

종일 주막에 처박혀 있다가 일이 끝나면 감옥서로 다시 데려가는
게 고작이었다. 그런 형편이다 보니 도망쳐 볼 요량도 없지는 않았
으나 도망친들 다시 의진으로 갈 수 있는 방도도 딱히 없었다. 그저
마음만 착잡할 뿐이었다.

백남수가 출역하는 한지공장은 제법 번듯한 건물에 닥나무 찌는
가마솥과 닥풀을 푸는 구유, 닥섬유를 담는 지통紙桶과 건조대 여러
개가 걸려 있고, 베어 온 닥나무며 벗겨진 닥나무 껍질을 쌓아 두는
너른 창고가 있었다. 그 옆으로 진흙과 기와로 지붕을 이은 작업장
이 여러 채 있었다.

남수는 이 작업장에서 다른 죄수들과 함께 오전 내내 백피나 저
불, 아니면 고해 작업을 하다가 때맞춰 나오는 주먹밥으로 점심을
때웠다. 오후에도 같은 작업의 연속이었다. 해거름이 되면 다시 행
장을 챙기고 감옥서로 돌아가 저녁밥을 먹었다. 콩 섞인 보리밥에
짠 반찬 3가지가 전부였지만 하루 종일 노동에 시달린 데다 먼 길을
오가다 보니 그마저도 늘 모자랐다. 가마니 깔린 감옥서에서 밤을
지낸 다음 다시 새벽밥을 먹고 한지공장으로 가는 것이 일과였다.

한지를 만드는 작업은 닥나무를 베는 것에서 시작하여 열 가지
이상의 공정을 거쳤다. 밭둑이며 야산에 저절로 자라는 닥나무를
베는 일은 주로 겨울철에 했다.

이렇게 베어온 닥나무를 커다란 가마솥에 넣고 한나절 이상 삶았
다. 삶아진 닥나무의 껍질인 흑피를 벗겨내고, 이 흑피를 맑은 물
에 하루 동안 담갔다가 외피를 훑어내는 백피 작업을 했다.

백피가 끝나면 표백 작업인 저불, 방망이로 두들기는 고해, 점액

을 걸러내는 풀기, 발[簾]틀로 건져진 종이를 한 장씩 옮겨 쌓는 배합, 물을 빼는 물질 따위의 작업이 차례로 이어졌다.

온종일 벗겨내서 삶고, 때려서 풀고, 뜨고, 말리는 공정은 얼핏 복잡한 듯하지만 알고 보면 따분한 노동의 되풀이일 뿐이었다. 여기에도 물론 상등 한지를 만들려면 상당한 기술이 필요한데, 죄수들에게 그런 기술은 언감생심이었다.

백남수가 한지공장으로 출역한 지 1년여가 지난 다음이었을 것이다. 그날따라 죄수들을 감시하며 데리고 가는 간수들의 기분이 썩 좋아 보여 죄수들은 간수들에게 몇 마디 말을 붙였다.

"오늘은 기분 좋은 일이 있는가 보오? 무슨 일이 있소?"

어떤 죄수가 이렇게 묻자 간수들 가운데 선임인 자가 대뜸 받았다.

"기분 좋은 일이 있지! 오늘은 한지공장 사바 사장이 한턱을 낸다는군!"

간수들의 행태로 보자면 한지공장 사장이 한턱을 낸다는 건 기생집에서 거나하게 술을 사고 꽤 두둑한 용돈도 챙겨 준다는 뜻이었다. 다른 죄수 하나가 입에 발린 아부를 했다.

"그 사바 사장이란 양반은 나이도 젊은데 수완이 참 대단하시오! 그러니까 우리 간수 나리들을 알아서 챙기는 것 아니겠소?"

"그 양반 사업 수완이야 군내 제일 아닌가! 평안도에서 적수공권으로 흘러와서 도붓장수를 하다가 고등어 두 손으로 서장님의 총애를 얻고, 이렇게 한지공장까지 인수했으니."

'고등어 두 손은 무엇이며, 서장님의 총애는 또 무엇인가?'

백남수는 알지 못하는 말들이 오가는 걸 묵묵히 들었다. 오전 출역이 끝난 다음 점심을 먹으면서 남수는 간수와 말을 나눈 죄수에게 슬쩍 물었다.

"여기 공장의 사장은 문가 성이 아니오? 그런데 사바 사장이란 건 무엇이고, 서장님의 총애란 건 또 무엇이오?"

"하하하! 그걸 아직 모르셨소?"

옆의 죄수는 손뼉까지 쳐가며 깔깔대더니 신이 나서 제가 아는 것을 발설했다.

"여기 사장은 문가가 맞지요! 그런데 사바 사장으로 불린 내력을 들어보면 재미있소. 원래 평안도 안주인가 어디 사람인데, 집안이 가난하여 남부여대男負女戴하고 경상도로 흘러들었다고 하오. 무인생이라고 하니 이제 서른한 살이겠군. 아무튼 영천과 영덕을 오가며 생선도부꾼 노릇을 했는데, 영덕인지 영천인지 하여튼 경무 분서 서장의 관사를 알아내고는 한 달에 서너 번씩 아침마다 청어 아니면 고등어 두 손을 관사 대문에 걸어 두었다는 거요. 왜인 분서 서장은 며칠에 한 번씩 생선 두 손이 대문에 걸려 있자 궁금했을 것 아니오? 선물의 임자를 찾다가 그것이 생선도부꾼 문 모란 걸 알게 됐다오. 그래서 그 까닭을 물었더니, 지금 서장이 부임한 후로 치안이 좋아져서 불량배에게 돈을 뜯기지 않고 장사할 수 있게 됐다는 거요. 선물도 선물이지만 서장이 듣기에 자기가 부임한 뒤로 치안이 좋아졌다니 기분이 좋았을 거 아니오? 이 대답을 기특하게 여긴 서장이 뭐 도와줄 일이 없겠느냐고 물었다오. 생선도부꾼은 이제 종이 장사를 하고 싶은데 보증인이 필요해서 걱정이라고 했다

하오. 그러자 경무 분서 서장은 선뜻 보증을 서 주겠다 나섰고, 지난번에 이 공장을 인수하게 됐다는 거요!"

죄수는 사바 사장의 일이 제 일이나 되는 양 신이 나서 떠들었다.

"그런데 왜 사바 사장이 되었소?"

백남수의 반문에 그 옆의 죄수가 딱하다는 듯 대답했다.

"이런, 답답한 양반! 청어나 고등어를 왜국말로 사바さば라고 하질 않소?"

"허허! 그래서 그런 별명이 붙은 거요?"

백남수는 '고등어'란 별명이 기가 막혀 허허 웃었다.

"그뿐인 줄 아시오? 죄수들의 출역을 이 공장으로 한 것도 다 그런 뒷배 때문이라오. 죄수 아닌 사람을 인부로 쓰면 품삯이 비싸지만 죄수를 쓰면 싼값에 일을 시킬 수 있질 않겠소. 거기에 지천으로 널린 게 닥나무인데 그걸 베어서 종이를 만드는 것이니 돈벌이가 땅 짚고 헤엄치기 아니겠소?"

남수는 생각했다. '무인생이면 신돌석과 동갑이로군! 그런데 한 사람은 왜놈들을 쫓아내겠다고 풍찬노숙하며 싸우고 있는데, 다른 한 사람은 왜놈 서장의 뒷배로 돈을 벌고 있다니?' 세상일은 참 알다가도 모를 노릇이었다.

언젠가 공장을 둘러보던 사바 사장의 표정이 기억났다. 땅땅한 체구에 단단하기가 차돌 같던, 찔러도 피 한 방울 나지 않을 만큼 모질게 생긴 위인이었다. 죄수들의 죄명을 하나하나 묻다가 백남수의 죄가 정사를 변경시키기 위하여 난을 일으킨 자에게 적용되는 '형법대전' 제195조에 해당한다고 하자, 웃음기가 사라지고 싸늘한 표정으로 돌아서던 사바였다. 사바의 표변이 이런 사정 때문임을 알고 나니 입맛이 썼다. 남수가 베어 먹던 주먹밥을 옆에 앉은 죄수에게 건네자 죄수는 깜짝 놀라며 물었다.

"왜 이러시오? 그렇잖아도 부실한 점심인데 이마저도 남기면 어쩌시려오?"

"그냥, 입맛이 써서 그러니 드시오!"

백남수는 그날 오후 내내 우울한 기분으로 고해 작업을 했다. 나무방망이를 너무 세게 내려치는 바람에 반장의 지적을 여러 번 받았다. 오후 작업은 간수들의 회식 때문에 평소보다 일찍 끝났다.

감옥서로 일찍 돌아와 모처럼 여유 있는 오후를 보냈다. 밀린 빨래를 하고 터진 옷들을 꿰맸다. 반복되는 일과에 따라 정해진 시간에 저녁을 먹고 정해진 시간에 가마니에 누워 잠을 청했다.

신돌석을 비롯한 영릉의진 대원들은 어찌 지내고 있는지? 거의 매일 밤, 잠자리에 들면 의진 대원들의 얼굴이 떠올랐지만 다시 만날 길은 없을 듯했다. 밤마다 꿈을 꾸는데 간혹 좋은 꿈도 있었으나 악몽이 대부분이었다. 어떨 때는 쫓기거나 어떨 때는 누군가를 따라가다가 놓치는 꿈이었다. 그날 밤의 꿈도 대체로 그런 식이었다.

아마 영릉의진의 거의가 있던 날 김춘궁의 주막 앞마당인 것 같았다.

"신 대장! 거기 서시오!"

말을 탄 백남수를 앞질러 신돌석이 성큼성큼 걷고 있었다. 그런데 남수가 아무리 박차를 가해도 남수의 말은 돌석의 걸음을 따라

잡지 못했다. 따라잡을 듯하다가 끝내 미치지 못하는 말의 걸음이 안타까워 남수가 다시 한번 고함을 질렀다.

"야, 신태호! 거기 서게!"

그제야 신돌석이 고개를 돌렸다. 아! 그런데 돌석의 얼굴은 피칠갑을 하고 있었다. 백남수가 가까이 다가서자 누구에게 어떻게 맞았는지 깨어진 뒤통수에서 샘처럼 피가 솟고 있었다. 뒤통수에서 시작된 피는 얼굴을 적시고, 목덜미를 적시고, 마침내 온몸을 적시며 바짓가랑이 사이로 뚝뚝 떨어졌다.

"신 대장! 피를 멈추게 해야지! 무슨 일이오?"

다급한 백남수의 물음에도 신돌석은 대답하지 않고 희미하게 웃으며 서 있었다. 남수가 저고리를 벗어 돌석의 뒤통수에 대려고 하자 돌석은 몸을 돌려 다시 걷기 시작했다. 다급해진 남수가 말을 버리고 잰걸음으로 돌석을 따랐다. 앞선 돌석은 큰길을 지나더니 어느 마을로 들어섰다. 큰 마을을 지나 모롱이를 돌자 여러 채 초가집이 옹기종기 모여 있었다.

그 초가를 지나 다시 좁디좁은 계곡, 아니 계곡이라기보다 개울이라고 해야 할 협곡으로 들어섰다. 모진 추위 탓에 개울은 온통 얼음판이었다. 얼음판에 들어선 돌석은 그 빙판을 타고 다시 개울을 따라 내려갔다.

백남수는 애가 타서 신돌석의 뒤를 밟으며 재빨리 걸었다. 개울을 따라 반 마장도 채 안 되게 내려가자 널찍한 암반이 물길을 비껴 몸을 뉘고 있었다. 두어 사람이 누울 만한 큼직한 너럭바위에 돌석은 멈추었다. 그리고 고개를 돌렸다. 얼굴은 여전히 피투성이였다.

"형! 나는 억울하오! 나는 서쪽의 만주로 가려 했는데, 억울하게 됐소!"

"태호 씨! 뭐가 억울하단 말이오?"

백남수는 '신 대장'이란 말을 쓰면 신돌석이 달아날까 봐 일부러 '태호'라고 불렀다.

"서쪽으로 가서 왜놈들의 사악한 처사와 우리 원통한 사정을 열강에 알리고, 왜놈과 다시 싸우려 했는데 그러질 못하게 됐소! 그게 억울하단 말이오 ….."

돌석은 울 듯한 표정으로 연신 억울하단 말을 되풀이했다. 남수도 답답하여 무슨 말을 해서든 돌석을 달래야 한다고 생각했다. 하지만 마땅한 말이 떠오르지 않아 고개를 비틀며 용을 쓰다가 힘겹게 한마디가 튀어나왔다.

"그렇다면 서쪽 땅 만주로 가서 싸우면 될 것 아니오? 만주로 가서 우리 원통함도 열강에 알리고."

"형은 내 사정을 모르오! 내가 처한 사정을 형은 모른단 말이오!"

'아! 얼마나 다급하고, 얼마나 억울하면 저리도 악을 쓸까?' 꿈속에서도 남수는 돌석의 처지가 안쓰러워 눈물을 흘렸다. 남수는 울음 섞인 목소리로 돌석을 달랬다.

"태호 씨! 그러지 말고 자세히 말해 보시오! 태호 씨가 처한 사정이 무언지를."

"날 배반한 놈이 있소! 천금에 눈이 멀어 나를 배반하고 …."

꿈속의 사정은 종종 현실을 배반하거나 반영하는 모양이다. 백남수는 낮에 들었던 사바 사장의 일이 문득 기억났다. 그래서 순간적으로 신돌석을 배반한 자가 사바 사장이 아닐까 하고 생각했다. 자신의 돈벌이를 위해 왜놈 서장에게 한 달에 몇 번씩 고등어 두 손을 뇌물로 바치고, 그 뒷배로 한지공장을 인수했다는 사바가 아닌가. 그런 자라면 천금에 눈이 멀어 돌석을 배반할 수도 있을 거란 느낌이 갑자기 들었기 때문이다. 남수는 다시 물었다.

"그놈이 누구요? 혹시 사바란 놈 아니오?"

"……. "

돌석은 긍정도 부정도 아닌 애매한 표정으로 말없이 서 있었다. 하기야 돌석과 사바 사장은 한 번도 만난 적이 없으니 배반이고 뭐고 할 까닭이 없겠다. 그러나 생각 나름으로는 돌석에게 사바 같은 자가 바로 배신자가 아닐지. 그사이 돌석의 얼굴과 몸을 따라 흐르던 피는 추위 탓에 엉겨 붙었다.

꿈속의 장면은 두서가 없었다. 피 묻은 얼굴을 닦지도 않은 신돌석이 너럭바위에서 갑자기 몸을 솟구쳤다. 서너 바퀴 공중제비를 하더니 계곡 밖을 향해 성큼성큼 걷기 시작했다.

"형! 잘 계시오! 나는 가겠소!"

신돌석은 희미한 웃음과 함께 손을 흔들며 멀어져 갔다. 다급해진 남수가 돌석이 서 있던 너럭바위를 벗어나 얼음 개울에 발을 디뎠다. 내딛는 순간 발이 미끄러지더니 몸 가눌 새도 없이 그대로 넘어졌다. 너럭바위 모서리에 뒤통수를 세게 부딪친 남수는 '앗!' 하는 비명과 함께 잠에서 깼다.

부딪친 뒤통수에 손바닥을 대보았으나 피는 나지 않았다. 온몸이 식은땀에 젖어 흥건했다. 아! 이 무슨 개꿈이란 말인가? 사방에서

코 고는 소리가 요란했다. 남수는 심호흡을 해가며 가슴을 쓸어내렸다. '신돌석에게 무슨 일이 있는 건가? 혹시 왜적에게 체포된 건 아닐까?' 남수는 두서없는 의문에 빠져 뜬눈으로 밤을 새웠다. 새벽의 냉기가 부실한 이부자리 속으로 파고들었다.

누르실의 먼 길

이오촌과 이화진이 영릉의진을 떠난 다음, 신돌석은 나머지 대원들을 순차적으로 하산시켰다. 이제 돌석 옆에 남은 대원은 한영육과 김병두, 유기길과 문미동 등 측근 몇 명과 일반 대원 네댓, 그리고 소년 의병 강업이뿐이었다. 알다시피 강업이는 그 옛날 신돌석이 호환에서 구해 준 곱단이의 아들이다. 머슴살이를 하다가 우연히 돌석과 만나 의진에 들었다. 돌석의 옆에서 잔심부름을 해온 지어언 2년, 꽤 이력이 붙은 의진 대원이 되었다. 눈치가 빠른 데다 붙임성까지 좋아 어른 대원 모두의 귀여움을 받았다. 곱단이와의 인연이 아니더라도 스스로 하는 짓이 대견스러워 돌석은 자식처럼 아꼈다. 틈틈이 언문과 천자문을 가르쳐 봤는데, 배운 걸 바로 외울 만큼 영민하기도 했다. 신돌석이 그런 업이마저 하산시키려 하자 녀석은 돌석의 바짓가랑이를 잡으며 애원했다.

"대장님! 저는 내려가는 것보다 여기 있는 게 더 좋거든요! … 그러니 제발 저를 내려가라고 하지 마세요!"

강업이의 애원에 돌석은 측은한 눈길로 그를 보며 말했다.

"흐음! 왜놈에게 쫓겨서 밤중에도 그 먼 길을 걷는 고생길이 왜 그리 좋다는 거냐?"

"그래도 저는 여기서 대장님과 함께 있는 게 더 좋아요! … 고생은 되지만 밥 굶을 걱정은 없고, 사람들 천대도 없잖아요. 공부도 할 수 있고 … ."

강업이는 그렁그렁한 눈물까지 보이면서 말을 이었다. 업이가 의진에 남으려는 이유는 별것이 아니었다. 무엇보다 밥을 굶지 않고, 사람들이 천대하지 않고 … . 이 어린 것이 굶주림과 푸대접에 얼마나 시달렸으면 위험과 고생이 도사린 이 길을 벗어나려 하지 않는 걸까?

'업이야! 앞길이 어떻게 될지는 아무도 모른단다. 굶을 수도 있고, 먹을 수도 있고 … .'

신돌석은 눈앞이 뿌옇게 흐려지는 걸 애써 참아 가며 혼잣말을 삼켰다. 따지고 보면 한영육이나 김병두, 유기길이나 문미동 같은 차진 대원 몇몇을 제외하면 나머지 대여섯 명은 의진을 그만두고 하산한들 집도 절도 없는 축이 태반이었다. 의진에 들기 전 도붓장수를 하거나 품팔이를 하거나 포수로 살면서 굶기도 하고 먹기도 하던 사람들이었다. 내려가 봤자 의진 생활보다 나을 게 없다고 여겼다. 강업이가 신돌석의 허락을 받느라 애걸하는 동안 정문칠이란 대원 하나가 손을 번쩍 들고 말했다.

"대장님! 업이를 그냥 여기 있게 해주시지요! 내가 의진에 남으려는 까닭도 업이와 크게 다르지 않소. 나 역시 천애고아로 남의 집 머슴살이와 날품팔이로 살다 보니 삼시세끼 밥 얻어먹는 것도 수월 치 않았소. 또, 그 천대로 말하자면 입이 아플 지경이오. 그러나 우리 의진에서는 가끔 굶을 때도 있긴 하지만 밥도 먹을 수 있고, 서로 사람대접도 해주고 …. 더구나 이젠 왜놈들이 판을 치는 세상이니 내려가 본들 여기보다 나을 것 같지도 않소!"

정문칠의 호기로운 발언에 대원들 모두가 웃고, 업이도 어른들을 따라 웃었다. 모처럼 보는 웃음이었다. 이런 대원들을 남겨 두고 저 혼자의 꿈 때문에 만주로 가겠다는 자신은 얼마나 또 이기적인가? 신돌석은 눈앞에 펼쳐지는 현실적인 고민을 애써 떨쳐 내기 위해 고개를 흔들었다.

그리고 새로운 결심을 했다. 가능하다면 강업이와 나머지 대원들을 모두 데리고 만주로 가 보자는 것이었다. 그러자면 혼자서 갈 때보다 몇십 배의 노잣돈이 더 필요할 터였다.

"그래, 그럼 여기에 남아서 나하고 끝까지 가 보자!"

어렵게 결정을 내리자 신돌석의 허락을 받은 강업이는 넙죽이 큰절까지 해 가며 좋아했다. 다시 정신을 차린 돌석은 대원들을 이끌고 한실마을로 스며들어 하산한 옛 부하 손방우의 집에 들렀다. 동짓달 열엿샛날이었다. 나머지 대원들은 마을 밖 상엿집에 숨었다. 기미를 보아서 밤이 되면 김순곤의 집에서 만나기로 했다. 손방우는 어린 업이와 함께 나타난 신돌석이 반가우면서도 불안했다. 만에 하나 돌석이 찾아온 것을 왜군이나 왜경이 안다면 자신의 의진 생활이 드러나지 않을까 싶었다.

"대, 대, 대장님! 어인 일이시오?"

덜덜 떠는 손방우를 주저앉힌 신돌석은 싱긋이 웃으며 방우를 안심시켰다.

"업이가 밖에서 하도 떨기에 몸 좀 녹이러 왔네! 내 조금만 있다가 날이 새면 떠날 터이니 너무 겁내지 마시게."

"네, 네, 그럼요! 좀더 계셔도 되오! 물을 끓여서 더운물을 드리겠소!"

손방우는 자신의 아내에게 가마솥에 물을 끓이라고 일렀다. 손방우의 집에서 언 몸을 녹인 돌석은 해 뜨기 전에 방우의 집을 나섰다. 더 오래 머물면 손방우의 불안이 자신에게 옮겨 올 것 같았다.

"그러지 않아도 장인의 제사가 있어서 오늘쯤 처갓집으로 가려던 참이었소! 안 그러면 더 계셔도 되는데."

불안한 가운데 신돌석이 떠난다니 반가워서인지 손방우는 입에 발린 인사치레를 했다. 그러면서도 오늘 중 집을 비우겠다며, 더운물이 가득 든 옹기장군 하나를 돌석에게 안겼다. 옹기장군을 들고 밖으로 나섰다. 동짓달 추위가 벼린 칼끝처럼 매서웠다. 의진 대원들이 숨어 있는 상엿집은 바깥과 진배없었다. 옹기장군을 든 신돌석이 찾아가자 서로 껴안고 몸을 녹이던 대원들이 반겼다.

"더운물을 마시니 좀 살 것 같소!"

저마다 턱을 덜덜 떨며 더운물을 나누어 마셨다. 상엿집에서 낮 시간을 보낸 대원들은 그날 자정 무렵 김순곤의 집으로 갔다. 이 마을에서 가장 부자라는 김순곤네에서 늦은 저녁을 얻어먹었다. 몇 끼를 굶은 열 명의 장정들이 해치우는 식사에 김순곤은 연 입을 다

340

물지 못했다.

"많이들 시장하셨던 모양이오?"

사람 좋아 뵈는 순곤은 은근한 미소로 이들의 식사를 챙겼다. 식사가 끝나자 돌석은 순곤과 마주 앉았다.

"얼마나 고생이 많으시오? 우리야 제때 밥 먹고 따뜻한 구들방에서 잠이나 자지만 의진에 계신 분들은 그러지도 못하니, 쯧쯧 ⋯."

담뱃대를 베어 문 순곤의 말에 돌석은 그저 웃기만 하다가 나직이 말했다.

"나도 이제 생각을 바꾸었소. 3년 동안 왜적과 싸웠으나 국운이이미 기우니 어찌할 도리가 없소. 도만渡滿이나 해 볼 요량이오!"

"도만이라면? 만주로 건너가겠다는 거요? 저런!"

순곤의 말에 돌석은 가만히 고개를 끄덕였다.

"허허! 나도 만주란 곳은 말만 들었지 어디에 붙었는지도 모르오만, 열 명이나 되는 대원이 그 먼 길을 가자면 돈이 오죽 들겠소? ⋯ 가만, 가만히 좀 계셔 보시오!"

말을 마친 순곤은 벽장문을 열더니 엽전 꾸러미를 꺼냈다.

"돈 백 냥은 되겠소. 가진 것이 이것밖에 없어 미안하오만 혹여 만주로 가는 데 필요하다면 노자에 보태시오!"

순곤은 1백 냥의 엽전을 신돌석에게 내밀었다. 돌석은 염치 불고하고 그 돈을 거두며 말했다.

"거참, 고맙소이다! 이 은혜를 언제 갚을진 모르겠소만 잊지는 않으리다!"

"원, 별말씀을 ⋯."

김순곤이 겸양의 말을 건네자 그의 말을 자른 신돌석이 갑자기 진지한 얼굴로 입을 열었다.

"내가 엽전을 보니 문득 생각나는 얼굴이 있소! 윗번계에 이병육이란 사람이 있는데, 혹여 그를 만나거든 이 말을 좀 전해 주시오! 처음 거의할 때 적잖은 돈을 받으면서 언젠가 갚겠노라 했지만 갚지 못하고 만주로 가게 되었소! 하지만 그 은혜는 죽어도 잊지 않겠노라고 꼭 좀 전해 주시오!"

신돌석의 비장한 목소리에 김순곤이 고개를 끄덕이며 대답했다.

"알겠소! 내가 일부러 찾아가서라도 꼭 전하리다!"

김순곤의 시원한 대답을 듣고, 그 집에서 이른 아침을 얻어먹은 돌석 일행은 새벽같이 길을 나섰다. 한실마을에서 빠져 한골로 갈 셈이었다. 이튿날, 그러니까 동짓달 열이렛날 한골에 이른 대원들은 권신촌과 원 서방이란 사람 집에 나누어 들었다. 모처럼 따뜻한 방에서 잠을 자니 살 것 같았다. 거기에서 하루를 묵었다.

넉넉지 않은 산촌 살림에 장정 다섯 명씩 열 명이 먹어 대니 권 가나 원 가나 마음이 편치 않았다. 마음 편치 않기는 신돌석도 마찬가지였다. 권신촌의 집으로 대원들을 불러 모은 돌석이 말했다.

"여기도 오래 머물 곳이 못 되오! 우리가 처음 거의하던 초창기만 하더라도 안전한 이 한골에서 많은 시간을 보내며 훈련을 했소만 지금은 왜놈들에게 다 드러나서 놈들이 언제 들이닥칠지 모르니 다시 움직여야겠소!"

돌석은 대원들을 다시 두셋씩 쪼갰다. 신돌석과 강업이와 정문칠이 한패가 되고, 한영육과 이수목이란 대원을 한패로 묶었다. 김병두와 유기길과 김종달이라는 대원, 그리고 문미동과 서고락이라는 대원 하나가 각기 짝이 되었다.

"열 명이 한꺼번에 다니는 것도 위험하니 패별로 다니며 군자금을 모으다가 이틀 후에 누르실에서 만납시다!"

"누르실이라면? 눌곡을 말함이오? 거기서 누구를 찾아야 하오?"

김병두의 물음이었다.

"누르실에 가면 김도윤이라고 있소! 그의 형이 김도룡인데 이들은 나하고 외외가로 재종간이오!"

"김도윤이라면 우리 의진에 아장으로 있다가 하산한 사람 아니오?"

"그렇소! 바로 그 김도윤이오! 하산한 뒤에 이름까지 바꾸었다니 아직 김도윤이라고 쓰는지는 나도 모르겠소만 그 동네에서 물어보면 알 거외다!"

선선히 말한 신돌석은 강업이와 정문칠을 데리고 한골을 빠져나갔다. 다른 대원들도 이틀 후에 누르실에서 만나기로 하고 두셋씩 짝을 지어 흩어졌다. 동짓달 열여드레 새벽에 한골을 나선 돌석 일행은 너무 빠른 듯하여 샛길인 배목고개 길을 버리고 한실마을 가는 길로 접어들었다. 워낙 추운 날이라 길에는 행인도 눈에 띄지 않았다.

한실마을에서 점심을 얻어먹었다. 마음 같아서는 김순곤의 집에 다시 들르고 싶었지만 염치가 없어서 그만두었다. 한실에서 점심을 먹은 다음 정문칠이 신돌석에게 말했다.

"내가 이 동네에서 머슴살이를 한 적이 있소. 옛날 주인이 참 좋은 분이었는데 하직인사도 하고 군자금도 좀 얻을 수 있으면 좋겠소!"

"그야 어렵지 않소만 몸을 조심하시오. 혹시라도 시비 같은 건 하지 마시오! … 그럼 우리가 먼저 갈 테니 곧 뒤따라오시오."

"알겠소! 그리 늦지는 않을 거외다!"

문칠과 헤어진 돌석과 업이는 용수골이란 계곡에서 곧추 누르실로 접어들었다. 그날 해지기 전에 누르실 뒷산인 마고산 자락에 이르렀다. 마고산 자락 산비탈 초입에 자리 잡은 큰 마을을 지나고 산허리 한 구비를 돌아 한 식경을 채 걷지 않았는데 윗마을이 바로 나타났다.

"이 동네다!"

신돌석은 나지막이 속삭였다. 아직 짙은 어둠이 내려앉기 전이라 김도윤의 집을 찾기는 어렵지 않았다. 띄엄띄엄 앉은 열서너 채 초가와 한두 채 기와집이 눈에 들어오자 돌석은 강업이에게 초가 하나를 손가락으로 가리키며 말했다.

"저 집이 김도윤의 집이다! 너 혼자 들어가서 내가 갈 거라 전하고, 대답을 듣고 나오너라! 드나들 때는 사방을 잘 살피고."

강업이를 김도윤의 집으로 들여보낸 신돌석은 마을 앞 길섶의 바위 뒤에 몸을 숨기고 답이 오기를 기다렸다. 그리 늦은 시각이 아님에도 추위 탓인지 오가는 사람조차 드물었다. 먼 데서 들리는 개 짖는 소리만 아니라면 독곡이나 선미계곡 어디쯤이 아닐까 싶을 정도로 고즈넉한 마을이었다. 돌석이 칼바람을 맞으며 한참을 버정이고 있는데도 도윤의 집에 든 업이는 소식이 없었다.

초조하게 기다리는 돌석의 사정을 알 리 없는 김도윤은 업이가 그 집을 찾았을 때, 마침 저녁상을 받고 있었다. 가만히 숨어든 어린 업이가 도윤의 문 앞에서 카랑카랑한 목소리로 그를 불렀다.

"김도윤 아장님 계세요?"

'뭐? 김도윤 아장이라고?' 자신을 김도윤 아장이라 부를 사람은 영릉의진 대원들밖에 없을 터였다. 순간적으로 당황한 그는 어찌할 바를 모르고 허둥댔다. 저 말이 이웃 사람 귀에라도 들어가는 날이면 또다시 왜놈에게 혼쭐이 날 게 뻔했다. 하지만 어쩌랴? 알고 찾아와 부르는데 나가지 않을 수도 없었다. 생각을 고쳐먹은 그는 문을 열었다. 찬바람과 함께 어둠이 왈칵 밀려들었다.

"누구시오?"

어둠 속에는 놀랍게도 남루를 걸친 업이가 추위에 떨며 서 있었다. 녀석은 그래도 반가운지 코를 훌쩍이며 배시시 웃기까지 했다.

"안녕하세요? 아장님!"

막내아들뻘이나 될까? 강업이를 본 김도윤은 생각할 겨를도 없이 방으로 얼른 끌어들였다.

"그, 그래! 너, 너는 이 시각에 무, 무슨 일이더냐?"

김도윤은 불안한 느낌을 애써 눌렀지만 더듬거려지는 말투까지 감출 수는 없었다. 방으로 들어온 업이는 자리에 앉기도 전에 제 할 말을 먼저 뱉었다.

"저쪽에 신돌석 대장님이 와 계시는데 이리로 드시겠답니다!"

"뭐, 뭐? 신, 신돌석이? 이리로 오겠다고?"

"네!"

강업이는 이쪽의 사정이나 반응 따위는 아랑곳하지 않고 제 할 말만 뱉고는 눈알을 굴려 가며 방 안의 물건들을 살피기에 바빴다.

"그래? 그래! 잠, 잠시만 … ."

김도윤은 신돌석이 찾아온다는 느닷없는 상황에 어떻게 대처해야 좋을지 판단이 서지 않았다. 호랑이에게 물려가도 정신을 차리라 했으니 일단 정신을 수습할 필요가 있었다. 아내에게 저녁상을 다시 차리라 이른 다음 겉옷을 걸쳐 입었다. 아무래도 형님과 상의해야 할 듯싶었다.

"여, 여기서 저녁을 먹고 잠깐만 기다리고 있어라! 형님 댁에 다녀오마!"

"네!"

업이의 목소리를 뒤로하고 김도윤은 짚신짝을 찾아 발에 꿰기 바쁘게 몇 집 건너 이웃의 형님 댁을 찾았다. 기침 소리도 내지 않고 형님 집에 뛰어든 도윤은 제 형 김도룡에게 곧이곧대로 일렀다.

"형님, 형님! 돌, 돌석이가 우리 집에 온답니다! 신돌석이가 … ."

놀라기는 김도룡도 매일반이었다. 신돌석의 어머니가 자신들 아버지의 고종사촌 누이이니, 돌석과는 재종간이었다. 하지만 솔직한 말로, 이웃에나 산다면 모를까 먼 데서 서로 오가며 반기고 말고 할 관계는 아니었다. 어쨌든 그런 관계 때문에 자신의 동생 도윤이가 마흔 줄의 나이로 의진에 들어가 신돌석의 체면을 살려 주었으니 6촌 간의 의리는 지켰다고 볼 만했다.

그런데 자신의 목에 천금의 현상이 걸린 걸 아는지 모르는지 야심한 시각도 아니고, 해 지자마자 찾아오겠다고? 김도룡 역시 당황스럽기는 했으나 동생보다 몇 년 더 세상을 산 이력으로 무작정 놀라는 대신 머릿속으로 주판알을 튕겼다. 도룡이 한마디 말도 없이 복잡한 계산을 하는 동안 도윤은 애가 타서 형에게 다시 보챘다.

"형님! 이 일을 어쩌면 좋겠소?"

"허허! 잠시 기다려 보게! 나도 생각을 좀 가다듬어야지. … 그런데 대관절 신돌석이가 왜 자네 집에 오겠다는 건가?"

자신이 직접 의진 활동을 하다가 하산한 김도윤에 비해 한발 떨어져서 보는 김도룡의 눈은 확실히 냉정한 데가 있었다. 도윤이 막무가내로 떨기만 하는 데 비해 도룡은 이것저것을 헤아리고 있었으니 말이다.

"그야 나도 모르지요! 다시 의진으로 가자는 것인지, 아니면 군자금을 내라는 것인지, 그도 아니라면 내가 왜경에 자수했다고 따지려는 건지?"

잘한 것도 없는 김도윤이 오히려 짜증스럽게 말하자 도룡은 발끈 솟으려는 화를 애써 누르며 다시 물었다.

"신돌석의 힘은 아직도 여전하겠지?"

"당연하지요! 지난번 내가 하산하기 전에 봤을 때만 해도 혼자서 몇 명분의 식사를 거뜬히 해치우던걸요!"

"흐음, 그렇단 말이지? 그렇다면 일단 들어오라고 해서 여기까지 온 까닭이나 들어 보자! 자네는 끼어들지 말고 지켜보기나 하게! 내가 상대하겠네! 도랑 치고 가재 잡는 수도 있을 터이니."

김도룡은 큰소리를 치며 동생을 먼저 제집으로 돌려보냈다. 그런 다음 겉옷을 찾아 입고 동생의 뒤를 따랐다. 제집에 먼저 도착한 김도윤은 업이를 보고 돌석에게 나가서 들어오라는 말을 전하게 했다. 저녁밥을 다 먹은 업이가 곧바로 달려 나가 마을 앞 길섶의 바위 뒤에 숨은 돌석에게 그 말을 전했다.

한 시진이나 추위에 떨던 신돌석인지라 부아가 돋기도 했지만 애써 누르고 업이를 따라 김도윤의 집으로 들어섰다. 겨울밤이 제법 이슥해진 늦은 술시나 이른 해시 무렵이었다.

"돌석 아우! 이게 얼마 만인가? 어서 드시게."

김도윤의 집에서 신돌석을 맞은 김도룡은 앞서의 차가운 계산과는 달리 만면에 웃음을 띠며 호들갑스럽게 반겼다. 집주인은 오히려 나그네처럼 형의 뒷전에서 엉거주춤하게 서 있었다.

"형님들도 그간 무고하셨소이까?"

"풍찬노숙하는 자네가 고생이지. 우리야 무슨 별일이 있겠나? 대관절 그 잘난 아들 두신 우리 종고모님은 어찌 지내시는가? 쯧쯧."

평소에 안 하던 신돌석 어머니의 안부까지 챙기며 눈물을 글썽이는 김도룡의 친절에 돌석도 마음이 눅어져서 촌수가 멀더라도 피붙이는 역시 피붙이인가 보다 하는 안도감이 들었다.

"내가 이렇게 나돌아 다니니 챙겨 드릴 도리가 없어서 왜놈들 끈 닿지 않는 궁벽한 곳으로 모시긴 했습니다만."

대충의 안부인사가 끝나자 도룡은 도윤을 불러 저녁상을 차리게 했다. 돌석의 먹성을 아는 터라 쌀과 조를 섞은 밥을 새로 지어 커다란 자배기에 담아 상에 올렸다. 오랜 바깥 생활로 돌석의 얼굴에 부기가 있는 걸 보고는 집에서 빚은 특별한 약주라며 닭똥이 들어간 계분백鷄糞白술도 가져오라 일렀다.

"닭똥술이라고, 이름이 좀 그렇긴 해도 부종에 특효약이라네! 돌석 아우의 얼굴이 푸석푸석한 게 마음이 아프구먼! 내 동생이 의진 다녀온 뒤로 몸이 영 좋지 않아서 담그라고 한 건데, 오늘은 돌석

아우가 드시게!"

"고맙군요. 그런데 그 술은 어떻게 담그는 거요?"

신돌석이 술에 관심을 보이자 김도룡은 자세히 일러 주었다.

"우선 오골계의 똥 가운데 흰 부분만 골라내서 불에다 잘 볶는다네. 그걸 자루에 담고 소주 같은 독주를 부어 밀봉해 한 달 이상 삭힌다네. 독하지만 약효는 그만이라네."

도윤을 자기 집으로 보내 특별한 술을 가져오게 한 김도룡이 커다란 주발에 계분백술을 가득 따르며 사설을 늘어놓았다. 돌석이 식사하는 동안 도룡은 업이를 챙겨서 다른 방으로 보내 잠을 자라고 일렀다.

신돌석과 김도룡이 이야기를 나누는 틈에도 김도윤은 끼어들 여지가 없었다. 어정쩡하게 서 있거나 안팎을 들락거리며 돌석의 눈치만 살피고 있었다.

"그나저나 무슨 바람이 불어서 이리로 올 생각을 하셨나?"

도룡 역시 돌석의 눈치를 보며 아까부터 묻고 싶던 말을 꺼냈다. 술한 모금을 털어 넣은 돌석이 싱긋이 웃으면서 천천히 입을 열었다.

"내가 형님 댁에 오는 게, 뭐 그리 못 올 데를 온 것이오?"

"아니, 아니 그런 게 아니고 … 시절이 하 수상하니 걱정이 돼서 그렇지!"

도룡을 놀려 줄 마음이 생겼던지 돌석은 아예 농담인지 진담인지 모를 조로 말을 받았다.

"도윤이 형을 다시 의진에 데려가려고 왔소!"

"예끼, 이 사람아! 사위까지 본 중늙은이를 의진에 다시 데려간

들 무슨 소용이 있겠나?"

동생을 의진으로 다시 데려가겠다는 신돌석의 농담을 진담으로
받아들인 김도룡이 펄쩍 뛰자 돌석은 재미있다는 듯이 짓궂게 한술
더 떴다.

"그런 중늙은이들이 오히려 더 차진 대원이 됩디다. 도윤 형도 그
래서 아장까지 하지 않았소! 하하하!"

"그런 말은 아예 하지도 말게! 지금 도윤이는 의진 생활 1년여에
전신이 병투성이가 되었다네!"

그제야 신돌석이 정색하고 제 속마음을 슬쩍 보였다.

"사실 나는 그동안 부모님 공력과 여러 의로운 친구와 혈육들 도
움으로 3년 동안 의진을 꾸리고 왜적과 싸웠으나 국운이 기우는 데
야 어쩌겠소? 해서 이제 서간도로 건너가 왜적과 다시 싸워야겠다
고 생각하고 있소!"

"뭣이라? 서간도라? 서간도라면 만주 아닌가? 그 먼 곳으로 가고
나면 집안은 어찌하고?"

김도룡은 순간적으로 말을 뱉었다. 그의 판단으로는 만약 돌석이
만주로 건너가서 다시 왜적과 싸운다면 주변의 친척이며 피붙이들
은 보나 마나 왜경이나 수비대에게 경을 칠 게 뻔했다. 무슨 일이
일어나기라도 하면 신돌석의 끄나풀이라 해서 오라 가라 귀찮게 하
거나, 그도 아니면 신돌석이 있는 곳을 대라며 다그칠 터였다. 더
구나 자신의 종고모인 돌석의 어머니는 누가 봉양할 것인가? 말할
것도 없이 주변 친척들의 짐이 될 게 뻔한 노릇이었다.

이 모든 것을 생각하자 조금 전 혼자서 다짐했던, 도랑 치고 가재

잡자는 마음이 더욱 굳어짐을 느꼈다.

"……."

김도룡의 반문에 돌석은 대답 없이 세 번째 잔을 비웠다. 배고픔과 추위에 떨다가 배 속이 채워지고 추위가 가서서 그런지 온몸이 노곤해지며 졸음이 몰려왔다. 긴 하품을 토한 돌석이 다시 도룡에게 물었다. 약간의 취기가 오른 목소리였다.

"그나저나 도윤 형이 이름을 바꾸었다는데 왜 그리하셨소? 도윤 형이 나하고 의진에 같이 있었던 게 불편해서 바꾸었소?"

"뭣이라? 도윤이가 자네하고 의진에 같이 있었던 게 불편해서 이름을 바꿀 리가 있나. 이번에 족보를 새로 닦으면서 우리 형제들 이름을 바꾸어 족보에 올린 것뿐이라네. 나는 서로 상相 자에 매울 열烈 자 상열로, 도윤이는 서로 상 자에 뿌리 근根을 써서 상근으로 바꾸었다네."

"아하! 그럼 이제 도룡 형은 김상열이고, 도윤 형은 김상근이가 되는 거요?"

"그렇지, 그렇지! 자, 한잔 더 드시게. 몸에 좋은 술이니까."

김도룡은 저 혼자 기꺼워하며 자꾸만 신돌석에게 술을 권했다.

겨울밤은 이렇게 깊어 가고 돌석은 점점 취해 갔다. 이윽고 자정이 지나고 다시 한 식경이나 흘렀을까, 마침내 잠과 독주를 이기지 못한 신돌석의 큰 덩치가 옆으로 픽 쓰러지더니 천둥 같은 소리로 코를 골기 시작했다. 도룡은 일부러 돌석을 흔들어 깨웠으나 일어날 기미가 도무지 없었다.

'이제 됐다!'

혼잣말을 삼킨 김도룡이 문밖으로 나서서 도윤을 찾았다. 처마 밑을 서성이며 담배를 피우던 도윤이 형의 기척에 담뱃대를 감추고 얼굴을 내밀었다. 동생을 집 밖의 골목으로 이끈 도룡이 속삭였다.

"신돌석이 술에 취해 잠들었다. 그런데 저놈이 자네를 의진으로 다시 데려갈 속셈인 듯한데 어쩌면 좋으냐?"

"그건 안 될 말이오! 이 나이에 다시 의진은 또 무슨 의진이겠소?"

김도윤은 의진에 다시 간다는 말만 들어도 넌더리가 난다는 듯 고개를 가로저으며 말했다.

"나도 그렇게 말하긴 했다만, 강제로라도 끌고 가겠다면 어쩌겠나? 그래서 하는 말인데, 저놈 하나만 없어지면 온 집안이 안온해질 것이다. 그 위에 저놈 모가지에 천금이 걸렸다는 것은 자네도 들었을 터, 어디 한번 해보지 않을 텐가? 도랑 치고 가재 잡는 셈이니 일거양득 아닌가?"

동생도 형의 말뜻을 알아챘으나 신돌석의 목숨까지 빼앗는 문제는 망설여지는 구석이 없지 않았다. 말없이 땅만 내려다보던 김도윤이 다시 입을 열었다.

"그래도 죽이는 것까진 좀 그렇지 않소? 차라리 왜경에 밀고해서 잡아가게 하면 어떻겠소?"

"쉿! 목소리가 너무 크다…. 여기서 분파소나 헌병대가 있는 영덕 읍내까진 삼십 리 길이다. 야심한 시각에 추위에 떨며 그 먼 길을 갈 수도 없거니와 설령 갈 수 있다고 치더라도 그사이에 깨어나 달아나기라도 하면 어쩌겠나?"

형의 얘기를 듣고 보니 딴은 맞는 소리였다. 만에 하나 신돌석이 깨어나서 왜경에 밀고한 사실을 알아채기라도 한다면 형제는 죽은 목숨이었다. 이런저런 궁리를 하던 끝에 김도윤은 마침내 형의 제안에 고개를 끄덕이며 동의했다.

"형님 말씀이 옳은 듯싶소! 그럼 이제 어떻게 하면 되겠소?"

"자네 집에 돌 떡메가 있는가? 저놈 용력으로 보자면 부엌칼 따위로는 어림도 없겠다. 떡메로 대갈통을 까기 전에는."

나지막이 속삭이는 김도룡의 목소리였지만 거기에는 섬뜩한 살기가 배어 있었다.

"떡메는 부엌에 있을 것이오!"

"그럼 됐네! 집 안에서 저놈을 시체로 만들 순 없으니 내가 저놈을 저쪽 개울가로 불러내겠네. 나하고 저놈이 말을 나누고 있을 때 자네는 뒤에서 떡메로 놈의 뒤통수를 후려치게! 만에 하나 실수라도 하는 날이면 자네나 나는 죽고 말 터, 야무지게 해야 하네!"

형의 말에 김도윤은 고개를 끄덕였다. 두 사람은 긴장으로 입술이 마르는 걸 느끼며 몇 번이고 입술에 침을 발랐다. 집에 든 도윤이 부엌으로 가더니 떡메를 찾았다고 알려 왔다. 신돌석의 자는 방에 도룡이 다시 이르러도 돌석은 세상모르고 곯아떨어져 있었다. 도룡은 자는 돌석을 깨워 밖으로 끌어낼 요량이었지만 자기 힘으로는 그 큰 덩치를 어떻게 해볼 도리가 없었다. 발로 차기도 하고 뺨을 후려치기도 했으나 일어날 기미는 보이지 않았다. 요모조모 머리를 굴리던 도룡은 순간적으로 돌석의 귀에다 입을 대고 외쳤다.

"이보게 돌석 아우! 큰일 났네! 왜놈 수비대가 왔네! … 왜놈 수비대가!"

이 말이 김도룡의 입에서 떨어지자마자 잠자던 신돌석이 무슨 산짐승처럼 벌떡 일어났다. 도무지 코를 골며 깊이 자고 있던 사람의 행동으로는 뵈지 않을 만큼 재빨랐다.

"어디 있소?"

짧게 말한 신돌석이 자신의 행장을 챙기고 밖으로 나서자 김도룡은 앞장서서 그를 인도했다.

동짓달의 칼바람이 두 사람을 에워쌌다. 달의 기울기로 보아 자정은 훨씬 지난 모양이다.

"이리로 오시게!"

도룡은 왜군 수비대가 가까이 있는 양 일부러 목소리까지 낮추어 속삭였다. 아직도 취중인 데다 금방 잠에서 깬 신돌석이지만 이런 비상사태에 이골이 난 듯했다. 김도룡을 따라 한 치의 흐트러짐도 없이 얼음을 밟으며 작은 계곡으로 들어섰다. 두 사람은 계곡 옆의 삐죽한 큰 바위 뒤에 몸을 숨기고 바깥의 동정을 살폈다. 그러나 왜군 수비대가 왔다는 말과 달리 사위는 고요했다.

"업이는 어떻게 됐소?"

그 와중에도 돌석은 업이가 걱정되었던지 나직한 목소리로 물었다.

"자고 있네. 아직 어린 녀석이니 별일은 없을 걸세!"

김도룡은 바위 너머를 살피느라 고개를 뽑아 올리다가 낮게 대답했다. 왜군 수비대가 왔다는데 사방이 적막한 게 이상하여 신돌석이 다시 물었다.

"왜놈들이 어디 있다는 거요? 혹시 왜놈들에게 밀고한 자가 있는 건 아니오?"

돌석이 혼잣말처럼 내뱉자 도룡이 펄쩍 뛸 듯이 놀라며 받았다.

"예끼, 이 사람아! 말도 안 되는 소리 말게."

김도룡의 부인에도 불구하고 일은 이상하게 돌아가고 있었다. 왜군 수비대는 그림자도 보이지 않는데, 도룡은 누군가를 기다리는 것 같았다. 신돌석의 판단으로는 김도윤이 왜군 수비대에 밀고했으나 아직 수비대가 도착하지 않자 김도룡이 초조하게 기다리는 것으로 볼 수밖에 없었다. 생각이 여기에 이르자 돌석은 도룡을 그냥 둘수 없어 그의 멱살을 움켜잡았다. 만에 하나 수비대가 들이닥친다면 김도룡을 인질로 잡고서라도 위기를 벗어날 요량이었다.

"이 사람아! 왜 이러는가?"

신돌석의 억센 손아귀에 멱살을 잡힌 김도룡이 숨넘어가는 소리를 뱉었다.

"이거 아무래도 이상하지 않소? 왜놈은 그림자도 안 보이고."

신돌석은 아예 대놓고 큰 소리를 질렀고, 김도룡 역시 이 위기를 벗어나야 한다고 생각하여 목소리를 낮추지 않았다.

"이놈이 생사람 잡네!"

비명에 가까운 김도룡의 목소리가 흘러나왔다. 그와 동시에 바위 뒤쪽에서 이들의 동정을 살피던 김도윤이 머리통 서너 배만 한 바윗돌을 들어 신돌석의 뒤통수를 향해 힘껏 내리쳤다. 미리 준비한 떡메가 있었지만 너무 다급한 나머지 들어 올릴 틈조차 없었다.

"퍽!"

"아이쿠!"

수박이나 호박 같은 물건이 깨질 때처럼 '퍽!' 하는 소리와 '아이쿠!' 하는 신돌석의 비명이 거의 동시에 터져 나왔다. 돌석의 뒤통수를 정통으로 맞힌 바윗돌은 그대로 튕겨 나와 개울가로 떨어졌다. 피가 튀고 비린내가 사방으로 번졌다. 여느 사람 같았으면 그대로 고꾸라질 만큼 강한 충격임에도 돌석은 한 번 비틀거린 다음 고개를 돌려 뒤를 돌아보았다. 머리에서 흐른 피가 왼쪽 눈을 가렸다. 신돌석은 오른손을 들어 김도윤을 겨냥했다.

"너, 김도윤! 아니, 김상근! 너는 '사람'을 죽였구나!"

비명처럼 제 할 말을 뱉은 신돌석은 다시 몸을 돌려 두어 차례 공중제비를 하더니 계곡 아래쪽으로 성큼성큼 걷기 시작했다. 김도윤은 신돌석이 돌에 설맞아서 죽지 않았다고 판단했다. 도윤은 주춤주춤 뒷걸음을 치다가 그대로 달아났으나 이 모든 사태를 지켜본 김도룡은 옷매무시를 고치고 돌석의 뒤를 따랐다.

반 마장을 채 내려가지 않아 개울 옆에 너럭바위가 나타나자 돌석은 거기에 몸을 누인 채 가쁜 숨을 몰아쉬고 있었다. 순간이라고 해야 할 짧은 시간이었지만 돌석의 머릿속에는 온갖 사람들의 얼굴이 나타났다가 사라졌다.

얼굴도 기억나지 않는 아들 대만이, 머리칼 하얗게 센 부모님, 솜씨 좋고 어여쁜 아내, 아우, 남수와 업이를 비롯한 영릉의진 대원들…. 그리고 다시, '실' 자가 든 마을을 조심하라며 걱정하던 아내의 얼굴이 환영으로 살아났다. '그러고 보니 이 마을 이름이 누르실이군!' 신돌석의 고개가 풀썩 꺾어졌다. 영혼이 빠져나간 돌석의 몸이 너럭바위와 함께 식어 갔다. 뒤통수에서 쏟아져 나온 피가 바위에 고였다가 시커먼 색깔로 얼어붙었다.

신돌석의 몸이 경련을 일으키며 굳어 가자 김도룡은 비로소 가까이에서 그의 얼굴을 들여다보았다. 이빨을 앙다문 채, 익은 밤송이처럼 벌어진 두 눈이 허공에 뜬 달을 응시하고 있었다.

김도룡의 손바닥이 신돌석의 눈을 쓸어내렸다. 먼 길 떠나는 사람에 대한 마지막 배려치고는 고약한 것이었다. 도룡은 자신의 손에 묻은 돌석의 피를 돌석의 바지에 문질러 닦았다. 동짓달 열아흐레 새벽, 얼음 같은 달이 이 광경을 지켜보았다.

"잘 가게!"

김도룡은 돌석이 누운 너럭바위를 떠나 도윤의 집으로 갔으나 도윤의 종적은 찾을 길이 없었다. 신돌석이 데려온 아이도 보이지 않았다. 김도룡은 뜬눈으로 밤을 새우고 새벽같이 길을 떠났다.

그날 아침나절 영덕 읍내에 이르러 신돌석의 죽음을 왜경에게 알렸다. 통역을 통해 전해진 김도룡의 진술은, 돌석이 김도윤을 다시 의진에 데려가려고 하다가 반대하는 김도룡과 말다툼이 붙었고 이게 몸싸움으로 번졌는데, 돌석이 김도룡을 죽이려 했으므로 다급해진 김도윤이 돌석의 뒤통수를 돌로 내리쳤다는 취지였다. 신돌석의 목에 걸린 현상금이 목적이란 따위는 입 밖에 내지도 않았다.

"김도룡이라고 했나? 그러니까 그건 정당방위에 해당하는 사안이 아니겠는가!"

"예! 지금은 김상열이라고 합니다만, 신돌석 그놈이 워낙 나를 죽이려 했었지요!"

김도룡의 말을 들은 왜경이 정당방위 어쩌고 하면서 도룡을 안심

시켰다. 왜경의 말에 힘을 얻은 도룡이 신돌석의 목에 붙은 현상금
에 대해 슬쩍 물었다.

"신돌석의 목에 현상금이 붙은 걸로 아는데 … 그건 어떻게 … 어
떻게 되나요?"

"글쎄다. 비도匪徒 수괴 신돌석을 생포하려던 것은 그놈 입을 통
해서 비도 내부의 고급한 정보를 얻고자 함일 텐데, 오히려 죽이고
말았으니 현상금을 내건 취지가 바래지 않았는가? 위에다 보고는
해 보겠지만."

" …… ."

왜경의 마뜩잖은 대꾸에 김도룡은 언뜻, 손만 더럽혔다는 후회가
들었다. 그러나 이미 엎질러진 물이었다. 왜경 분파소 마당에 내려
앉은 햇살을 내다보자니 평생 어디를 가든 양지에서 살기는 힘들겠
다는 생각이 떠올랐다. 매서운 바람이 창틀을 후려치고 지나갔다.
무신년(1908) 동짓달 열아흐렛날이었다.

남은 사람들

　신돌석이 먼 길 떠난 일은 그날 중으로 영릉의진 대원들에게 알려졌다. 이틀 전 한골에서 헤어질 때 약속한 대로 나머지 대원들은 이틀이 지난 동짓달 열아흐렛날 누르실마을에 나타났다. 그날 점심시간이 조금 지난 무렵, 도부꾼 행세를 하며 두셋씩 짝을 이룬 대원들이 마을에 들어서자 순검 복장 여럿이 분주하게 오가고 있었다. 이수목을 거느린 한영육이 어느 집에 들어서서 더운물 한 사발을 얻어 마시고 물었다.

　"왜 이리 순검들이 많소이까?"

　"글쎄요, 나도 자세히는 모르겠소만 신돌석이란 사람이 죽었다 하오!"

　사람 좋아 뵈는 중년의 주인장이 긴장한 목소리로 대꾸했다.

　"뭣, 무어요? 그 화적패 대장 한다는 신돌석이 죽었다고요?"

　놀라서 되물은 한영육은 물 사발을 놓칠 뻔했다.

"혹여 신돌석이를 아는 분이시오? 왜 그리 놀라시오?"

주인장은 한영육을 유심히 쳐다보며 다시 물었다.

"아니오! 도부꾼 주제에 어찌 화적패를 알겠소만 그의 이름이 하도 널리 알려졌으니 놀랄 수밖에요!"

가까스로 자신을 추스르고 그 집을 나서는 한영육의 걸음이 휘청거렸다. 이런 사정은 다른 패도 마찬가지였다. 누르실 김도윤의 집을 바라고 온 대원들이 물어물어 그 집 가까이 왔는데, 김도윤의 집 주위에는 순검들이 오가고 있었다.

재빨리 몸을 뺀 대원들이 맞춤한 피신 장소로 마을 뒤쪽 마고산 자락을 택한 건 이심전심이었다. 우연히도 마고산 자락에 모두 모인 대원들은 소리를 낮추어 흐느꼈다. 그 가운데서도 정문칠은 몸을 가누지 못할 정도로 애통해했다. 정문칠의 사정을 들어 보면 그럴 만도 했다.

"내가 한때 한실에서 머슴살이를 했었소! 그래서 옛날 그 주인을 한번 만나겠다고 신 대장과 떨어졌는데, 일이 이렇게 되고 말았소! 내가 좀더 일찍 따라왔더라면 이리되진 않았을 걸 ⋯. 내 이 원수를 꼭 갚고야 말겠소!"

정문칠은 주먹으로 눈물을 닦아 가며 하소연인지 후회인지 긴 사설을 늘어놓았다. 냉정함을 되찾은 김병두가 여럿을 달래며 입을 열었다.

"지금 신돌석 대장이 죽었다는 말만 들었지 그게 사실인지도 모르고, 또 그게 사실이라면 왜 어떻게 누구 손에 죽었는지도 밝혀지지 않았소! 신 대장과 패를 이룬 강업이가 있는데, 그 아이의 근황도 우린 모르고 있소! 여기 숨어 있다가 업이를 먼저 찾아봅시다. 만에 하나 신 대장의 죽음이 사실이라면 순검이나 왜경이 우리도 찾고 있을 거요! 그러니 각자 몸조심들 하시고.”

이렇게 하여 대원들은 모두 한곳에 모여 자리를 지키고 한 명씩 마을로 내려가 강업이를 찾아보기로 했다. 서너 명이 차례로 내려 갔다가 허탕을 치고 돌아오자 김병두가 나섰다. 그는 마을로 내려 가자마자 동장 집을 먼저 찾았다.

“동장님 계시오?”

해거름이 다 되었는데 꾀죄죄한 몰골의 김병두가 동장을 찾자 병 두보다 열두어 살은 많아 보이는 동장이 나타나 손님의 아래위를 훑어보더니 퉁명스럽게 말을 뱉었다.

“내가 동장이오만, 왜 그러시오?”

“아하, 그렇군요! 저는 영덕 읍내에 사는 김 아무개인데 집 나간 조카를 찾아 이 마을 저 마을로 다니고 있소. 어린 조카가 신돌석의 화적패에 잡혀 있다는 소문을 듣고 뒤를 쫓다가 보니 여기까지 오 게 됐소! 그런데 신돌석이가 죽었다는 말이 도는데, 그 아이가 걱 정돼서 찾을까 해서요.”

김병두의 말이 조리가 있고, 또 그럴듯하니 동장은 의심이 풀렸 는지 얼굴을 밝게 하더니 대답했다.

“신돌석이가 오늘 새벽 김상근이란 사람 손에 죽었는데, 그 옆에 달고 다닌 아이가 있었다 하오! 그 아이가 지금 행방이 묘연해서 순 검들도 그 아이를 찾고 있다고 하오만 혹 그 아이가 댁의 조카인지 는 모르겠소!”

"저런! 그렇다면 그 아이가 내 조카인 듯싶소! … 고맙소이다!"

정중하게 인사를 마친 김병두가 동장 집을 나서서 마고산 쪽으로 급히 걸어가는데, 어디선가 숨찬 목소리가 병두를 불렀다.

"참모장님! 참모장님! … "

목소리를 낮추어 부르느라 정작 김병두는 듣기 어려웠으나 계속 부르며 뒤쫓아 왔다. 한참 만에야 뒤를 돌아본 김병두가 강업이를 알아보고 둘은 얼싸안다시피 했다.

업이의 말로는 밤중에 오줌이 마려워 잠이 깼는데 신돌석이 보이지 않고, 집주인인 김도윤과 그 형 도룡조차 보이지 않아 그 집을 뛰쳐나왔다는 것이다. 아무리 돌석을 찾아도 보이지 않아 멀리 가지 않고 동네를 맴돌면서 찾았다고 했다. 그러다가 오후가 되자 순검들이 몰려왔고, 그들이 돌석의 시신을 개울가에서 찾아 읍내로 가져갔다는 것이다.

어젯밤 잠들기 전에 어렴풋이 들었는데 김도룡은 김상열로 이름을 바꾸었고, 김도윤은 김상근으로 이름을 바꾸었다고 했다. 업이의 입을 통해 의진 대원들은 신돌석의 마지막 행적을 어렴풋이나마 알게 되었다. 그렇다면 김도룡과 김상열은 다른 사람이 아니라 같은 사람이고, 김도윤과 김상근도 같은 인물인 셈이었다.

"내, 김도윤인지 하는 형제놈들을 반드시 잡아 죽일 것이오!"

분기에 찬 정문칠이 종주먹을 내지르며 제 김에 울부짖었다.

대장을 잃은 영릉의진 대원들은 순검과 왜경의 추적을 피해 뿔뿔이 흩어졌다. 강업이는 어른들과 떨어져 마을 밖을 헤매다가 왜경에게 걸려들었다. 잡혀가는 업이를 보고도 어른 대원들은 손쓸 도리가 없었다.

정문칠은 용케 몸을 피해 위기를 벗어났다. 이 마을 저 마을을 떠돌며 빌어먹던 정문칠은 기어이 의진을 다시 꾸렸다. 그러나 기껏해야 50~60명 수준으로 영릉의진의 그전 위세에는 미치지 못했다. 정문칠과 함께 끝까지 의진에 남았던 이수목과 김종달, 그리고 서고락은 이듬해인 기유년(1909) 6월, 진보군에서 왜군에 체포되어 총살당했다. 이수목 등이 총살당한 그해 말에 정문칠은 영해에서 왜군과 교전하다가 체포되었다. 그리고 다음 해에 혹독한 고문을 받다가 죽었다.

나머지 대원들의 삶이라 해서 더 나을 것도 없었다. 만주로 건너가기도 하고, 깊은 산속에 숨어들어 이름을 바꾸고 화전을 일구며 모진 목숨을 이어갔다. 더러는 한참 뒤에 잡혀서 더 호된 고문을 받아 불구가 되거나 불귀의 객이 되었다.

신돌석의 목숨을 앗아간 김도윤은 도망쳐서 잡히지 않았고, 김도룡은 그 동네를 떠나 바꾼 이름 김상열로 살았다.

징역을 살던 백남수는 느닷없이 끌려 나와 신돌석의 주검을 확인하는 데 동원되었다. 아마 그 꿈같지 않은 꿈을 꾸고 난 얼마 후였을 것이다. 그날따라 추위가 대단했다. 지통에서 발틀로 건져진 종이를 한 장 한 장 옮겨 쌓는 배합 작업을 하던 중이었다. 죄수들을 데리고 온 간수 하나가 백남수를 불렀다.

"당신은 지금 하던 일을 멈추고, 빨리 행장을 챙겨라! 갈 데가 있다!"

"무슨 일이오? 일 시작한 지 얼마 되지도 않았는데."

남수의 물음에 간수는 만사가 귀찮다는 듯 짜증스럽게 대답했다.

"그건 내가 알 바 아니고, 신돌석인지 뭔지가 죽었단다! 어서 가자!"

"뭐요? 신돌석이가 죽었다고?"

백남수의 머리에 커다란 바위가 떨어진 느낌이었다. 아득해지는 정신을 가까스로 추스르며 한지의 발틀을 바닥에 내팽개쳤다. 손 씻을 틈도 없이 간수를 따라 20리 길을 허둥지둥 달렸다. 가면서 들은 간수의 말로는 신돌석이 어제 새벽에 죽었다고 했다. 시신이 어제저녁 영덕 주재 헌병 분견소에 도착했는데, 신돌석의 얼굴을 아는 사람이 없어 백남수에게 보이겠다는 뜻이었다.

헌병 분견소 마당에 도착한 것은 점심나절이 지나서였다. 왜인 헌병과 왜경, 조선인 순검과 민간인 복장 여러 명이 돌석의 주검 옆에 둘러서 있었다. 포승에 묶인 남수의 몸은 마구 떨리고 있었다. 주체할 수 없는 눈물이 볼을 타고 흘러내렸다. 간수가 백남수의 도착을 알리자 시신 주변에 있던 자들이 남수에게 길을 터주었다.

왜경 하나가 종이 한 장을 들고 백남수 옆에 섰다. 통역을 통해 주고받은 왜경과의 대화는 딱 세 마디였다. 왜경이 두 번 말하고 남수가 한 번 답했다.

"이 시신이 신돌석이 맞는가?"

백남수는 시야를 가리는 눈물을 닦아 내며 신돌석의 주검을 찬찬히 살폈다. 커다란 덩치와 키는 여전했다. 으깨진 뒤통수 부분에 마른 피가 엉겨 있고, 거기서 흐른 피는 닦아 낸 모양이었다. 남루에는 검은 피가 땟국처럼 묻어 있었다. 마맛자국도 그대로였다. 피가 빠져나간 얼굴은 백지처럼 창백했다. 핏기 돌 때의 얼굴과 달라 보였으나 몇 번을 살펴도 신돌석이 분명했다.

백남수는 고개를 끄덕이며 대답했다.

"맞소!"

"알았다! 그럼, 여기에 수결手決해라!"

남수는 왜경이 내미는 종이를 살폈다. 신돌석의 시신임을 확인한다는 내용이었다. 남수는 종이 말미에 자신의 이름을 적었다.

백남수가 돌석의 주검과 떨어져 나오는데 어린 강업이가 왜경의 포승에 묶여 그 자리에 들어서고 있었다. 남수도 눈에 익은 소년의 얼굴이었다. 업이도 이쪽을 알아보고 고개를 돌렸으나 눈을 마주친 시간은 그리 오래지 않았다. 돌석과 비슷한 누더기를 걸친 업이는 걷는다기보다 왜경의 손에 질질 끌려 신돌석의 주검 앞으로 가고 있었다.

'아!' 남수는 하늘을 우러르며 눈물을 훔쳤다.

"이제, 가자!"

백남수를 끌고 온 간수가 그에게 용수를 다시 씌우고, 느슨해진 오랏줄을 단단히 묶었다. 동짓달 스무날의 한창 추위가 옷소매로 파고들어 온몸을 더욱 떨게 했다. 남수는 이때까지도 신돌석이 왜 죽었는지, 그리고 그를 죽인 자가 누구인지 알지 못했다. 남수는 다시 한지공장으로 20리 길을 걸었다.

백남수가 공장으로 돌아가고 신돌석이 먼 길을 떠난 지 이태가 채 지나지 않아 나라가 망했다. 경술년(1910)의 일이다. 나라가 망해도 시간은 멈추지 않았다. 봄과 여름과 가을이 가고 다시 겨울이 왔다. 별은 하늘을 수십 번 돌고 서리는 수십 번씩 땅에 내렸다. 그렇게 쌓인 세월의 켜는 가뭇없이 사라져, 켜켜이 쌓인 이야기만 입에서 입으로 전해질 뿐이었다. 그리하여 때로는 터무니없이 과장되기도 하고, 때로는 턱없이 깎이기도 했다.

과장되거나 깎이다 보니 미덥지 않은 이야기도 적잖게 전해졌다. 하지만 청하의 어느 장터에서 옹기장수 노인이 했다는 탄식은 저잣거리의 꾸밈없는 말이라서 오히려 미덥다고 하겠다. 신돌석이 죽은 지 한 달, 뒤늦게 소식을 들은 노인은 지고 온 옹기를 장터마당에 팽개치며 울부짖었다.

"우리가 구차하게 산 것은 신돌석이 왜군을 소탕하리라 기대한 때문인데, 아! 이제는 끝장이 났구나!"

〈영릉의 진유사〉

경인년(1950) 봄이었다. 신돌석이 먼 길을 떠나고도 40여 성상星霜이 지났다. 영덕군 지품면의 산중 마을인 밤실, 허름한 돗자리에 몸을 누인 한 노인이 마지막 숨을 몰아쉬며 죽음과 맞서고 있었다.

"어르신! 기운을 좀 차리시오!"

그 무렵을 살던 보통 사람이라면 일가붙이는 물론 처자식도 있기 마련이었다. 그러나 이 노인에게 미음을 흘려 넣는 이는 이웃에 사는 강씨 성을 가진 중년이었다.

왜인들이 물러가기 10여 년 전에 아내를 잃었다는 노인은 아침마다 두어 마장가량 떨어진 도계마을에 가서 하루 종일 한지 뜨는 일을 했다. 저물녘이면 돌아와 혼자서 밥을 끓여 먹었다.

노인에 대해 전해지는 이야기는 사람마다 제각각이었다. 젊은 날 의진에 들었다가 오랫동안 징역을 살았다는 말이 있었다. 그래서 가진 것 다 털어 넣고 패가망신하다시피 했으며, 징역을 살다 보니 슬하에 자식조차 두지 못했다는 것이다. 또 다른 말로는 경술국치가 있기 서너 해 전인 정미년(1907)부터 한지 만드는 일을 해왔다고도 했다. 그러니 그 이력이며 기술이 도저하겠지만 노인은 한 번도 그런 티를 내지 않았다. 티 내지 않은 점이 오히려 그를 오래도록 한지공장 일꾼으로 일하게 했을 터이다. 기술이 좋은 데다 품삯도 주는 대로 군말 없이 받으니 공장마다 반겼다. 이 공장 저 공장을 돌며 그저 기계처럼 묵묵히 한지 뜨는 일만 했다.

저녁이면 서너 칸 초옥에 몸을 부리고 지는 해를 물끄러미 바라거나 떠오른 달을 향해 망연히 앉아 있는 게 고작이었다. 매일매일이 똑같을 뿐 어디로 출타하는 법도 드물었다. 때로는 누군가가 찾아오기도 했으나 크게 반기는 눈치는 아니었다.

한지를 만드는 사람이니 종이는 흔할 법하지만 형편은 그렇지도 못했다. 한지공장에서 너무 두껍거나 얇아서 버려지는 종이를 노인은 눈치껏 주워서 집으로 가져왔다. 밤이면 호롱불 곁에 앉아 주워 온 한지에 무언가를 끼적였다. 손톱이 없는 오른쪽 손가락으로 힘겹게 붓을 잡고 한 자 한 자 적었다. 기억이 잘 나지 않거나 모르는 일이 있을 때는 이웃 강 씨를 찾았다.

"강 군! 내가 말하는 기억이 온전한지 들어 보게!"

이렇게 말하며 그동안 쓴 것을 읽어 주었다. 맞는 내용도 있고 틀린 것도 있었다. 그리고 어떨 때는 강 씨조차 알지 못하는 일도 있었다. 언젠가는 신돌석의 아들에 대한 일을 강 씨에게 물었다.

"나는 대만이가 국골에서 죽은 걸로 아는데, 혹자는 화매에서 죽었다고도 하더군! 그리고 왜놈 순사들 손에 죽었단 말도 있고, 김상열 형제 손에 죽었단 말도 돌던데 어느 것이 맞는 말인가?"

"저는 국골에서 죽은 걸로 알고 있소! 왜놈 순사가 준 사탕을 먹고 좀 있다 피를 토하며 죽었다고 하니 독살이 분명할 듯하오!"

강 씨는 이렇게 구체적으로 설명했다. 대만이가 죽은 후 신돌석의 부인이 실성해서 한밤중에도 깊은 산골 여기저기를 쏘다녔다는 말은 강 씨의 전언이었다. 돌석의 원수를 갚겠다며 김상근, 즉 김도윤 형제를 찾아 나선 신돌석의 부친과 아우가 오히려 대구에 있는 경무서에 구금됐던 사실도 그가 전한 말이었다.

'아! 잔혹한 세월이여!'

노인은 말을 그치고 천정을 바라며 눈만 껌뻑였다. 또 한 번은 신돌석의 원수를 갚으려는 영릉의진 대원들의 행적도 들추어 물었다.

"이듬해인가 정문칠이 신돌석 대장 원수를 갚겠다며 영해군 보림동에 사는 김상근의 사위를 찾아가 상근의 거처를 캐묻다가 사위를 구타한 일이 있었다지?"

"저도 그런 얘긴 얼핏 들었소만 그게 정문칠 대장인지는 모르겠소!"

이렇게 묻고 답을 들은 노인은 알면 아는 대로 모르면 모르는 대로 적어 내려갔다. 개중에는 의진과 관계없는, 자신의 개인적인 기억도 써넣었다. 가령 한지공장 사바 사장의 행적 같은 것이 그런 경우였다. 한지공장을 하던 사바는 경술국치 후 돈을 모으기 시작하더니 10년 후에는 광산업에 손을 대서 떼돈을 벌었단다. 경상북도 도평의회 의원이 되고, 총독부에 거액의 국방헌금도 스스로 알아서 바쳤다고 한다. 그 돈으로 산 비행기에는 사바의 이름이 붙었다. 사바의 이름은 바야흐로 조선 땅에 짜하게 퍼져 나갔다. 동갑내기인 신돌석과는 다른 경우로 이름이 알려진 셈이었다.

노인은 다시 물었다.

"한지공장 사장 하던 사바는 아직 안 죽고 살아 있는가?"

"사바가 누구요?"

하긴 한지공장에 출역한 사람이 아니면 사바란 이름을 알 리가 없겠지, 라고 생각하며 노인은 강 씨의 반문에 덧붙여 말했다.

"거 왜, 있잖은가? 왜정 시절 왜놈 군대에 비행기를 두 대씩이나 헌납하고, 왜놈 왕에게 금덩어리까지 바쳐서 이름을 드날린 자!"

"아하! 그 후미아키 기이치로인가 뭔가 하는 놈 말이오? 죽기는 커녕 그 재산 잘 지키면서 아직까지 떵떵거리고 잘산답니다. 그놈이 반민특위에서 했다는 말이 가관이었소! 의붓아비에게 잘한 만큼 친아비에게도 잘하겠노라고…. 가증스러운 놈이지요!"

"조선 천지에 그런 부류가 어디 사바뿐이겠는가?"

"그놈이 왜놈들에게 한 짓 때문에 조선 천지에 '사바사바'란 말이 생겼다고 합디다. 구린내 나는 뒷거래란 뜻으로."

강 씨는 더럽다는 듯 '퉤!' 하고 가래침을 뱉고는 먼 하늘을 올려다보았다. 노인도 강 씨의 눈길을 좇아 푸른 하늘을 쳐다보았다.

"그뿐인 줄 아시오? 그놈처럼 부역해서 부자가 된 놈들이 해방 후에 더욱 떵떵거린답디다. 왜놈 시절 군인 장교였던 자들은 해방되고서도 장교를 하고, 왜놈 시절 순사 하던 놈들은 해방 후에는 계급이 더 올라간대요. 그래서 독립운동 했던 사람들을 때려잡는 세태랍니다! 기가 막혀서!"

울분에 찬 강 씨의 말이 이어졌다.

하늘은 저리도 청청하고, 하늘의 길은 사사로움이 없어 언제나 착한 사람과 함께한다는데, 땅 위에서는 늘 그 반대로 흘러가는 모양이었다. 지난 병술년(1946) 가을에는 대구에서, 그리고 무자년(1948)에는 바다 건너 제주도에서 무고한 생민들이 수없이 죽고 다쳤다는 소문도 있는 걸 보면 천도天道란 게 과연 있기나 한 건지?

'해방은 됐는데 … 나라도 아닌 나라가 돼서 그런가?'

혼잣말을 중얼거린 노인은 쓴 입맛을 다시며 하늘로 향했던 시선을 거두었다.

그의 기억 속에는 또 이런 것도 남아 있었다. 노인의 젊은 시절, 10년의 형기를 마치고 고향으로 돌아왔을 때 그의 형 남욱은 병환 중에 있었다. 그때는 나라가 이미 왜국 손에 넘어간 지 한참 뒤였다. 지난날 신돌석과 함께 들었던 형의 장광설이 생각나 아픈 사람의 손을 잡고 기어이 묻고야 말았다.

"왜놈에게 나라가 넘어간 이 시국에도 형님께선 아직 퇴계 가르침의 근간이자 남인의 고집 같은, 이理와 기氣의 엄연한 분별을 믿으시오?"

신돌석이란 상놈과 함께 온 동생을 타박했던 일이 기억나는지 남욱은 소리 없이 웃었다.

"믿다마다. 이와 기의 분별은 엄연한 것이지! 이는 귀한 것이고 기는 천한 것이며, 이가 주라면 기는 객이다! 이렇게 보자면 이는 조선이고 기는 왜국이라고 해야겠지!"

남욱의 이 말은 퇴계 학통을 이은 남인 선비의 마지막 남은 실낱같은 자존심이 아니었을까? 왜국이 조선을 넘볼 때도 화승총 한번 잡지 못한 문약한 선비의 그 알량한 자존심 말이다.

"그러면 조선은 어이하여 왜국에게 먹혔을까요?"

동생의 비아냥거림에 형은 그 속내를 안다는 듯 목소리에 은은한 노기까지 담아서 말했다.

"자넨 나를 망국의 선비라고 조롱하는 건가? 그래도 우리 남인들은 나라를 팔아먹고 왜국의 작위를 받은 자는 한 사람도 없었다. 저 경술국치 후 왜국으로부터 작위를 받은 일흔몇 명은 그 대부분이 노론당이나 소론에 속한 자들이었다."

"그야, 고관대작이 죄다 노론이고 남인은 벼슬이 없었으니 그럴 수밖에요."

계속되는 동생의 빈정거림에 남욱은 분노 대신 자못 진지한 얼굴에 엄정한 목소리로 꾸짖듯 말했다.

"자넨 나를 여전히 놀리는군! 재조在朝든 재야든 학문이 바로 선 자들이라면 매국에 앞장선 대가로 개인의 영달을 구할 수는 없는 노릇이지! … 모르긴 해도 훗날 나라를 되찾겠다고 항왜抗倭운동을 하는 자들이 나온다면 아마 퇴계 선생의 가르침을 이어받은 이쪽 사람들이 많을 게다. 퇴계 선생은 시종일관 이와 기는 섞이지 않는다는 이기부잡理氣不雜을 설파하지 않았더냐. 조선이 이라면 왜국 오랑캐는 기이니 오래 섞여 있을 수는 없을 터."

이야기를 마친 형님은 고개를 풀썩 꺾고, 오래도록 숨죽여 울었다. 망국의 한 선비는 그렇게 울다가 달포 뒤 숨을 거두었다.

남욱의 예상대로 퇴계의 고향 안동과 그 일대에서 독립운동을 한 후학이 줄줄이 나온 걸 보면 우연한 일은 아닌 성싶기도 했다. 어쨌든 노인은 이런저런 것들을 다 지켜보았다. 자신이 너무 오래 살았다는 생각이 드는 것도 무리는 아니었다.

그리고 다시 시간이 흘렀다. 하나의 책, 책이라기보다 얼기설기 엮은 문서라고 해야 옳을 기록이 만들어졌다.

"강 군! 나 이제 갈 때가 된 것 같네!"

노인은 희미하게 웃으며 이웃 강 씨의 잡은 손을 놓았다. 그리고 미음을 거절했다. 노인의 머릿속에 지난 일들이 만화경처럼 펼쳐졌다. 복디미마을에서 신돌석을 처음 만났던 일과 의진 대원들이 쏘던 화승총 소리, 연기와 불꽃, 화약 냄새, 손톱을 앗아간 거구의 왜놈과 한지공장 사바의 얼굴, 그리고 신돌석의 피 묻은 얼굴이 천천히 왔다가 사라져 갔다. 그 옛날 복디미에서 돌석과 함께 불렀던 자신의 노랫소리도 아련하게 살아났다.

복사꽃 피어날 땐 술잔 들기 어려워라
옛 벗 다시 만나 시를 어찌 안 지으리!
남쪽 고래산 바라보니 울타리 몇 천인가?
시국 생각할 때마다 저 혼자 서러워라!

노인은 그동안 끼적인 기록을 강 씨에게 넘겼다. 그런 다음 눈을 감더니 숨을 몰아쉬었다. 이윽고 숨이 멎었다. 육신을 벗은 영혼이 자유를 향해 훨훨 날자 영혼을 가두었던 육신이 털썩 무너져 내렸다. 숱한 죽음을 가벼이 지나친 강 씨지만 노인의 죽음은 바위처럼 무거웠다.

"아! 중군대장님!"

강 씨는 노인의 몸을 바로 누이고, 홑이불을 덮었다. 홑이불 위로 그의 눈물 두어 방울이 떨어졌다. 강 씨 기억 속의 노인은 언제나 포승에 묶여 있었다. 그 옛날 누르실마을에서 왜경의 손에 붙잡혀 신돌석 대장의 주검을 확인하러 헌병 분견소에 들어설 때였다.

기억 속의 분견소 마당은 살벌했고, 살풍경 가운데는 오라에 묶인 한 의진 대원과 뒷머리가 으깨진 신돌석의 창백한 얼굴이 겹쳐져 있었다. 그때 보았던 신돌석 대장의 죽은 모습과 포승에 묶인 의진 대원은 강 씨의 기억 한편에 무슨 찰거머리처럼 달라붙어 떨어질 줄 몰랐다. 잠시 마주쳤던 그 눈길이 40년 인연의 시작이 될 줄도 몰랐다.

울음을 삼킨 강 씨는 노인이 맡긴 기록을 비로소 펴 보았다. 자세한 내용은 알 수 없으나 〈영릉의진유사〉寧陵義陣遺事라는 제목 밑에 깨알 같은 글자가 1백여 쪽에 걸쳐 빼곡히 씌어 있었다.

강 씨는 그것을 고이 접어 벽장 안에 감추었다. 그해에 6·25라는 전쟁이 일어나고 죄 없는 목숨이 무수히 죽거나 다쳤다. 강 씨가 사는 밤실이라 하여 크게 다르지 않았다.

　오래전부터 평민 출신 의병장 신돌석에 대한 소설을 써야 한다는 생각을 해왔다.

　신돌석은 1878년 경상도 영해부 복디미〔福坪〕에서 태어나 열다섯 살 때까지 한학을 익히고 농사를 지었다. 열아홉 살 때인 1896년 영덕의 김하락의진에 가담하여 왜적을 몰아내는 일이 자신의 사명임을 깨닫고, 1906년 봄 스스로 영릉의진을 결성하면서 본격적인 무장활동에 뛰어들었다. 그 후 3년 가까이 태백준령을 중심으로 동서남북을 누비며 왜적과 그들에게 빌붙은 부역배를 징벌하여 '태백산호랑이'라는 별명까지 얻었다. 그러나 1908년 겨울 누르실〔訥谷・黃谷〕에서 옛 부하 김도윤〔김상근〕 형제의 손에 살해되었다.

　신돌석이 살해되고 이태가 채 지나지 않은 1910년 나라가 망했다. 신돌석이 죽고, 나라가 망해도 시간은 멈추지 않았다. 그렇게 쌓인 세월의 켜는 가뭇없이 사라져, 켜켜이 쌓인 신돌석에 대한 이야기는 입에서 입으로만 전해질 뿐이었다. 그리하여 때로는 과장되기도 하고, 때로는 턱없이 깎이기도 했다.

이 소설은 신돌석에 관한 여러 전설과 한 전문연구자의 연구서(김희곤, 《신돌석: 백 년 만의 귀향》, 푸른역사, 2001)를 뼈대로 삼고, 여기에 상상력과 추론으로 살을 붙인 것이다. 이 전설과 연구서 덕분에 소설 속 신돌석과 영릉의진의 시간대별 활동상이나 활동공간을 보다 구체적으로, 그리고 좀더 합리적으로 그릴 수 있었다. 신돌석 전설을 전승시켜온 많은 분들과 연구서를 쓴 분에게 감사드린다.

소설에 나오는 영릉의진 대원들은 모두 실존인물의 실명 그대로이다. 다른 인물들의 이름은 실명도 있고 아닌 것도 있다. 강승찬은 개연성 있는 허구의 인물이며, 〈영릉의진유사〉란 기록 또한 가상의 자료이다.

출간을 위해 애써주신 출판사에 고마움을 전한다.

어느 6월 맑은 날
백상태

376

1878년

11월 3일   영해부 복디미〔福坪〕에서 신석주申錫柱와 분성盆城 김씨의 장
               남으로 출생(본관 평산).

1884?~1892년   육이당 이중립에게 배움.

1896년   김하락의진에 참가. 이후 피신과 유랑.

1902년   한재여와 혼인.

1904년   아들 대만 출생. 월송정에 올라 시를 지음.

1906년

3월 13일   영릉의진寧陵義陣 결성과 훈련.
4월 7일   영양관아 공격. 무기 확보. 이후 청송 공격.
4월 15일   울진에서 왜인 습격.
윤4월 3일   청송군 진보 우편소 우편물 탈취.
윤4월   울진 관아 공격. 삼척 장호동 왜인 습격.
윤4월 23일   평해에서 대구 진위대와 전투.
5월 4일   영해읍성 공격. 영해 한골 주둔.
5월 12일   영덕읍성 공격.
8월 1일   영양관아 순교청 공격.
9월 18일   영양관아 순교청 재공격.
10월   영해관아 및 진위대 공격.
11~12월   청송군 이전평 도착. 동대산 전투. 울진군 공격, 우편취급소
            습격. 수동 회암곡 주둔.

1907년

3월	경주 일원에서 활동.
3~7월	영해 · 평해 · 영양 · 진보 등지에서 활동.
7월 12일	영양읍 분파소와 관아 공격.
7월 13일	영덕읍 왜인 습격.
7월 30일	삼척 장호동 왜인 2차 습격.
8월 8일	영양 수비에서 왜군 토벌대와 전투.
9월 6일	영해읍내, 경무 분서 공격.
10월 5~6일	봉화 · 순흥 공격.
10월 10일	왜군 토벌대의 대대적인 공격 받음.
11월 28일	영양읍 공격 중단. 울진 황보 주둔 왜군 분견대 공격.
12월 7일	수비 장파 및 울진 독곡에서 왜군의 공격 받음.
	이후 평해 선미 · 후포 · 직천 및 영해 희암곡 등지에서 활동.

1908년

1월	신돌석 생포 작전을 무산시킴.
2월	부인(한재여) 이용한 회유공작을 무산시킴.
3월	평해 · 진보 · 영해에서 활동. 희암곡, 독곡, 선미 등지에 주둔.
5월 1일	울진 · 평해 공격. 왜경과 전투.
6월 5일	진보군 수구내미에서 왜군 수비대와 교전.
6~7월	석보 · 울진 · 진보 등지에서 활동.
7~8월	'귀순법' 등으로 왜군·경의 압박 심해짐.
9~10월	새로운 방향 모색(만주로 망명 계획).
11월 19일	영덕군 지품 누르실〔訥谷 · 黃谷〕에서 김도윤(김상근) 형제에게 살해됨.

* 월 · 일은 음력.
* 김희곤, 《신돌석: 백 년 만의 귀향》(푸른역사, 2001)의 연표와 내용을 참고 · 첨삭.

378

제 10회 이병주
국제문학상 수상에
빛나는, 뜨거운 사랑과
치열한 외교, 격변하는
시대를 벼려 낸 수작!

심행일기

강화도

송호근 장편소설

**봉건과 근대가 맞부딪힌 역사의 섬, 강화도.
밀려드는 외세 앞에 선 경계인, 신헌.**

강화도는 19세기 조선의 격전지이자 20세기 대한민
국이 기억해야 할 곳이다. 양적이 밀려든 그곳에서 강
화도 수호조규가 맺어졌고 그 후로 조선의 방향이 바
뀌었다. 조규 체결 때 전권을 위임받고 협상대표로 나
선 신헌. 소설《강화도: 심행일기》는 '소설가 송호근'
의 광대무변한 문학적 상상력과 치열한 문제의식으
로 빚어낸 걸작으로, 강대국에 둘러싸인 오늘날의 한
반도 자화상이기도 하다.

신국판 | 296면 | 13,800원

사랑하는 조국을
깨우기 위한 서재필의
뜨거운 분투

소설 **서재필**

고승철 장편소설

**한국 근현대사 최초의 르네상스적 선각자 서재필!
광야에서 외친 그의 치열한 내면세계를 밝힌다!**

'몽매한' 조국 조선의 개화를 위해 온몸을 던졌던 문
무겸전 천재 서재필을 언론인 출신 소설가 고승철이
화려하게 부활시켰다. 구한말 개화의 소용돌이 속에
서 펼치는 웅대한 스케일의 스토리는 대(大)서사시를
방불케 한다. 21세기 지금 정치 리더십이 실종된 한
국, 그의 호방스런 기개와 날카로운 통찰력이 그립다!

신국판 | 456면 | 13,800원

"백정도 사람 아잉교! 우리도 사람대접을 해 달라는 깁니더!"

천민賤民 나는 백정이다
민병삼 장편소설

형평사운동, 세상을 바꾸고 싶었던 백정들의 휴먼드라마
밑바닥 인생들이 세상을 바꾸고자 햇불을 들다!

한국 근대사상 최초의 인권운동인 형평사운동을 웅대한 스케일과 질펀한 해학으로 담아내었다. 노비세습이 폐지된 조선 말, 그러나 백정의 삶은 여전히 처참하다. 농민단체 농청은 백정들이 전염병을 퍼트린다며 누명을 씌우고, 참다못한 경남 진주의 백정들이 형평사를 조직하자 갈등이 점차 격화된다. 일제강점기의 소외된 밑바닥 인생 백정들이 각자 개성 강한 주인공으로 부활하여 세상을 바꾸기 위한 장쾌한 활극을 펼친다.

신국판 | 428면 | 14,800원

의적 홍길동의 실제 모델 홍계남이 이병주의 필치로 되살아나다!

천명 天命1·2 영웅 홍계남을 위하여
이병주 장편소설

천출로 태어나 영웅이 된 풍운아 홍계남의 불꽃 같은 삶!

숱한 외적들을 기상천외한 유격전으로 물리친 명장으로, 불합리한 신분제도 아래 고통 받는 백성의 대변자로 활약했지만 역사의 뒤안길에서 유성처럼 져 버린 홍계남. 파란으로 점철된 그의 삶이 대가 이병주의 웅혼한 필치로 되살아난다. 주류 역사가 기억하지 않는 천출 장수의 처절한 싸움은 지금까지 만나온 교과서적 영웅들이 줄 수 없는 깊은 여운을 남긴다.

원제: 流星의 賦 | 신국판 | 각 권 13,800원 |
각 권 420~448면 내외